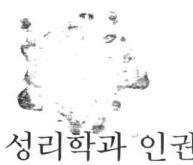

성리학과 인권

성리학과 인권

초판인쇄 | 2025년 12월 1일
초판발행 | 2025년 12월 6일

지은이 | 채형복
펴낸이 | 신중현
책임편집 | 양성애
책임교정 | 박선아
마케팅 | 신호철
펴낸곳 | 도서출판 학이사

출판등록 : 제25100-2005-28호
주소 : 대구광역시 달서구 문화회관11안길 22-1(장동)
전화 : (053) 554~3431,3432
팩스 : (053) 554~3433
홈페이지 : http://www.학이사.kr
전자우편 : hes3431@naver.com

ISBN _ 979-11-5854-595-6   03800

금동이의 술은 백성의 피

성리학과 인권

채형복 지음

學而思 | 학이사

전통과 현대, 도덕과 권리의 만남

『성리학과 인권』은 동양사상의 핵심인 성리학性理學을 현대 인권담론의 시선으로 재해석하려는 시도다. 인권과 유학의 상관관계를 분석한 저자의 두 번째 저작으로, 유학이 단순히 과거의 도덕철학이 아니라 오늘날 인권이 지향해야 할 인간의 내면적 존엄성과 관계적 윤리를 풍부하게 함의하고 있음을 보여준다.

근대 이후 인권은 서양의 정치철학을 기반으로 제도화되어 왔다. 그러나 이미 저자가 출간한 『선진유학과 인권』(경북대학교출판부, 2024)에서 지적하듯이 인권의 제도화는 인간의 실존적·윤리적 차원을 소홀히 대하는 한계를 드러냈다.

『성리학과 인권』은 바로 그 지점에서 성리학이 강조한 인仁·의義·성性·리理 개념을 통해 현대 인권의 관점에서 '권리의 철학'을 넘어선 '도덕적 인권론'의 가능성을 탐색한다. 이 관점에서 저자는 성리학 혹은 유학과 현대 인권의 상관관계를 '인권유학人權儒學'이라 부르고, 인권 연구를 위한 새로운 학문방법론으로 제시하고 있다.

성리학의 인간학과 인권의 재해석

- 성리학의 핵심: 성性과 리理의 인간학

성리학은 인간의 본성을 '성性'이라 하고, 그 본성을 관통하는 질서를 '리理'라 본다. 즉, 인간은 우주의 도덕적 질서를 스스로 내면화할 수 있는 존재이며, 그 본성 자체가 이미 선善을 지향하고 있다는 점에서 존엄의 철학적 근거를 제시한다.

주희朱熹는 "성은 곧 리"라 하여 인간이 본래부터 도덕적 주체임을 강조한다. 이는 근대 인권사상이 말하는 "인간은 태어나면서부터 존엄하다."는 선언과 철학적으로 상통하는 대목이다. 성리학은 인권을 외부의 제도가 아닌 내면적 본성의 실현으로 본다.

- 자율과 관계의 윤리

성리학의 자율은 서양 근대적 개인주의의 자율과 다르다. 그것은 '타자와의 조화 속에서 스스로를 완성하는 자율'이다. 인의예지仁義禮智는 타인과의 관계 속에서 발현되는 덕목이며, 결국 인권이란 타인의 권리를 인정하고 배려할 수 있는 관계적 윤리 능력을 뜻한다.

따라서 성리학적 인권 혹은 인권유학은 "함께 인간이 되는 길", 즉 "공동체적 인간주의"의 한 형태로 제시된다.

- 성리학의 도덕적 감정과 인권의 보편성

맹자에서 비롯된 측은지심惻隱之心의 전통은 성리학에서 도덕 감정 (moral emotion)의 근거로 발전한다. 이 감정은 인권의 핵심인 '타자의 고통에 대한 공감'과 직결된다. 성리학의 인간관은 인권의 보편성을 문화적 획일성이 아닌 '감정과 양심의 보편성'에서 찾는다.

이로써 인권은 보편적이되 각 문화의 도덕 전통 속에서 다양하게 실현될 수 있는 가능성이 열린다.

성리학과 인권의 대화 - 도덕과 제도의 균형

『성리학과 인권』이 던지는 핵심 메시지는 명료하다. 인권이 제도적 언어에 머물 때 인간의 내면은 공허해진다. 성리학은 이 공백을 메울 수 있는 도덕적 인권론의 철학적 자원을 제공한다. 즉, 인권의 실현은 법과 제도 이전에 인간이 자기 안의 '리理'를 깨닫고 실천하는 일로부터 시작된다. 따라서 이 책은 위계적 질서나 남성 중심적 구조와 같은 성리학의 도덕주의가 가진 한계를 비판적으로 검토하면서 그 내부에서 자기 변화의 가능성을 모색한다.

저자는 성리학을 과거의 도덕 교과서로 환원하지 않고, 현대의 젠더·생명윤리·사회정의·환경인권 등의 문제로 확장하며 '살아 있는 인문철학으로서의 유학'을 제시한다.

성리학에서 조선사회가 가진 함의

조선의 건국이념은 성리학적 질서 위에서 수립되었다. 고려 말 불교의 폐단을 비판하고 새로운 사회질서를 모색하던 신진사대부들은 성리학을 통치이념으로 수용함으로써 도덕적 질서에 기초한 합리적 국가를 건설하려 했다. 따라서 조선은 단순히 유교국가가 아니라 성리학적 세계관을 현실 정치와 사회 규범으로 구현한 실험장이었다. 조선의 사회는 성리학적 인간관에 따라 위계와 질서를 중시했다.

인간은 모두 "성性은 선하다"는 성선설性善說의 전제 아래 있으나, 현실적으로는 기氣의 혼탁으로 인해 불평등한 상태가 된다. 따라서 교육과 예禮를 통해 인간의 성性을 바로잡는 것이 사회적 의무였다.

이 논리는 곧 신분제의 정당화로 이어졌다. 즉, 군신·부자·부부·장유·붕우 간의 오륜五倫이 인간관계의 핵심 질서로 작동했고, 이를 지키는 것이 곧 '천리天理'를 따르는 일로 간주되었다. 이를 위하여 성리학은 사회적 위계의 도덕적 근거를 제공했다.

성리학은 조선사회의 도덕적 토대를 제공했지만 동시에 사상적 폐쇄성과 위계적 억압을 낳았다. 부부유별, 삼종지도와 같은 남성 중심적 윤리는 여성의 사회적 역할을 제한했다.

신분제의 도덕화는 불평등을 제도적으로 고착시켰다.

불교, 도교, 실학 등 다른 학문의 발현은 성리학적 정통성 아래서 제한되었다. 결국 성리학은 조선을 도덕국가로 만들었지만 동시에 사상적으로 경직된 사회로 만들었다.

조선 후기 고전소설을 통한 성리학의 이해 필요성

현대사회에서 성리학을 역동적이고 적극적으로 해석하고 실천할 수 있는 학문적 방법론은 다양할 것이다. 그중에서 저자는 대중에게 친숙한 홍길동전, 홍부전, 춘향전 등 조선 후기 고전소설에 주목하고, 이를 텍스트로 삼아 당시의 시대상은 물론 현대 인권의 관점에서 성리학을 재해석, 재정립하려 시도하고 있다.

조선시대의 문학작품은 성리학적 가치와 이념이 지배하는 조선사회의 문제점과 다양한 인물상을 여실히 드러내고 있는 훌륭한 영감의 원천이다. 이 점에서 저자가 채택한 방법론은 학술적 및 실제적 제측면에서 상당한 의미가 있다고 본다.

인간의 도덕적 자율성을 회복하다

『성리학과 인권』은 동서양 사상의 대립을 넘어 '권리의 언어'와 '도덕의 언어'가 어떻게 만날 수 있는지를 보여주는 철학적 모범이다. 저자는 인권유학의 관점에서 성리학을 불러낸다.

성리학이 제시하는 인간의 본성과 도덕 감정은 인권이 제도나 문서가 아니라 삶의 태도와 마음의 질서라는 사실을 실증하고 있다.

오늘날 인권의 위기는 제도의 부족이 아니라 타인이 겪는 고통에 대한 연민과 사랑의 부족, 연대성과 환대를 무시하는 인간의 무감각 내지는 무관심에 있다. 성리학의 가르침은 이러한 비인간적인 실상을 깨우는 도덕 윤리적 사유의 힘이다. 이 관점에서 『성리학과 인권』은 전통의 언어로 인권의 미래를 다시 쓰는 책이다.

동양 인문정신을 현대 인권의 가치에서 그 의미와 중요성을 새롭게 평가하고 있다는 면에서 이 책은 의미 있는 학문적 결실로 평가할 만하다고 본다.

2025년 11월 25일
팔공산 소선재에서
채형복

차례

조선 후기 고전소설에 대한 인권유학적 접근의 필요성

인권과 유학의 결합 필요성

　　　　　　인권은 모든 인간이 태어날 때부터 가지는
기본적이고 보편적인 권리와 자유를 의미한다. 이 권리는 국가, 인종,
성별, 종교, 사회적 지위와 관계없이 모든 인간에게 평등하게 적용되
며, 존엄성과 자유를 보장하기 위해 존재한다. 한마디로 인권이란 인
간(혹은 사람)이 가지는 고유한 권리이다.

　인권이 인간의 '권리'에 중점을 두는 반면, 유학은 인간의 기본적
도덕 윤리 관념, 즉 '인륜'을 중시한다. 인권과 인륜은 사람이 사회를
이루고 살아가는 데 필요한 최소한의 기준이자 원칙이라고 할 수 있
다. 사람 혹은 인간을 바탕에 두고 있다는 관점에서 바라보면, 인권이
든 유학이든 추구하는 본질적 목적은 같다.

　유학의 사전적 의미는 "중국의 공자를 시조始祖로 하는 전통적인
학문"으로 개념 정의하고 있다. "인간으로서 당연히 가지는 기본적
권리"라는 인권의 개념에 비하면 상당히 딱딱하고 무미건조하다. 이
러한 문제점에 대해서는 유학자들도 인식하고 있는 것 같다. 신정근
교수는 『인권 유학』이란 책에서 유학에 대해 이렇게 설명하고 있다.

유학은 사람이 전승 문화를 평생 학습하여 삶의 제도로 습관화시키고 내재적 역량을 바탕으로 자신의 기질을 통제하고 부족하고 과도한 부분을 변화시켜 일상과 정치 영역 그리고 국제관계에서 상생과 평화의 가치를 극대화시키는 거룩한 사람이 되고자 하는 가치 체계이다.[1]

신정근 교수는 유학의 개념을 일반인들이 알기 쉽게 풀어서 설명하려 시도하고 있다. 하지만 그의 의도와는 달리 이 개념 정의를 읽어도 유학의 의미가 분명하게 파악되지 않는다. 유학을 어떻게 설명하든 한마디로 말하면, 유학이란 "인간이 인간답게 살아가는 데 필요한 최소한의 도덕 윤리 규범의 체계"라고 할 수 있다. 이 관점에서 바라보면, 유학은 인간이 어떻게 살아가야 할 것인가에 관한 탁월한 지침을 제공한다. 신정근 교수의 개념 정의 가운데 특히 유학이 "국제관계에서 상생과 평화의 가치를 극대화시키는" 가치 기준으로 활용될 수 있다는 말에 주목해야 한다. 더 이상 유학을 한국, 중국 및 일본을 비롯한 동아시아지역에 한정된 담론이 아니라 국제분쟁을 해결하고 평화질서를 유지하는 큰 학문의 담론으로 적극 활용하고 확장시킬 필요가 있다.

인류의 역사에서 전쟁이 끊이지 않았다. 지금도 러시아-우크라이나와 이스라엘과 팔레스타인 가자지구 사이에서 전쟁이 일어나 많은 민중들이 고통을 받고 있다. 인류는 왜 이토록 전쟁으로 인해 고통을 받아야 하는가? 인류는 서로 공생하고 상생하면서 평화로운 세상을 만들 수 없는가? 대한민국의 분단 상황도 마찬가지다. 남북은 왜 끊임

---

1) 신정근, 『인권 유학』(유교문화연구총서 19), 성균관대학교동아시아학술원, 2017. 12., 35쪽.

없이 대립하고 대치하며 서로 대화하고 교류할 생각을 하지 못하는가? 남북 정부와 시민이 서로 대화와 소통을 통해 평화로운 체제를 구축하기 위한 대타협을 할 수는 없는 것일까? 문제의 해법은 간단할 것 같은데 현실 상황은 여간 복잡하지 않다.

이러한 현실 상황에서 우리에게 필요한 덕목은 무엇일까? 코스모폴리탄적인 범우주적 세계관이 필요하다고 본다. 그 방법 중의 하나가 우리의 가치 관념에 깊숙이 자리하고 있는 전통적 유학에 입각한 인본주의와 사람의 기본적 권리를 존중하는 현대 인권의 새로운 만남 혹은 결합을 시도하는 것이다. 이를 위해서는 현대 인권의 관점에서 전통 유학의 기본 덕목들을 새롭게 해석하고 극복하여 시대의 가치에 부합하는 학문으로 재정립해야 한다. 그 학문 방법의 하나가 바로 '인권유학人權儒學'이다.

인권유학이란 "유학(또는 유교)을 현대인권의 관점에서 재해석하여 유학이 가진 전근대적인 관념을 해소·철폐·극복하려는 학문적 경향"을 말한다.[2] 인권과 유학은 독자적 학문체계를 이루고 있는 반면, 인권유학은 아직 생성 중인 학문이라고 할 수 있다.

인권과 유학을 결합하려는 시도는 비교적 최근의 일이다. 춘추전국시대 공자를 시조始祖로 하여 성립된 유학은 약 2,500년이란 긴 세월을 통하여 성립, 발전해 왔다. 이에 반하여 인권은 1789년 프랑스대혁명 이후 개인의 권리의무에 대한 관념이 강화되면서 형성된 근대유럽사상의 산물이다. 20세기에 접어들면서 인권은 국제 및 국내사회에서 지배담론으로 자리매김하였으나 유학은 봉건적인 사상으로 인권

---

2) 채형복, 『선진유학과 인권』(경북대학교 학술총서 17), 경북대학교출판부, 2024. 2., 25쪽.

이 결여되어 있다는 이유로 많은 비판을 받고 있는 실정이다.

　인권이 '인간의 권리'의 줄임말이라면 유학은 '인간의 윤리', 즉 '인륜人倫'을 일컫는 말이다. 양자 모두 그 중심에 '사람'이 있다. 전자가 사람의 권리에 중점을 두고 있다면, 후자는 사람이 마땅히 지키고 갖추어야 할 윤리(도리)를 중시한다. 후자의 예禮와 전자의 법法, 즉 예법禮法은 사회공동체를 유지·존속시키는 기제로 작용하고 있다.3) 이 관점에서 보면, 인권과 인륜은 서로 유리되거나 배척되어야 할 것이 아니라 상호 협력적이고 보완적인 관계에 있다고 보아야 한다. 원시유학 또는 선진유학을 중심으로 바라보면, 인권과 유학의 조화로운 관계를 모색할 때 유학의 4대 핵심적인 주제어(키워드)는 인仁·애인愛人·효제孝弟·충서忠恕라고 생각한다. 이 네 가지 주제어는 서로 밀접하게 연결되어 있다. 인仁의 본바탕은 애인, 즉 사람을 사랑하는 마음이 깔려있다. 사람을 사랑하게 되면, 자식과 부모 간의 어떤 효는 물론 형제간의 관계인 제(弟; 悌)도 정립되게 된다. 또한 타인을 대하는 마음가짐인 충서도 마찬가지다. 자신이 맡은 직무에 충실하고, 남에게 너그러운 마음을 가지는 태도도 사람에 대한 애정과 관심을 바탕으로 한다. 이처럼 인仁을 기점으로 애인·효제·충서는 수직적 및 수평적 관계를 맺음으로써 인간관계와 사회질서를 유지하는 기본관념으로 적용된다.

---

3) 채형복, 앞의 책, 28쪽.

인권에 부합하는 유학의 기본덕목:
인仁·애인愛人·효제孝弟·충서忠恕

　　　　　　　　　　인·애인·효제·충서라는 기본덕목을 잘 나타내는 말이 "하늘을 공경하고 사람을 사랑하다."는 뜻을 가진 "경천애인敬天愛人"이다. 경천, 즉 "하늘을 공경하다."라는 말은 유학이 지향하는 천인합일天人合一 사상과 연관이 깊다. 유학에서는 하늘을 도덕적 질서의 근원으로 본다.[4] 유학은 하늘이 내린 명령(天命)에 따라 어떻게 하면 인간이 도덕적으로 올바르게 살아야 할 것인가를 고민한다. 하늘을 공경하는 것은 천명에 따라 자연의 법칙(天理)에 순응하여 인간으로서의 도덕 윤리적 본분을 다하는 것을 의미한다. 경천이 현실에서 실현되기 위해서는 인仁을 바탕으로 "사람을 사랑해야 한다(愛人)." 이처럼 유학에서는 하늘을 공경하면서 인간관계의 기본 덕목인 인仁에 의거하여 타인에 대한 사랑과 배려를 강조하고 있다.[5]

　　경천애인은 유학 사상에서 비롯되었으나 동아시아 여러 나라에서 인간관계와 사회질서를 유지하는 도덕 윤리적 가치 관념으로 수용되

---

4) 유가에서 하늘(天)은 다양한 뜻으로 사용된다. 하늘은 우주 운행을 관장하는 자연의 원리이자 인간의 삶의 실체(實在) 내지는 존재원리이다. 또한 하늘은 인간의 삶과 운명을 지배하고, 바른 길로 나아가게 지시하고 명령하는 인격적 존재이기도 하다. 이처럼 여러 의미로 사용되고 있던 하늘을 인간사회를 유지하고 존속시키는 도덕윤리의 원리이자 법칙이라는 의미로 확립한 것은 공자였다. 이에 대한 상세한 내용은, 채형복, 앞의 책, 139-141쪽.
5) 경천애인을 나타내는 말을 예시하면 다음과 같다.
　"하늘에 순응하는 자는 살고 하늘을 거역하는 자는 망한다(順天者存 逆天者亡)." (맹자)
　"하늘에 죄를 지으면 용서를 빌 곳이 없다(獲罪於天 無所禱也)." (논어)
　"천명이 돕지 않는 것을 행하겠는가(天命不祐 行矣哉)?" (주역)
　"하늘의 그물은 엉성한 것 같지만 (만물을 잘 감싸주어) 아무것도 빠뜨리지 않는다(天網恢恢 疏而不失)." (노자)

었다. 이에 대한 일례로 "홍익인간 제세이화弘益人間 濟世利化"를 들 수 있다. "널리 인간을 이롭게 하고, 세상을 구제하여 이롭게 변화시킨다."는 뜻을 가진 이 말은 고조선의 건국이념으로 한국의 전통적인 가치관을 잘 나타내는 표현이다. 특히 홍익인간은 「교육기본법」에도 반영되어 대한민국의 '교육이념'으로 수용되고 있다.

> 교육은 홍익인간弘益人間의 이념 아래 모든 국민으로 하여금 인격을 도야陶冶하고 자주적 생활능력과 민주시민으로서 필요한 자질을 갖추게 함으로써 인간다운 삶을 영위하게 하고 민주국가의 발전과 인류공영人類共榮의 이상을 실현하는 데에 이바지하게 함을 목적으로 한다.[6]

「교육기본법」은 한국의 교육이념이 홍익인간의 이념 아래 결국 인류공영의 이상을 실현, 즉 제세이화를 지향하고 있음을 알 수 있다.

• 인仁

인권에 부합하는 유학의 첫 번째 기본덕목은 인仁이다. 한자어 인仁은 사람 인人변에 두 이二로 구성되어 있다. 두 명의 사람(人人)이 서로 나란히 서 있는 모습이기도 하고, 서로 기대어 있는 모습이기도 하다. 어떻게 바라보든 인仁은 사람의 사람에 대한 관계를 형상화하고 있다. 공자는 논어에서 인仁의 개념에 대해 명확하게 밝히고 있지는 않다. 다만, 안회와 중궁과의 대화에서 인仁이렇게 답변하고 있다.

---

6) 「교육기본법」 제2조.

안회: "인仁이란 무엇입니까?"

공자: "자신을 억제하고 예로 돌아가라. 그것이 인이다. 단 하루만 이것을 행하더라도 천하가 인을 향혜 움직여 올 것이다. 인을 이룸은 자기 자신에게 달린 일이니 어떻게 남의 힘을 빌릴 수 있겠는가?"

안회가 더 구체적인 가르침을 청하자,

공자: "예에 맞지 않으면 보지 마라. 예에 맞지 않으면 듣지 마라. 예에 맞지 않으면 말하지 마라. 예에 갖지 않으면 행동하지 마라."(논어, 안연)

중궁이 인에 대해 물었을 때 공자 말하기를,

"밖에 나가서는 큰 손님을 대하는 것처럼 자신을 처신하고, 사람을 쓸 때는 큰 제사를 주재하는 자세를 가져라. 너 자신이 원하지 않는 것을 남에게 베풀지 말라. 이렇게 하면 나랏일에도 집안일에도 원망이 없을 것이다."(논어, 안연)

제자들과의 대화에서 공자는 인仁이란 '극기복례克己復禮'이고, '기소불욕 물시어인己所不欲 勿施於人'이라고 대답한다. 전자는 "자신을 억제하고 예로 돌아가는 것"이고, 후자는 "너 자신이 원하지 않는 것을 남에게 베풀지 말라."는 것이다. 즉, 전자는 개인의 욕망을 절제하고 사회와 조화롭게 살아가기 위해서는 예禮에 따라 행동하라는 뜻이다. 예는 유학에서 중요한 덕목으로 사회적 규범과 도덕적 질서를 의미한다. 전자가 내면의 성찰을 통해 개인적 차원의 소극적 실천인 반면, 후자는 타인을 그 대상으로 삼고 있다. 기소불욕 물시어인은 자신이 원하지 않는 일은 다른 사람도 싫어할 것이므로 굳이 강요하지 말라는 뜻으로 다른 사람에게 피해를 주지 말라는 윤리적 가르침을 담고 있다. 전후자를 현대인권적 시각에서 해석하면, 인권이란 도덕규범(禮)을 학습하여 현실에서 실천하는 타인이 겪는 고통에 공감하고, 타인을 배려하는 동시에 연대하는 윤리적 행동이라고 할 수 있다.

유학에서는 이와 같은 인仁의 덕목을 갖춘 이상형의 사람을 군자君子라고 하고, 그렇지 못한 사람을 소인小人이라 부른다. 유학은 소인에서 벗어나 군자로 살면서 궁극적으로 성인聖人을 지향한다. 군자와 소인의 관계에 대해 공자는 말한다.

> 군자는 남의 좋은 점을 이루어 주고 나쁜 점은 이루어 주지 않나니 소인은 이와 반대된다.(논어, 안연 16)

"어진 사람을 보면 그와 같아질 것을 생각하고 어질지 못한 사람을 보면 안으로 스스로 반성하라."(논어, 이인 17)는 것이 인仁에 대한 공자의 기본 생각이다. 그러면서 공자는 자하에게 "자네는 군자 유가 되어야지 소인 유가 되지 마라."(논어, 옹야 13)고 가르치고 있다. 공자의 이러한 생각에 대해 송나라 유학자 주렴계는 "성인聖人은 하늘과 같기를 바라고, 현인賢人은 성인되기를 바라고, 사인士人은 현인이 되기를 바란다."[송나라 유학자 '주렴계', 통서(通書)]고 명확하게 정리하고 있다.

하지만 군자와 성인을 내세우는 스승 공자에 대해 일부 제자는 못마땅했던 모양이다. 진나라에서 양식이 떨어지고 제자들이 병들어 일어나지 못하는데 자로가 불만스러운 기색으로 물었다.

> "군자도 이런 궁한 지경에 빠질 수 있는 것입니까?" 이에 공자가 대답했다. "이런 곤궁도 견뎌낼 수 있는 것이 군자이니라. 견뎌내지 못하는 것이 소인이다." (논어, 위령공)

이와 유사한 이야기는 순자에도 나온다. 공자가 남쪽 초나라로 가다가 진陣나라와 채蔡나라 사이어서 곤경에 빠졌다. 칠 일 동안이나 익힌 음식을 먹지 못하고 명아주국에 쌀가루를 넣고 끓이지도 못하였다. 제자들 모두가 굶주린 얼굴빛이었는데, 자로가 나와 물었다.

제가 듣건대, 착한 일을 한 사람은 하늘이 그에게 복을 내려 주고, 착하지 못한 일을 한 자에게는 하늘이 그에게 화를 내려 준다 하였습니다. 지금 선생님께서는 덕을 쌓고 의로운 일을 많이 하시어 아름다운 생각을 품고 그것을 실천해 오신 지 오랜 세월이 되었습니다. 어찌하여 곤궁한 처지가 되신 것입니까?

공자께서 말씀하셨다.

유야! (…) 잘 만나고 잘 만나지 못하고 하는 것은 때이다. (…) 어찌 나뿐이겠느냐?
지초나 난초는 깊은 숲 속에 자라지만 사람들이 없다고 해서 향기를 발하지 않는 법이란 없다. 군자가 학문을 하는 것은 출세하기 위해서가 아니다. 그러므로 곤궁해지더라도 괴로워하지 않고, 걱정스럽다하더라도 뜻이 쇠약해지지는 않는다. 화복의 성격과 일의 끝과 시작을 잘 알아서 마음이 미혹되지 않는 것이다.(순자, 28-8)

군자는 곧 인자仁者이니 현실적으로 아무리 어려운 처지에 놓이고 곤궁하더라도 널리 공부하고 깊이 생각하며 몸을 닦고 행실을 단정히 하면서 그의 때를 기다려야 한다는 것이 공자의 군자관이라고 할 수 있다.

• 애인愛人

인권에 부합하는 유학의 두 번째 덕목은 애인이다. 애인은 사람을 사랑하고 존중하는 것이다.[7] 논어에는 애인에 대한 공자의 생각을 알 수 있는 예화를 찾을 수 있다.

> 번지가 인에 대해서 묻자, 공자가 대답하셨다. "사람을 사랑하는 것이다(愛人)." 지혜로움에 대해서 묻자, 공자가 말씀하셨다. "사람을 아는 것이다." 번지가 그 내용을 이해하지 못하자, 공자가 말씀하셨다. "정직한 사람을 들어 쓰고 모든 부정한 사람을 버리면 부정한 자로 하여금 곧게 할 수 있는 것이다."(논어, 안연 22)

공자의 이 말에 따르면 인仁은 곧 애인愛人이다. 애인에 의거하여 공자의 인본주의 사상이 보다 구체적으로 드러난 예화로 아래 대목을 들곤 한다.

> 마구간이 불에 탔다. 조정에서 퇴근하신 공자께서 말씀하셨다. '사람은 다치지 않았느냐?'고 물으셨지만, 말에 대해서는 묻지 않으셨다.

---

7) 논어에 나오는 '사람'에 대해서는 주나라 종법에 의거한 신분차별적인 사회계급질서 확립을 통한 사회 안정을 도모하려는 공자의 사고를 정확하게 파악해야 한다는 주장이 있다. 즉, 인은 '사람'에 대한 대표 명사이지만 '인'은 '타인'을 말한 경우도 있으며, '인계급(人階級)'을 말한 경우도 있다는 것이다. 선진시대의 경우, 인·민·백성은 계급적으로 구별된다. 논어에서는 대체로 인은 지배계급인 귀족을, 민은 피지배계급인 무산자를, 백성은 영지를 소유한 인과 민 중에서 성씨를 하사받은 유산계급을 지칭한다. 오늘날 '백성'은 천하만민을 지칭하지만 당시에는 토호세력을 말했던 것이다.(기세춘, 『동양고전산책 1』, 바이북스, 2008, 27쪽.) 다만, 본고에서는 인을 '사람'을 지칭하는 일반명사로 보고, 현대인권적 시각에서 '애인'을 '사람을 사랑하는 것'으로 해석하고자 한다.

춘추전국시대 당시 말(馬)은 신분과 경제력의 상징과도 같았다. 적어도 대부大夫 이상의 신분계급이 아니고서는 말을 탈 수 없었으며, 전쟁이 빈발하던 때라 말의 경제조 가치는 상당했다. 마구간에 불이 났으면 필시 말이 죽거나 다쳤을 가능성이 높다. 그럼에도 공자는 사람의 안위만 묻고는 말에 대해서는 묻지 않았다. 이 상황을 오늘날에 적용하면, 대기업 소유의 사업장에 큰 불이 난 경우를 상정할 수 있다. 불이 나면 기업이 감당해야 할 피해 규모가 막대하고, 그로 인해 재산상의 손실이 적지 않다. 이때 사업주는 어떤 입장을 취해야 할까? 재산상의 피해와 노동자의 생명과 안전 중에서 어느 것을 우선시해야 할까?

이에 대한 예로 2024년 6월 24일 발생한 화성 일차전지 제조공장(아리셀) 화재사고를 들 수 있다. 이 사고로 한국인 5명(남성 3명, 여성 2명), 중국인 17명(남성 3명, 여성 14명), 라오스인 1명(여성) 등 23명이 사망하였다. 이들은 모두 비정규직이거나 파견 직원이었다. 안전교육 미비 등 사고원인은 여러 가지가 있지만 사고 현장에서 가까운 비상문은 정규직 직원만 열 수 있었다. 비상문의 비밀번호를 알지 못하는 사망자들은 현장을 탈출하지 못하고 불길과 연기를 마시고 사망하였다.

이 사건에서 보듯이 만일 정규직과 비정규직을 차별하지 않고 대우했더라면, 사전에 안전시설을 면밀히 점검하고 대비했더라면, 안전교육을 충실히 하여 사고현장에서 신속하게 대피하였더라면, 인명피해를 줄이거나 모두 대피할 수 있었을 것이다.

비단 이 사례뿐만 아니라 산업현장에서 일어나는 대부분의 재해는 공자가 말한 "사람을 사랑하라"는 애인 사상의 바탕 위에서 관련 법규를 준수하는 것만으로도 충분히 예방할 수 있다. '생명 존중'이라는 현대사회의 시각에서 바라봐도 애인 사상은 현실에서 인권을 실천하는 게 전혀 손색없는 가치 관념이라고 할 수 있다.

• 효제 孝悌

효제란 부모에게 효도하고, 형제간에는 우애가 있어야 한다는 말이다. 하지만 이 말을 전근대적 관점에서 해석하면, 효제란 자식은 부모를 봉양해야 하고, 아우는 형을 공경해야 한다는 것이다. 이 측면에서 효제는 부모의 자식에 대한, 그리고 형의 아우에 대한 일방적 관계일 뿐 상호 호혜적이거나 수평적·대등적 관계를 나타내는 말이 아니다. 이를 보다 구체적으로 설명하면 다음과 같다.

효孝는 부모에 대한 자식의 도리, 즉 부모에 대한 공경과 봉양을 의미한다. 자식은 부모를 존경하고 사랑해야 하며, 부모가 살아 계실 때는 물론 돌아가신 후에도 자식으로서의 도리를 다해야 한다. "(부모님이) 돌아가셨을 때 상례를 신중히 치르고, 먼 조상을 추모하여 정성스럽게 제사를 지낸다면, 백성들의 덕이 두텁게 될 것이다."(논어, 학이 9)라는 것이 공자의 생각이었다. 효에 대한 이러한 관념은 공자에 국한되지 않는다. 맹자도 자식의 부모에 대한 절대 순종을 강조하며 이렇게 말한다.

맹자가 말하길 천하 사람이 크게 기뻐하여 장차 자기에게 돌아오려 하는데 온 천하가 대단히 기뻐하여 자기에게 돌아오는 것 보기를 마치 초개처럼 여긴 것은 오직 순임금이 그러하니라. 부모에게 인정을 얻지 못하면 사람이 될 수 없고 부모에게 순종하지 아니하면 자식이 될 수 없는 것이다.

순임금이 아버지를 섬기는 도를 극진히 하여 아버지 고수가 기뻐하니 천하가 감화를 받았으며 고수가 기뻐하니 천하의 부자 노릇 함이란 것이 정해졌다. 이를 대효大孝라 이른다.(맹자, 이루 상 28)

제悌는 형제 사이의 우애를 의미한다. 이 말은 형제나 자매 사이의 화합과 존중을 강조하며, 형제간에 서로 사랑하고 배려하는 마음을 가져야 한다는 것을 강조하고 있다. 그러나 점점 나이가 많은 형제나 자매를 공경하고, 아랫사람은 윗사람을 존중해야 한다는 것으로 그 뜻이 변질되었다.

유학이 효제를 강조하는 본질적 이유는 부모와 형제에 대한 사랑과 존경이 바탕이 되어야 사회 전반에서도 도덕적이고 조화로운 인간관계가 형성될 수 있다고 보기 때문이다. 공자도 효제의 중요성을 강조하며, 효제를 모든 도덕적 행동의 근본으로 삼았다. 이를테면, 공자는 "효제는 인仁을 실천하는 근본"이라고 하면서 이렇게 말한다.

그 사람됨이 효와 제를 실천하면서도 윗사람에게 덤비는 경우는 드물다. 윗사람에게 덤비는 것을 좋아하지 않으면서 작란作亂을 좋아하는 자는 있지 않았다. 군자는 근본에 힘쓰니 근본이 세워짐에 도가 생겨난다.(논어, 학이 2)

이처럼 공자는 개인의 도덕적 수양은 효제에서 시작되며, 가정에서 효제의 덕목을 실천하는 것이 사회 전체의 질서를 유지하는 데 필수적이라고 가르쳤다.

유자有子가 말했다. "효제는 인仁이 근본이 아니겠는가?"(논어, 학이 2)
어떤 사람이 공자에게 말했다.
"선생은 어찌 정치를 하지 않는 것입니까?"
공자가 답했다. "서경 주서 군진편에서 이르기를, '효를 할 뿐'이라고 했다. 효만이 형제간에 우애할 수 있고, 그것을 정사에 연장하면 정치가

되는 것이다. 어찌 그대가 말하는 것만을 정치라 하겠는가?" (논어, 위정 21)

따라서 유교에서 효는 인仁의 근본이며, 효를 펴는 것이 진정한 정치이다. 효는 백행의 근본인 동시에 통치의 근간인 것이다. 공자가 효를 유교사상의 핵심으로 간주하는 이유는 천하일가天下一家 사상을 현실에서 실현하기 위함이다. 이 사상은 세상을 하나의 가족처럼 여기고, 사회와 국가, 세계가 조화롭게 유지되어야 한다는 이념이다. 즉, 유가들이 이상적 사회질서로 바라보는 수신제가치국평천하修身齊家治國平天下에서 알 수 있듯이 천하일가는 가족을 중심으로 한 유교의 윤리가 개인, 사회, 국가를 넘어 세상 전체로 확장되는 개념이다. 가족 안에서 부모에게 효도하고 형제간에 우애를 다하는 효제는 사회와 국가, 더 나아가 세계에서도 이상적인 질서로 자리 잡아야 한다는 것이다. 이러한 사상은 맹자의 말에 여실히 드러나 있다.

> 인仁의 실체는 어버이를 섬기는 효이며,
>
> 의義의 실체는 형을 따르는 제이며,
>
> 예禮의 실체는 효제를 절도 있게 꾸미는 것이며,
>
> 지智의 실체는 효제를 깨닫고 버리지 않게 하는 것이며,
>
> 악樂의 실체는 효제의 마음이 생기게 하는 것이다.(맹자, 이루장구 상)

하지만 시대의 변화와 함께 효제의 의미도 달리 해석할 필요가 있다. 현대 사회에서 효제는 단순한 부모에 대한 순종이 아니라, 가족 구성원 간의 상호 존중과 사랑을 바탕으로 한 관계를 의미한다. 부모와 자식 간의 관계는 상호존중과 평등의 관점에서 재설정되어야 하고, 효도를 통해 개인의 행복을 추구하는 동시에 사회구성원으로서의 책

임감을 다하는 식으로 해석해야 한다. 또한 효제를 근간으로 하는 천하일가는 가정이나 국가 또는 특정 민족에 국한한 것이 아니라 인류 전체를 포용하는 공동체의식으로 확장되어야 한다. 효제에 의거한 천하일가는 나라와 인종, 계층을 넘어 모든 사람이 하나의 가족처럼 화합하고 서로 존중함으로써 차별 없는 평화로운 세계공동체를 지향하는 현대 인권사상으로 재해석하고 적용할 수 있다. 따라서 효제를 더이상 전근대적이고 봉건적 수직관계 중심의 인간관계로 파악해서는 아니 되며, 현대 인권의 가치이념과 조화시켜 개인의 행복추구권과 사회적 책임을 조화시킬 수 있는 방향을 모색해야 한다.

• 충서 忠恕

인권에 부합하는 유학의 네 번째 덕목은 충서이다. 한자어 충忠은 가운데 중中에 마음 심心 자로 구성되어 있다. 이 글자는 "마음 밭에 지도리를 꽂는다."는 뜻이다. 지도리는 여닫이 창문에서 돌쩌귀나 경첩 따위를 단 쪽을 말한다. 작은 부품이지만 지도리가 없이는 문을 여닫을 수 없다. 한자어 서恕는 같을 여如에 마음 심心자로 구성되어 있다. 이 글자는 "네 마음이 내 마음" 혹은 "내 마음이 네 마음"이라는 뜻이다. 충과 서를 좀 더 구체적으로 살펴본다.

충忠은 어떤 일을 함에 있어 자신이 해야 할 도리나 책임을 다하는 것을 의미한다. 공자는 충을 마음과 행동을 다해 진실되게 임하는 태도로 보았으며, 자신이 맡은 바를 성실히 수행하는 것을 중요한 덕목으로 삼았다. 그 후 충은 국가나 군주에 대한 절대적인 충성심을 뜻하는 것으로 변질되어 사용되었다. "충성으로써 임금을 섬긴다."는 세속오계의 하나인 사군이충事君以忠을 그 일례로 들 수 있다. 충서가 충성의 의미로 사용되면서 관련 용어도 군주와 자식의 부모에 대한 절대 복종을 뜻하는 의미로 변질되었다. 이를테면, 충성과 신의를 아울러 이르는 말인 충신忠信과 충성과 절의를 아울러 이르는 말인 충의忠義가 나라와 임금을 위하여 충성을 다한다는 충신忠臣으로, 또한 효도도 충성과 결합하여 충효忠孝를 강조하는 의미로 사용되었다. 따라서 아래 정몽주의 말은 이러한 취지를 분명하게 드러내고 있다.

> 옛 사람들이 말하기를 충신은 반드시 효자가 나오는 가문에서 나오는 것이니 거기에서 구하라고 하였다. 따라서 어버이에게 먼저 효도를 하면 자연히 임금에게 충성을 할 수 있게 되고, 임금에게 충성을 하면 부모에게도 효도할 수 있게 되는 것이다. 대체로 충성과 효도는 마음속에 고유하게 있는 것으로 병행하는 것이다.〔정몽주(鄭夢周),「고문영공실행기(高文英公實行記)」중에서〕

서恕는 다른 사람의 입장에서 생각하고, 상대방의 상황이나 감정을 이해하며, 그들을 너그럽게 대하는 마음가짐을 의미한다. 공자는 이 덕목을 특히 중요하게 생각하여 "기소불욕 물시어인己所不欲 勿施於人", 즉 "자신이 원하지 않는 것을 남에게 시키지 말라."고 강조하였다.

> 자공이 물었다. "평생 동안 간직하며 실천해야 할 한 마디가 있을까요?"
> 공자가 대답했다. "그건 바로 恕이지. 네가 바라지 않는 것을 다른 사람에게 시키지 마라."

공자는 충서를 군자가 갖춰야 할 중요한 도덕윤리의 덕목으로 보았으며, 인간관계에서 이 두 가지 덕목을 실천하는 것이 조화로운 사회를 이루는 데 필수적이라고 가르쳤다. 공자는 특히 '서'를 통해 타인의 입장에서 생각하는 마음을 강조하면서, '충'을 통해 자신의 역할을 다하는 것이 균형 있게 실현될 때, 진정한 도덕적 인간이 될 수 있다고 보았다. 하지만 논어에서 공자는 '충'보다는 '서'를 강조하고 있는데, '서'를 실천하는 현실적 방법으로 능근취비能近取譬와 극기복례克己復禮를 들고 있다.

'서'를 실천하는 첫 번째 방법인 능근취비는 "가까운 데서 취하여 깨달음"을 얻는다는 뜻이다. 자공이, "만일 백성들에게 널리 베풀어 능히 대중을 구제한다면 어떻습니까? 인仁이라 할 수 있겠습니까?"고 묻자 공자가 말했다.

> 어찌 인仁일 뿐이겠는가? 반드시 성聖일 것이다. 요순도 그것을 병病으로 여기셨다. 무릇 인자仁者는 자기가 입신하고 싶음에도 남도 입신할 수 있도록 하고, 자기가 영달하고 싶음에 남도 영달할 수 있도록 해야 한다. 능히 가까운 데서 취하여 깨닫는다면 인仁을 실천하는 방법이라 할 수 있겠다.(논어, 옹야 28)

공자의 이 말은 자신에게 가까운 사람이나 사물을 통해 배우고 깨달음을 얻으라는 뜻이다. 사람들은 학문이나 일을 할 때 거대담론이나 철학적 의미를 탐구하는 경향이 강하다. 하지만 능근취비의 자세를 가지면, 큰 이론이나 철학보다는 주변의 작은 일과 사람들에게서 배우고 깨달음을 얻을 수 있는 기회가 적지 않다. 또한 능근취비의 자세를 가지면, 상대를 경쟁의 대상으로 보지 않고 남을 배려하고 돕고, 자신이 원하는 것을 남에게도 베풀고, 함께 성장하고 발전하도록 노력할 수 있는 마음의 여유를 가질 수 있다. 이런 취지에서 공자도 능근취비를 인仁을 실천하는 가장 좋은 방법이라고 강조하고 있다. 남을 배려하고 돕는 마음을 가지고 살아가는 것이 인자仁者가 취해야 할 진정한 삶의 태도라는 것이다.

'서'를 실천하는 두 번째 방법인 극기복례란 "자기를 이기고 예로 돌아감"을 말한다. 안연이 인仁에 대해 묻자 공자가 말했다.

"자기의 사사로운 욕망을 이기고 예禮로 돌아가는 것이 인仁을 실천하는 것이다. 하루를 극기복례하면 세상이 인仁으로 돌아갈 것이다. 인仁을 실천하는 것은 자기로부터 말미암는 것이니 남으로부터 말미암는 것이겠는가?" 안연이 말하기를, "청컨대 그 조목을 묻습니다." 공자가 말씀하시길, "예禮가 아니면 보지 말고, 예禮가 아니면 듣지 말며, 예禮가 아니면 말하지 말고, 예禮가 아니면 행동하지 말라." 안연이 말하기를, "제가 비록 민첩하지 못하나 청컨대 이 말씀들을 실천하겠습니다."(논어, 안연 1)

극기복례에 관한 공자의 말을 한마디로 정리하면, "예의범절을 지키라."는 것이다. 만일 개인이 자신의 욕망이나 감정, 이기적인 마음과 같은 사사로운 욕망을 억누르고 예절과 도리를 따르는 삶을 살면, 누구나 현실에서 인仁을 실천할 수 있다. 이에 대한 공자의 입장은 명쾌하면서도 단호하다. "하루를 극기복례하면 세상이 인仁으로 돌아갈 것이다." 이때 공자가 말하는 예禮는 단순히 형식적인 예의범절을 말하는 것이 아니라 자기 수양과 성찰을 통해 체득한 것으로 사람과 사람 사이의 관계를 조절하고 사회 질서를 유지하는 데 중요한 역할을 하는 도덕규범이다.

과학기술문명이 고도화된 현대사회는 그 어느 때보다 극기복례의 가치가 중요시되어야 한다. 예를 들어, 현대사회에서는 인공지능, 유전자 편집 등 새로운 기술이 가져올 수 있는 윤리와 인권 문제에 대해 깊이 고민하고, 책임감 있는 태도로 기술을 개발하고 활용해야 한다. 소위 기술발전에 따른 윤리적 책임과 인권적 이해가 필요한데, 극기복례의 적용을 통해 이 문제를 해결할 수 있다. 마찬가지로 극기복례는 디지털 시대의 도덕규범으로도 활용될 수 있다. 온라인 커뮤니티에서의 예절이라든지 개인정보 보호 영역에서도 자기 자신을 성찰하고 절제하는 태도를 함양함으로써 상대방의 사생활과 정보를 침해하지 않고 보호하는 방법으로 극기복례의 가치는 중요한 역할을 할 수 있다.

법문학의 사례를 통해 바라본 인권과 유학, 그리고 문학의 만남의 필요성[8]

예전부터 법률문제는 많은 문학작품의 소재로 활용되어 왔다. 유럽의 역사를 거슬러 올라가 보면, 고대 그리스문학의 가장 오래된 서사시로 알려진 호메로스(B.C. 8세기경)의 『일리아드』와 역시 고대 그리스의 비극작가 아이스킬로스(B.C. 525~456)의 비극 3부작인 『오레스테이아』[9]에서도 복수를 소재로 한 법률문제를 다루고 있다. 하지만 인간법과 신법神法을 대비시켜 법적 정의의 문제 등 법률

---

8) 이 부분은 다음 논문의 일부 내용을 수정하여 재인용하였다. 채형복, "법문학 시론", 형평과 정의, 대구지방변호사회, 제30호, 2015. 12., 355-374쪽.
9) 이 3부작은 『아가멤논』, 『제주를 바치는 여인들(코이포로이)』, 『자비로운 여신들(에우메니데스)』의 세 작품으로 이루어져 있다.

문제를 보다 구체적으로 다루고 있는 작품으로는 소포클레스(B.C. 497~406)의 『안티고네』를 들 수 있다.

이 작품은 기원전 441년에 발표된 비극으로 테바이의 왕 크레온과 테베의 오이디푸스 왕의 딸인 안티고네의 갈등을 다루고 있다. 헤겔은 『안티고네』에 대해 평하기를, 크레온으로 대변되는 인간법과 안티고네로 대변되는 신법이 남성과 여성의 본질적 차이라는 자연으로부터 이끌어낸 정신의 두 가지 형태로서 양자가 서로 대등한 힘을 가지고 대립하고 있다고 본다.[10]

그 후 이러한 전통은 꾸준히 이어져 많은 문학가들이 법(律)을 소재로 활용하여 작품을 썼다. 이 가운데 학문적 연구대상은 물론 일반 대중(독자)에게 가장 많이 회자되는 작가는 영국의 대문호 윌리엄 셰익스피어라고 할 수 있다. 그는 『베니스의 상인(The Merchant of Venice)』, 『눈에는 눈(Measure for Measure)』 등 많은 작품에서 법을 소재로 활용하고 있다. 이 가운데 특히 전자는 셰익스피어의 희극 중 가장 잘 알려져 있는 작품이다. 셰익스피어는 이 작품의 주인공인 유대인 샤일록과 상대인물인 포서를 통하여 법치주의와 정의의 본질에 대해 묻고 있다.

약속(혹은 계약)은 지켜야 한다(pacta sunt servanda)!

이 말은 사적자치私的自治의 대원칙으로 근대 민법의 기본이 된 관념이다. 이 원칙을 문언 그대로 적용하면, 샤일록과 안토니오 사이에 체결된 "심장에서 가장 가까운 살 1파운드"라는 '인육계약'은 유효하

---

10) 민윤영, "안티고네 신화의 법철학적 이해", 법철학연구 제14권 제2호, 2011, 73쪽.

다고 볼 수 있을까? 물론 오늘날에는 이러한 유형의 계약은 민법상 '공서양속의 원칙'에 위반되어 처음부터 무효이다. 하지만 작품 속 당시의 베니스에서는 계약무효에 관한 일반조항이 없었다. 결국 '현명한 법관' 포셔가 "피 한 방울도 흘려서는 안 된다."며 법논리가 아닌 궤변에 가까운 논리로 판결을 내림으로써 가혹한 법의 집행을 피하게 된다. 포셔의 입을 빌리고 있지만 셰익스피어는 문학적 상상력이 법적 정의에 기여할 수 있다는 것을 이 작품을 통해 역설하고자 한 것은 아닐까?

비단 셰익스피어의 작품뿐 아니라 『주홍글씨』, 『레 미제라블』, 『죄와 벌』, 『부활』 등 많은 작가의 작품에서 우리는 문학과 법(률)이 절묘하게 어우러져 있음을 알 수 있다. 이러한 문학작품 읽기를 통하여 법을 보다 풍부하게 이해할 수 있지는 않을까? 문학과 법, 법과 문학은 상호보완적인 관계에 있다고 보아야 한다.

이처럼 문학작품을 통하여 법과 문학의 관계를 이해하려는 시도는 오래전부터 있어 왔다. 하지만 법과 문학이라는 독자적 학문 영역을 통합하여 '법문학'이라는 독립된 학문 분과로 주장하기 시작한 것은 1970년대 미국에서 시작되었다.[11] 그 선구자는 포스너(Richard Posner)에 의해 창시된 "법경제학과(law and economics)"이다. 이 학파에 의해 주도된 '법경제학'이 성공적으로 정착함으로써 '법과 사회(law and society)', '법여성학(law and feminism; Feminist Jurisprudence)' 등의 연구로 이어졌다. 또한 자연스레 '법과 문학'에 대한 강좌 개설과 연구가 활성

---

11) 대표적인 국내학자로 이상돈 교수를 들 수 있다. 이에 대한 상세한 내용은, 이상돈, "법문학이란 무엇인가? -법문학을 통한 법적 정의의 실현가능성에 대한 시론", 고려법학, 제48권, 2007, 59-82쪽; 이상돈·이소영, 『법문학』, 신영사, 2005, 365쪽.

화되었다.[12] 이처럼 법과 인접학문과의 학제적 연구로 시작된 시도는 '법경제학', '법여성학', '법사회학' 등 이미 독자적인 학문분야로 자리 잡았다. 이에 반하여 유독 '법과 문학'은 아직도 '법문학'으로 자리 잡지 못하고 여전히 법 '과' 문학으로 불리고 있다. 이에 대해 이상돈은 다음과 같이 '법과 문학'이 아닌 '법문학'으로 불러야 한다고 주장한다.

> 미국에서 많이 논의되어 온 'law and literature'는 국내에 소개되면서 '법과-문학'으로 번역되었고, 현재 우리 학계에서는 일반적으로 이 용어를 사용하고 있다. 하지만 이는 법과 문학을 각각 별개의 학문으로 바라보며 법문학이 고유한 연구대상 및 방법론을 가진 한 학문분과로서 인정될 가능성을 간과하는 듯한 인상을 주기도 한다. 무엇보다도 법과 문학은 서로에 대해 외재적(extern)인 것이 아니라 내재적(intern)인 것이라는 점을 인식할 필요가 있다. 법에 내재해 있는 문학(rechtsinterne Literatur), 문학에 내재해 있는 법(literturinternes Recht)은 각기 법학의 한 분과 그리고 문학의 한 분과로 자리 잡을 수 있다는 것이다. 그러므로 법과 문학이 아니라 법문학(Rechtsliterature, legal literature)이라는 표현을 사용하는 것이 적절하다.[13]

이상돈 교수가 지적하는 바와 같이, "법에 내재해 있는 문학, 문학에 내재해 있는 법"으로서 법문학은 이제 '법학의 한 분과 내지는 문

---

12) 이에 대한 상세한 내용은, 안경환, "미국에서의 법과 문학 운동", 문학과 영상(2001, 2권 1호), 195-235쪽.
13) 이상돈·이소영, 앞의 책, 23-24쪽.

학의 한 분과'로 간주되어야 한다. 위에서 검토한 것처럼 법문학은 고유의 학문 대상과 영역, 그리고 방법론을 가지고 있다. 또 오랜 세월 동안 법과 문학은 각자의 영역에서 서로 관여하고, 영향을 주고받으면서 서로 밀접한 관계를 유지하면서 발전해 왔다.

법문학이 독자적인 학문 분야로 자리 잡기 위해서는 무엇보다 학문 간 경계를 굳건히 쌓고 상호 교류와 연구가 제대로 정착하지 못하고 있는 국내학계의 풍토를 개선해야 한다. 법과 문학이 서로에 대해 단순히 호기심을 갖거나 또는 "법(문학)이 어떻게 문학(법)을"이라는 식의 냉소를 보내는 식의 시각은 법과 문학 혹은 법문학이란 독자적인 학문 분야의 발전에도 전혀 도움이 되지 않기 때문이다.

법문학에 관한 위의 논의는 최근 새로운 학문 분야로 대두되고 있는 인권유학과 문학의 관계에도 적용할 수 있다.

인권유학과 문학을 중심으로 유학에 문제를 제기하는 일의 본질은 전통유학이 바라보는 "인륜이란 무엇인가?"에 대한 비판적이고 새로운 접근의 필요성에 있다. 전통이라는 고정관념과 인식에 사로잡혀 시대의 환경에 따른 새로운 학문의 가능성을 외면한다면, 결국 유학은 자신이 설정한 범주를 벗어나지 못하고 고사枯死하고 말지도 모른다. 또한 문학작품에서 다루고 있는 풍성한 법이슈들을 법학의 새로운 해석과 발전을 위한 도구로 활용하지 못함으로써 스스로를 법적 텍스트의 제한적 한계에 가두는 어리석음에 빠져버릴지도 모른다.

유학의 한 분파인 성리학은 조선시대의 사회, 문화, 정치 모든 면에 깊은 영향을 미친 지배적인 사상이다. '성리학의 나라'라고 불릴 만큼 조선은 성리학을 중심으로 발전했고, 이는 조선의 역사와 문화를 이해하는 데 있어 필수적인 요소이다. 성리학은 조선사회뿐만 아니라 현대 한국인과 한국사회에도 지대한 영향을 미치고 있다.

조선 후기로 접어들면서 성리학의 이념이 점차 퇴색되었고, 실학을 비롯한 서양의 학문과 종교 등은 조선사회에 전반에 많은 영향을 미쳤다. 이 당시의 조선사회와 시대상을 생생하게 담고 있는 것 중의 하나가 바로 문학작품이다. 문학작품은 단순한 이야기가 아니라, 그 시대를 살았던 사람들의 삶, 생각, 가치관을 생동감 있게 담아내는 거울과 같다. 시대상을 반영하는 문학작품은 사회문제를 제기하고, 역사적 사건을 반영하며, 일상생활을 묘사하는 등 다양한 방식으로 그 시대를 이해하는 중요한 단서를 제공한다.

유럽의 문학작품을 그 예로 들면, 『올리버 트위스트』(영국의 빈곤과 착취), 『어려운 시절』(산업혁명으로 인한 공리주의적 사고와 그로 인한 인간성을 말살하는 사회제도)과 같은 찰스 디킨스의 소설은 산업혁명 시대 영국 사회의 어두운 면과 사회 불평등을 고발하며 시대의 변화를 반영하고 있다. 또한 『무기여 잘 있거라』(1차 세계대전을 배경으로 한 사랑과 전쟁 사이에서 갈등하는 한 남자의 이야기), 『누구를 위하여 종은 울리나』(스페인 내전을 배경으로 파시즘에 맞서 싸우는 게릴라들의 이야기)와 같은 어니스트 헤밍웨이의 소설은 1차 세계대전과 2차 세계대전을 배경으로 하여 전쟁의 참혹함과 인간의 고독을 그려내고 있다.

본서에서 분석하는 조선 후기 소설도 마찬가지로 당시 시대상을 반영하고 있다. 『홍길동전』은 조선사회의 부조리에 맞서 싸우는 홍길동을 통하여 양반사회를 비판하고 있으며, 『춘향전』에서는 이몽룡과 춘향의 애틋한 사랑 이야기를 통하여 신분제도의 부당함을 고발하고 있다. 또한 『심청전』에서는 효심 깊은 심청이가 아버지를 위해 인당수에 몸을 던지는 이야기를 통해 효의 중요성을 강조하고 있다.

조선시대는 가부장제에 바탕을 둔 신분사회가 고착화된 전근대사회의 전형이라고 할 수 있다. 하지만 조선 후기 소설에서는 양반사회의 부조리를 고발하고 홍길동, 춘향과 같은 평민이 주인공으로 등장하여 당시 서민의 삶과 의식을 대변하고 있다. 또한 『박씨전』이나 『이춘풍전』에서 알 수 있듯이 여성의 활약상을 그린 작품도 등장하여 여성의 지위가 점차 향상되고 있는 시대상을 반영하고 있기도 하다.

조선 후기 고전소설 읽기가 필요한 이유 (1):
현대인권의 관점에서 유학을 새롭게 해석하기

조선 후기 고전소설 읽기가 필요한 첫 번째 이유는 현대인권의 관점에서 유학을 새롭게 해석하고 현실에서 적용하는 데 큰 도움을 줄 수 있기 때문이다.

유학이 공자에 의해 처음으로 체계화되고 통일적인 성격을 띤 학문체계라는 점은 분명하다. 공자가 사망한 기원전 479년을 기산점으로 잡더라도 유학이 하나의 학문으로 성립된 지 벌써 약 2,500년이다. 그럼에도 그토록 오랜 세월 동안 유학에 관한 보편적 및 통일적 개념이 부재한 것은 아이러니한 현상이 아닐 수 없다.

그동안 대다수 학자는 유학을 유가 중심의 사상체계로 좁게 보는 시각을 가지고 있었다. 유학을 "중국의 공자를 시조始祖로 하는 전통적인 학문"으로 보는 개념이 이 입장을 대변한다. 만일 유학을 이렇게 좁게 이해하면 유가만 살아남고 다양한 학파를 포섭하지 못하여 그 확장성은 제한되고 만다. 제자백가를 중심으로 형성된 다양한 학파와 그 이후 변천·발전된 학문을 유학이라고 보고, 현시대에 맞게 재해석함으로써 유학의 변신을 도모하는 것이 바람직한 태도라고 할 수 있다.

그런데 재밌는 것은 비록 유학의 개념이 부재하다고 할지라도 유학이 지향하는 바는 아주 분명하다는 사실이다. 유학은 수기치인修己治人, 즉 인의예지仁義禮智를 근본 개념으로 먼저 자신의 몸을 닦고(修身) 집안을 안정시킨 후(齊家) 나라를 다스리며(治國) 천하를 평정함(平天下)을 선비가 걸어가야 할 올바른 길이라고 본다. 또한 이 길을 걸어가면서 선비가 도달해야 할 이상적 경지는 요堯·순舜으로부터 주공周公에 이르는 성인聖人이다. 선비는 성인을 본받아 평생토록 쉼 없이 공부하고 배운 바를 현실에서 실천하도록 노력하여야 한다.

　　선비가 유학을 배우거나 가르칠 때 사용하는 가장 핵심이 되는 경전이 바로 사서삼경四書三經이다. 사서란『논어論語』,『맹자孟子』,『대학大學』,『중용中庸』의 네 가지 경전을 말하며, 삼경은『시경詩經』,『서경書經』,『주역周易』의 세 경서를 말한다. 삼경에『예기禮記』,『춘추春秋』를 더한 것이 오경五經이다. 사서삼경 혹은 사서오경은 유학 교육의 가장 핵심적이고 기본적인 경전이자 교과서라고 할 수 있다.

　　오늘날 유학을 전근대적인 학문이라는 이유로 비판할 때 드는 주된 사유는 사서오경을 위시한 기본경전은 물론 유교사상에 현대 유럽 사회에서 이해하는 방식의 인권에 대한 개념이 부재하다는 사실이다. 유학은 여전히 가문이나 혈연, 지연 등 전근대적인 신분과 계급제에서 완전히 탈피하지 못했으며, 특히 남성과의 관계에서 여성을 평등한 관계로 보지 않는 등 인권친화적이지 않다는 비판에서 자유롭지 못하다.[14]

　　하지만 비록 현대인권 개념이 부재하다고 할지라도 약 2,500년 전에 태어난 유학은 오늘날에도 한중일 삼국은 물론 아시아의 문화와

---

14) 위 내용은 다음 문헌에서 재인용함. 채형복,『선진유학과 인권』, 60-62쪽.

사회에 상당한 영향을 미치고 있다. 오랜 세월 아시아의 지배담론으로 발전해 오면서 유학에 대한 평가는 다양할 수밖에 없다. 빛이 있으면 그림자가 있듯이 유학도 장점과 단점을 아울러 가지고 있다. 이를 중심으로 유학의 성질을 살펴본다.[15]

먼저 장점 측면에서 유학은 다음과 같은 성질을 가지고 있다.

첫째, 유학은 기본적으로 교학, 즉 가르침(敎)과 배움(學)을 중시한다.

> 배우고 그것을 때때로(항상) 익히면 기쁘지 않겠는가(學而時習之 不亦說乎).

논어는 책의 첫머리를 배움을 강조하는 공자의 이 말로 시작한다. 말년에 공자는 주유를 마치고 고향으로 돌아와 자신이 배우고 깨우친 바를 제자들에게 가르치고 제자를 양성하는 데 진력한다. 이 사례는 공자가 평생 배우고 가르치는 일을 게을리하지 않았다는 사실을 보여준다. 이렇듯 유학은 개인의 성장이 사회발전으로 이어진다는 믿음 아래 교학과 자기수양을 강조한다.

둘째, 유학이 자기수양을 강조하는 이유는 기본적으로 자신의 몸과 마음을 닦은 후에 남을 다스린다는 수기치인의 학문이기 때문이다. 유학은 진리 실현을 위한 방식으로 수기치인을 기본으로 삼고 있다. 이때 수기는 수신修身에, 치인은 치국평천하治國平天下와 관련된다. 수기를 통한 자신의 인격적 완성을 지향하는 공부를 위기지학爲己之學, 세상을 다스리는 치인에 관심을 두고 학문을 하는 것을 위인지학爲人之學이라고 한다. 위기지학과 위인지학을 고르게 추구하면 이상적이

---

15) 이에 대해서는 다음 문헌에서 재인용함. 채형복, 『선진유학과 인권』, 50-54쪽.

지만 일반적으로 사람마다 학문을 하는 목적이 다르다. 그러므로 개인이 추구하는 목적에 따라 유학은 수기의 학문과 치인의 학문으로 나뉜다고 할 수 있다.

셋째, 유학은 가족을 강조한다. 유학은 사회의 기초를 가족관계에 두고 가족의 중요성을 강조한다. 공자는 주나라의 종법宗法을 가족 및 사회질서의 기본모델로 삼았다. 이를 바탕으로 국가와 사회도 천자를 중심으로 엄격한 신분제에 기반한 가부장적 질서로 재편되었다.

넷째, 유학은 연장자에 대한 존경을 강조한다. 연장자의 지혜와 경험을 소중히 여기며, 연장자를 존중하고 돌보는 효孝는 상하 수직관계와 서열을 중시하는 제悌와 결합하여 독특한 유교적 인간관계를 정립하였다. 효제는 유학의 장점이자 단점으로 평가받고 있다.

다섯째, 위에서 살펴본 유학의 성질은 결국 사회적 질서와 안정을 유지하기 위한 것이다. 춘추전국시대는 전쟁이 끊이지 않는 난세였다. 약육강식에 빠진 혼란한 세상을 어떻게 하면 잘 다스려 안정된 사회질서를 유지할까는 공자를 위시한 제자백가의 한결같은 바람이었다. 공자가 내세우는 정명正名이나 인의예지仁義禮智 네 가지 덕(四德)을 비롯한 유학의 사상과 이론은 모두 도덕적 가치를 증진함으로써 정치와 경제가 안정되고 분란이 없는 사회의 안정과 조화를 도모하기 위함이었다.

다음은 단점 측면에서 살펴본 유학의 성질인데, 주로 유학에 가해지는 비판이다.

첫째, 유학은 기본적으로 수직 상하적 위계와 서열을 중시한다. 이로 인해 개인이 권위 혹은 권력 있는 위치에 있는 사람에게 절대적으로 복종해야 한다는 믿음이 강하여 계층적 사회 질서를 조장하는 경향이 강하다.

둘째, 유학은 개인의 자유와 창의성을 제한하고, 사회 질서와 체제에 순응하도록 강요하는 문제가 있다. 유교적 사회질서에서 개인은 주체성을 가진 독립된 자아를 가지지 못하고 집단에 부속한 종속적 개체로 간주된다.

셋째, 민족중심주의는 유학이 가진 또 하나의 문제점이다. 유학은 역사적으로 한족 중심의 중국 문화와 깊은 관련을 맺고 있고, 종국적으로는 민족중심주의를 내세워 이민족 문화의 종속을 정당화하는 데 사용되었다. 동북공정東北工程에서 알 수 있듯이 중국 정부가 한국과 대만 등 인접국의 역사를 모두 자국의 역사로 규정하여 역사 왜곡을 시도하는 것도 유교가 가진 민족중심주의의 폐해에서 기인하는 것으로 볼 수 있다.

넷째, 유학의 보수적 성역할과 고정관념도 극복해야 할 문제다. 유학은 역사적으로 남성을 사회의 지배적 주체로 보고, 여성을 종속자로 하는 전통적인 성역할을 장려해 왔다. 북송 때부터 20세기 초반까지 1000년 이상 지속된 전족(纏足, 纏足)은 여성의 인권을 유린하는 전형적인 사례다. 전족은 어린 여자아이의 발가락을 꺾어 발바닥에 붙여 하나로 뭉친 뒤, 발을 천으로 꽁꽁 동여매 일정 크기 이상으로 자라는 것을 막는 중국의 풍습, 혹은 그 풍습으로 인해 만들어진 작은 발을 일컫는 말이다. 전족 풍습은 잔혹한 아동 학대이자 여성의 몸을 남성의 성노리개나 성적 유희의 대상으로 삼은 전근대적 남성중심주의의 폐습이라고 할 수 있다.

따라서 개인의 주체성이라는 관점에서 볼 때 유학은 개인보다는 가족, 공동체, 국가에 대한 의무에 중점을 두는 전통 사상인 반면 인권은 개인의 자유와 권리에 중점을 두는 현대적 개념이다. 이 차이점은 유학이 종종 개인의 권리를 희생시키면서 공동체의 복지를 우선시한

다고 비판받는 이유이다.[16)]

하지만 유학과 인권 모두 인간의 존엄성과 가치를 강조한다. 또한 양자 모두 인간은 도덕적 존재이며, 다른 사람을 존중해야 한다고 가르치고 있다. 이 점은 만일 유학사상가들의 주장과 경전을 인권의 관점에서 재해석하여 현실에 적용한다면, 유학이 인권 이념을 발전시키는 데 도움이 될 수 있음을 시사한다.

인권과 유학의 차이점	
인권	**유학**
인간의 권리 중시	인간의 윤리 중시
개인-나의 권리	독립적 개인〈공동체의 유기적 구성원으로서 개인-나
개인-나의 이익=인간의 존엄성 추구	공동체의 이익=공동선 추구
개인-나의 권리 중심	개인-나의 공동체에 대한 의무 중심
자연법(자연권)+실정법의 결합	자연법(자연권) 우선 법가의 경우, 실정법 만능주의
개인-나(甲) vs 국가(乙)= 계약관계(甲〉乙)	개인-나(甲) vs 국가(乙)= 지배와 피지배의 종속관계(甲〈乙)

유학과 인권이 가지는 동질성과 차이점을 제대로 파악하고 이를 '인권유학'으로 재정립하기 위해서는 양자가 형성, 발전해 온 배경 차이를 이해해야 한다. 유학은 현대유럽사회와는 매우 다른 역사적 및 문화적 맥락에서 발전해 왔기 때문에 유럽 중심의 인권에 대한 관점 및 그 개념과는 완전히 일치하지 않을 수 있다는 점에 유의해야

---

16) 채형복, 『선진유학과 인권』, 65쪽.

한다.[17]

인권이 '사람(인간)의 권리'를 보장하는 관념이라면 유학은 '사람(인간)의 도덕윤리'인 인륜人倫을 중시한다. 유학에 인권의 개념이 부재하다고 하여 이를 무시하고 배척排斥한다면 '사람의 마땅한 도리'를 추구하면서 발전해 온 유학이 가지는 역사와 전통을 전적으로 사장시키는 역효과를 불러일으킬 위험이 있다. 오히려 인권의 가치와 관념에 비춰보아 유학을 재정립하기 위한 인식과 사고의 방향성에 대해 논의하고 새로운 담론을 만들어내야 한다. 그중에 가장 시급한 과제가 바로 유교주의가 가진 거석문화巨石文化 혹은 남근주의男根主義를 해체·극복하는 것이다.

논어 위정편에서 공자께서 말씀하시었다.

유由(자로)야! 내 너에게 안다고 하는 것을 가르쳐 주겠다. 아는 것을 안다 하고, 모르는 것을 모른다 하는 것, 이것이 곧 아는 것이다.[18]

공자의 이 말처럼 우리는 유학에 인권의 개념이 부재하고, 인권에 대해 '몰랐다'고 솔직히 인정해야 한다. '아는 것을 안다 하고, 모르는 것을 모른다'하는 것이 '곧 아는 것'이라는 공자의 솔직한 태도가 필요하다. 중요한 것은 지금부터라도 인권을 유학에 수용하고, 결합을 적극 시도함으로써 현대사회에 합당한 유학을 정립하는 것이다.[19]

그 방법 중의 하나가 바로 조선 후기 고전소설을 읽는 것이다. 소

---

17) 채형복, 『선진유학과 인권』, 66-67쪽.
18) 논어 위정 2:17.
19) 채형복, 『선진유학과 인권』, 67-68쪽.

설 읽기를 통해 조선사회를 지배하고 있던 사상인 유학을 이해할 수 있고, 이를 현대인권적 관점에서 분석함으로써 시적 정의(poetic justice) 혹은 문학적 정의(literary justice)를 정립하는 데 큰 도움을 받을 수 있기 때문이다.

조선 후기 고전소설 읽기가 필요한 이유 (2): 시적 정의 혹은 문학적 정의를 위하여

조선 후기 고전소설 읽기가 필요한 두 번째 이유는 독자로 하여금 시적 정의 혹은 문학적 정의 관념을 확립하는 데 큰 도움을 줄 수 있기 때문이다.

'시적 정의'라는 용어는 미국 철학자 마사 누스바움이 쓴 저서 『시적 정의: 문학적 상상력과 공적인 삶』[20] 제목에서 따온 것이다. 누스바움은 시카고대학 로스쿨에서 '법과 문학' 강의를 한 내용을 단행본으로 묶어 내면서 시적 정의를 그 책의 제목으로 삼았다.[21] 누스바움은 이 책에서 시적 정의에 대한 명확한 개념정의를 내리고 있지는 않다. 이 책의 부제인 "문학적 상상력과 공적인 삶"을 바탕으로 '시적 정의'를 개념 정의하면, "문학적 상상력에 바탕을 둔 공적 합리성"이 될 것이다. 누스바움도 그렇게 보고 있는 것 같다.

누스바움은 왜 시적 정의를 제안하고 있는가?

---

20) 마사 누스바움(박용준 옮김), 『시적 정의: 문학적 상상력과 공적인 삶(Poetic Justice: The Literary Imagination and Public Life)』, 궁리, 2013, 284쪽.
21) 누스바움이 말하는 시적 정의는 문학적 정의와 같은 의미로 이해해도 무방하다.

그의 견해에 따르면, 문학은 생생하고 구체적인 방식으로 개별적 등장인물과 그들의 삶을 묘사하고 있으므로 독자들에게 문학작품을 통하여 타인에 대한 공감을 불러일으킬 수 있다. 누스바움은 미국의 일부 시인들, 예를 들어, 휘트먼(Walt Whitman)의 시 「풀잎(Leaves of Grass)」이 실린 시집의 서문을 인용하면서, "Literaty artist, 즉 문예가란 정치에 깊이 참여하는 자이다. 특히 시인은 다양성의 중재자이자 자신의 시대와 영토에 형평을 맞추는 자"라고 설명하고 있다.

누스바움이 이 시집의 서문에서 말하고자 하는 바를 요약하면 다음과 같다.

> "문예가나 시인들은 정치로부터 떠날 수 없다. 그렇기 때문에 문학 활동을 하는 이들이라 할지라도 사회현상에 대해 깊은 관심을 가지고 정치에 깊은 관여를 해야 한다. 문학 활동을 하는 이들은 다양성에 대한 중재자로 역할을 하면서 자신이 살고 있는 그 시대, 그리고 자신이 몸담고 있는 그 현실에서 영토의 형평을 맞추는 역할을 해야 한다. 시인의 넓은 상상력은 남자들과 여자들 사이에서 영혼을 봐야 하고 남자들, 여자들을 단지 허황된 꿈이나 점으로 봐서 안 된다."

누스바움은 공적인 합리성에 입각한 문학 상상력에 바탕을 둔 공적인 시(public poetry)의 가능성과 그 필요성을 제안하고 있다. "스토리텔링과 인문학적 상상력이 합리적 논리에 반하는 것이 아니다. 스토리텔링과 인문학적 상상력이 공적인 상상력과 결부되면서 법관들이 법규정을 해석하고 판정하는 데 오히려 도움을 줄 수 있다. 문학은 절대로 추상적이거나 모호한 것이 아니며, 또한 그저 개인의 개별적인 상황에 대한 감성적인 면에 머물러 있는 것이 아니다. 문학적 상상력이 바탕이 되어야 공적인 합리성이 추구될 수 있다."라는 것이 누스바움의 결론이다.

누스바움은 이와 같은 자신의 논지를 전개하면서 『시적 정의』에서 몇 가지 소설을 그 예로 들고 있다. 그중에서 가장 많이 인용을 하고 있는 것이 찰스 디킨스의 『어려운 시절(Hard Times)[22]』이다. 누스바움이 이 소설을 택한 이유가 무엇일까? 그에 대해 이렇게 말한다.

첫째, 소설 읽기가 타당한 도덕 및 정치이론을 정립하는 데 중요한 역할(무비판적 근거로서가 아니라)을 하는 통찰을 제공해 준다.

둘째, 소설 읽기가 도덕 및 정치이론의 규범적 결론으로부터-그것이 얼마나 완벽하든 간에-시민들이 현실을 구성하는 데 필수적인 도덕적 능력들을 발달시켜 준다(이것 없이는 현실 구성에 실패할 것이다).

셋째, 소설 읽기가 사회정의에 관한 모든 이야기를 들려주지는 않을 것이다. 하지만 소설 읽기는 정의의 미래와 그 전망의 사회적 입법 사이에 다리를 놓아줄 수는 있을 것이다.

이러한 목적에 비춰볼 때, 찰스 디킨스의 『어려운 시절』은 활용하기에 아주 좋은 재료인 셈이다. 디킨스는 이 소설에서 철저하게 공리주의를 비판하고 있다. 이러한 비판을 통해 누스바움은 자신의 책 『시적 정의』에서 문학적 상상력을 바탕으로 어떻게 하면 법적 정의를 추구할 수 있는가에 대해 질문하고 대안을 제시하고 있다.

이처럼 누스바움은 법학을 비롯한 학문이 공리주의적 사고와 방법론에 지나치게 치중하고 있다고 비판하면서 시적 정의를 주장한다. 그가 말하는 시적 정의는 문학작품을 법규정의 해석과 이해를 위한 방법으로 사용하는 것, 즉 '문학에 내재해 있는 법'의 실제 사용례가

---

22) 찰스 디킨즈, 장남수 옮김, 『어려운 시절(Hard Times)』, 창비, 2012, 494쪽.

될 것이다. 따라서 누스바움의 시적 정의는 법과 문학뿐 아니라 인권 유학과 문학의 관계에도 그대로 적용할 수 있다고 본다.

위에서 비판한 것처럼 유학은 한국사회는 물론 한국인의 의식에 지대한 영향을 미치고 있음에도 불구하고 현대인권의 개념이 부재하다는 비판을 받고 있다. 이 말을 반대로 해석하면, 만일 유학이 '인권 개념이 부재하다'는 비판을 극복하지 못하고, 전근대적인 사상체계로 남는다면, 머잖은 미래에 그 효용성이 급격히 감소하거나 학문 혹은 사상으로서의 독자성을 잃고 사라질지도 모른다. 현대사회의 가치에 부응하여 유학이 새롭게 태어나기 위해서는 인권과의 새로운 만남을 통하여 재탄생할 필요가 있다.

우리의 유교문화를 살펴보면, 문학작품을 텍스트로 삼아 인권유학의 관점에서 재해석할 수 있는 사례를 찾기가 쉽지 않다. 그 이유는 문학작품을 다양하게 해석하고 적용하는 다학문적 혹은 학제적 접근을 시도하지 않고, '문학적 관점'으로만 바라보기 때문이다. 하지만 이제는 문학가들도 고전을 하나의 문학적 작품 혹은 텍스트로만 볼 것이 아니라 인권과 유학을 결합하여 현대적 의미로 창의적 관점에서 재해석하려는 시도를 해야 한다.

유학과 인권은 모두 나름의 정의관을 가지고 있다. 전자가 차갑고 예리한 매의 눈과 같은 법적 정의를 지향한다면, 후자는 따뜻하고 포근한 어버이의 눈과 같은 시적 정의 혹은 문학적 정의로 세상을 바라본다고 할 수 있다. 이제 유학과 인권은 서로에 대한 냉소를 버리고 화합해야 한다. 또한 유학과 인권이란 간극과 이질성을 해소하고 포용함으로써 문학을 매개체로 하여 다시 만날 수 있어야 한다. 유학과 인권, 그리고 문학이 낯선 만남에서 벗어나 익숙한 만남을 하는 데 있어 시적 정의는 훌륭한 중매자 역할을 하리라 믿는다.

조선 후기 고전소설을 이해하기 위한 선결적 주제 (1)

- 인권유학의 관점에서 바라본 삼강오륜의 문제점

국가란 무엇인가?

일상생활 속에서 유교 내지 유학은 우리의 삶에 너무나 깊이 관련되어 있어 그로부터 벗어날 수가 없다. 문제는 너무 친숙하고 익숙하기 때문에 유학으로부터 오히려 자유롭지 못하고 속박될 수 있다는 것이다. 만일 개인이 특정 가치나 이념 또는 전통 관습으로부터 자유롭지 못하다면, 오히려 그로 인하여 주변의 사람들에게 피해나 불편을 줄 수도 있다. 따라서 우리가 알고 있는 유교나 유학을 거꾸로 뒤집고 비틀어 보아야 한다.

국가와 사회, 그리고 개인이란 용어도 너무도 친숙하다. 대한민국은 우리의 국가이고, 나라 그 자체이다. 일반적으로 국가는 작은 지역사회로 구성되어 있다. 그 사회가 모여 국가가 된다. 국가도 하나의 사회이므로 이를 국가사회라고 한다. 또한 국가 대 국가 간의 관계에서 형성된 사회를 국제사회라고 한다.

인간은 사회적 동물이라고 한다. 이 말은 인간은 사회를 떠나 살수 없다는 뜻이기도 하다. 물고기가 물을 떠나서 살 수 없듯이 인간은 이 사회라는 체제를 벗어나서 살 수 없다. 티브이 프로그램을 보면 무인도에서 사는 사람이 있다. 로빈슨 크루소처럼 살고 있는 그를 보면 대단한 용기에 절로 감탄이 나온다. 하지만 그 역시 개인이 스스로 선택한 삶이고, 무인도라고 할지라도 그는 섬이란 지역사회에서 살아가고 있다.

우리가 무인도에 살든 아니면 농촌과 도시에 살든 서로 연결되고 교류가 없이는 홀로 생존할 수가 없다. 중요한 것은 우리가 어떤 곳에서 어떤 삶을 선택하든 그것은 '개인'의 선택이어야 한다는 점이다. 이 관점에서 바라보면, 국가와 사회와의 관계에서 가장 핵심적인 주체는 '개인'이다. '개인' 없이는 국가와 사회는 성립할 수도, 유지·존속할 수 없다. 따라서 개인의 주체성은 국가 사회와의 관계를 정립함에 있어 핵심적인 주제이다.

하지만 아무리 개인의 주체성이 중요하다고 해도 국가와 사회가 유지·존속되기 위해서는 평화로운 질서가 필요하다. 우리가 살펴볼 삼강오륜이란 유교의 도덕 윤리 관념도 개인이 서로의 권리를 존중하면서 평화롭게 살아가기 위해 성립된 것이다. 그런데 삼강오륜은 전근대적인 유교 관념이고, 개인의 자유를 억압하고 속박한다는 이유로 비판의 대상이 되고 있다. 문제는 그럼에도 불구하고 과연 우리는 삼강오륜이란 가치 관념에서 자유롭지 못하다는 데 있다. 이제는 국가와 사회, 그리고 개인이란 주제에 대해 삼강오륜의 시각에서 한번 뒤집고 비틀어 볼 필요가 있다.

사전적 의미에서 국가란 "일정한 영토와 거기에 사는 사람들로 구성되고, 주권主權에 의한 하나의 통치 조직을 가지고 있는 사회 집단"을 말한다. 국가가 성립되려면 국민·영토·주권의 3요소가 필요한데, 대외능력을 추가하여 4요소라고 한다. 이처럼 국가를 정의하고, 그 구성요소를 살펴보아도 "국가란 무엇인가?"라는 그 실체와 본질이 분명하게 이해되지 않는다. 특히 국가와 관련하여 이 질문은 "국가란 실체가 있는가?"로 귀결된다. 우리는 국가체제에서 살고 있지만 정작 국가의 존재의의와 그 실체에 대해서는 진지하게 생각해 본 적이 없다.

대한민국헌법 제1조 1항은, "대한민국은 민주공화국이다."라고 규정하고 있다. 이 조문에서 '민주공화국'이란 대한민국이란 국가의 정체를 설명할 뿐 대한민국이란 국가가 무엇인가에 대해서는 언급하고 있지 않다. 헌법마저도 "대한민국이란 국가는 실체가 있는가?"에 대해서는 명확하게 밝히고 있지 않다. 그렇다면 국가는 유령이고, 도깨비와 같은 존재인가? 어쩌면 국가라는 존재는 실체가 없고 눈에 보이거나 잡을 수 없기 때문에 두려운지도 모른다.

국가는 국민·영토·주권 및 대외능력 4대 요소로 구성되어 있다. 실체가 없는 국가는 이 요소를 바탕으로 막강한 권력과 권한을 행사할 수 있다. 무소불위의 존재로서 국가의 권능을 대표하는 말이 있다. 바로 프랑스 절대왕정시대의 루이 14세의 "짐이 곧 국가다(L'Etat, c'est moi)."라는 말이다. '국가와 짐', 즉 '국가와 군주(국왕)'는 구분되지 않고 동일시된다. 이처럼 군주가 국가를 자신의 소유로 간주하는 시각에는 '개인' 혹은 '국민'은 종속물 혹은 부속물에 불과하다. 헌법이 대한민국은 민주공화국이라고 천명하고 있는데, 만일 국가를 대표하는 대통령이 권력과 권한을 남용하게 되는 경우, '국가 구성요소의 하나'인 국민의 기본적 권리는 무시되고 만다. 그런 까닭에 우리는 끊임없이 되물어야 한다. 대한민국은 어떤 국가여야 하는가? 어떻게 민주주의가 정착되고 구현되어야 하는가?

대한민국의 정체성을 말할 때 흔히 간과하는 문제가 있다. 대한민국은 민주 '공화국'이라는 사실이다. '공화국'이란 국민이 주권을 가지며, 대의제에 기초한 통치가 이루어지는 국가 형태를 의미한다. 이는 군주제와는 대조적으로 국민이 국가의 주체임을 강조하는 개념이다. 따라서 공화정이 제대로 작동하기 위해서는 네 가지 원칙, 즉 ① 주권재민 ② 대의제 ③ 법치주의 및 ④ 공공의 이익 원칙이 확립되어야 한다. 이를 분설하면 다음과 같다.

첫째, 주권재민主權在民은 "주권이 국민에게 있다."는 뜻이다. 대한민국헌법 제1조 2항은, "대한민국의 주권은 국민에게 있고, 모든 권력은 국민으로부터 나온다."고 규정하여 주권재민원칙을 명시하고 있다. 이 원칙은 민주주의의 핵심 원리 중 하나로, 국민이 국가의 주인으로서 국가의 중요한 결정과 통치에 참여할 권리를 가진다는 것을 강조하고 있다.

둘째, 주권재민원칙을 전제르 대의제 민주주의가 확립되어야 한다. 원시부족국가가 아닌 이상 현대사회에서 비록 국민이 주권자라고 해도 통치에 직접 참여하기는 현실적으로 어렵다. 따라서 국민은 자신들의 대표를 선출하여 그들이 국정을 담당하고 운영하게 한다. 이를 '권한위임의 원칙'이라고 한다. 대의제 민주주의가 제대로 작동되기 위해서는 민주적이고 공정한 선거제도를 확립하여 운영할 수 있어야 한다.

셋째, 법치주의가 확립되어야 한다. 법치주의는 국가 권력이 법에 의해 제한되고 통제되며, 모든 사람이 법을 준수해야 한다는 원칙을 의미한다. 이는 민주주의의 핵심 요소 중 하나로, 권력 남용을 방지하고 공정하고 정의로운 사회를 유지하는 데 중요한 역할을 한다. "모든 국민은 법 앞에 평등하다."는 대한민국헌법 제11조 1항 전단은 법치주의원칙을 천명하고 있다. 법치주의는 입법권, 행정권, 사법권이란 삼권분립을 전제로 하고 있으며, 특히 사법권의 독립이 필요하다. 사법권 독립은 법원이 외부의 압력이나 간섭 없이 공정하게 법을 해석하고 적용할 수 있도록 보장하는 원칙이다. 이는 민주주의와 법치주의의 핵심 요소로, 사법부가 정치적, 사회적, 경제적 압력에서 벗어나 독립적으로 기능해야 국민의 권리와 자유를 보호할 수 있다. 사법권 독립은 법치주의의 실현을 위해 필수적이다. 따라서 법치주의는 '법의 지배(rule of law)'를 의미하며, '법에 의한 지배(rule by law)'가 되어서는 아니 된다.

넷째, 사회 전체 또는 특정 집단의 이익을 증진하고, 공익을 보호하기 위해 정부가 마련하고 시행하는 공공의 이익을 위한 정책이 실시되어야 한다. 이러한 정책은 특정 개인이나 소수의 이익이 아니라 사회 전반의 복지와 발전을 목표로 하며, 사회 정의와 공평성을 추구한다. 공공의 이익을 위한 정책은 사회를 통합하고, 국가 발전을 촉진하며, 민주주의를 강화하는 역할을 한다. 사회적 불평등을 해소하고, 공공복리를 증진하며, 사회안전망을 구축하는 동시에 공정한 법 집행과 정의를 실현하는 등 공공의 이익을 위한 정책이 낳은 순기능은 적지 않다. 따라서 공화정이 제대로 실시되기 위해서는 공공의 이익이 추구되는 정책은 반드시 실시되어야 한다.

결론적으로, 대한민국이 민주공화국이 되기 위해서는 민주주의와 공화국은 불가분리의 관계에 있다. 그럼에도 우리는 민주주의를 말하면서도 공화국에 대해서는 명확한 인식을 하지 못하거나 간과하고 있다. 또한 이 주제는 종국적으로 '국가와 개인', 즉 '국가와 나'의 관계는 무엇인가의 문제로 귀결된다.

2016년 소위 '촛불혁명'이 전국적으로 일어났을 때 우리나라 사람들의 뇌리에 각인된 구호가 있다. 바로 "대한민국의 주권은 국민에게 있고, 모든 권력은 국민으로부터 나온다."는 대한민국헌법 제1조 2

항이다. 이 조문을 한마디로 말하면, "개인, 즉 '나'가 주권자"라는 것이다. 위에서 주권재민의 원칙을 설명할 때 살펴봤지만, 헌법 제1조 2항은 국민이 국가의 최고 권위자이며, 모든 정치적 권력이 국민의 동의와 위임을 통해 정당성을 얻는다는 것을 분명하게 밝히고 있다. 이는 민주주의의 본질을 나타내며, 국가의 모든 행위는 국민을 위해, 국민의 뜻에 따라 이루어져야 한다는 사실을 강조하고 있다. 따라서 우리가 민주공화국의 시민으로 살아가기 위해서는 주권재민의 원칙에 따라 국가와 나의 관계를 재정립하고, 그에 대한 분명하고도 명확한 인식을 가지고 있어야 한다.

사회란 무엇인가?

다음 주제는, "사회란 무엇인가?"이다. 사전적 의미에서 사회란 "공동생활을 영위하는 모든 형태의 인간 집단"을 말한다. 가족, 마을, 조합, 교회, 계급, 국가, 정당, 회사 따위가 사회의 주요 형태이다. 이 개념 정의에 의하면, 국가도 하나의 사회이다. 국가와 마찬가지로 사회를 정의하고, 그 구성요소를 살펴보아도 사회의 실체와 본질이 분명하게 이해되지 않는다.

사회적 동물인 인간은 공동생활을 하며 살아간다. 로빈슨 크루소처럼 무인도에서 살 수는 있지만 기본적으로 인간은 서로 어울려 산다. 또한 외부에 의존하지 않고 독자적으로 살 수가 없는 존재이다. 그러므로 인간은 집단을 이뤄 공동생활을 한다. 이처럼 인간은 사회체제 아래 그 구성원과 관계를 맺고 살아가다 보니 갈등을 피할 수 없다. 만일 사회체제가 안정되면 평화롭게 살 수 있지만 반대로 독재체제나 사회경제적으로 불안한 사회체제에서 개인의 삶은 고통스럽기 그지없다. 그러니 이 사회를 어떻게 구성할 것인가 하는 것이 아주 중요하다.

또한 산업혁명 이후 교통과 운송수단이 발전하여 물리적 국경이 점점 와허되거나 소멸되고 있는 추세이다. 한마디로 국내사회와 국제사회의 경계가 점차 모호해지고 있는 것이다. 얼마 전 인류가 경험한 코로나19라는 팬데믹은 그 전형적인 사례이다. 비록 이 바이러스에 대응하는 국가의 역량에 차이가 있다고 할지라도 사회가 국내적 및 국제적으로 긴밀하게 연결되어 있으니 범세계적으로 영향을 받지 않을 수 없다. 현실이 이러하니 국가에서 살펴본 바와 마찬가지로 어느 사회에서 일어나는 문제로부터 개인은 자유로울 수 없다. 사회구조가 복잡다단해질수록 개인은 "나는 누구이며, 무엇인가?"라는 주체성에 대해 의문을 가지고 지속적으로 고민할 수밖에 없다.

이 관점에서 바라볼 때 이상적인 사회는 모든 구성원이 존중받고 행복하게 살아가는 사회이다. 이를 위해서는 몇 가지 요건이 충족되어야 한다.

첫째, 개인의 다양성이 존중되는 사회여야 한다. 이상적인 사회의 가장 중요한 요건은 개인의 다양한 가치관과 문화, 그리고 배경을 존중하고, 차별 없이 모두가 평등한 기회를 누릴 수 있어야 한다.

둘째, 정의로운 사회여야 한다. 법과 질서가 확립되어 있고, 모든 구성원에게 공정한 기회가 제공되는 사회로 특히, 사회적 약자를 보호하는 사회여야 한다.

셋째, 지속 가능한 사회여야 한다. 자연과 사회생태환경이 보호되고, 미래 세대를 위해 지속 가능한 발전을 추구하는 사회를 말한다. 자연과 조화롭게 살아가면서도 경제 성장을 이루는 것이 중요하다.

넷째, 상호 협력하는 사회여야 한다. 개인과 개인, 집단과 집단 간의 협력을 통해 공동의 목표를 달성하고, 사회 문제를 해결해 나가야 한다.

마지막으로, 행복이 존중되는 사회여야 한다. 모든 사람은 자유롭고 평등한 존재로 태어났으며, 자신의 존엄성을 존중받으면서 행복하게 살 권리가 있다. 이를 위해서는 물질뿐만 아니라 정신적인 풍요와 행복을 추구하는 사회를 만들어야 한다.

이러한 이상적인 사회를 만들기 위해서는 무엇보다 개인의 역할이 중요하다. 하지만 개인이 아무리 주체성을 가지고 역할을 하려고 해도 만일 사회와 국가가 민주적인 체계의 바탕 위에서 운영되지 않으면 바람직한 사회가 될 수 없다. 개인의 존엄성과 행복추구권을 보장하기 위해 개인은 물론 사회집단으로서 국가와 사회 시스템은 꾸준히 개선되어야 하며, 그 구성원들은 공동의 이익을 위해 서로 협력하고 연대하여야 한다. 물론 인간이 꿈꾸는 이상적인 사회는 현실에서 완벽하게 실현되기는 어려울 수 있다. 하지만 이상적인 사회는 하루아침에 만들어지는 것이 아니므로, 개인과 사회, 그리고 국가가 서로 협력하고 끊임없이 개선해 나가려는 노력을 포기해서는 아니 된다.

나는 누구이고, 무엇인가?

국가와 사회와의 관계는 결국 '개인-나'의 문제로 귀결된다. 개인은 국가나 사회를 구성하는 기본요소이다. 이 말은 '개인' 없이는 국가와 사회는 성립할 수 없다는 뜻이기도 하다. 인간은 국가와 사회를 떠나 살 수 없지만 '개인-나' 없이는 양대 체제는 성립할 수 없다. 그러므로 '개인-나'를 중심으로 국가와 사회와의 관계가 정립되어야 한다.

그런데 '개인-나'는 아주 묘한 존재이다. 인류가 '개인-나'에 대해 지각하고 인식하기 시작하면서부터 수많은 사상가들이 끊임없이 질문을 던지고 해답을 구했다. "나는 누구이며, 또 무엇인가?" 그럼에도 불구하고 현재까지 이 질문에 대해 보편적으로 납득할 만한 결론에 이르지 못했다. 그만큼 '개인-나'라는 존재는 만만한 개념이 아니라는 반증이기도 하다.

공자는 "아는 것(앎)이란 무엇인가?"이란 제자의 질문에 "아는 것을 안다 하고, 모르는 것은 모른다 하라. 그것이 아는 것이다."고 대답한다. 또한 소크라테스는 아폴론신전 기둥에 쓰인 말을 인용하여 "너 자신을 알라"고 했다. 소크라테스의 이 말은 "앎의 대상은 누구인가? 바로 '나'"라는 뜻이다. 주체로서의 '나'를 자각하고 인식하며 알라는 말이다. 하지만 나는 누구인지, 또 무엇인지 도무지 알 수가 없다. 선가仙家의 화두처럼 "오직 모를 뿐!"이다.

사전에서 '나'를 찾아보면, 명사로서 "남이 아닌 자기 자신"을 말한다. 이에 반하여 철학에서 '나'는 "자아自我"이다. '자아'란 "대상의 세계와 구별된 인식·행위의 주체이며, 체험 내용이 변화해도 동일성을 지속하여, 작용·반응·체험·사고·의욕의 작용을 하는 의식의 통일체"라고 부연 설명한다. 어느 것을 따르면 '나'란 존재의 본질 혹은 실체에 대한 설명으로서는 모호하고 어렵다. 하지만 여기서 중요한 것은, 비록 "나는 누구이고, 무엇인가?"에 대해 잘 이해되지도 않고 모른다고 할지라도 끊임없이 의문을 가지고, 회의하며, 질문을 해야 한다는 것이다.

문제는 우리 사회의 분위기이다. 주체로서의 '나'에 대한 질문뿐만 아니라 '너' 와 '그' 혹은 '그들' 및 '우리' 에 대한 질문을 던지는 것 자체를 금기시한다. 의문을 가지고 질문하고 대화하고 토론하는 과정을 거쳐야 철학적인 성찰이 이뤄지게 되는데 처음부터 아예 단절시켜 버리니 소통이 부재하는 사회가 되어버린 것이다. 마찬가지로 설령 의문을 가지고 질문을 한다고 해도 별로 친절하게 답변하고 설명해 주지 않는 태도도 문제다. 자유롭게 묻고 대답하고 토론하지 않다 보니 저절로 집단의 권위주의에 복종하고 상대의 지시나 명령을 맹목적으로 수용하는 '개인-나' 로 길들여지고 마는 것이다.

어릴 때부터 우리는 공자, 붓다, 예수와 같은 인류의 큰 스승에 대해 배우고, 그들의 삶을 본받고자 한다. 사실 우리는 그분들의 가르침에 큰 빚을 지고 있는 셈이다. 인류의 큰 스승과 제자의 관계를 살펴보면 한 가지 큰 특징이 있다. 스승과 제자 서로 진지하게 묻고 토론하는 과정을 통해 지식과 영혼의 성장을 이끌어낸다. 심지어 스승은 삶을 마치고 죽는 마지막 순간까지 제자들을 가르친다. 붓다는 춘다라는 신도가 공양으로 올린 죽을 먹고 설사병에 걸려 이승의 삶을 마감한다. 자신의 열반이 가까웠음을 안 붓다는 제자들에게 모월 모일에 죽을 것이라고 알린다. 그러자 제자들이 슬퍼하며 붓다에게 매달린다. "스승님이 가시면 저희들은 어찌해야 하나요?" 그런 제자들을 붓다는 가볍게 꾸짖는다. "오랜 세월 동안 너희들을 가르쳤는데 또다시 무엇을 더 배우기를 바라느냐?" 그러면서도 붓다는 스승으로서 제자들에게 마지막 가르침을 베푼다.

자등명 자귀의自燈明 自歸依 너희는 자신을 등불로 삼고 의지하라.

법등명 법귀의法燈明 法歸依 진리를 등불로 삼고 의지하라.

제행무상諸行無常　　　　　모든 것은 덧없다.

불방일정진不放逸精進　　　　게으르지 말고 정진하여라.

　"너희들은 이 말을 가슴에 지니면 내가 죽더라도 길을 잃지 않을 것이다." 붓다의 유훈인 셈이다. 붓다의 이 말을 요약하면, "너 자신과 진리(법)를 스승으로 삼아 게으르지 않고 쉼 없이 수행하면 깨달음에 이를 것이다."라는 것이다.

　이렇듯 위대한 스승들의 가르침은 단순하고 어렵지 않다. 우리가 게으르고 어리석어 제대로 이를 받아들이고 수행하지 않는 데서 문제가 생긴다. 위의 '자등명 법등명'이 붓다가 열반하기 전의 마지막 가르침이라면, '곽시쌍부椰示雙趺'는 열반 이후 붓다의 가르침이다. 당시는 지금처럼 교통수단이 발달하지 못했기에 스승의 열반 소식을 듣고 멀리 있던 제자 가섭은 뒤늦게 장례에 참석했다. 스승은 이미 열반에 들어 관 속에 누워있었다. 장례식에 뒤늦게 참석한 가섭이 슬퍼하자 관 속에 누워있던 붓다가 두 발을 쑥 밖으로 내밀어 보였다. 인생은 무상하고 영원히 살 수 있는 존재는 없으니 슬퍼하지 말고 그에 연연하지 말라고 가르침을 준 것이다. 죽어서도 제자를 가르치려는 스승의 자비심의 전형이라고 할 수 있다.

　이 예화에서 알 수 있듯이 스승과 제자 사이 지식 담론 체계는 충실한 대화를 통해서 형성된다. 어디 불교만 그러한가? 논어와 신약성서를 읽어보면 스승 공자와 예수는 제자들의 물음에 상세하게 설명하는 과정을 되풀이한다. 심지어 소크라테스는 아테네시민들을 가르치다가 '불온한 사상'을 전파했다는 이유로 독배를 마시고 죽는다. 동서양을 떠나 학문과 종교의 발전과 성장에는 스승과 제자 간의 끊임없는 대화와 토론이 있다. 제자는 끊임없이 스승에게 묻고, 스승은 정성을 다해 제자를 가르친다. 대화와 토론은 교육을 위한 훌륭한 수단이다. 그러니 우리는 책에 쓰인 글과 누가 하는 말을 맹목적으로 받아들이기보다는 끊임없이 회의하고 의문을 가지며 궁금한 것은 질문을 해야 한다. 내면에서 일어나는 회의와 의문을 바탕으로 질문하고 토론함으로써 우리의 지식은 성장할 수 있다는 사실을 명심해야 한다.

유학에서 삼강오륜과 오상이 차지하는 위치

국가와 사회와 개인으로서의 나는 긴밀한 관계에 있다는 점에 대해서는 살펴보았다. 그렇다면 각 주체가 어떻게 관계를 맺고, 그 관계 속에서 특히 개인은 어떻게 하면 보다 자유롭고 평등한 상태에서 행복을 추구하면서 살 수 있을 것인가? 이 시각에서 서로의 관계를 검토할 필요가 있다. 여러 학문 분야가 있지만 특히 유학의 시각에서 이 주제를 다뤄보고자 한다.

유학은 '인간의 윤리', 즉 '인륜'을 중시하고 있다. 이를 위하여 유학은 개인과 사회, 그리고 국가를 유지하고 운영하는 기본이념으로 '정명正名'을 내세운다. 사람이나 사물에게는 걸맞은 이름이나 명칭이 있는데, 그에 따라 바르게 행동하는 것을 정명이라 한다. 다시 말하여, 정명이란 명분에 상응하여 실질을 바로잡아야 한다는 뜻을 담고 있다. 개인이 어떤 일을 할 때 그 뜻이 아무리 원대하고 포부가 크다고 할지라도 만일 명분이 없고 바르지 않다면, 다른 사람에게 인정을 받지 못하는 경우가 적지 않다. 따라서 유학에서는 국가가 내세우는 명분이 실질과 조화를 이루지 못한다면 어느 국가권력도 사회구성원의 신뢰를 받지 못한다고 보고 있다. 이 점은 개인에게도 그대로 적용된다. 아무리 공익적 가치를 추구한다 할지라도 그 과정에서 개인이 내세운 명분이 바르지 못하고, 그에 상응하여 실질이 확보되지 못하면 그 일을 실패하거나 인정받지 못하고 만다. 그러므로 어떤 일을 할 때 정명에 부합하는가 여부가 상당히 중요하다.

유학의 관점에서 바라보는 정명에 대한 사고는 공자와 자로의 대화에 잘 나타나 있다. 논어 자로편에서 공자는 "위나라 군주가 선생님을 기다려 정사를 하려고 하시니, 선생께서는 장차 무엇을 먼저 하시렵니까?"라는 자로의 질문에 이렇게 말한다.

> 반드시 명칭(이름)을 바로잡겠다(必也正名乎).[23]

자로의 물음에 공자가 이렇게 대답한 이유는 무엇일까? 주자는 그 이유를, "위나라 출공은 그 아버지를 아버지로 여기지 않고, 그 할아버지를 아버지로 모셔 이름(名)과 실제(實)가 문란했다. 그래서 공자께서 정명을 우선하였다."고 밝히고 있다.

주자는 호씨胡氏의 말을 인용하여 공자가 자로에게 정명을 강조한 까닭을 이렇게 설명한다.

> 위나라 세자 괴외蒯聵는 그 어머니 남자南子의 음란함을 부끄러워하여 죽이려 했으나 성공하지 못하고 국외로 도망갔다. 영공靈公은 공자 영郢(둘째 아들)을 세우려 했으나 영이 사양했다. 영공이 죽자 부인이 영을 세웠지만, 또 사양했다. 이에 괴외의 아들인 첩輒을 세워 괴외를 막았다. 저 괴외는 어머니를 죽이려 해 아버지에게 죄를 얻었고, 첩은 나라를 점거

---

23) 논어 자로 13:3.

하고 아버지를 막았으니 모두 아버지가 없는 사람이니 이들은 나라를 가질 수 없음이 명백하다.[24]

이처럼 공자는 군군신신부부자자君君臣臣父父子子로 대표되는 정명에 기반한 인간관계는 인륜에서 나오고, 그 인륜은 예禮에 의거한 도덕적 실천을 통해 실현될 수 있다고 보고 있다.[25] 이처럼 공자에게 복례와 정명은 오랫동안의 전란으로 문란해진 춘추전국시대의 신분계급질서를 바로세우는 시금석으로 간주되었다. 공자는 주나라 주례에 따른 종법질서를 내세워 신분과 직분의 명칭을 바로잡고자 하였다. 그에게 정명은 주나라를 모델로 삼아 유교적 예禮가 실현되는 핵심적 논거이기도 했다.[26]

정명을 현실에서 실천할 때 필요한 다섯 가지 기본덕목이 있다. 바로 사람이 갖춰야 할 다섯 가지 기본덕목인 인의예지신仁義禮智信을 뜻하는 오상五常이다. 오상은 삼강오륜三綱五倫과 함께 유학 근본윤리를 구성하고 있다. 삼강과 오상을 강상綱常이라고 하는데, 유교에서 사회질서를 유지하고 개인의 도덕적 행위를 규정하는 핵심적인 개념이다. 따라서 강상은 사람 사이의 관계를 규정하고 그 관계 속에서 어떻게 행동해야 하는지를 알려주는 일종의 '사회적 규범'이라고 할 수 있다.

오상의 개념은 공자 시대부터 등장하여 맹자에 의해 더욱 발전되

---

24) 임헌규, 논어 II, 268쪽.
25) 논어 안연편에 언급된 "군군신신부부자자"는 공자의 '정명' 사상의 구체적 사례로 드는 것이 일반적이다. 하지만 최근에는 공자의 사회 정치적 관심을 '정명'의 관점에서 그의 자아수양론이나 현실 지향적 성격과 관련지어 검토해야 한다는 주장이 제기되고 있다. 이에 대한 상세한 논의는, 오상현, "『논어』 '정명'의 현실 지향적 독해", 양명학, 54, 2019. 9., 301-326쪽.
26) 정명에 대한 상세한 분석은, 채형복, 『선진유학과 인권』, 84-87쪽.

었으며, 한대의 동중서에 의해 현재의 형태를 갖추게 되었다. 오상이 개인의 인격 수양과 도덕적 완성을 위한 기준이라면, 삼강오륜은 사회질서를 유지하고 원만한 인간관계를 위한 기준이라고 할 수 있다. 그런데 세월이 흐르면서 강상은 개인의 자유를 억압하고, 획일적인 가치관을 강요하며 군주에 대한 신민의 절대충성을 강조하면서 그 의미가 달리 해석되고, 변질되었다. 특히 강상은 여성을 남성에게 종속적인 존재로 규정하여 여성의 자유와 평등을 억압하는 결과를 초래했다. 그 결과 여성의 사회참여를 제한하고, 남성 중심적인 사회구조를 강화하는 데 기여하는 등 부정적인 현상을 가져왔다.

삼강에 대한 전통적 해석은 임금과 신하, 부모와 자식, 남편과 아내 사이에서 전3자가 후3자의 본보기가 되어야 한다는 의미를 담고 있었다. 벼리(綱)란 그물의 위쪽 코를 꿰어 오므렸다 폈다 하는 줄을 말한다(그림 1). 벼리를 어떻게 조종하는가에 따라 어망이 펼쳐지고 조이게 되니 벼리는 어망에서 가장 핵심적인 줄이자 역할을 한다. 벼리는 삼강에서는 가장 핵심적인 주제어이다. 즉 임금은 신하의 벼리가 되어야 하고(군위신강), 아버지(부모)는 아들(자식)의 벼리가 되어야 하며(부위자강), 지아비(남편)는 지어미(아내)의 벼리가 되어야 하는 것이다(표 1).

그 후 공자가 내세운 정명에 따라 각 주체의 고유역할의 정당성을

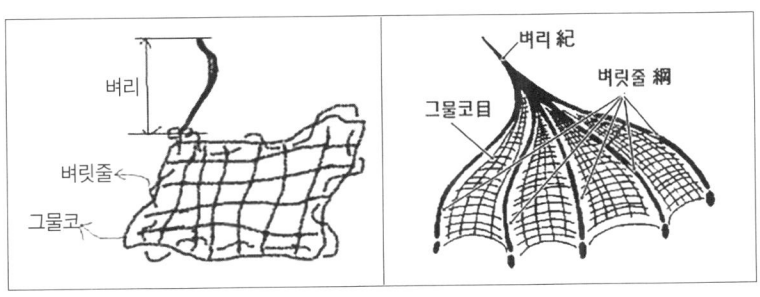

[그림1] 벼리의 구조

[표 1] 삼강(三綱)의 해석에 대한 변화

	전통적 해석	정명正名에 따른 해석
군위신강 君爲臣綱	임금은 신하의 벼리가 되어야 하고,	임금은 임금답고, 신하는 신하다우며,
부위자강 父爲子綱	아버지는 자식의 벼리가 되어야 하며,	아버지는 아버지답고, 자식은 자식다우며,
부위부강 夫爲婦綱	지아비(남편)는 지어미 (아내)의 벼리가 되어야 한다.	지아비는 지아비답고, 지어미는 지어미다워야 한다.

강조하는 측면에서 삼강은 '다움' 혹은 '바람직함'으로 해석되었다. 임금은 임금답고, 신하는 신하다우며, 아버지(부모)는 아버지답고, 아들(자식)은 아들다우며, 지아비(남편)는 지아비답고, 지어미(아내)는 지어미다워야 한다는 것이다(표 1).

현실에서 각자의 역할을 살펴보면, 어떤 지위와 신분에 따라 '다움'을 유지하는 것이 얼마나 힘든가 우리 모두 잘 알고 있다. 예를 들어, 필자는 사회적으로 교수라는 직함을 가지고 있다. 그런데 교수로서 교수답게 산다는 것은 어떤 의미일까? 비록 세상을 움직일 수 있는 지식을 가지고 있다고 할지라도 그것을 쉽게 풀어 설명하고 강의할 수 있는 능력이 없다면, 학생들이 보기에 그 교수는 '교수답지 못하다'고 평가할 것이다. 가정에 돌아오면 교수는 또 어떤 역할을 해야 할까? 강단에서 마땅히 가져야 할 '교수다움'은 가정에서 지아비와 어버이로서의 역할로 전환되어야 한다. 아내와 아들은 '교수'가 아니라 '남편'과 '아버지'로서의 '다움'을 바라고 기대한다. 만일 '교수다움'을 앞세워 학생을 대하듯 아내와 자식을 가르치려고 들면 가족 관계는 경색되고 말 것이다. 하지만 교수의 역할은 여기서 끝나는 게 아니다. 교수의 사회적 책임이 있으므로 공공성이라는 책무를 수행해

[표 2] 충의와 충성을 강조하며 후대에 변질된 삼강의 해석

군위신강君爲臣綱	신하는 임금을 섬기는 것이 근본이고
부위자강父爲子綱	아들은 아버지를 섬기는 것이 근본이며
부위부강夫爲婦綱	아내는 남편을 섬기는 것이 근본이다.

야 한다. 불합리하고 비민주적인 사회제도와 구조로 인하여 고통받고 있는 수많은 약자들이 있는데, 그들이 겪는 고통과 아픔을 외면한 채 오로지 연구실에서 공부에만 전념하겠다는 태도가 과연 교수다운 자세일까? 이러한 태도는 전혀 학자답다고 할 수 없다. 그러니 개인이 나름의 역할을 하면서 평생 올곧은 삶의 자세를 유지하는 게 말처럼 쉬운 게 아니다. 그러니 어떻게 하면 정명에 따라 개인이 나름대로 '다움' 의 역할을 설정하고 이를 현실에서 실천하는 삶을 살 수 있을까? 모든 개인이 진지하게 고민해야 할 주제라고 생각한다.

따라서 위 양자의 해석에 따라 삼강에서 말하는 벼리는 '벼리=본보기=다움=바람직함' 으로 도식화할 수 있다. 그 후 충서의 바탕을 도고 충성과 충의를 강조하면서 신하는 임금을, 자식은 부모를, 아내는 남편을 섬기는 것이 근본 도리라는 의미로 삼강의 뜻은 변질되었다(표 2).

• 충서 개념의 변질이 삼강오륜의 해석에 미친 영향

충서의 개념은 "네 자신이 하고 싶지 않은 일은 남에게도 시키지 말라." 는 것으로 요약할 수 있다. 충서 중에서 특히 충忠의 개념이 후대로 오면서 충의와 충절의 개념으로 변질되고 만다. 모든 사람들이 마치 군인이 국가에 충성하듯이 국가와 임금, 또는 조직과 상관에게 절대복종하라는 요구가 정당한가? 조선이 중후기로 접어들면서 충 개념은 신분질서를 고착화시키는 기제로 활용되면서 삼강오륜의 해석

도 점차 본래의 의미를 잃고 만다. 신하는 임금을, 자식은 부모를, 아내는 남편을 섬기는 것이 근본이라는 식의 해석을 하면서 조선은 상하위계관계가 고착화되어 권위주의적이고 전근대적인 수직 사회구조를 벗어나지 못한다. 윗사람과 아랫사람은 절대적인 명령과 복종의 관계이다. 이러한 관점에서 조선시대의 삼강오륜에 의거한 지배관념을 한마디로 요약하면, 어버이에 대한 효도, 형제끼리의 우애, 임금에 대한 충성과 벗 사이의 믿음을 뜻하는 '효제충신孝悌忠信'이라고 할 수 있다.

하지만 오늘날의 인간관계는 어떠한가? 현대사회는 수평적·호혜적·평등한 인간관계를 상정하고 있다. 그럼에도 아직까지도 한국사회의 인간관계는 전근대적인 측면을 완전히 벗어나지 못하고 있는 실정이다. 부모의 자식교육을 그 예로 들어 설명해 본다.

자식들을 학교에 보낼 때, 또한 취직을 해서 사회에 내보낼 때 부모들은 어떤 식으로 자식을 교육하는가? 학교에 가면 선생님 말씀 잘 들어라. 직장에 가면 상사의 말씀을 잘 들어라. 충서의 충, 전형적인 전근대적 사고에 따른 교육방식이다. 이와는 달리 현대적 의미의 교육방식은 어떠해야 할까? 앞으로는 이런 식으로 자녀를 교육해야 한다. 학교에 가서 선생님의 말씀을 듣되 그 말씀이 합당한가 아닌가에 대해 의문을 가져라. 만일 그 말씀이 이해되지 않고 궁금한 사항이 있거든 질문을 해야 한다. 설명을 들어도 잘 이해가 되지 않고 모르는 게 있으면 너 스스로 찾아보고 학문적인 탐구를 하여라. 마찬가지로 어떤 불의한 사회문제에 당면하면 그에 대해 과감히 비판하고 저항할 수 있어야 한다. 그런 태도를 가지는 것이 대한민국헌법 제1조 2항이 말하는 주권자로서의 권리를 행사하는 것이다.

그런데 현실은 어떤가? 전적으로 시대의 가치에 역행하는 교육을 하고 있는 실정이다. 부모가 자식에게 하는 말은 온통 '하라' 아니면 '하지 마라' 식의 명령어 내지는 금지어투성이다. 기성세대로서 부모가 해야 할 일은 이 사회가 부정의하고 불의한 상황에 놓여있다면, 그것을 개선하고 개혁할 수 있도록 후속세대에게 힘을 실어줘야 한다. 그게 바로 공자가 말한 '정명'을 현실에서 실천하는 방법이다.

오륜에 대한 인권적 접근 필요성

오륜은 삼강에 장유유서와 붕우유신의 두 가지 덕목을 추가하였는데([표 3]), 삼강의 해석은 오륜에도 영향을 미쳤다([표 4]). 삼강과 오륜의 관계를 그리스신전으로 도식화하면 다음과 같다.([그림 2])

[표 3] 삼강과 오륜의 관계

군위신강 君爲臣綱	군신유의 君臣有義
부위자강 父爲子綱	부자유친 父子有親
부위부강 夫爲婦綱	부부유별 夫婦有別
	장유유서 長幼有序
	붕우유신 朋友有信

[표 4] 오륜(五倫)

부자유친 父子有親	어버이와 자식 사이에는 친함이 있어야 한다.
군신유의 君臣有義	임금과 신하 사이에는 의로움이 있어야 한다.
부부유별 夫婦有別	부부 사이에는 구별(분별)이 있어야 한다.
장유유서 長幼有序	어른과 아이 사이에는 차례와 질서가 있어야 한다.
붕우유신 朋友有信	벗 사이에는 믿음이 있어야 한다.

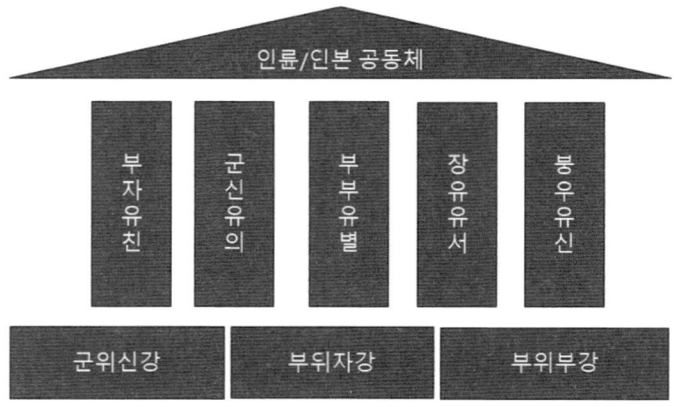

[그림 2] 삼강오륜의 구조

인륜/인본 공동체

부자유친
군신유의
부부유별
장유유서
붕우유신

군위신강   부위자강   부위부강

[그림 2]에서 보듯이 신전의 하단부를 구성하는 세 개의 주춧돌은 군위신강, 부위자강, 부위부강의 삼강이다. 부자유친, 군신유의, 부부유별, 장유유서, 붕우유신의 오륜은 다섯 개의 기둥에 해당한다. 삼강이란 주춧돌 위에 오륜이란 다섯 개의 기둥이 굳건히 서게 되면 지붕역할을 하는 인륜 혹은 인본공동체가 성립될 수 있다. 이 공동체를 실질적으로 지탱하는 것은 무엇인가? 바로 예禮와 법法이다. 여기서 예는 도덕과 윤리를, 법은 규율과 질서를 의미한다. 예와 법이 지나치게 형식으로 흐르지 않고 합리적·민주적으로 적용되어 삼강오륜이 제대로 적용되게 되면 인류는 인륜과 인본공동체 속에서 아주 평화롭게 살수 있을 것이다. 이러한 관점에서 보면, 유학이 지향하는 이상사회는 인권의 목적과 본질과 크게 다르지 않다.

오륜에 대해 체계적으로 기술하고 있는 『동몽선습』[27]은 서문에서

---

27) 『동몽선습』은 1670년 조선 중종 때 박세무가 편찬하였다. 한글 해석은 '다빈치!지식지도'를 참고하였다.(http://www.davincimap.co.kr/davBase/Source/davSource.jsp?Job=Body&SourID=SOUR001523)

이렇게 말하고 있다.

천지 사이에 있는 만물의 무리 가운데에서 오직 사람이 가장 존귀하다. 사람을 존귀하게 여기는 까닭은 오륜을 가지고 있기 때문이다. 이 때문에 맹자께서는 "아버지와 자식 사이에는 친애親愛함이 있어야 하며, 임금과 신하 사이에는 의리義理가 있어야 하며 남편과 아내 사이에는 구별區別이 있어야 하며 어른과 어린이 사이에는 차례가 있어야 하며 친구 사이에는 신의信義가 있어야 한다."고 말씀하셨다.

유학의 이념은 점차 상하를 구분하고 위계질서를 공고히 하는 방향으로 현실 정치와 사회제도에서 적용되기 시작하였다. 『동몽선습』은 오륜의 중요성을 설명하면서 "사람이면서 오상五常이 있음을 알지 못하면 짐승과의 차이가 크지 않을 것이다."라며 오상이 오륜과 밀접한 관계를 맺고 있음을 밝히고 있다. 오상과 오륜의 주제어를 대비하여 정리해 보면 '仁⇨親, 義⇨義, 禮⇨別, 智⇨序, 信⇨信'으로 정리할 수 있다. 그리고 이어지는 글에서 오륜에 대해 이렇게 말한다.

그러므로 부모는 자식을 사랑하고 자식은 부모에게 효도하며, 임금은 신하에게 의리를 지키고 신하는 임금에게 충성하며, 남편은 가족을 화합하고 아내는 남편에게 순종하며, 형은 동생을 사랑하고 동생은 형을 공경하며, 친구 사이에는 인仁을 도와준 뒤에야 비로소 사람이라고 말할 수 있다.

친구 사이의 관계를 제외하면 오륜의 다른 덕목은 일방적·수직적인 전근대적 인간관계를 전제로 하고 있다. 즉 비록 부모가 자식을 사랑하지만 반대로 자식은 부모에게 효도해야 하고, 임금은 신하에게 의리를 지켜야 하지만 반대로 신하는 임금에게 충성해야 한다. 또한 남편은 가족 간 화합을 도모할 책임을 지는 반면 아내는 남편에게 순종해야 하고, 형은 동생을 사랑해야 하지만 동생은 형을 공경해야 한다. 오륜의 저변에 흐르는 이념은 기본적으로 주나라 종법과 효제에 기반하고 있음을 알 수 있다.

이처럼 오상과 삼강오륜은 정명의 현실적 실천 강령인 셈인데, 남녀와 신분을 차별하고 남성중심주의가 공고화되면서 임금을 중심으로 한 절대적인 정치지배담론으로 확립되었다. 비록 시대상황을 감안한다고 해도 인륜을 내세운 유학에 '인권'이 결여되어 있다는 비판을 피할 수 없었다. 따라서 본고에서는 특히 오륜을 중심으로 개인의 지위를 살펴봄으로써 현대 인권적 관점에서 유학을 재해석할 가능성이 있는가 분석하고자 한다.

• 부자유친父子有親 - 부위자강父爲子綱
『동몽선습』은 말한다.

> 부모와 자식은 하늘이 정해준 친한 관계이기 때문에 '부모'는 자식을 낳아서 기르고 사랑하고 가르쳐야 하며, '자식'은 부모를 받들어 부모님의 뜻을 이어가고 효도하면서 봉양해야 한다.

부모와 자식은 하늘의 인연으로 정하여져 있는 사회적 관계나 혈연적 관계를 맺고 있다. 이를 천륜天倫이라 한다. 하늘이 맺어준 관계이니 부자지간에는 생리적·생물학적으로 친밀함이 있다. 인간은 누구나 아버지와 어머니를 통해 태어났으며, 성장하여 다른 인연을 만나 부부간의 인연을 맺고 사랑하여 다시 자식을 낳고 기른다. 인간의 몸과 마음에 내재하고 있는 유전적인 측면에서 보더라도 부모와 자식 사이에는 만유인력과 같이 서로를 끌어당기는 엄청난 중력이 흐르고 있는 셈이다. 그런데 부모와 자식 서로 나이를 먹어가면서 그 친한 관계가 제대로 유지될 수 있을까?『동몽선습』이 말하듯이 만약 혹시라도 부모이면서 자기 자식을 사랑하지 아니하며, 자식이면서 자기 부모를 사랑하지 아니하면 어떻게 세상에서 자립할 수 있겠는가. 하지만 현실은 이 말대로 흘러가지만은 않는다. 서로 친밀하지 못함은 물론 더러는 원수 보듯 대하거나 존속살해의 범죄를 저지르는 경우도 있으니 이를 어찌할까.『동몽선습』은 "천하에는 선善하지 않은 부모가 없는지라 부모가 비록 자식을 사랑하지 않더라도 자식은 효도하지 않아서는 안 된다."고 단언하고 있다. 과연 천하의 모든 부모는 선하고 악한 존재는 없는가? 비록 부모가 자식을 사랑하지 않더라도 자식은 부모에게 효도를 다해야 하는가? 이와 같은 전통적인 효 관념에 젖어있는 부모세대는 볼멘소리를 한다. 본인들은 부모에게 효도를 다했는데, 정작 자신들이 봉양을 받을 나이가 되니 자식들은 부모를 돌볼 생각을 하지 않는다며 섭섭하고 불만이다. 이때 주로 순임금의 부모에 대한 효도를 예로 든다.

　순舜임금의 아버지는 완악하고 어머니는 모질었다. 일찍이 아들 순을 여러 번 죽이려 했지만 순은 부모에게 효도를 다했다. 그 결과 가정을 화합하고 끊임없이 다스렸으며, 부모로 하여금 악한 일을 하지 않게 하였다고 한다. 아들 순임금은 효자의 도리가 지극하지 않을 수 없다. 세상의 모든 부모가 자기 자식이 순임금과 같기를 바라지는 않을 것이다. 반대로 세상의 모든 자식이 순임금과 같이 효도를 다할 수도 없다. 부모의 언행이 모두 옳고 합리적일 수도 없을뿐더러 선한 본성을 가지고 있을 수도 없기 때문이다. 부모가 자식을 핍박하고 제대로 먹이고 입히며 가르치지도 않는 데도 자식은 오로지 부모에게 효도를 다해야 하는가? 이런 효도의 관념은 현대사회에 전혀 맞지 않는다.

효제를 중시하는 공자도, "오형五刑에 해당하는 죄목이 삼천 가지이지만 그중에서 불효보다 더 큰 죄가 없다."고 말했다. 논어에는 효도에 대한 공자의 생각을 알 수 있는 여러 대목을 찾을 수 있는데 몇 가지 예를 들면 아래와 같다.

부모가 살아 계시는 동안에는 먼 곳으로 여행하지 말 것이며, 여행을 해야만 한다면 어디에 있을지를 그분들께 꼭 알려라.(논어, 이인)

병에 걸리는 것 외에는 부모에게 걱정거리를 만들어드리지 말라.(논어, 위정)

부모를 섬김에 있어서 잘못된 일을 말릴 때도 온유한 태도를 지켜라. 들어주지 않더라도 공경하는 자세를 지키고 대들지 마라. 그분들 때문에 힘들더라도 원망하는 마음을 품지 마라.(논어, 이인)

공자가 생존할 당시는 춘추시대로 전쟁으로 하루도 편한 날이 없었고, 치안도 불안하였다. 현실 상황이 이러하니 "부모가 살아 계시는 동안에는 먼 곳으로 여행하지 말라."는 공자의 당부가 충분히 이해된다. 하지만 국제무대를 누비며 활발하게 활동해야 하는 현대사회에 공자의 이 말을 그대로 적용할 수는 없는 노릇이다. 공자의 이 관념을 그대로 적용하면 자녀의 손발을 꽁꽁 묶어버리는 결과를 낳게 될 것이다. 이 지점에서 우리는 효도를 현대적으로 재해석하고 시대상황에 맞게 받아들일 필요가 있다. 공자도 "선인은 남이 밟은 자취조차 그대로 밟지 않는다."(논어, 팔일)고 말했듯이 전통을 내세워 구습을 그대로 답습하는 것은 유학이 내포하고 있는 진취적·개혁적 성질을 망각한 일이 되기 때문이다.

한국의 현실을 살펴보면, 부모들은 지나칠 정도로 경쟁적으로 자녀교육을 하고 있다. 대부분의 부모는 내 자식이 남의 자식보다 똑똑하고 뛰어나기를 바란다. 비단 공부뿐만 아니라 물질적으로 부유하고, 사회적 지위를 확보하여 남들보다 더 많은 권력을 가지기를 바란다. 과연 이런 교육방식이 합리적이고 정당한가? 오로지 내 자식만 바라보고, 남의 자식이야 죽든 살든 관심이 없다는 식의 소아적인 가치관이 바람직하다고 할 수 있는가? 언제까지 자식들에게 불의에 눈감고 오로지 너의 이익만을 도모하라고 가르쳐야 할 것인가? "부모와 자식 사이에는 친밀함이 있어야 한다."는 부자유친의 현대적 의미와 가치를 현실에서 어떻게 실현할 수 있는가에 대해 진지하게 고민해 볼 필요가 있다고 본다.

• 군신유의君臣有義 - 군위신강君爲臣綱
『동몽선습』은 말한다.

임금과 신하는 하늘과 땅처럼 분명히 구분되는 관계이다. 임금은 높고 귀하며 신하는 낮고 천하니 존귀한 이가 비천한 이를 부리고 비천한 이가 존귀한 이를 섬기는 것은 천지간의 어디에나 통용되는 도리이며 예나 지금을 막론하고 통용되는 의리이다.

그러므로 임금은 으뜸의 지위를 체현하여 명령을 내리고, 신하는 임금을 도와 선을 베풀고 악을 막아야 한다. 임금과 신하가 각자 그 도리를 다하여 서로 협력하고 공경하여 지극한 정치를 이루어야 한다. 임금과 신하가 각자의 도리를 다하지 못하면 국가를 제대로 다스릴 수 없다. 하지만 기본적으로 임금과 신하는 상하 위계가 분명하고 주종관계에 있다. 그러니 자기 임금을 무능하다고 비판하는 신하는 '임금을 헤치는 자', 즉 '도적'이라고 비난받는다. 옛날에 상商나라 주왕紂王이 포학한 짓을 하자 비간比干이 간언하다 목숨을 잃었으니 충신의 절개를 다한 것이다.[28]

이처럼 공자는 임금과 신하의 관계를 주종의 위계질서로 본다. 설령 임금이 아무리 포악하고 무능하다고 할지라도 신하는 임금을 헤칠 수도, 비판할 수도 없다. 차라리 비간처럼 간언을 하다가 목숨을 잃을지언정 충신의 도리를 다해야 한다. 이에 반하여 맹자의 입장은 상당히 강경하다.

유학에는 임금의 정치적 역할을 중심으로 두 가지 입장이 있는데, 바로 왕도론王道論과 패도론覇道論이다. 양자를 왕패론王覇論이라 한다.

왕도론은 덕으로 인정仁政을 실천하는 덕치중심의 정치체제를 말하는데, 공리보다는 인륜을 중시한다. 이에 반하여 패도론은 권력으로 통치하되 인정을 가장하는 정치체제를 말하는데, 인륜을 무시하고 공리를 추구한다. 전통적으로 유학은 패도보다는 왕도를 지향한다. 왕도정치를 시행하는 군주는 백성을 내 자식 사랑하듯이 사랑하며, 그 백성은 부모를 따르듯이 혹은 존경하는 선생님을 따르듯이 그 군주를 따른다고 한다. 이를 민본주의라고 하는데, 왕도는 임금이 추구

---

28) 『동몽선습』 군신유의편에서 인용함.

해야 하는 '성인聖人의 도道'이다. 어진 사람은 남에게 덕을 베풂으로써 모든 사람의 사랑을 받기에 모든 사람이 사랑하므로 세상에 적이 없다는 '인자무적仁者無敵'은 왕도가 지향하는 이념을 적절하게 표현하고 있다.

공자와 마찬가지로 맹자도 왕도주의를 지향하지만 이보다 한 걸음 더 나아간다. 맹자에 따르면, 일정한 덕을 갖춘 자가 천자가 되어야 한다는 왕도정치는 필연적으로 혁명을 인정하고 있다는 것이다. 그러므로 하늘과 백성이 원하지 않으면 천자의 자리에 오를 수 없고, 올랐다 하더라도 자격 없는 것이 드러나면 내려와야 한다. 맹자의 이 주장은 당시로서는 가히 '혁명적'이라고 하지 않을 수 없다.

제나라 선왕이 "탕왕은 걸桀왕을 내쫓았고, 무왕은 주紂왕을 정벌했다고 하는데, 그런 사실이 있습니까?"라고 묻자, 맹자는 "전해 내려오는 기록에 그러한 사실이 있습니다."라고 대답했다. 왕이 물었다. "신하가 임금을 시해해도 되는 것입니까?" 맹자가 대답했다. "인仁을 해치는 자를 가리켜 남을 해치는 사람이라 하고, 의義를 해치는 자를 가리켜 잔인한 사람이라고 합니다. 남을 해치고 잔인하게 구는 자는 한 사내일 뿐입니다. 저는 한 사내인 걸과 주를 처형했다는 말은 들었어도 군주를 시해했다는 말은 듣지 못했습니다." (맹자, 양혜왕하 8)

위 예화에서 알 수 있듯이 맹자는 임금으로서의 자격이나 능력이 없고 백성을 사랑하는 인정仁政을 베풀어 왕도정치를 할 수 없다면, 무능한 임금이므로 그 자리에서 물러나야 한다고 보고 있다. 하지만 대부분의 임금은 스스로 그 자리에서 내려오지 않으므로 강제로 끌어내려야 한다는 것이다. 이에 대해 순자도 동일한 입장을 취하고 있다.

백성은 물이요, 임금은 배이니, 강물의 힘으로 배를 뜨게도 하지만 강물이 화가 나면 배를 뒤집을 수도 있다.(왕제편)

"물은 배를 뜨게도 하지만 뒤집어엎을 수도 있다."는 이른바 '군주민수君舟民水론'이다. 조선 태조 이성계가 맹자나 순자가 말한 역성혁명으로 고려를 멸망시키고 새로운 나라를 세운 탓일까? 조선에서는 맹자를 가르쳐도 혁명론에 대해서는 교육을 하지 않았다고 한다.

그렇다면 근대 유럽의 사회사상적 측면에서는 군신관계를 어떻게 바라봤을까? 루소의 사회계약론에서는 정치적 정당성의 기초를 '계약'에 있다고 본다.

계약(약속 혹은 합의)은 지켜야 한다!
Pacta sunt servanda!

이 법격언은 사적자치의 대원칙을 표현하고 있다. 루소에 의하면, 사회계약의 올바른 기초를 '일반의지'라고 한다. 일반의지란 "'공동의 이익' 또는 '공공복지'를 추구하는 의지"를 말한다. 개인의 이익과 사회의 정의를 결합시킬 수 있는 매개체가 바로 일반의지인 셈이다. 만일 군주가 일반의지에 반하여 계약의 내용을 제대로 이행하지 않거나 계약을 파기하는 등 계약 조건을 준수하지 않는다면 시민은 어떻게 해야 할까? 군주에게 계약 이행을 요구할 것이다. 그럼에도 만일 군주가 계약을 미이행하거나 불이행한다면, 시민들은 '저항권'을 행사하여 계약의 이행을 강제할 수밖에 없다. 결국 주권자인 개인과 군주 사이에 합의한 계약은 반드시 지켜야 하고, 만일 계약 내용을 미이행 혹은 불이행한 경우, 시민들은 그 책임을 물어 국가권력자들을 응징해야 한다는 것이 근대유럽의 사회계약론의 핵심이라고 할 수 있다. "대한민국의 모든 권력은 국민으로부터 나온다."고 규정한 헌법 제1조 2항은 사회계약론의 취지를 반영하고 있다.

• 부부유별夫婦有別 - 부위부강夫爲婦綱
『동몽선습』은 말한다.

> 남편과 아내는 두 성姓이 다른 사람이 만난 것으로 백성들이 태어난 시초이며 모든 행복의 근원이다.

전통 유학의 관점에서 부부란 남성과 여성 사이의 생물학적으로 다른 이성異姓 간 결합이다. 오늘날 중요한 사회적 이슈로 제기되고 있는 동성同姓 간 결합은 인정될 여지는 없다. 혼인은 중매를 통해 이뤄져야 하며 남녀 혹은 동성 간 자유로운 만남을 통한 결혼은 상정하고 있지 않다. 이처럼 중매와 폐백 등의 절차를 거쳐 부부가 혼인하는 이유는 남녀 간 구별(혹은 분별)을 확실하게 하기 위함이다. 『동몽선습』에 의하면 전통 유학이 부부유별을 분명하게 하기 위한 방법과 이유는 다음과 같다.

첫째, 집을 짓되 내외를 구별하여야 한다. 즉, 남자는 밖에 거처하며 안의 일에 대해 말하지 않고, 아내는 안에 거처하며 밖의 일에 대해서는 말하지 않는다.

둘째, 남편은 씩씩하게 아내를 대하여 하늘의 군건한 도리를 체현하고, 아내는 부드럽게 남편을 바로잡아 땅이 하늘에 순종하는 도리를 받든다면, 집안의 도리가 바로 서게 될 것이다.

셋째, 이와 반대로 남편이 아내를 마음대로 제어하지 못하여 올바

른 도리로 다스리지 못하고, 아내가 남편의 약점을 틈 타 올바른 도리
로 섬기지 않아서 삼종三從의 도리29)를 알지 못하고 칠거七去에 해당하
는 악행30)이 있으면 집안의 법도가 무너질 것이다.

넷째, 모름지기 남편은 자기 몸을 삼가서 아내를 잘 거느리고, 아
내는 자기 몸을 공경하여 남편을 잘 받들어서 내외가 화순해야 부모
님께서 편안하고 즐거워하실 것이다.

위 내용을 읽어보면 남성중심주의에 기반한 가부장제가 부부를
구별하는 차별 기제라는 것을 알 수 있다. 이를테면, 조선시대에 삼종
지도와 칠거지악은 남성과 여성을 차별하는 전형적인 제도로써 여성
을 억압하고 속박하는 병폐를 낳았다. 칠거지악 중에서 시부모에게
불손함, 자식이 없음, 나쁜 병에 걸림과 같은 내용을 오늘날 어떻게 받
아들일 수 있겠는가? 아내가 나쁜 병에 걸리면 남편은 오히려 아내를
보호하고, 그 병을 치료하는 데 성의를 다해야 한다. 아내가 아프다고,
자식을 낳지 못한다고 핍박하고 내쫓는 행위가 인륜을 중시하는 유학
의 이념에 부합하는가? 심종지도와 칠거지악을 내세워 이토록 여성을
속박하면서도 남성들의 태도는 어떠했는가? 집안의 대를 잇는다는 명
분으로 축첩과 관기를 두기까지 했다. 그러면서도 본처와 축첩에서
난 자식을 적자와 서얼이라는 이유로 차별적으로 대우했다. 『홍길동
전』에 나오듯이 서얼인 홍길동은 아버지를 아버지라 부르지 못하고

---

29) 이를 여자가 따라야 할 세 가지 드리인 삼종지도(三從之道)라 한다. 어려서
는 아버지를, 결혼해서는 남편을, 남편이 죽은 후에는 자식을 따라야 하였다.
예기 의례(儀禮)「상복전(喪服傳)」에 나오는 말이다.(네이버사전: 삼종지도)
30) 이를 아내를 내쫓을 수 있는 이유가 되었던 일곱 가지 허물인 칠거지악(七去
之惡)이라 한다. 시부모에게 불손함, 자식이 없음, 행실이 음탕함, 투기함, 몹
쓸 병을 지님, 말이 지나치게 많음, 도둑질을 함 따위이다.(네이버사전: 칠거
지악)

대감이라고 불러야 했다. 어디 그뿐인가? '남성' 임금과 관료들이 무능하여 나라와 백성을 지키지 못하여 여성들이 청나라에 끌려가 온통 수모와 고초를 겪고 고향에 돌아왔는데, 환향녀라고 비하하고 죽음을 강요하기도 했으니 한심한 노릇이 아닐 수 없다.

그리고 이제는 가족 구성의 형태를 다양화할 필요가 있다. 최근 젊은 세대의 경우 독신 가정이 늘고 있다. 여론조사에 의하면, 20대 여성들의 경우 60% 이상이 결혼을 하지 않고 독신으로 살기를 원한다. 여러 이유가 있지만 결혼하게 되면 여성이 감당해야 될 부담이 너무 크다는 것이다. 부부유별의 입장에서 젊은 세대들이 당면하고 있는 현실적인 고충과 인식의 변화를 기성세대가 이해할 필요가 있다. 그들이 당면하고 있는 현실과 가치관의 변화를 제대로 파악하지 못하고서는 재정을 아무리 투입한다고 해도 출생률을 높일 수는 없다고 본다.

또한 가정을 구성하는 혼인의 형태도 다양화해야 한다. 언제까지 순혈주의를 내세워 생물학적인 성으로서 남성과 여성의 자연적 결합에 의해서만 가정을 이루고, 후속세대의 출생을 바랄 수 있겠는가? 법률혼 중심의 혼인 제도도 획기적으로 바꾸어 다양한 혼인제도를 도입해야 한다. 우리의 경우, 법률혼에 비추어 사실혼은 부부로 인정되지 못하니 배우자가 권리 의무를 행사하는 데 제약이 적지 않다. 사실혼을 비롯한 동거와 '시민연대계약'이라는 프랑스의 PACS와 같은 다양한 제도를 도입함으로써 청춘남녀의 자유로운 결합을 인정해야 한다. 제도란 우리 사회의 구성원인 개인들이 어떻게 하면 자유롭고 행복한 삶을 살 수 있을까에 중점을 두고 운영되어야 하는 것이다. 만일 기성세대와 정치권이 사회 변화에 눈 감고 그 구조와 제도를 바꾸지 않은 채 전근대적인 부부관인 부부유별만 강조한다면, 우리 사회는 결국 심각한 문제에 직면할 수밖에 없을 것이다.

또한 전통 유학에서는 동성동본 사이의 혼인은 허용되지 않는다. 이 제도는 같은 성씨姓氏와 같은 본관本貫을 가진 사람들 간의 결혼을 금지하는 관습을 말한다. 조선 태종 13년(1413) 동성동본 간의 혼인을 금지하는 법이 시행된 이래 한국사회에서는 오랫동안 근친혼은 허용되지 않았다. 그러나 동성동본 간의 결혼 금지 규정은 1997년 헌법재판소에서 위헌 결정이 내려져 동성동본 간의 결혼이 법적으로 허용되었다. 이 결정으로 혼인의 자유가 확대되었으며, 가족의 다양성을 인정하는 인식이 확산되었다.

『동몽선습』은 부부유별 사례로 '극결郤缺 부부'를 들고 있다. 극결이 밭에서 김을 매고 있을 때, 그 아내가 새참을 내왔는데 서로 공경하여 상대하기를 마치 손님 모시듯 하였다고 한다. 극결 부부의 부부간의 도리를 '상대여빈相待如賓'이라 한다. 이에 대해 자사子思는, "군자의 도리는 부부 사이에서 비롯된다."고 말했다.

극결 부부의 사례는 아내는 남편에게 복종(혹은 순종)하고 존중해야한다는 전통적인 가부장제하의 부부관계를 나타내고 있다. 남편은 가장家長으로 집안의 주인이므로 아내는 그를 모시고 받들며 그의 말을 절대적으로 따라야 한다는 뜻을 담고 있다. 하지만 상대여빈은 현대적 의미로 재해석되어야 한다. 오늘날 부부는 상호평등한 관계이며, 서로 존중하고 예를 다해야 한다. 서로 존중하고 배려하는 태도가 중요하며, 상호 자유롭고 평등한 관계를 통해 가정의 질서와 평화를 유지하는 것이 중요하다. 그러므로 부부관계는 예로 시작하여 예로 끝나야 한다. 그 현실적 실천방안의 하나가 바로 상대여빈, 즉 상대방을 서로 손님처럼 배려하고 존중하는 마음과 태도가 바탕이 되어야 한다. 부부가 서로 손님을 대하듯 하라는 것은 서로 모르는 사람 대하듯

하라는 것이 아니다. 서로 함부로 말하고 행동하지 말고 상호 존중하고 배려하라는 것이다.

• 장유유서 長幼有序

『동몽선습』은 말한다.

어른과 어린 사람(장유)은 천륜의 순서이다. 형은 형 노릇 하고 아우가 아우 노릇 하는 것은 장유의 도리에서 비롯된 것이다.

어른과 어린 사람 사이의 도리에는 엄격한 차례와 복종해야 할 질서가 있다는 장유유서는 효제에 바탕을 두고 있다. 효제는 부모에 대한 효도와 형제에 대한 우애를 통틀어 이르는 말이지만 삼강오륜을 관통하는 핵심이다. 유학은 기본적으로 상하위계와 신분질서를 중시한다. 임금과 신하, 부모와 자식, 남편과 아내, 형과 아우 사이에는 엄격한 차례와 순서가 있다. 일반적으로 전자의 후자에 대한 일방적 지시와 명령, 맹목적 복종과 순종이 전제되어 있다. 주나라 종법에 바탕을 둔 가부장적 위계질서가 허물어지면 사회는 안정을 찾을 수 없고 혼란에 빠질 수 있다는 불안감과 위기감이 곳곳에 드러나 있다. "종족과 마을에는 모두 어른과 어린 사람이 있으니 그 질서를 어지럽힐 수 없다."는 것이다. 이와 같은 질서를 유지하기 위해 『동몽선습』은 어른은 어린 사람에게 아래와 같이 처신해야 한다고 강조한다.

첫째, 걸을 때는 어른의 뒤를 따라야 하고 앞서가서는 안 된다. 이렇게 행동하는 것이 공경스러운 태도이며, 빨리 걸어서 어른보다 앞서는 것은 공경스럽지 못하기 때문이다.

둘째, 나이가 나보다 곱절이 많으면 부모를 섬기는 도리로 대하고,

열 살이 많으면 형으로 섬기는 도리로 대하고, 다섯 살이 많으면 어깨 폭만큼 뒤쳐져 따라가야 한다.

셋째, 위와 같이 걸음을 걷는 이유는 무엇일까? 어른은 어린 사람을 사랑해야 하고, 어린 사람은 어른을 공경해야 한다. 그런 연후에야 어른은 어린 사람을 업신여기고, 어린 사람은 어른을 능멸하는 폐단이 없어져 사람의 도리가 바르게 설 수 있기 때문이다.

넷째, 하물며 형제는 기운을 함께 나눈 사람이다. 뼈와 살(골육)을 나눈 지극히 가까운 사이이니 더욱 우애해야 마땅하며, 마음속에 노여움과 원망을 쌓아두어 하늘의 떳떳한 도리를 무너뜨려서는 안 된다.

『동몽선습』은 장유유서 사례로 사마광司馬光과 백강伯康을 들고 있다. 사마광이 그의 형 백강과 우애가 매우 독실하여 형을 엄한 어버지처럼 공경하고 아우를 어린아이처럼 보호했다고 한다. 형제의 도리는 마땅히 이와 같아야 한다고 하면서 맹자는 "웃을 줄 알고 손을 잡아주고 안아줄 만한 아이도 자기 어버이를 사랑할 줄 모르는 경우가 없으며, 그가 성장해서는 그 형을 공경할 줄 모르는 이가 없다."고 말했다.

필자가 어릴 때는 장유유서의 관념이 강하게 남아있었다. 심지어 가장 친밀한 관계여야 할 부자지간은 어색하고 경직되어 있었다. 길을 걸을 때 아버지의 손을 잡거나 팔짱을 낀다는 것은 상상하지도 못했다. 아버지는 앞서 걸어가고 필자는 몇 걸음 뒤로 떨어져 걸었다. 그것이 어른을 대하는 바람직한 태도라고 교육을 받았기에 아버지와 다정하게 대화하며 걷는 것은 불가능하였다. 가정은 가부장인 아버지가 군림하는 절대체제였고, 어른은 존경과 경외의 대상일 뿐 수평적·대등한 관계가 될 수 없었다.

가부장적인 한국사회에서 장유유서의 폐해는 가정뿐 아니라 사회

일반 및 대학에도 부정적 영향을 미치고 있다. '어른 없는 사회'에 대해 비판하지만 정작 '손주에게도 배우라'는 분위기는 형성되어 있지 않다. 세상은 부단히 변하고 있고, 그에 따라 새롭게 배워야 할 첨단지식과 과학기술문명도 끊임없이 개발되고 있다. 이를테면, 어른들은 손자들만큼 인공지능(AI)로 대변되는 최첨단 기술문명을 이해할 수 없다. 비록 어른이라 할지라도 새로운 과학지식에 대해서는 손자에게 묻고 배우지 않을 수 없다. 하지만 현실은 어떤가? 형식적인 예의범절을 내세워 손자에게 고함치고 권위를 내세우는 어른이 적지 않다. 일찍이 공자도 말했다. "인간성(의 기본원리)에 관련된 문제를 놓고는 너희 스승에게라도 굽혀서는 안 된다."라고. 이를 배사자립背師自立이라고 한다. 이 말은 제자가 스승의 가르침을 넘어서서 독립적으로 자신의 길을 개척하는 것을 의미한다.

학문에서 주장을 달리하는 갈래를 학파學派라 한다. 유럽에서는 스승을 중심으로 그의 학문을 믿고 따르는 제자가 모여 학파를 이루는 일이 많다. 스토아학파의 경우, 기원전 3세기 초에 제논Zenon을 중심으로 그리스 철학의 한 학파를 이루었다.[31] 이러한 학문적 전통은 현대에도 그대로 이어져 다양한 학문 분야에서 학파를 이루어 활동하고 있다. 그 사례의 하나로 시카고학파(Chicago School)를 들 수 있다. 이 학파는 시카고 대학교를 중심으로 활동한 학자와 그들의 이론 및 연구성과를 기반으로 하여 형성되었는데, 주로 경제학과 사회학 두 분야에서 각각 독립적으로 발전했다. 하지만 혈연, 지연, 학연으로 얽히고

---

31) 스토아학파는 윤리학을 중요하게 다루었고 유기적 유물론 또는 범신론의 입장에서 금욕과 극기를 통하여 자연에 순종하는 현인(賢人)의 생활을 이상으로 내세웠다. 후에 로마의 철학자 세네카 등이 이를 완성하였다.(네이버사전: 스토아학파)

설킨 한국 대학은 배사자립의 정신이 취약한 탓인지 학파가 거의 형성되어 있지 않다. 제자가 스승을 넘어서서 독창적인 경지를 이룰 수 있고, 스스로 새로운 학문을 개척하고 동학을 결집할 수 있어야 학파가 태어날 수 있다.

"스승의 그림자도 밟지 않는다"라는 속담이 있다. 동아시아의 전통적인 유교 문화에서 비롯된 말로, 스승에 대한 존경과 예의를 극도로 강조하는 표현이다. 이 말은 스승의 존재를 그만큼 귀중하게 여겨야 하며, 스승을 향한 최대한의 공경심을 가져야 한다는 뜻을 담고 있다. 교육과 도덕, 윤리를 중시하는 한국사회에서 스승과 제자 사이의 관계는 존경과 경외의 대상일 뿐 감히 제자가 스승을 뛰어넘어 독자적 학풍을 개척하는 것은 금기시된다. 학문의 자유가 보장되는 대학사회도 장유유서의 한계를 넘어서지 못하는데 일반 사회에서의 손윗사람과 손아랫사람의 관계는 연공서열을 넘어설 수 없다.

이처럼 형식적 나이 중심의 서열관계는 오늘날에도 여전히 해소되고 있지 않다. 학생들에게 자기소개를 하라고 하면, "내 나이는 몇 살" 혹은 "나는 몇 학번"이라는 식으로 시작한다. 사적 혹은 공식석상에서도 소위 '민증을 까라'는 분위기가 팽배하다. 한국사회에서 '나이' 중심의 서열에 입각하여 서로의 위계를 확인하는 관행은 젊은 세대에서도 좀체 개선되지 않고 있는 것이다.

한국 사회를 지배하고 있는 전근대적 장유유서의 관념과 관행은 비판받아야 할 내용이 적지 않다. 언제까지 '나이가 깡패'라는 식의 고착된 사회구조와 분위기에 얽매여 살아가야 할까? 나이를 먹으면서 오히려 보다 넓게 귀를 열고, 예의를 다하고, 더 겸손함으로써 젊은 세대에게 모범이 될 수는 없을까? 나이를 먹고 어른이 되었다는 것만으로도 충분히 존중받고 존경받아야 한다. 하지만 어른이랍시고 나이를 내세워 어린 사람을 억압하고 그들에게 군림하는 순간 나이는 더 이상 자랑이 될 수 없다. 이와 같은 전근대적인 장유유서의 폐해를 하루빨리 극복해야만 어른과 어린 사람은 수직적이 아니라 수평적 관계로 회복될 수 있다.

• 붕우유신朋友有信

『동몽선습』은 말한다.

> 붕우는 부류가 같은 사람이다. 이로운 벗과 해로운 벗이 각각 세 종류가 있다. 정직한 사람, 신실한 사람, 학식이 많은 사람을 벗하면 이롭고, 몸가짐은 좋으나 마음가짐이 비뚤어진 사람, 줏대 없이 아첨하는 사람, 말재주만 뛰어난 사람을 벗하면 해롭다.

이 말을 읽어보면, 벗이란 그 사람의 덕성德性을 보고 사귀는 것이다. 교우관계는 천자로부터 일반인에 이르기까지 아주 중요하다. 벗을 통하여 자신의 인격을 완성할 수 있기 때문이다. 주변 환경이나 친구가 한 사람의 가치관 형성에 지대한 영향을 미친다는 "근묵자적近墨者赤 근묵자흑近墨者黑"이라는 말이 있다. 먹을 가까이 하면 붉어지고 검어진다는 뜻이다. 이 표현은 사람은 주위 환경이나 친구들의 영향을 받아 긍정적 혹은 부정적으로 바뀔 수 있다는 의미를 담고 있다. 그러므로 벗을 사귈 때는 단정하고 나보다 뛰어난 사람을 가려서 사귀어야 한다. 친구를 사귈 때는 그만큼 신의(믿음)가 중요하다. 서로 절차탁마하지 않고 다만 기뻐하고 친하며 장난하고 농담하는 수준에서 벗을 사귄다면, 그 관계는 지속될 수 없다. 옛적에 안자晏子는 남과 사귀되 오래되어도 상대를 공경하였다고 한다. 붕우간의 도리에 대해 공자를 이렇게 말했다.

친구들에게서 신임을 얻지 못하면 윗사람에게서도 인정받지 못할 것이다. 친구들에게서 신임을 얻는 데 일정한 방법이 있으니, 어버이에게 순종하지 않고 인정받지 못하면 친구들의 신임을 얻지 못할 것이다.

공자의 위 말에서 보듯이 오륜을 관통하는 핵심적인 주제어는 '효도'이다. 이에 대해 『동몽선습』은 "사람의 행실이 오륜에서 벗어나지 않지만 오직 효도가 모든 행실의 근원이 된다."고 밝히고 있다. 효는 한 사람의 행실이 착한지 아닌지를 판단하는 절대적인 기준인 셈이다.

『동몽선습』은 주로 유교 교육의 기초를 배우는 어린아이들에게 기본 도덕과 예절을 가르치기 위해 만든 책이다. 효는 성誠, 경敬과 함께 조선의 정치사회제도를 유지하는 성리학의 기본관념이었다. 하지만 논어를 읽어보면 붕우유신에 대한 공자의 다른 생각을 알 수 있다. 공자가 말했다.

군자는 경쟁하지 않지만 반드시 활쏘기에서만은 경쟁을 한다. 읍하고 사양하며 올라가 활을 쏘고 내려와선 진 사람에게 술을 마시게 하니, 이런 경쟁이야말로 군자다운 경쟁이다.(논어, 팔일편)

공자도 친구 사이에 어느 정도의 경쟁이 필요하다고 본다. 하지만 그 경쟁은 상대를 밟고 올라서는 약탈적인 경쟁이 아니라 예를 갖추는 선의의 경쟁이다. 이를테면 활쏘기를 예로 들어 군자가 경쟁하는 방법을 설명한다. "읍하고 사양하며 올라가 활을 쏘고 내려와선 진 사람에게 술을 마시게 하는" 방식이다. 공자는 이런 경쟁을 '군자다운 경쟁'이라며 칭찬을 아끼지 않는다. 활쏘기에는 일정한 규칙이 있다. 그 규칙과 예법에 따라 활을 쏘고는 그 결과에 솔직하게 승복하는 것이다. 원칙과 과정이 정당하다면, 그 결과에 대해서는 깨끗하게 승복하는 자세야말로 경쟁의 기본적인 취지이고, 군자의 바람직한 모습이라는 것이다.

오늘날 한국사회의 실상은 어떤가? 자녀들에게 자기중심적이고 이기적일 것을 강요하면서 벗과 끊임없이 경쟁하고, 그에서 살아남으라고 가르치는 형국이다. 규칙을 준수하고 예의를 다하면서 공정한 과정을 통해 선의의 경쟁을 하고, 그 결과에 승복하라고는 가르치지 않는다. 신의 혹은 신뢰에 바탕을 둔 친구 관계가 형성되기 위해서는 어떻게 해야 하는가? 관포와 포숙의 우정에 바탕을 둔 관포지교管鮑之交[32]의 사례에서 보듯이 붕우라면 마땅히 서로를 깊이 이해하고 도울 수 있는 관계가 되어야 한다. 이 관점에서 아래에 소개하는 공자의 말을 눈여겨볼 필요가 있다.

군자는 남의 아름다움을 이루어주고 남의 악함을 이루어주지 않으니 소인은 이와 반대이다.(공자, 안연편 16장)

『동몽선습』은 내게 이익이 되는가 아닌가를 중심으로 벗을 사귀라고 하지만 공자의 말은 정반대이다. 군자는 남(벗)이 가지고 있는 장점(아름다움)을 발견하고 살펴 그가 성공할 수 있도록 도와주어야 한다.

---

32) "서로를 위해서라면 목이 잘린다 해도 후회하지 않을 정도의 사이"를 의미하는 문경지교(刎頸之交)와 "물이 없으면 살 수 없는 물고기와 물의 관계"를 의미하는 수어지교(水魚之交)도 관포지교와 같은 뜻이다.

남의 단점(악함)을 자신의 이익을 위하여 이용하는 것은 군자가 취할 바가 아니다. 그것이야말로 소인이 남(벗)을 대하는 나쁜 태도라는 것이다. 공자의 교우관은 벗이 가지고 있는 고유성과 다양성을 존중하여 성장하고 발전하도록 돕는 데 있다. 무한경쟁하고 그를 소외시키고 따돌리며 심지어 폭력을 행사하는 것은 벗이 해서는 안 되는 일이다. 만일 우리가 이와 같은 아름다운 우정에 기반을 둔 교우관계에 대해 자녀들을 가르치고 교육하며 어른들이 모범을 보인다면 '왕따'와 같은 사회현상은 일어나지 않을 것이다.

이제는 붕우유신을 현대인권적 의미에서 재해석하고 그 문제점에 대해 논의하여 적절한 해결책을 모색하는 노력을 할 필요가 있다. 붕우는 더 이상 남성과 남성 혹은 여성과 여성 사이의 동성 간 교우관계로 한정하여 보아서는 아니 된다. 소위 '이대남 이대녀'와 같은 젠더 갈등으로 청춘남녀가 서로 어울리고 화합하지 못하고 서로를 적대시하고 경원시해서는 안될 일이다. 이성 혹은 동성 여부를 떠나 청춘남녀가 서로를 깊이 이해하고 아끼고 사랑함으로써 서로를 지적·정신적으로 성장하고 발전할 수 있도록 이끌 수 있어야 한다. 그동안 우리의 교육은 친구 사이의 파이를 조각으로 나누어 누가 그 조각을 경쟁적으로 소유하고 쟁취하는가에 중점을 두었다. 하지만 이제는 그 파이를 어떻게 하면 적정하고 합리적으로 배분하며, 나만 그 파이를 독식하는 것이 아니라 친구와 함께 그 파이를 키울 것인가 고민하고 논의하여야 한다.

조선 후기 고전소설을 이해하기 위한 선결적 주제 (2)

- 조선 성리학의 기본내용과 문제점

성리학이란 무엇인가?

성리학性理學은 "공자와 맹자로부터 전해오던 유가사상을 북송시대의 주돈이周敦頤·장재張載·소옹邵雍·정호程顥·정이程頤가 종합하고, 남송시대의 주희朱熹가 집대성한 학문체계"를 말한다.[33] 이처럼 좁게는 성리학이란 '주희에 의해 집대성된 주자학'을 의미하지만 보다 넓게는 주자학의 형성에 직접적 영향을 끼친 앞 시대 철학자와 뒤 시대 철학자들에 의해 형성된 유학을 포함한다.[34] 후자에 따라 개념정의하면, 성리학이란 "인간이 자연으로부터 부여받은 도덕 본성에 따라 조화로운 사회를 이루며 살아갈 수 있고, 또한 그렇게 살아가야 한다는 입장을 유학의 기반 위에 체계화한 학문"이다.[35]

---

33) 안유경, 『성리학이란 무엇인가』(증보판), 새문사, 2021, 5쪽.
34) 김상현 편, 『성리학의 한국적 수용과 전개』(대한철학회 학술총서 1), 교육과학사, 2023, 26쪽.
35) 김형완, 『율곡이 묻고 퇴계가 답하다』, 바다출판사, 2020, 55쪽.

한국에서는 통상 성리학이란 용어가 사용되고 있다. 하지만 성리학은 신유학新儒學[36]·도학道學[37]·이학理學[38]·정주학程朱學·주자학朱子學[39]·송학宋學[40] 등 다양하게 사용되고 있다.[41]

성리학이 형성되는 과정에 기여한 많은 학자와 사상가가 있지만 주희는 성리학을 하나의 독자적인 학문체계로 집대성하는 데 결정적으로 기여하였다. 주희는 인간이 타고나는 선한 본성인 성性을 바탕으로 우주 만물을 운행하는 이치인 리理와 만물을 구성하는 물질적인 힘인 기氣의 개념을 통해 우주자연의 이법과 인간의 본성과 현실세계를 규율하는 근본질서와 도덕의 근원에 대한 체계적인 설명을 시도하고 있다. 그러므로 성과 리·기는 성리학을 관통하는 세 가지 핵심 개념이라고 할 수 있다. 이 개념을 바탕으로 성리학의 핵심 내용을 요약하면 아래와 같다.

① 모든 존재와 작용은 리理(원리, 법칙 또는 규범)와 기氣(질료 또는 에너지)의 결합으로 이루어진다.

② 자연에는 물리법칙인 동시에 윤리규범인 일정한 원리(理)가 존재하며, 그 내용은 사덕四德(원元·형亨·이利·정貞)으로 상징된다.

③ 자연의 산물인 각 개체는 그 자연의 일정한 원리(理)를 본성(性)

---

36) 송대(宋代) 이후의 유학이 그 이전의 한·당유학(漢唐儒學)과는 학문 경향을 달리하는 새로운 유학이라는 뜻에서 후대에 와서 새롭게 만든 용어로서 주로 서양학자들에 의해 불리는 명칭이다.
37) 도를 가르치는 진정한 학문이란 의미에서 붙은 명칭이다.
38) 성리학과 함께 송대 유학이 다룬 핵심 개념인 성(性)과 리(理)를 중심으로 붙은 명칭이다.
39) 정주학과 주자학은 송대 유학을 집대성한 정씨 형제, 특히 정이와 주희를 중심으로 붙은 명칭이다.
40) 송나라 시대의 유학이라는 의미로 사용된 명칭이다.
41) 성리학 용어에 대한 상세한 내용은, 김상현 편, 앞의 책, 25-26쪽.

으로 부여받아 태어나며, 그 본성의 내용은 오상五常(인의예지신)이라는 도덕적 성향이다.

④ 리(또는 본성)와 결합된 기가 맑고 순수할수록 리(또는 본성)는 더 온전한 모습으로 현상에 드러난다.

⑤ 만물 중에는 인간을 구성하는 기가 가장 맑고 순수하고, 인간의 구성부분 중에는 마음(心)을 구성하는 기가 가장 맑고 순수하다.[42]

성리학은 이러한 전제를 바탕으로 논리정연한 이론을 구축할 뿐만 아니라 체험적 수양을 통해 성리학의 이념을 현실에서 실천하려는 궁극적 목표를 두고 있다.[43] 이에 따라 성리학은 크게 이기론·심성론·인식론·수양공부론으로 그 체계를 구성할 수 있다.[44]

유학 혹은 성리학은 기본적으로 내성외왕內聖外王을 목표로 하는 학문이다. 내성內聖은 인仁, 의義, 예禮, 지智, 신信과 같은 덕목을 함양하여 도덕적으로 완벽한 인간이 되는 것을 말한다. 그리고 외왕外王은 내성을 바탕으로 사회를 다스리고 백성을 행복하게 하는 것을 의미다. 즉, 국가를 통치하고 세상을 평화롭게 만드는 정치적인 이상을 실현하는 것이다. 그러므로 내성외왕은 수기치인과 같은 말이다. 이 관점에서 성리학을 바라보면, 유학은 그저 학문적 이론탐구에만 그쳐서는 아니 된다. 이론을 바탕으로 세상을 성리학이 지향하는 도덕적 이상 사회로 '만들기' 위한 실천이 수반되어야 한다.[45] 조선은 이러한 목표를 지향하는 유학과 성리학을 배우고 익힌 지식인(사대부)들이 건국

---

42) 김형완, 앞의 책, 55-56쪽.
43) 김형완, 앞의 책, 56쪽.
44) 이 체계는 안유경의『성리학이란 무엇인가』를 따랐다.
45) 김형찬,『율곡이 묻고 퇴계가 답하다』, 바다출판사, 2020, 205쪽.

한 나라이고, 이 지식인들이 국가 운영의 주체가 되었다. 그들은 성리학적 도덕에 바탕을 둔 이상사회 만들기를 꿈꾸었고, 그 사회를 운영할 인재를 기르는 데 골몰하였다. 결국 조선 지식인들의 학습·수양의 목표는 성리학의 가치관에 따라 사회·국가를 운영하며 살아가는 것이었다.[46)]

성리학이 조선사회에 드리운 빛과 그림자

성리학은 고려 말부터 조선시대에 걸쳐 한국 사회에 큰 영향을 미친 사상이다. 중국 송나라에서 발달한 성리학이 한국에 수용되어 조선의 통치 이념이 되면서 사회, 문화, 교육 등 다양한 분야에 지대한 영향을 미쳤다.

성리학이 고려 말에 수용되게 된 결정적 계기는 몽골 침입으로 인한 사회적 혼란과 불교의 세력 약화라고 할 수 있다. 이러한 혼란 속에서 학문을 중시하는 사대부 계층이 성장하면서 새로운 사상에 대한 관심과 요구가 높아졌다. 공자와 맹자 중심의 선진유학에서 한 걸음 더 나아가 성리학은 우주와 인간의 이치를 체계적으로 설명하고, 도덕적인 삶을 강조하여 사대부들의 지적 호기심을 자극하였다. 고려 말부터 성리학이 소개되기 시작했지만, 조선 건국 이후 정치 이념으로 자리 잡으면서 본격적으로 확산되었다.

조선 건국을 주도한 사대부들은 성리학을 새로운 국가 운영의 이념으로 채택하고, 유교적 이상 사회를 건설하려 노력했다. 국가통치

---

46) 김형찬, 앞의 책, 252-253쪽.

와 지배를 위한 정치적 특징의 측면에서 살펴보면, 성리학은 공자와 맹자 중심의 원시유학(혹은 선진유학)의 유묵도법儒墨道法 중에서 유가 사상을 형이상학적으로 정당화하였다. 공자가 주나라 종법을 본받아 유가를 가족 중심의 혈연공동체와 국가를 중심으로 하는 사회공동체의 도덕윤리규범으로 삼았듯이[47] 조선의 사대부는 성리학을 국가를 통치하고 지배하는 이념으로 삼고, 과거 시험을 통해 성리학적 소양을 갖춘 인재를 선발했다.[48]

조선은 건국 초부터 유교를 중시하고 불교를 억제하는 숭유억불 정책崇儒抑佛政策을 시행하였다. 즉, 유교를 중시하고 이를 국가의 통치 이념으로 삼아, 유교의 교리와 원칙을 국가 운영에 반영하는 대신, 불교를 억제하고, 그 세력을 축소시켜 불교가 정치적으로 영향을 미치지 않도록 하는 강력한 정책을 실시하였다. 조선의 유교 정책은 조선 왕조의 정치적, 사회적 이념을 구성하는 중요한 요소였으며, 유교적 원칙을 기반으로 한 국가 운영과 사회질서를 확립하는 데 중점을 두었다. 이러한 유교 정책은 조선 왕조의 건국 초기부터 강화되어, 왕권을 강화하고 사회적 안정과 질서를 유지하는 데 중요한 역할을 했다. 실제 16세기 조선은 '성리학 유토피아'라고 불릴 정도로 동시대 세계의 흐름에 비춰볼 때 매우 독특한 모습을 띠고 있었다. 성리학의 종주국인 중국은 성리학의 한계를 인식하고 이를 비판하는 양명학이 등장하고, 서유럽에서도 가톨릭의 아성에 도전하는 프로테스탄트들이 세력을 확대하고 있었다. 조선은 세계의 흐름에 아둔했던 것일까? 아니

---

47) 소학(小學)에서 "임금과 스승과 부모는 하나다(君師父一體)."라고 언급하고 있듯이 유교에서 국가는 가정의 연장선상에 있다. 부모에 효도하고 스승을 공경하는 것은 곧 신하의 군주에 대한 충성으로 연결된다.
48) 김진년, 『조선을 비판하다』, 책과나무, 2018, 144쪽.

면 성리학의 가치를 극대화함으로써 조선사회의 통치와 지배뿐만 아니라 사회문화의 발전을 위한 동력으로 삼으려 했던 것인가?[49]

이처럼 성리학을 조선사회의 기본 이념으로 정립함으로써 성리학은 조선사회의 질서를 유지하고, 도덕적인 삶을 강조하는 데 기여했다. 또한 성리학은 예술, 문학, 교육 등 다양한 문화 분야의 발전에 영향을 미쳤을 뿐만 아니라 한국인의 사고방식과 가치관에 깊이 뿌리내리며 한국 사회의 정체성을 형성하는 데 절대적으로 기여했다.

하지만 성리학이 조선사회에 끼친 부정적 영향도 간과할 수 없다. 성리학은 개인의 자유로운 사상보다는 공동체의 질서를 강조하여, 창의적인 사고를 저해함으로써 획일적인 사고방식을 갖도록 하였으며, 남성 중심적인 가치관을 강화하여 여성의 사회적 지위를 낮추고 차별하는 등 비판의 여지도 적지 않다. 현실세계에서 완전하고 이상적인 사상이 존재할 수 없듯이 성리학도 동일한 측면에서 파악하여야 한다. 성리학은 조선시대에 정치적, 사회적, 문화적 발전에 많은 긍정적인 영향을 미쳤으나, 그로 인해 발생한 부정적인 측면들도 존재한다. 성리학이 강조한 도덕적, 윤리적 원칙은 사회질서를 정립하고 왕권을 강화하는 데 기여했지만, 동시에 신분제도를 강화하고 여성의 지위를 제한하며, 과학적 발전이나 개인의 자유를 억제하는 부작용도 적지 않았다. 어느 측면에서 바라보든 성리학이 조선시대의 핵심적인 이념이자 사상이었다는 사실은 부정할 수 없다. 따라서 성리학에 대해 긍정적 혹은 비판적 어느 입장에 선다고 할지라도 성리학의 기본이념과 사상체계에 대한 이해가 선결되어야 한다.

---

49) 강웅천 외 공저, 『16세기 성리학 유토피아』, 민음사, 2014, 12-27쪽.

이기론理氣論

성리학에서 리理와 기氣는 우주 만물의 근원과 변화는 물론 인간의 내면세계를 설명하는 가장 중요한 개념이다. 이 두 가지 개념은 심성론心性論의 심心·성性·정情의 문제까지 포섭하고 있다. 성리학의 세계관을 보다 깊이 파악하기 위해서는 리와 기에 대한 이해가 반드시 필요하다.

리는 세상의 모든 존재와 현상이 따르는 보편적이고 불변하는 원리·질서·법칙·규범 등을 의미한다.[50] 한마디로 리는 우주만물의 근본 질서이자 인간사회의 보편적 도덕규범으로서 '이치'[51] 혹은 '이법'이라고 할 수 있다. 만물의 존재·운용 법칙인 동시에 모든 존재의 당위적 규범을 의미한다.[52] 인간은 성리학이 지향하는 자연의 이치 혹은 이법, 나아가 도덕적·윤리적 이치 혹은 이법을 깨닫고 따르며, 이를 현실에서 실천하도록 애써야 한다. 리는 우주·자연의 보편적·규범적 이치이므로 당연히 옳을 수밖에 없기 때문이다.[53]

기는 우주 만물을 구성하는 유형의 물질이자 에너지를 의미한다. 기는 모든 존재를 구성하는 물질적 요소로, 변화하고 움직이는 실제

---

50) 안유경, 앞의 책, 65쪽.
51) Ibid.
52) 성리학에서는 인간을 포함한 자연의 모든 존재가 존재법칙(물리법칙)과 도덕규범을 공유한다고 본다. 리는 존재법칙과 도덕규범의 의미를 겸하는 하나의 개념이다. 존재법칙과 도덕규범의 상관관계와 관련하여, 일반적으로 후자는 전자를 따라야 한다고 본다. 하지만 현실에서는 양자는 일치하지 않는 경우가 많고, 전자를 준수한다고 해도 후자와 일치하지 않고 어긋나는 경우도 적지 않다. 하지만 성리학에서는 자연의 모든 존재들이 질서를 이루며 공존하는 것을 근거로 도덕규범이 근본적으로 존재법칙과 일치한다고 여기며, 현실에서 도덕규범에 대한 준수를 존재법칙에 대한 복종과 동일한 수준으로 요구한다.(김형찬, 앞의 책, 62-63쪽.)
53) 김형찬, 앞의 책, 62쪽.

적인 힘이다. 끊임없이 변화하고 운동하는 동적인 존재라는 점에서 기와 리는 차이점이 있다. 성리학은 우주의 모든 변화와 생성, 소멸은 기의 작용에 의해 이루어진다고 본다. 즉, 리가 보편적인 원리라면, 기는 개별적인 사물에 고유한 특성을 부여한다. 같은 종류의 사물이라도 서로 다른 모습을 나타내는 이유는 기의 차이에 따른 것이다.

그렇다면 리와 기는 어떤 관계에 있을까? 리는 우주만물의 본질적 질서와 원리이며, 기는 리가 지향하는 이치 혹은 이법을 구성하는 물질이자 그것을 실현하는 에너지 혹은 운동이다. 이 점에서 리와 기는 상호보완적 관계를 가진다. 즉, 리는 기가 존재하고 변하는 과정 속에서 나타나는 '이치'이며, 기는 리에 의해 규제되고 질서 있게 변화하는 물질적 원리이다. 이처럼 리와 기는 끊임없이 상호작용한다. 우주만물의 본질적 질서와 원리인 리는 형이상학적인 이상적 차원에서 존재한다. 이에 반하여 기는 현실세계에 존재하는 물질이자 에너지로서 형이하학적 성질을 가지고 있다. 하지만 기 없이는 리가 지향하는 이치와 이법을 현실세계에서 실현할 수 없다. 리는 기 없이는 존재할 수 없고, 기는 리 없이는 무질서한 상태에 머무를 수밖에 없으므로 리와 기는 서로 분리될 수 없는 관계(불가분의 관계)에 있다고 할 수 있다. 따라서 성리학에서는 리와 기의 두 개념이 균형을 이루어야만 인간이 도덕적으로 올바른 삶을 살 수 있다고 본다. 리를 깨닫고 따르며, 그 기를 다스리고 정화하는 것이 성리학의 도덕적 목표인 셈이다.

• 소이연所依然과 소당연所當然

성리학에서 소이연과 소당연은 사물의 이치를 설명하는 중요한 개념이다. 소이연은 사물이 존재하거나 현상이 발생하는 근본적인 이유나 원인을 탐구하는 것으로, 존재의 이유에 해당한다. 소당연은 사물이 존재하거나 현상이 발생하는 당위적인 이치나 당위법칙을 의미한다. 이를테면, "인간은 왜 선을 추구하는가?"라는 질문에 대한 답을 찾는 것은 소이연이고, "사람은 누구나 존중받아야 한다." 혹은 "부모에게 효도해야 한다."는 주장은 소당연에 해당한다. 이처럼 소이연은 사물의 근본적인 이유를 탐구하고, 소당연은 그 이유를 바탕으로 당위적인 판단을 내리는 것이다. 소이연과 소당연은 모두 사물의 이치를 설명하는 개념으로 기본적으로 리理와 밀접한 관계를 가지고 있다. 소이연은 리의 본질적인 측면을, 소당연은 리의 도덕적인 측면을 강조하고 있다.

하지만 이 개념들은 리뿐만 아니라 기의 관계를 설명할 때 사용된다. 소이연은 리가 기에 의존한다는 점에서 기의 변화를 통해 리의 원리가 실현된다고 본다. 리와 기가 서로 다른 차원에서 존재하지만, 리가 기의 변화를 통해 세상에 드러나고, 기는 리에 의해서 질서 있게 변화하기 때문이다. 소당연은 리와 기의 관계가 자연스럽고 당연한 것으로, 이 둘이 조화롭게 존재하고 변화하는 것이 우주의 원리이며, 인간 사회와 도덕의 근본 원리라는 점을 강조한다. 리와 기는 서로 다르지만, 그 둘이 함께 작용함으로써 세계의 변화와 도덕적 원리가 당연히 이루어진다고 보기 때문이다. 이 두 개념은 리와 기가 상호의존하고, 서로 조화를 이루는 것이 당연하다는 관념에 기초하고 있다. 따라서 소이연과 소당연은 리와 기의 상호작용을 이해하고, 우주의 질서와 인간 행동의 도덕적 기준을 설명하는 데 중요한 역할을 하고 있다.

• 불상리不相理와 불상잡不相雜

성리학에서 리와 기의 관계를 설명하는 또 다른 개념은 불상리와 불상잡이다.

불상리는 리와 기가 서로 독립적이고 상호 간에 충돌하거나 일치하지 않는다는 개념이고, 불상잡은 리와 기가 서로 섞이지 않고 구별된다는 개념이다. 전자는 리와 기가 서로 떨어지지 않는 관계라는 측면에서 불상리라 하고, 후자는 서로 섞이지 않는 관계이므로 불상잡이라고 한다.

리와 기의 불상리 관계에 대해 주희는, "천하에는 리 없는 기가 없고, 기 없는 리가 없다."고 말한다.[54] 인간의 도덕적 본성과 기는 서로 충돌하지 않고 독립적으로 존재한다. 하지만 도덕적인 이理는 기氣 없이는 실현될 수 없다. 따라서 인仁, 의義, 예禮, 지智와 같은 도덕적인 본성(理)은 기氣를 통해 구체적인 행동으로 나타날 수밖에 없는 것이다.

마찬가지로 리와 기는 두 성질이 분명히 구분되므로 서로 섞이지 않는다. 리와 기의 이와 같은 불상잡의 관계에 대해 주희는, "리와 기는 단연코 두 물건이다. 다만 사물 위에서 보면, 두 물건이 섞여 있어 나누어 각각 한 곳에 있을 수 없다."고 말한다.[55] 따라서 실제로 존재하는 사물의 관점에서 보면, 리와 기는 서로 섞여 있기 때문에 하나이다. 리가 아니면 기가 근거할 바가 없고, 기가 아니면 리는 의존할 곳이 없는 공존관계이며 동시관계이다.[56] 인간의 마음을 예로 들면, 감정(氣)은 끊임없이 변화하지만 도덕적인 판단(理)은 항상 일정한 기준을 유지해야 한다. 감정에 휩쓸리더라도 도덕적인 판단은 흔들리지 않아야 하는 것이다.

결국 불상리와 불상잡은 리와 기가 서로 조화롭게 결합하여 우주

---

54) 『朱子語類』卷1.
55) 『朱子語類』卷46.
56) 안유경, 앞의 책, 107쪽.

만물을 이루어낸다는 것을 의미한다. 이 개념들을 통해 성리학은 우주의 질서를 본받아 인간세상의 조화를 강조하고 있다고 보아야 한다.

• 이일분수理一分殊

이일분수는 리는 하나라는 측면(理一)과 리가 다양하다는 측면(分殊)을 동시에 설명하는 이론이다.[57]

이일이란 모든 사물과 현상은 근본적으로 하나의 이치, 즉 리에 의해 지배되고 있다는 뜻이다. 우주 만물은 보편적인 원리나 질서에 의해 연결되고, 그 이치는 불변의 진리로 존재한다. 이치는 모든 존재에 공통적으로 적용되는 근본적인 법칙이며, 세상 만물은 이 법칙을 따른다. 하지만 하나의 이치가 개별적인 사물이나 현상으로 나타날 때는 그 모습이 다양하게 분화된다. 바로 분수이다. 하나의 보편적인 원리가 구체적인 사물이나 현상에서 각기 다른 특성으로 표현되는 것이다. 모든 나무가 동일한 생명체라는 원리를 공유하지만, 소나무, 참나무, 은행나무와 같이 각각 고유한 특성을 갖는 것처럼, 우주 만물도 동일한 이치를 따르되, 각기 다른 형태로 나타난다는 뜻이다. 비단 자연뿐만 아니라 인간도 마찬가지다. 인의예지와 같은 기본적인 덕목을 지닌 존재이다. 하지만 각 사람은 개인적인 성격과 능력이 다르기 때문에, 그 본성이 각기 다른 방식으로 나타난다. 이는 아래에서 살펴보는 본연지성本然之性과 기질지성氣質之性으로 연결된다.

이처럼 이일분수는 우주의 근본적인 질서가 하나의 이치에 의해 유지되지만, 동시에 다양한 형태로 나타날 수 있다는 점을 강조한다.

---

57) 안유경, 앞의 책, 137쪽.

즉, 우주 만물은 통일된 이치 안에서 존재하지만, 그 표현은 다양하고 다채롭다는 것이다. 이 해석을 인간에 적용하면, 모든 인간은 공통적인 도덕적인 본성을 가지고 있지만, 동시에 각 개인은 고유한 개성과 능력을 발휘할 수 있다. 따라서 이일분수는 우주와 인간의 조화로운 질서와 다양성, 그리고 변화와 발전 가능성을 이해하는 데 중요한 개념이라고 할 수 있다.

심성론

심성론은 인간의 마음과 본성 및 감정을 철학적으로 탐구하고 분석하는 이론이다. 심心·성性·정情은 심성론의 핵심 개념들이다. 심·성·정의 발명은 주자학의 핵심이고, 유럽의 문예부흥(르네상스)과 같다. 이 개념은 공자 인문주의의 재생이면서 그 의미를 완전히 새롭게 발명한 까닭이다.[58] 이에 대해 김동원은 이렇게 평가한다.

> 주희가 천명지성天命之性, 희노애락, 사단 등에 주석을 붙여 "성이다(性也)" "정이다(情也)"라고 한 이유는 성·정이야말로 사람의 '실제'일 뿐 이제부터 공자의 천명지성 등은 그 성정 아래에 붙은 한갓 개인의 '학설'에 불과하다는 선언이었다.[59]

---

58) 김동원, 『한국 성리학, 왜 독선인가: 이황, 이이, 정약용 사상을 해부한다』, 역사로, 2022, 10쪽.
59) Ibid.

심은 인간의 마음, 즉 감정, 생각, 의지 등을 포함하는 정신적 작용을 의미한다. 마음은 인간의 모든 사고, 감정, 행동의 근원이 되는 것으로 성리학에서는 마음이 어떻게 기능하는지, 그리고 어떻게 성의 순수성을 유지하거나 왜곡할 수 있는지를 탐구한다.

그리고 정은 희로애락 등 인간의 감정과 욕망 등을 의미한다. 정은 성에 비해 변화무쌍하며, 때로는 선한 행동을 방해하기도 한다.

하지만 성리학의 심성론에서 가장 중요한 개념은 성이다. 성은 타고난 본성, 즉 인간이 선천적으로 타고난 본질을 의미한다. 모든 인간이 가지고 있는 선천적인 도덕적 잠재력과 윤리적 본성이 바로 성이다.

성의 개념이 확립된 것은 맹자에 이르러서였다. 공자는 논어에서 "성性은 서로 비슷하나 익힘(습관)에 따라 서로 멀어지게 된다."[60]며 성에 대해 상당히 추상적으로 말하고 있다. 정자程子는 이 말을 이렇게 주해하고 있다.

> 이는 기질지성을 말한 것이요, 본연지성을 말한 것이 아니다. 만약 본연을 말한다면, 성은 곧 리이고, 리는 선하지 않음이 없으니, 맹자가 말씀하신 성선이 바로 이것이다. 어찌 서로 비슷하다고 할 것이 있겠는가.[61]

정자가 말한 것처럼 성의 개념과 상통하는 성선性善으로서의 성 개념은 맹자에 의해 확립된다. 맹자는 세 가지의 실례를 들어 인간의 성선을 증명한다.[62] 첫째, 사람은 금수禽獸와 다르며,[63] 둘째, 사람은 선

---

60) 논어 양화 17:2.
61) 성백효, 『논어집주』, 한국인문고전연구소, 2017, 469쪽.
62) 이에 대해서는, 김용남, 『성리학, 유불도의 만남』, 운주사, 2003, 64-65쪽.
63) 맹자께서 말씀하셨다. "사람이 짐승과 다른 바는 단지 조그만 차이인데, 일

성性을 본래부터 갖추고 있으며,[64] 셋째, 사람들은 모두 요순이 될 수 있다.[65]

이처럼 성리학에서는 맹자의 성선설의 입장을 수용하여 인간은 태어날 때부터 내재하는, 본래의 순수하고 올바른 성향, 즉 선한 본성이 있다고 본다. 성은 우주 만물에 존재하는 이치(理)가 인간에게 투영되어 있는 것이다.

이처럼 성리학은 기본적으로 인간의 본성이 순수하다는 입장에 서있다. 인간은 본래 선한 성을 가지고 태어난다고 보며, 이 성은 도덕적 기준을 알고 선과 악을 구분할 수 있는 능력을 지닌 본성이다. 하지만 마음(心)이 어지러워지거나 외적인 환경의 영향을 받으면 이 본성이 흐려지거나 왜곡될 수 있다. 마음은 원래 성과 일치해야 하지만, 인간의 욕망이나 감정, 외부의 유혹 등이 영향을 미치면서 본래의 성을 왜곡할 수 있다는 것이다.

심·성·정은 상호 어떤 관계에 있을까? 심은 공부를 주관하는 주체이면서 성·정을 포괄한다. 성은 마음속 옳음의 리이고, 정은 외부와 교류하는 마음의 기능이다.[66] 심·성·정의 개념과 상호관계를 둘러싸고 조선시대 성리학자들은 심성론에 대한 다양한 견해를 제시하

반 백성들은 그것을 내다버리고 군자는 그것을 보존한다. 순임금은 모든 사물의 이치에 밝았고 사람의 도리를 잘 살폈는데, 인의의 길을 따라 행하였으며 인의를 수단과 도구로 사용하지 않았다."(맹자 이루장구 하 8:19.)

64) "사람들은 모두 다른 사람을 불쌍히 여기는 마음을 가지고 있다."(맹자 공손추장구 상 3:6.)
"측은지심(즉 측은히 여기는 마음)이 없으면 사람이 아니고, 수오지심(즉 부끄러워하고 미워하는 마음)이 없으면 사람이 아니며, 사양지심(즉 사양하는 마음)이 없으면 사람이 아니고, 시비지심(즉 옳고 그름을 따지는 마음)이 없으면 사람이 아니다."(맹자 공손추장구 상 3:6.)

65) "성인도 우리와 동류이다."(맹자 고자장구 상 11:7.)
"요순도 보통 사람과 같습니다."(맹자 이루장구 하 8:32.)

66) 김동원, 앞의 책, 11쪽.

며 활발한 논쟁을 벌였다. 그 대표적인 논쟁이 바로 사단칠정론四端七情論 혹은 사칠론四七論이다. 사칠론은 인간의 마음에 존재하는 선한 마음(사단)과 악한 마음(칠정)의 관계에 대한 논쟁이라고 할 수 있다.[67]

성리학자들은 심·성·정의 관계를 통해 인간의 마음과 본성을 깊이 성찰하고, 인간이 어떻게 해야 도덕적인 삶을 살 수 있는지에 대한 해답을 제시하려고 노력했다. 성리학의 심성론은 인간이 본래 성을 회복하고, 마음을 깨끗하게 하여 성과 마음이 일치하는 상태에 도달해야 한다는 가르침을 제공한다. 이는 수양修養의 개념으로 이어진다. 즉, 수양을 통해 개인은 끊임없이 자기 성찰과 수련을 통해 올바른 마

---

67) 김동원은 주자학의 본질은 인류 본연의 심·성·정의 발명에 있다고 본다. 송나라 신유학 이전 공자와 맹자 등의 학설은 이 성정의 의미와 가치를 논설한 것에 불과하다는 것이다. 그의 견해에 따르면, 심·성·정이 실제의 실체일 뿐 공맹의 학설은 심·성·정 아래에 귀속한다. 주자학은 '코페르니쿠스적 전환'으로 유학사의 일대 대반전이다. 하지만 조선시대 주류 성리학은 주자학 본의를 고찰한 것이 아니라 그 학설을 조합한 것에 불과하다며 이황·이이·정약용의 리기와 사단칠정론의 논의에 신랄한 비판을 가하고 있다. 김동원의 비판 요지를 인용하면 다음과 같다.

리·기가 상호 발동해서 사단과 칠정으로 나온다.(이황)
기발에 리는 탈 뿐이니, 이 말은 성인도 못 바꾼다.(이이)

이상은 주자학의 기존 학설을 꿰맞춰 조합한 것일 뿐 심·성·정이라는 인류 공공의 소통을 논함이 아니다. "리·기의 호발"은 외물과 교류하는 '마음'의 발동 즈음이 아니고, "기발" 역시 '성'이라는 공적인 '리(옳음)'의 소통을 전면 부정한 것이다. 이 폐단은 정약용의 아래 명제로 그대로 전승된다.

성은 기호일 뿐이다.(정약용)

만약 그렇다면 공공의 성·리는 나의 개인 기호인 '좋고 싫음의 취향'이 되고 만다. 결국 '성리'라는 형이상의 옳음의 가치는 내가 만든, 나 개인의 감정 취향에 따라야 하는 지독한 독선이 되고 만 것이다.
(…) 인류의 공적인 형이상의 성리를 한 개인의 호오(好惡) 취향으로 판단한 정약용의 논설은 이황과 이이로부터 내려온 '리발·기발'의 폐단이다. 기호로 '성리를 만든다'라는 인식이 바로 사람 성·정의 발동을 '리·기의 발동'으로 인식한 것과 동일하기 때문이다.(김동원, 앞의 책, 11쪽 이하 참고.)

음을 기르고, 본래의 선한 도덕적 본성을 현실에서 실천함으로써 도덕적으로 완성된 인격을 갖춰야 한다. 따라서 심성론은 단순한 철학적 논쟁을 넘어 조선사회의 윤리와 도덕, 교육, 정치 등 다양한 분야에 영향을 미쳤다. 아래에서는 심성론의 다양한 논의 가운데 몇 가지 주요 개념에 대해 살펴본다.

• 심의 미발未發과 이발已發

미발과 이발의 개념은 중용中庸에 나온다.

> 희로애락의 감정이 아직 일어나지 않는 것(미발)을 중中이라 하고, 감정이 일어나서(이발) 모두 절도에 맞는 것을 화和라고 한다.[68]

미발은 감정이나 욕망이 일어나기 전의 고요하고 정적인 마음 상태를, 이발은 감정이나 욕망이 일어나서 마음이 움직이고 변화하는 상태를 의미한다. 미발과 이발의 개념으로 '중'과 '화'를 설명하고 있어 이를 중화설中和說이라고도 한다.[69]

미발의 상태는 인간이 타고난 선한 본성, 즉 선한 본성이 잠재되어 있는 상태로, 극단적인 감정이나 욕망에 치우치지 않고 중용을 지키는 상태이다. 이에 반하여, 이발의 상태에서는 인간의 감정인 정情이 활발하게 작용하므로 선한 행동도 할 수 있고, 악한 행동도 할 수 있다.

인간이 가지고 있는 기본감정인 희로애락은 정情이고, 성性의 발현한 것이다. 즉 인간 내면의 근저에 있는 성이 내외부의 여러 요인으로

---

68) 중용 제1장
69) 안유경, 앞의 책, 161쪽.

인하여 발현된 것이 정이란 말이다. 따라서 성과 정은 본질과 작용, 즉 체體와 용用의 관계이다. 이 정은 희로애락뿐 아니라 애구욕 세 가지 감정을 더하여 칠정七情이다.

칠정은 예기禮記 예운편禮運篇에 나온다.

　　무엇을 사람의 정이라고 하는가? 희로애락애구욕이다. 일곱 가지는 배우지 않고도 할 수 있다.

칠정은 맹자의 사단과 함께 유가의 중대한 관심사로 대두되었다. 그런데 사단, 즉 측은·수오·사양·시비의 마음도 성의 발현이고, 정이다. 사단과 칠정은 '사단칠정론' 혹은 '사칠론'으로 불리며 조선 성리학자들 사이에서 치열한 논쟁의 대상이 되었다.

이처럼 심의 미발과 이발은 성리학에서 인간의 마음 상태를 설명하는 중요한 개념이다. 성리학은 미발의 상태인 중을 유지하고 발전시키는 것을 수양의 중요한 목표로 삼았다. 비록 이발의 상태에서도 수양을 통해 감정을 절제하고 도덕적인 삶을 살도록 노력하면 화의 상태를 유지할 수 있다. 여기에서 중은 어떤 편견이나 치우침 없이 모든 것을 바르게 판단하고 행동하는 상태를, 화는 다양한 요소들이 조화롭게 어우러져 균형을 이루는 상태를 의미한다. 따라서 성리학은 이발의 상태에서도 미발의 상태, 즉 감정이나 욕망에 휘둘리지 않고 항상 마음을 고요하게 유지하는 것을 수양의 목표로 삼았다.

• 성즉리性卽理와 성즉기性卽氣

먼저, 성즉리는 성이 곧 리와 같다는 뜻이다. 성은 인간의 본성, 즉 타고난 도덕적인 품성을, 리는 우주 만물에 내재된 이치, 즉 질서와 원리를 의미한다. 따라서 성즉리는 인간의 본성이 우주의 질서와 완전히 일치하며, 인간이 선한 행위를 할 때 우주의 이치에 부합한다는 뜻을 담고 있다. 이 관점에서 성즉리는 인간의 본성이 곧 우주의 이치라는 뜻으로, 인간의 도덕적 본성이 우주적 질서와 연결되어 있음을 강조한다. 즉, 인간은 우주의 일부이며, 본성의 선함은 우주의 조화로운 원리인 리에 의해 규정된다. 그러므로 인간이 본성을 깨닫고 따를 때, 리에 부합하는 이상적인 삶을 살 수 있다. 이는 성찰과 수양을 통해 가능하다.

공자는 인간의 본성이 선하다고 보았으며, 이를 바탕으로 인의예지仁義禮智를 강조했다. 맹자는 공자의 주장을 바탕으로 인간의 사단四端을 통해 인간의 선한 본성을 설명했으며, 주자는 이들의 사상을 계승하여 성즉리의 개념을 확립하고, 성리학을 체계화했다. 성즉리에 관한 이들의 주장을 요약하면, 성은 본래 선하며(性善), 인간은 본성을 따라 행동하면 도덕적 완성에 이를 수 있다는 것이다. 이는 맹자의 성선설性善說과 연결된다.

성즉리는 도덕적 행위의 근거이다. 인간이 도덕적으로 살아야 하는 이유는 본성이 곧 리이기 때문이다. 이는 도덕이 단순히 사회적 규범이 아니라 우주적 원리에 기반을 둔 필연적 것임을 나타내고 있다. 또한 성즉리는 감정(情)과 욕망(欲)을 통제한다. 성리학에서는 본성이 순수한 리인 반면, 인간의 감정과 욕망은 이를 왜곡할 가능성이 있다고 보았다. 따라서 도덕적 수양과 이성을 통한 자기통제가 필요하다.

성즉리는 여러 의미와 중요성을 가지고 있다. 첫째, 성즉리는 인간에게 타고난 도덕적인 본성이 있음을 강조하며, 이는 인간의 존엄성을 확립하는 근거가 된다. 둘째, 성즉리는 인간 행위의 옳고 그름을 판단하는 절대적인 기준을 제공한다. 즉, 인간은 자신의 본성에 따라 행동할 때 도덕적인 삶을 살 수 있다. 셋째, 성즉리는 인간이 우주의 일부이며, 우주의 질서에 따라 살아야 함을 강조한다. 이는 인간과 자연의 조화로운 공존을 추구하는 성리학의 핵심 사상이다.

한편, 주희와 동시대에 활동했던 송나라 시대의 유학자 육구연陸九淵(1139~1192)은 성즉리와 대립적 입장인 심즉리心卽理를 주장했다.

심즉리는 마음(心)이 곧 이치(理)라는 뜻이다. 인간의 마음속에 우주의 모든 이치가 이미 존재하고 있으므로 인간은 자신의 마음을 밝히는 것만으로도 우주의 진리를 깨달을 수 있다는 것이다.

육구연의 심즉리처럼 주희도 "마음이 온갖 리를 가지고 있다."고 말한다. 하지만 마음에는 리와 동시에 기가 존재하기 때문에 결코 리와 완전히 합치될 수 없다. 주희는 마음과 리(性)를 엄격히 구분하여 '성즉리'라는 명제만을 인정한다.[70] 즉, 주희는 마음을 분리하여 이理는 불변하는 원리이고, 기氣는 이를 드러내는 매개체라고 보았다. 반면, 육구연은 이理와 기氣가 하나이며, 마음속에 이미 모든 이치가 존재한다고 보았다. 따라서 주희가 리를 객관적인 존재로 보았다면, 육구연은 리를 주관적인 마음속에서 찾았다는 데 두 사람의 주장에 차이가 있다. 주희가 이론적인 학문을 강조했다면, 육구연은 실천적인 수양을 강조했다고 할 수 있다.

육구연의 심즉리 사상은 명대의 왕수인王守仁(1472~1528)에게 큰 영향을 미쳐 양명학이라는 새로운 학파를 형성하게 된다. 양명학은 심즉리, 지행합일, 치양지 등의 개념을 중심으로 발전하며, 성리학의 또 다른 주류를 이루었다.

주희는 육구연의 심즉리가 너무 주관적이고, 리의 객관성을 간과

---

70) 안유경, 앞의 책, 196-197쪽.

한다고 비판했다. 또한 심즉리가 너무 이상적인 측면에 치우쳐 현실 문제 해결과는 거리가 있다는 비판도 제기되었다. 하지만 심즉리가 양명학의 형성에 지대한 영향을 미친 것만 보더라도 심즉리는 인간의 본성과 우주에 대한 깊이 있는 성찰을 가능하게 하는 중요한 사상이라고 할 수 있다.

다음, 성즉기는 성, 즉 인간의 본성이 만물을 구성하는 기운인 기氣와 동일하다는 뜻이다. 인간의 선한 본성은 단순히 추상적인 이념이 아니라, 우주 만물을 구성하는 기운과 밀접하게 연결되어 있다는 것이다.

성리학에서는 리와 기를 늘 함께 논하는데, 리는 만물의 질서와 원리를 의미하고, 기는 만물을 구성하는 물질적인 기운을 의미한다. 성즉기는 리와 기의 관계에서 기의 중요성을 강조하며, 기를 통해 인간의 성을 설명하려는 이론이다.

성즉기는 인간의 본성이 선하다고 보는 성리학의 핵심적인 가치관과 연결된다. 즉, 우주 만물을 구성하는 기운 자체가 선한 것이므로, 이 기운으로 이루어진 인간의 본성 역시 선하다는 것이다.

성즉기는 성리학의 주요 학파 중 하나인 주기론主氣論의 핵심적인 개념이다. 주기론은 리보다는 기를 더 강조하며, 기를 통해 만물의 생성과 변화를 설명하려는 학파이다. 이에 반하여 주리론主理論은 리를 더 강조하며, 기는 이를 드러내는 매개체에 불과하다고 본다. 주기론은 기를 더 강조하며, 리는 기 속에 내재되어 있다고 본다. 주기론에 따르면, 기는 단순히 물질적인 기운뿐만 아니라 정신적인 측면까지 포함하는 포괄적인 개념으로 이해한다. 따라서 성즉기는 단순히 물질적인 차원에서의 동일성을 넘어 인간의 정신적인 측면까지 포함하는 더 깊은 의미를 지닐 수 있다. 이 관점에서 보면, 성즉기는 인간의 본성과 우주 만물의 관계에 대한 깊이 있는 성찰을 가능하게 하는 여지를 제시하고 있다.

• 본연지성本然之性과 기질지성氣質之性

본연지성은 인간이 태어날 때부터 지니고 있는 순수하고 선한 본성을 뜻한다. 인간이 사회적인 학습이나 환경의 영향을 받기 이전의 순수한 상태에서 가지고 있는 도덕적인 능력이나 성품을 가리킨다.

성리학에서는 인간의 본성이 선하다고 보고 있으며, 본연지성은 이러한 주장의 근거가 된다. 따라서 본연지성은 하늘의 이치인 천리天理와 동일시되기도 한다. 즉, 인간의 본성은 우주의 질서와 조화를 이루는 이치와 연결되어 있다는 것이다.

본연지성은 인간의 도덕성의 근원이라고 할 수 있다. 인간은 누구나 선을 추구하고자 하는 본성을 가지고 있으며, 이를 바탕으로 도덕적인 삶을 살아갈 수 있다는 것이다. 성리학에서는 교육의 목표를 본연지성을 회복하고 발현시키는 데 두었다. 개인의 내면에 있는 선한 본성을 깨우쳐서 완전한 인간으로 성장하도록 돕는 것이 교육의 목적이라고 보았던 것이다. 하지만 본연지성이 너무 이상적인 개념이어서 현실 인간의 모습과는 거리가 있다는 비판이 제기되었다. 또한 인간의 본성이 순전히 선하다면 악은 어떻게 설명할 수 있는가 하는 비판에서도 자유로울 수 없었다.

본연지성과 대비되는 개념이 기질지성이다. 기질지성은 개인의 체질이나 환경적인 요인에 의해 나타나는 다양한 성격이나 기질을 뜻한다. 타고난 기氣와 질質에 따라 나타나는 개인적인 특성을 말하며, 본연지성과 달리 개인 간의 차이가 크게 나타나는 부분이다.

본연지성이 모든 인간이 공통적으로 지니고 있는 선한 본성이라면, 기질지성은 개인의 고유한 특성을 나타내는 부분이다. 기질지성은 개인의 체질, 건강 상태, 환경 등 다양한 요인에 의해 영향을 받는 기에 의해 형성된다고 본다.

조선 성리학자들은 본연지성과 기질지성의 관계에 대해 서로 다른 해석을 제시하며 논쟁을 전거했다. 이황李滉은 기질의 성과 본연의 성이 별개의 차원이며, 인간은 본연의 성에 입각해 기질의 성을 검속·제재해야 한다고 주장했다. 반면 이이李珥는 기질의 성을 떠난 본연의 성이 있을 수 없으므로, 기질의 '순화'가 본연의 성을 확보하는 길이라고 주장했다. 두 학자의 입장을 요약하면, 기질지성이 본연지성을 가리는 장애물이라고 보는 반면, 기질지성을 통해 본연지성을 발현시킬 수 있다고 보고 있다.[71]

이처럼 여러 입장이 대립하고 있지만 기질지성은 개인 간의 다양성을 설명하는 데 중요한 역할을 한다. 사회 구성원들의 기질지성이 다르기 때문에 다양한 사회가 형성될 수 있기 때문이다. 이처럼 기질지성은 성리학에서 인간의 개별성과 다양성을 설명하는 중요한 개념이다. 본연지성이 모든 인간이 공통적으로 지니고 있는 선한 본성이라면, 기질지성은 개인의 고유한 특성을 나타내는 부분이다. 기질지성에 대한 이해는 인간의 성격과 행동을 더 깊이 이해하는 데 도움을 줄 수 있다.

따라서 본연지성과 기질지성에 대한 논쟁은 조선 후기 유학의 주요쟁점인 인물성동이론人物性同異論으로 이어졌다. 이 논쟁에서 낙론洛論은 인간과 사물의 본성이 같다는 인물성동론을, 호론湖論은 인간과 사물의 본성이 다르다는 인물성이론을 주장했다.[72]

---

71) 한민족문화백과사전: 본연지성(本然之性)·기질지성(氣質之性)

• 인물성동이론人物性同異論

인물성동이론은 인간과 다른 만물(사물), 특히 동물의 본성이 같은 지 다른지에 대한 논쟁을 일컫는 말이다. 즉, 인간과 동물의 성性이 동일한지, 아니면 다른지에 대한 문제를 놓고 벌어진 학문적인 논쟁이다.

인물성동이 논쟁은 인간의 특수성과 만물과의 연관성이라는 두 가지 상반된 관점을 보여주고 있다. 인물성동론人物性同論은 인간과 동물의 본성이 근본적으로 동일하다고 강조하며, 인간 중심적인 사고를 비판하는 반면, 인물성이론은 인간의 고유한 도덕성과 이성을 강조하며, 인간과 동물의 본성이 다르다고 주장하며 양자의 차이점을 분명히 하고 있다. 이 논쟁은 도덕성이 인간에게만 있는 고유한 특성인지, 아니면 모든 생명체에게 공통적으로 존재하는 것인가를 두고 전개되었다. 나아가 이 논쟁은 인간 중심적인 사고방식과 자연과의 조화로운 삶에 대한 가치관의 대립으로 확대되었다.

인물성동이를 둘러싸고 조선 후기 성리학자들은 인간의 본성에 대한 깊이 있는 성찰을 통해 인간과 동물의 관계를 새롭게 정의하고자 했다. 이러한 과정에서 인물성동이 논쟁은 성리학의 주요 논쟁 주제 중 하나로 대두되어 치열하게 다투었다.

인물성동이 논쟁은 현대적으로 상당한 의미가 있다. 첫째, 현대 사회에서 동물 보호 문제가 중요하게 대두되면서, 인물성동이 논쟁은 인간과 동물의 관계를 새롭게 조명하는 계기가 되었다. 둘째, 인물성동론은 생태주의적인 관점과 연결되어 자연과 인간의 공존을 강조하는 데 활용될 수 있다. 셋째, 인물성동이 논쟁은 인간의 본성에 대한

---

72) 한민족문화백과사전: 인물성동이론(人物性同異論)

끊임없는 탐구를 촉발하며, 인간의 정체성에 대한 심층 성찰을 가능하게 한다.

따라서 인물성동이 논쟁은 단순한 학문적인 논쟁을 넘어, 인간의 존재 의미와 자연과의 관계에 근본적인 질문을 던지는 중요한 문제이다. 이 논쟁을 통해 우리는 인간과 자연의 관계를 새롭게 성찰하고, 더 나아가 더욱 조화로운 사회를 만들어 나가기 위한 지혜를 얻을 수 있다.

• 인식론認識論

인식론은 인식의 기원과 본질, 인식 과정의 형식과 방법 따위에 관하여 연구하는 철학의 한 부문이다. 이때 인식이란 사물을 분별하고 판단하여 아는 것을 말한다.[73] 성리학에서 인식론은 대학大學에 나오는 격물치지格物致知를 중심으로 사물의 이치를 탐구하여 사물에 대한 올바른 지식을 이루어가는 과정을 다룬다. 따라서 사물을 알아가는 과정뿐만 아니라 지식 자체를 대상으로 이론을 전개한다.[74]

대학은 도가 제시하는 세 가지 강령(삼강령 三綱領)으로 시작한다.

> 대학의 도는 밝은 덕을 밝히는 데 있으며, 백성을 새롭게 하는 데 있으며, 지극한 선을 머무르게 하는 데에 있다.[75]

삼강령은 명명덕明明德, 친민親民, 지어지선止於至善을 말한다. 밝은

---

73) 네이버사전: 인식, 인식론
74) 안유경, 앞의 책, 247쪽.
75) 대학 경1.1.: 大學之道 在明明德 在親民 在止於至善.

덕을 밝혀(명명덕) 백성을 새롭게 하고(신민),[76] 이를 바탕으로 지극한 선에 머물게 하는 것(지어지선)이 대학의 도를 이루는 위계이다. 삼강령은 대학의 도를 이루는 목표이자 이상이고, 이를 현실에서 구체적으로 실현하는 방법으로 팔조목을 제시하고 있다. 팔조목은 평천하平天下·치국治國·제가齊家·수신修身·정심正心·성의誠意·치지致知·격물格物을 말한다.

예부터 천하에 밝은 덕을 밝히고자 하는 자는 먼저 그 나라를 다스리고, 그 나라를 다스리고자 하는 자는 먼저 그 집안을 가지런하게 하고, 그 집안을 가지런하게 하고자 하는 자는 먼저 그 몸을 닦고, 그 몸을 닦고자 하는 자는 먼저 그 마음을 바르게 하고, 그 마음을 바르게 하고자 하는 자는 먼저 그 뜻을 정성스럽게 하고, 그 뜻을 정성스럽게 하고자 하는 자는 먼저 그 앎에 이르러야 하니, 앎에 이르는 것은 사물을 끝까지 파고들게 하는 데 있다.[77]

사물의 이치를 구명한 뒤에는 다음과 같은 순서를 따라 평천하에 이른다.

---

76) 주자는 『대학장구(大學章句)』에서 '친민'을 '신민(新民)'으로 고쳤다. 주자가 '親'을 '新'으로 고친 이유는 대학에 나오는 "구일신 일일신 우일신(苟日新 日日新 又日新)"과 "作新民" 등의 문구가 모두 삼강령의 하나인 '친민'에 관한 해석이라고 보았기 때문이다. 주자의 이론대로 보면 '신민' 앞에 '명명덕'이 있는데 흐려졌던 명덕을 다시 밝힌다는 것이 '新'의 뜻이다. 먼저 자기를 새롭게 하고 다시 남을 새롭게 한다는 것이 극히 자연스런 논리라고 본 것이다.(이상은, "『大學』과 『中庸』의 現代的 意義", in: 이동관, 『대학·중용』, 성균서관, 1976, 333쪽.)
77) 대학 경1.4.

사물의 이치를 구명한 뒤에 앎에 이르고, 앎에 이르고 난 뒤에 뜻이 정성스러워지고, 뜻이 정성스러워지면 뒤에 마음이 바르게 되고, 마음이 바르게 되고 난 뒤에 몸에 닦아지고, 몸이 닦아지고 난 뒤에 집안이 다스려지고, 집안이 다스려지고 난 뒤에 나라가 다스려지고, 나라가 다스려지고 난 뒤에 천하가 평정된다.[78]

따라서 격물格物·치지致知·성의誠意·정심正心·수신修身은 명명덕의 일이고, 제가齊家·치국治國은 친긴의 일이며, 평천하平天下는 궁극적인 목표인 지어지선이다.[79] 삼강령이 나무의 기둥이라면, 팔조목은 뻗어나가는 가지인 셈이다.[80]

치지는 '앎에 이르는 것'을, 격물은 그 앎에 이르기 위하여 '사물을 끝까지 파고드는 것'을 말한다. 주희는 치지에 대해 "나의 지식을 궁극까지 밀고 가서 아는 바가 다하지 않음이 없게 하고자 한다."고 말했으며, 격물에 대해서는 "사물의 이치에 끝까지 이르러 궁극의 곳에 이르지 않음이 없게 하고자 한다."고 주해하였다.[81] 따라서 주희의 주장을 요약하면, 격물이란 사물의 이치를 탐구하고 정확하게 파악하는 것을, 치지란 탐구한 지식을 바탕으로 지식을 완성하고 진리를 깨달음을 의미한다. 주희가 『대학장구』에서 격물치지의 개념을 제시하면서 이는 성리학에서 학문 수양의 근본적인 방법론으로 자리 잡았다.

격물치지는 단순히 지식을 쌓는 것을 넘어, 인격 수양과 사회 개혁을 위한 기반이 된다고 간주하였다. 격물치지를 현실에서 구체적으로

---

78) 대학 경1.5.
79) 증자·자사 지음(김원중 옮김), 『대학 중용』, 휴머니스트, 2022, 36쪽.
80) Ibid.
81) 증자·자사 지음(김원중 옮김), 위의 책, 40쪽, 각주 12)·13) 참고.

실천하기 위해서는, 첫째, 단순히 사물의 표면적인 모습을 보는 것이 아니라 그 이면에 숨겨진 이치를 탐구해야 하고, 둘째, 사물에 대해 끊임없이 질문하고 의문을 제기하며 탐구해야 한다. 또한 셋째, 이론적인 학습뿐만 아니라 실제 생활 속에서 탐구한 지식을 적용하고 검증하는 과정을 거쳐야 한다. 이러한 실천을 통하여 격물치지는 자신을 객관적으로 관찰하고 성찰하여 자신의 부족한 점을 개선하고 성장하는 데 도움을 줄 수 있다. 이처럼 격물치지는 성리학의 핵심 개념으로, 학문 수양뿐만 아니라 인생 전체에 걸쳐 실천해야 할 중요한 가치이다. 만일 끊임없이 사물의 이치를 탐구하고 자기 성찰을 한다면, 격물치지는 더 나은 삶을 살아가는 데 도움을 줄 수 있을 뿐만 아니라 학문적 및 도덕적 인격을 수양하고 완성하는 훌륭한 수단이 될 수 있다.

수양공부론

성리학에서 수양공부는 단순한 지식 습득을 넘어, 인간의 본성을 회복하고 도덕적인 완성을 이루는 것을 목표로 한다. 한마디로 성리학의 수양공부론은 인간 완성을 향한 길이라고 할 수 있다. 즉, 타고난 선한 본성을 발현시키고 악한 기운을 극복하여 이상적인 인간으로 거듭나는 과정이라고 할 수 있다.

유교는 지식을 체득하고 이를 현실에서 실천하는 방법의 하나로 수기치인(修己治人)을 강조한다. 자신을 닦아 완성하고(修己), 그를 바탕으로 남을 다스려 세상을 이롭게 한다(治人)는 것이다. 이 중에서 성리학의 수양공부론은 수기치인의 수기에 중점을 두고 있다. 치인을 위해서는 먼저 도덕적 삶을 위한 각성과 성장을 통해 바람직한 인간상을

창출하는 과정과 방법인 수기에 힘써야 한다는 뜻이다.[82]

일반적으로 유학은 수기를 통한 도덕적 인격완성체로서 성인을 되는 것을 목표로 한다. 하지만 수양공부의 방법론에서 선진유학과 성리학은 일정한 면에서 차이점이 있다. 즉, 선진유학은 강한 실천적 성격을 지녀 인간다운 모습을 구체적인 현실 속에서 확립하려는 경향이 있다. 이에 따라 수양론의 내용도 효제충신孝悌忠信과 같은 구체적인 덕을 성취하는 것을 중시한다. 이에 비해 성리학의 수양론은 심학적인 경향성을 지녀 성경誠敬을 통한 행위 주체의 각성과 확인을 중시하는 경향이 있다.[83] 그러나 어느 방법론을 취하든 성리학의 수양론이란 성인이 되기 위한 학문방법을 총칭하는 표현이다. 이기론과 심성론에 대한 복잡한 논의도 결국은 수양을 통한 성인이 되는 실천적 목표에서 완성된다.[84]

성리학에서 수양공부는 다양한 방법이 있지만 다음과 같은 몇 가지 방법으로 나눌 수 있다.

• 격물궁리格物窮理와 거경함양居敬涵養

수양공부를 위한 첫 번째 방법은 격물궁리와 거경함양이다.

격물궁리는 격물치지와 같은 표현으로, 사물의 이치를 탐구하여 진리를 궁극적으로 파악한다는 의미를 지니고 있다. 즉, 격格은 물건

---

82) 수양은 수기를 뜻하며, 이는 곧 치인의 가능 근거이자 선행 조건이기도 하다. 물론 이는 수양을 통한 인격 완성을 이룬 뒤에만 치인이 가능하다는 의미보다는 수기한 만큼 치인할 수 있다는 의미지만, 유학은 수기가 전제되지 않는 치인의 가능성을 인정하지 않는다.〔한국민족문화대백과사전: 수양론(修養論) https://encykorea.aks.ac.kr/Article/E0031545〕
83) Ibid.
84) 안유경, 앞의 책, 279쪽.

이나 사물의 이치를 파악하고 정확하게 맞춘다는 뜻이다. 단순히 사물을 보는 것을 넘어 그 속에 담긴 이치를 깊이 파고들어야 한다. 물物은 모든 사물, 현상, 자연 등을 의미하고, 궁窮은 끝까지 파고들어 궁극적인 진리를 찾는다는 뜻이다. 그리고 리理는 사물의 이치, 원리, 도리 등을 의미한다. 따라서 격물궁리는 단순한 지식 습득을 넘어 우주와 인간의 본질에 대한 깊이 있는 이해를 추구한다는 뜻을 담고 있다. 결국 격물궁리는 깊이 있는 사고를 통하여 체득한 이론적인 지식을 실제 삶에 적용하고 사회에 기여하는 것이 중요하다는 점을 강조하는 수양공부론이라고 할 수 있다.

격물궁리와 함께 수양공부를 위한 다른 중요한 방법은 거경함양이다. 거경함양은 마음을 경건하게 하고, 그 마음을 길러 덕을 함양한다는 의디를 지니고 있다. 여기서 중요한 것은 거경이다.

거경은 마음을 경건하게 하고 정성을 다하여 한 가지 일에 집중하는 것을 의미한다. 즉, 어떤 상황에서도 마음을 흐트러뜨리지 않고, 항상 정신을 차리고 있는 상태인 '경'의 자세를 유지하는 것이다.

경에 대한 설명은 논어 헌문편에서 공자와 자로의 대화에서 실감나게 표현되어 있다.

자로가 군자에 대하여 물으니 공자께서 "경敬으로써 자신을 닦는 것이다." 하셨다. (자로가) "이와 같을 뿐입니까?" 하고 묻자, "자신을 닦아서 사람을 편안하게 하는 것이다." 하셨다. 다시 "이와 같을 뿐입니까?" 하고 묻자, 다음과 같이 말씀하셨다. "자신을 닦아서 백성을 편안하게 하는 것이니, 자신을 닦아서 백성을 편안하게 함은 요순께서도 오히려 부족하게 여기셨다."[85]

위 대화에서 보듯이 공자는 자로에게 "자신을 닦을 때는 경건한 마음으로 해야 한다."며 수기이경修己以敬을 강조한다. 공자 당시부터 수기는 유학이 추구하는 수양공부론의 전제조건이었다. 자신을 닦더라도 '경건한 마음', 즉 '경'으로 해야 했다. 따라서 '경'의 마음가짐을 유지함으로써 단순히 외적인 행동만을 바꾸는 것이 아니라, 어떠한 상황에서도 내면의 마음이 흔들리지 않는 상태를 바르게 유지하여 진정한 인격수양을 이루어야 하는 것이 수기이경이라고 할 수 있다. 따라서 일상생활에서 '경'을 실천하기 위해서는 "생각에 삿됨이 없이(思無邪), 모든 일에 공경하는 마음을 잃지 말아야 한다(毋不敬)." 만일 마음이 망령되지 않고 삿됨이 없이 모든 일을 행할 때 공경하는 자세를 잃지 않는다면, 유학이 추구하는 도덕적으로 이상적인 인물인 성인이 될 수 있을 것이다. 따라서 유학에서 공부는 '경' 하나에 집중되어 있다고 해도 지나치지 않다.[86]

이처럼 '경'은 자기 수양의 방법에서 핵심적인 지위를 차지하고 있다. 주자는 선학들이 한 말을 종합하면 '경'의 핵심 내용은 아래와 같이 네 가지로 정리하였다.[87]

첫째, 주일무적主一無適이다. 정자는, "(마음을) 한곳에 집중하는 것이 경이다. (마음이 다른 곳으로) 향하지 않음은 (마음이) 한 가지 일에 전념함이다."라고 말하였다. 즉, 주일무적이란 한 가지 일에 마음을 집중하여

---

85) 논어 헌문 45.
86) 신창호, 『경(敬)이란 무엇인가』, 글항아리, 2018, 73쪽. 첸푸(錢穆)는 경의 의미를 여섯 가지로 정리하고 있다. 첫째는 외경(畏敬)과 비슷한 의미이고, 둘째는 마음을 수렴함으로써 마음속에 어떤 것도 남아 있지 못하게 하는 일이며, 셋째는 한 가지 일에 전념하는 작업이다. 그리고 넷째는 반드시 일을 따라 점검하는 것이며, 다섯째는 항상 마음이 밝게 깨어 있는 상태이고, 여섯째는 몸가짐을 단정히 하고 태도를 엄숙하게 하는 일이다. Ibid.
87) 서명석, 『성리학의 수양치료』, 책인숲, 2018, 28-29쪽.

다른 생각이나 유혹에 흔들리지 않는 상태를 말함이다. 주희는 정자의 이 말을 인용하여 경을 주일무적이라고 설명하였는데, 경은 단순히 공경하는 마음을 넘어 한 가지 일에 온전히 집중하는 것을 의미한다고 보았다.

둘째, 정제엄숙淨濟嚴肅이다. 이에 대해 정자는 "(몸가짐을) 가지런히 정돈하니 (마음이) 엄숙해진다."고 하였다. 이 말은 마음을 깨끗하게 하고, 세상사에 얽매이지 않으며, 엄정하고 침착한 자세를 유지하는 것을 의미한다. 정제엄숙은 경을 통해 더욱 깊이 있게 실천될 수 있으며, 경은 정제엄숙을 통해 구체적인 모습을 갖추게 된다. 따라서 정제엄숙은 경을 실천하는 과정에서 나타나는 결과이자 동시에 경을 더욱 심화시키는 수단이라고 할 수 있다.

셋째, 상성성법常惺惺法이다. 이에 대해 사량좌는 "경은 늘 (마음이) 또랑또랑 깨어있는 법이다."고 말하였다. 즉, 상성성법은 항상 깨어있어 마음을 맑고 깨끗하게 유지하는 것을 의미한다. 이 또한 경을 실천하기 위한 구체적인 방법의 하나로, 모든 사물에 대해 경건한 마음을 가지고 늘 깨어 있음으로써 경을 실천할 수 있다.

넷째, 기심수렴 불용일물其心收斂 不容一物이다. 윤화정은 "경이란 마음을 수렴하여 하나의 물건도 용납하지 않는 것을 말한다."고 하였다. 즉, 마음을 집중하여 한 가지 일에만 몰두하고, 잡념이나 다른 생각이 끼어들 여지를 주지 않는다는 뜻이다. 경은 기심수렴 불용일물의 근본이다. 경이라는 마음가짐이 있기에 기심수렴 불용일물이 가능하다. 또한 기심수렴 불용일물은 경의 결과이다. 마음을 한곳에 집중하여 다른 생각을 용납하지 않을 때, 모든 사물에 대한 경외심이 더욱 깊어진다. 즉, 기심수렴 불용일물은 경을 더욱 강화하는 결과를 가져온다. 따라서 양자는 상호 보완적인 관계에 있다고 할 수 있다. 경은 기심수

렴 불용일물을 가능하게 하고, 기심수렴 불용일물은 경을 더욱 깊게
한다. 둘은 서로를 필요로 하며, 함께 작용하여 인격 수양을 완성하는
데 기여한다.

• 성의정심誠意正心

대학은 팔조목을 언급하면서, 격물치지 다음에는 성의정심, 즉
"뜻이 정성스러워지고, 뜻이 정성스러워지면 뒤에 마음이 바르게 된
다."고 적고 있다. 성의정심은 다음을 성실하게 하고 바르게 하는 방
법으로, 진실된 마음으로 사물에 임하고, 마음속의 욕심이나 악한 생
각을 제거하여 마음을 바르게 하는 것을 목표로 한다. 따라서 격물치
지를 이루고 난 뒤 성의정심을 추구하여 수신의 기틀을 잡는다.

> 천자부터 서인(백성)에 이르기까지 하나같이 몸을 닦는 것으로써 근본
> 으로 삼았다.[88]

이처럼 수신은 집안을 다스리고(제가), 나라를 다스리며(치국), 천하
를 평정(평천하)하기 위한 근본이다. 이에 대해 대학은 근본인 수신의
중요성에 대해 이렇게 말한다.

> 그 근본(자기 자신)이 어지러우면서도 끝이 다스려지는 것은 없으며, 그
> 두터운 바가 엷어지고, 그 엷은 바가 두터워지는 일은 있지 아니하다.[89]

---

88) 대학 경1.6.
89) 대학 경1.7.

그러므로 무엇보다 마음을 진실하고 성실하게 하고(성의), 바르게 해야 한다(정심). 만일 사람이 거짓 없이 진실된 마음을 가지고, 욕심, 분노, 시기 등의 나쁜 마음을 버리고 바른 도리에 따라 행동하고 마음을 바로잡으면 누구나 성인이 될 수 있다. 성의정심은 인격수양의 가장 기본적인 단계로, 성리학에서는 마음을 바르게 하지 않고서는 다른 어떤 수양도 이룰 수 없다고 보고 있다.

• 존심양성存心養性

존심양성存心養性은 마음을 보존하고 성품을 기르는 방법이다. 이 말은 맹자孟子 진심장구 상盡心章句上에 나오는데, 맹자는 "사람의 본성을 보존하여 사람의 본성을 기르는 것이 바로 천명을 대하는 방법이다."[90]고 말한다. 만일 사람이 선한 마음을 잃지 않고 지속적으로 길러 나가면, 인간 본래의 선한 본성을 회복할 수 있다는 것이 맹자의 생각이다.

존심양성은 인간의 본성을 선하다고 본 맹자의 성선설에 그 바탕을 두고 있다. 사람은 누구나 마음속 깊은 곳에 선한 마음을 가지고 태어나는 데, 맹자는 이러한 선한 마음을 '성性'이라고 불렀다. 맹자는 이 성을 잘 가꾸고 발전시키는 것이 인간의 삶에서 가장 중요한 일이라고 보았다.

맹자는 사람이라면 누구나 선한 마음의 증거인 양심이 있다고 보고, 불의를 보면 안타까워하고, 어린아이가 우물에 빠진 것을 보면 구하려는 마음을 가지고 있다고 보았다. 이러한 마음은 인간에게 타고난 것으로 사단은 인간의 도덕성이 발현되는 기본적인 바탕이다.

---

90) 맹자 진심장구 상 13·1.: 存其心 養其性 所以事天也.

맹자는 인간의 본성이 선하다고 보는 자신의 성선설을 뒷받침하기 위해 사단四端이라는 개념을 제시했다. 사단은 인간에게 타고난 네 가지 선한 마음의 기본 단위로, 인의예지仁義禮智의 근원이 되는 측은지심惻隱之心·수오지심羞惡之心·사양지심辭讓之心·시비지심是非之心을 말한다.

이처럼 인간은 누구나 하늘로부터 부여받은 인의예지의 선한 마음을 가지고 있지만, 물질적인 욕망이나 외적인 환경에 휩쓸려 그 단서가 되는 측은·수오·사양·시비지심을 잃어버리고 놓치기 쉽다. 맹자는 사람들이 잃어버린 선한 마음을 다시 찾아서 회복하고(求放心), 진정한 자기 자신으로 돌아가야 한다고 주장하였다. 그 잃어버린 마음을 다시 되찾아서 본연의 마음을 잘 보존하고 자신의 성품을 확충해 나가면, 누구나 인의예지를 갖춘 성인이 될 수 있다.

조선 성리학의 논쟁

조선시대 성리학은 단순히 주자학을 수용하는 것을 넘어, 학자들 사이에서 다양한 논쟁을 촉발하며 발전했다. 조선시대 철학의 역사는 성리학을 기반으로 한 논쟁의 역사였다[91]고 해도 지나치지 않다. 이러한 논쟁은 조선 성리학의 다양성을 보여주는 동시에, 조선사회의 사상적 기반을 형성하는 데 중요한 역할을 했다.

실제 조선 초기의 성리학은 궁리窮理보다는 거경居敬, 이론보다는 실천을 중시하였다. 그렇다면 궁리보다는 거경을 중시했던 조선 성리

---

91) 김형찬, 앞의 책, 253쪽.

학이 왜 실천보다는 이론에 치우치게 되었을까? 이에 대해 장윤수는 이렇게 설명한다.

> (조선 초기 성리학의) 심학적心學的 특징은 실천적 윤리적 특징과 연계선
> 상에 있다. 즉 조선 초기의 성리학이 소학의 '경' 고부를 강조하는 실천
> 윤리적 특징을 가졌기 때문에 사단칠정론四端七情論과 같은 '심心의 이론'
> 에 천착했던 것이다. 그런데 역설적이게도 처음 출발이 실천 윤리적 측면
> 에서 시작되었던 사칠론四七論은 이후 중기 유학에 이르면 순수 이론적
> 차원으로 전이되고 만다.[92]

장윤수가 지적한 바와 같이, 조선 초기 실천적 성격을 가졌던 성리
학은 중기로 접어들면서 점차 학문적 사변에 빠져 공리공담에서 벗어
나지 못하고 현실적 문제에 대한 비판 정신을 잃어버리고 만다. 이와
함께 조선의 성리학이 주자학 본연의 핵심 개념인 심·성·정을 제대
로 이해하지 못하고, 또한 이황, 이이, 정약용 등 성리학자들이 왕과
사대부 중심의 개혁을 주장한 것도 성리학이 쇠퇴한 이유 중의 하나
라고 할 수 있다. 이에 대해 김동원은 이렇게 비판한다.

> 이들이 저술한 『성학십도』, 『성학집요』, 『목민심서』 등은 왕에게 바친
> 책이었을 뿐 인류의 심·성·정 자신의 가치 및 교류로서의 창조적 소통
> 을 논함이 아니다.
> 치도治道로서의 정치적 술법이 개혁의 주체가 되어서는 안 된다. 이 점
> 을 이해하지 못하면 신유학의 성리 철학은 의미 없음이 되고 만다. 신유

---

92) 장윤수, "성리학의 한국적 수용과 그 특징", in: 김상현 편, 앞의 책, 39-40쪽.

학을 제왕학의 "세계를 평정하는(평천하)"(대학) 패도사상, 왕도정치로 이해 해서는 안 되는 이유이다. 인류 본연의 성정을 왕이나 관료들의 통치술로 적용하면 이는 위정자의 '농단'(맹자)이라 할 수 있다.[93]

이와 같은 비판을 받고 있음에도 불구하고, 조선시대에는 건국 초의 유불儒佛논쟁을 비롯하여 다양한 성리학 논쟁이 있었다. 이외에도 16세기 초의 태극논쟁, 16세기 중후반의 사단칠정논쟁, 17세기 중반의 예송禮訟논쟁, 18세기 전반의 인성물성人性物性에 관한 호락湖洛논쟁, 18~19세기의 서학西學논쟁, 그리고 19세기의 심설心說논쟁과 개화開化·척사斥邪논쟁 등이 제기되었다.[94] 이 가운데 본고에서는 사단칠정 논쟁·호락논쟁·예송논쟁을 조선 성리학의 핵심 논쟁으로 보고 소개 하기로 한다.

• 사단칠정논쟁四端七情論爭

인간의 마음에 존재하는 선한 기본적인 마음인 '인의예지' 사단 과 다양한 감정인 '희로애락애구욕' 칠정의 관계에 대한 논쟁이다. 이 논쟁의 핵심 쟁점은 사단과 칠정의 관계, 즉 사단이 칠정을 통제하 는가, 아니면 칠정이 사단을 변화시키는가에 대한 문제였다.

성리학의 이기론과 심성론에 따르면, 사물(특히 동물)과 사람의 성품 은 기본적으로 차이가 없다. 동물의 본성이 악하면 사람의 본성도 악 할 것이고, 사람의 성품이 착하다면 동물의 성품도 착할 것이기 때문 이다. 그것은 하늘의 이치이다.

---

93) 김동원, 앞의 책, 10쪽.
94) 김형찬, 앞의 책, 253-254쪽.

성리학에서는 사람과 사회를 유지하는 기본덕목으로 오상五常과 사강四綱을 내세운다.

먼저. 오상은 사람이 지켜야 하는 인仁·의義·예禮·지智·신信의 다섯 가지 기본적 덕목을 말한다. 오상은 부자유친父子有親·군신유의君臣有義·부부유별夫婦有別·장유유서長幼有序·붕우유신朋友有信의 오륜五倫과 함께 유교윤리의 근본을 이루고 있다. 오상과 오륜의 덕목은 仁⇨親, 義⇨義, 禮⇨別, 智⇨序, 信⇨信에 서로 대응하는 것으로 도식화할 수 있다. 동몽선습에서는 오륜이 가지는 의미에 대해 이렇게 말한다.

하늘과 땅 사이에 있는 만물의 무리에 오직 사람이 가장 귀하니 사람을 귀하게 여기는 까닭은 다섯 가지의 오륜五倫이 있기 때문이다.

이로써 맹자는 말하길, "부자 간에는 친함이 있으며, 군신 간에는 의리가 있으며, 부부 간에는 분별이 있으며, 어른과 어린이 간에는 차례가 있으며, 친구 간에는 성실함이 있다" 하였으니 사람으로서 이 다섯 가지의 떳떳한 도리가 있음을 알지 못하면 금수와의 거리가 멀지 않을 것이다.

그러한 즉 아버지는 사랑하고 자식은 효도하며, 임금은 의롭고 신하는 충성하고, 남편은 화합하고 부인은 온순하며, 형은 우애하고 동생은 공경하며, 친구 간에는 서로 인仁을 도와주고, 그러한 후에야 바야흐로 사람이라고 말할 수 있다.

그리고 사강이란 관중管仲의 저서 『관자管子』에 나오는 예禮·의義·염廉·치恥를 말한다. 이 사강은 맹자가 말한 측은지심惻隱之心·수오지심羞惡之心·사양지심辭讓之心·시비지심是非之心의 사단四端으로 바꾸어 이해해도 좋다. 맹자는 인의예지仁義禮智에 바탕을 둔 사람의 본성이 현실적으로 발현되는 마음 상태를 사단으로 보고 이렇게 말한다.

　　맹자가 말했다. "(…) 누구나 차마 남의 고통을 외면하지 못하는 마음을 가지고 있다고 하는 것은 다음과 같은 근거에서이다. 만약 지금 어떤 사람이 한 어린아이가 우물 속에 빠지려는 것을 보게 된다면, 깜짝 놀라며 측은하게 여기는 마음을 가지게 된다. 그렇게 되는 것은 어린아이의 부모와 친분을 맺기 위해서도 아니고, 마을 사람이나 친구들에게서 어린아이를 구했다는 칭찬을 듣기 위해서도 아니며, 어린아이의 울음소리가 싫어서 그런 것도 아니다. 이를 통해서 볼 때 측은하게 여기는 마음(측은지심)이 없다면 사람이 아니고, 부끄러워하는 마음(수오지심)이 없다면 사람이 아니며, 사양하는 마음(사양지심)이 없다면 사람이 아니고, 옳고 그름을 판단하는 마음(시비지심)이 없다면 사람이 아니다. 측은하게 여기는 마음은 仁의 단서(端)이고, 부끄러워하는 마음은 義의 단서이며, 사양하는 마음은 禮의 단서이고, 시비를 가리는 마음은 智의 단서이다. 사람이 이 단서(四端)를 가지고 있는 것은 그가 사지를 가지고 있는 것과 같다." (공손추 상 6)

　　맹자는 사람의 성품(본성)은 선천적으로 착하나 나쁜 환경이나 물욕物慾의 영향으로 악하게 된다는 성선설性善說의 입장에 서 있다. 맹자는 자신의 주장의 실례로 사단을 들어 사람의 성품이 착하다는 증거라고 주장한다. 또한 사단의 감정은 사람의 성품인 인의예지의 실마리 혹은 단서라고 보고 있다. 이처럼 인의예지와 사단은 밀접한 관계를 맺고 있는데, 이를 도식화하면 아래와 같다.

〈 인의예지와 사단의 관계 〉

측은지심	仁의 본성	남을 사랑하는 마음, 특히 곤경에 처한 사람을 불쌍히 여기고 도와주려는 마음
수오지심	義의 본성	자신의 잘못을 부끄러워하고 남의 잘못을 미워하는 마음
사양지심	禮의 본성	자신을 낮추고 상대방을 존중하는 마음
시비지심	智의 본성	옳고 그름을 분별하는 마음

　　조선은 유학의 여러 학파 중에서 송·명 때 주돈이周敦頤, 정호, 정이 등에서 비롯하고 주희가 집대성한 성리학을 수용하여 통치이념으로 삼았다. 성리학은 도학道學·이학理學·성명학性命學 또는 정주학程朱學 등 다양한 명칭으로 불리고 있는데, 이기설理氣說과 심성론心性論에 입각하여 격물치지格物致知를 중시하는 실천 도덕과 인격과 학문의 성취를 역설하였다. 심성론과 관련하여 성리학은 공자와 맹자가 말한 성선설에 근거하여 인의예지의 현실적 발현 양상인 사단을 중시하였다. 또한 후일 사단에 인간의 자연스런 감정의 양상인 희喜·노怒·애哀·구懼·애愛·오惡·욕欲의 칠정七情을 추가하였다. 하지만 사단과 칠정의 양자의 관계를 어떻게 이해할 것인가, 특히 사단칠정을 이理와 기氣의 어느 쪽에 중점을 두고 봐야 할 것인가를 두고 주리론主理論과 주기론主氣論의 입장에서 복잡한 논쟁인 소위 '사단칠정론' 혹은 '사칠논쟁四七論爭이 제기되었다. 이 논쟁은 퇴계退溪 이황과 고봉高峯 기대승을 중심으로 1558년 11월부터 1566년 7월까지 8년 동안 편지 왕래를 통해 전개되었다.

　　'조선 후기 300년 성리학의 전개방향을 결정한 학문적 사건'[95]으

---

95) 김기주, "제1장 사단칠정논쟁, 이황과 기대승의 학술적 교류와 도덕적 탐

로 불리는 사칠논쟁은 추만秋巒 정지운鄭之雲의「천명도설天命圖說」을 이황이 수정하면서 시작한다. 즉, 이황은「천명도설」중 "사단은 리에서 발한 것이고, 칠정은 기에서 발한 것이다(四端發於理, 七情發於氣)."라는 구절이 문제가 있다고 지적하면서 정지운에게 "사단은 리가 발한 것이고, 칠정은 기가 발한 것이다(四端理之發, 七情氣之發)."로 수정할 것을 권고한다(1553년 10월). 이에 따라 정지운은「천명도설」의 내용을 수정했는데, 기대승이 이황을 찾아와 "칠정 이외에 다시 사단이라는 감정이 있지 않다."며 문제를 제기하였다(1558년 10월).[96] 이후 두 사람은 서로 편지를 주고받으며 1566년 11월 6일까지 논쟁을 이어갔다.

사단칠정에 대해 이황은, 사단은 이理가 발현한 것이며, 칠정은 기氣가 발현한 것이라는 기본 입장을 취했다. 사단은 하늘로부터 부여받은 선한 리가 인간의 마음에 드러난 것이므로, 그 본성은 순수하게 선하다고 보았다. 반면, 칠정은 기의 작용으로 인해 나타나는 감정으로, 선악이 혼재되어 있다고 보았다. 즉, 칠정 자체가 나쁜 것은 아니지만, 기의 작용에 따라 선하게 발현될 수도 있고, 악하게 발현될 수도 있다는 것이다. 따라서 이황은 사단이 칠정을 통제하고 절제하여 올바른 방향으로 이끌어야 한다고 강조했다. 인간은 타고난 선한 마음(사단)을

색", in: 홍원식 외 지음, 『사단칠정론으로 본 조선 성리학의 전개』, 예문서원, 2019, 17쪽.

96) 기대승의 문제제기에 대해 이황은 여러 차례에 걸쳐 자신의 입장을 수정하였다.
[고봉이 본「천명도설」의 사단칠정설(추만의 설)] 사단은 리에서 발현하고, 칠정은 기에서 발현한다.
[퇴계의 1차 수정안] 사단의 발현은 순수한 리이므로 선하지 않음이 없고, 칠정의 발현은 기를 겸하므로 선함과 악함이 없다.
[퇴계의 2차 수정안] 사단은 리의 발현이고, 칠정은 기의 발현이다.
[퇴계의 3차 수정안] 사단은 리가 발현하되 기가 그것을 따르고, 칠정은 기가 발현하되 리가 그것을 탄다.
위 수정안에 대한 상세한 설명은, 김형찬, 앞의 책, 99-113쪽.

바탕으로 칠정을 잘 다스려야 도덕적인 삶을 살 수 있다는 것이다.

이황이 사단을 리에, 칠정을 기에 기원을 두고 구분했다면, 기대승은 조금 다른 관점을 제시했다. 기대승은 칠정 역시 사단과 마찬가지로 리에서 나온다고 주장했다. 칠정도 본래 선한 것이며, 기의 작용에 의해 선악으로 나타날 수 있다는 것이다. 따라서 기대승은 사단과 칠정을 구분하기보다는 하나의 맥락에서 이해해야 한다고 보았다. 사단과 칠정은 서로 분리된 것이 아니라, 인간의 마음이 다양하게 표현되는 방식일 뿐이라는 것이다. 여기에서 한 걸음 더 나아가 기대승은 정情을 매우 중요하게 생각했다. 그는 정이 단순히 감정적인 측면뿐만 아니라, 인간의 도덕적 판단과 행동에도 큰 영향을 미친다고 보았다.

이처럼 기대승은 이황과 달리 칠정 역시 리에서 나온다고 주장하며, 사단과 칠정의 통일성을 강조했다. 또한 그는 정의 중요성을 강조하며 인간의 마음을 보다 포괄적으로 이해하려 했다. 기대승의 사단칠정론은 이황의 견해에 대한 비판적인 성찰을 제시하며, 성리학의 다양성을 보여주는 중요한 사례이다. 그의 주장은 인간의 마음을 보다 포괄적으로 이해하려는 시도였으며, 후대의 성리학자들에게 많은 영향을 미쳤다.

• 호락논쟁湖洛論爭

퇴계 이황을 중심으로 한 호론湖論과 율곡 이이를 중심으로 한 낙론洛論 간에 제기된 것으로, 인간의 본성과 우주의 원리에 대한 근본적인 질문에 대한 성리학 해석 차이를 둘러싸고 치열한 논쟁이 제기되었다. 핵심쟁점은 인성人性과 물성物性의 관계, 미발심체未發心體의 본질, 성범인심동이聖凡人心同異 등이었으며, 다양한 주제를 놓고 논쟁을 벌였다.

호湖는 충청도 지역을, 낙洛은 서울과 경기 지역을 가리키며, 각 지역을 중심으로 학파가 형성되어 논쟁을 벌였으므로 호락논쟁이라 한다. 조선 후기 호락논쟁이 발생한 배경을 몇 가지로 정리하면 다음과 같다.[97]

첫째, 사회경제적 요인으로 신분제의 혼란이 있었다. 조선은 건국 이래로 농본주의를 지향했던 국가이다. 사회 지배층은 토지를 보유한 지주이고, 경작을 담당하는 소조농이 다수의 피지배층을 구성하였다. 그러나 이앙법移秧法의 보편화로 양반 중심의 안정적 신분질서가 무너지기 시작하였다.

둘째, 불교가 지배하던 고려가 여말선초로 갈수록 불교의 극심한 폐단과 성리학의 개혁 성향으로 고려의 개혁을 넘어 조선의 건국으로 이어졌다.

셋째, 대외적 환경의 변화에 따른 성리학의 변용을 추구하였다. 조선의 집권 세력은 병자호란과 명·청 교체 이후 심각한 정체성 상실의 위기에 빠져 있었다. 오랑캐라고 배척당하던 청나라가 동아시아 질서의 새로운 중심 세력으로 자리매김하면서 청나라를 정벌하자는 북벌론北伐論은 중화 문화를 계승하자는 존주론尊周論으로 전환되었다. 이러한 동아시아 외교관계의 변화는 새로운 대외관과 화이론華夷論, 그리고 이에 상응하는 이기심성론理氣心性論의 탄생을 필요로 하였다.

호락논쟁은 인조반정 이후 서인 정권의 수립에 그 기원을 두고 있다고 보아야 한다. 서인은 노론과 소론으로 분화되었으며, 호론과 낙론은 노론으로 분리되었다. 호락논쟁은 당시 지배 정당이었던 노론 내부에서 발생한 정치적·학술적 논의였다. 인조반정으로 정권을 장

---

97) 배수호·정희원·배우정, 『호락논쟁, 여전히 유효한가?』, 박영사, 2025, 28-32쪽.

악한 서인은 조선이 멸망할때까지 지배 권력을 차지하였으며, 사실상 정권의 변동은 일어나지 않았다.[98]

호론과 낙론의 주장을 비교해 보면, 호론은 인간의 본성과 만물의 본성은 다르다고 주장했다. 인간에게는 도덕성이라는 특별한 것이 있으며, 이는 만물에는 없는 것이라고 보았다. 반면, 낙론은 인간의 본성과 만물의 본성은 근본적으로 같다고 주장했다. 모든 만물은 리라는 하나의 원리로부터 나왔으며, 인간의 도덕성도 이러한 원리의 발현이라고 보았다. 양자의 주장은 주로 아래 세 가지 문제를 핵심 쟁점으로 삼아 논쟁하였다.

호락논쟁의 이론적 구분

분류	세부	내용	통합적 구분법
미발심론 未發心論	성범심동론聖凡心同論	미발 상태의 마음은 성인과 범인이 같음	낙론
	성범심이론聖凡心異論	미발 상태의 마음은 성인과 범인이 다름	호론
인물성동이론 人物性同異論	인물성동론人物性同論	인人·물物의 본성은 같음	낙론
	인물성이론人物性異論	인人·물物의 본성은 다름	호론

출전: 배수호·정희원·배우정, 『호락논쟁, 여전히 유효한가?』, 박영사, 2025, 52쪽.

첫 번째 핵심 쟁점은, '인간의 본성과 만물의 본성이 같은가, 다른가' 라는 질문, 즉 인물성동이론人物性同理論이다. 이 이론은 원칙적으로 인간의 성性과 만물의 성이 같다는 내용을 담고 있다. 인간에게만 존재하는 특별한 도덕성이 있는 것이 아니라, 모든 만물은 동일한 리라는 원리로부터 나왔으며, 인간의 도덕성도 이러한 원리의 발현이라고

---

98) 배수호·정희원·배우정, 앞의 책, 32-33쪽.

보는 것이다.

호락논쟁에서 인물성동이론은 주로 낙론을 주장하는 학자들에 의해 강조되었다. 낙론 학자들은 인간과 만물의 본성이 동일하다는 인물성동이론을 바탕으로, 모든 존재는 하나의 원리로 연결되어 있다는 우주관을 제시했다. 하지만 호론 학자들은 인물성동이론을 강하게 부정했다. 호론 학자들은 인간에게는 도덕성이라는 특별한 것이 있으며, 이는 만물에는 없는 것이라고 주장했다. 그들은 인간의 특수성을 강조하여 인간에게는 이성과 도덕성이라는 특별한 능력이 있다고 보았다. 이는 단순히 만물에 공통적으로 존재하는 리의 발현이 아니라, 인간만이 가진 고유한 특성이라는 것이다. 이 입장에 따라 그들은 인간과 만물을 엄격하게 구분하고, 인간의 우월성을 강조했다.

호론 학자들이 인물성동이론을 부정한 이유는 무엇일까? 먼저, 호론 학자들은 엄격한 신분 제도와 유교적 도덕 질서를 유지하기 위해 인간의 특수성을 강조했다. 인물성동이론을 받아들이면 모든 존재가 평등하다는 논리로 이어질 수 있기 때문에 사회질서를 흔들 수 있다고 보았다. 다음은, 호론 학자들은 주희의 성리학을 엄격하게 해석하고, 이를 바탕으로 인간의 본성에 대한 독자적인 해석을 제시함으로서 성리학적 원리를 고수하고자 했다. 인물성동이론은 주희의 성리학과는 다소 다른 관점이므로, 이를 받아들이기 어려웠기 때문이다.

인물성동이론을 둘러싼 낙론과 호론 학자들 사이에 제기된 주장의 핵심은 인간의 고유한 가치를 어떻게 볼 것이며, 또한 사회질서를 어떻게 유지할 것인가로 귀결된다. 특히 인물성동이론에 대한 호론 학자들의 부정적 입장은 조선 후기 사회의 보수적인 성향을 반영하고 있다고 보아야 한다. 호락논쟁이 단순한 학문적 논쟁을 넘어 사회적, 정치적인 의미를 지니고 있었음을 보여주고 있다.

호락논쟁의 두 번째 쟁점은 마음의 본질을 어떻게 볼 것인가에 관한 미발심체未發心體논쟁이다.

미발심체는 말 그대로 아직 발현되지 않은 마음의 본체를 의미한다. 즉, 인간이 태어나기 전, 또는 아직 어떤 감정이나 생각을 하기 전의 순수한 마음의 상태를 가리킨다. 호락논쟁에서는 미발심체가 선한 것인지, 아니면 선악이 혼재되어 있는 것인지를 놓고 논쟁이 벌어졌다.

낙론 학자들은 미발심체가 순수하게 선하다고 주장했다. 인간은 태어날 때부터 선한 마음을 가지고 있으며, 후천적인 환경이나 교육에 의해 선악이 구별된다고 보았다. 이에 반하여, 호론 학자들은 미발심체에 선악이 혼재되어 있다고 주장했다. 인간의 마음에는 선한 성향과 악한 성향이 동시에 존재하며, 후천적인 노력을 통해 선을 길러야 한다고 보았다.

미발심체가 선한지 악한지에 따라 도덕성의 근원에 대한 해석이 달라진다. 미발심체가 선하다면, 인간 교육은 선한 본성을 발현시키는 데 초점을 맞춰야 한다. 반면, 미발심체에 선악이 혼재되어 있다면, 인간 교육은 악한 성향을 억누르고 선한 성향을 길러야 한다. 미발심체논쟁은 인간의 본성에 대한 다양한 해석을 가능하게 함으로써 성리학의 다양한 학파 형성에 기여하고, 성리학의 발전을 촉진했다.

호락논쟁의 세 번째 쟁점은, 인간의 마음, 특히 성인과 보통 사람의 마음이 같은가 다른가에 관한 성범인심동이聖凡人心同異의 문제이다.

성인聖人은 완벽한 도덕적 덕성을 갖춘 이상적인 사람을, 범인凡人은 일반적인 사람, 즉 성인에 비해 도덕적 완성도가 낮은 사람을 의미한다. 성범인심동이에 관한 논쟁은, 성인과 범인의 본질적인 차이가 있는지, 아니면 환경이나 노력에 따라 누구든지 성인이 될 수 있는지를 묻는 것이다.

낙론 학자들은 성인과 범인의 마음이 근본적으로 같다고 주장했다. 모든 사람은 본래 선한 마음을 가지고 있으며, 후천적인 노력을 통해 누구든지 성인이 될 수 있다고 보았다. 이에 반하여, 호론 학자들은 성인과 범인의 마음이 다르다고 주장했다. 성인은 타고난 성품이 다르기 때문에 보통 사람이 아무리 노력해도 성인이 될 수 없다고 보았다. 이 논쟁을 통하여 성인과 범인의 관계를 규정함으로써 인간의 가능성에 대한 논의를 제기했다. 만일 성인과 범인의 차이를 인정하는 경우, 사회질서를 유지하기 위한 계급이나 신분 제도를 정당화하는 논리로 사용될 수 있었다. 따라서 이 논쟁은 교육의 목표가 성인을 길러내는 것인지, 아니면 각 개인의 잠재력을 개발하는 것인지를 결정하는 데 영향을 미쳤다.

결론적으로, 성범인심동이논쟁은 인간의 본성과 사회질서에 대한 다양한 해석을 가능하게 했다. 이 논쟁은 단순한 학문적인 의미를 넘어, 인간 교육, 사회질서, 그리고 개인의 가능성에 대한 논의에 큰 영향을 미쳤다고 할 수 있다.

• 예송논쟁 禮訟論爭

예송논쟁은 조선 후기 현종과 숙종 시대에 걸쳐 효종과 효종비에 대한 조대비(인조의 계비)의 복상 기간을 둘러싸고 서인과 남인 사이에 벌어진 두 차례의 큰 논쟁이다.

효종은 인조의 둘째 아들로, 형인 소현세자가 사망한 후 왕위에 올랐다. 따라서 효종의 정통성에 다한 의문이 끊이지 않았고, 이는 예송논쟁의 근본적인 배경이 되었다. 그러던 중 조대비가 효종과 효종비의 상을 당했을 때 입어야 할 상복의 기간을 둘러싸고 논쟁이 벌어졌다. 효종이 장자인지 차자인지에 따라 조대비가 입어야 할 상복의 종류와 기간이 달라졌기 때문이다. 복상 기간을 둘러싸고 서인과 남인 간에 대립하였다.

서인은 효종의 정통성을 강조하고, 조대비가 장자의 부인에 대한 예를 다해야 한다고 주장했다. 반면, 남인은 효종의 정통성에 의문을 제기하고, 조대비가 차자의 부인에 대한 예를 다하면 된다고 주장했다.

예송논쟁은 두 차례에 걸쳐 대두되었다. 첫 번째는 기해예송己亥禮訟인데, 1659년 효종이 승하하자, 조대비가 입어야 할 상복을 둘러싸고 서인과 남인이 처음으로 대립했다. 서인은 조대비가 3년상을 입어야 한다고 주장했고, 남인은 1년상을 입어야 한다고 주장했다. 두 번째는 갑인예송甲寅禮訟인데, 1674년 효종비 인선왕후가 승하하자, 다시 한번 조대비의 상복을 둘러싸고 논쟁이 벌어졌다. 이번에는 서인과 남인의 주장이 뒤바뀌어, 서인은 1년상을, 남인은 3년상을 주장했다.

왕실의 복제服制를 둘러싸고 벌어진 예송논쟁은 처음에는 왕실의 복제에 대한 해석, 예법의 중요성, 학자들의 역할 등에 대한 문제로 시작되었다. 하지만 날이 갈수록 예법에 대한 해석을 놓고 학자들 간의 치열한 논쟁이 벌어졌으며, 정치적 파벌 싸움으로 격화되었다. 즉, 예송논쟁은 단순한 예학논쟁을 넘어 서인과 남인의 정치적 대립을 심화시키는 계기가 되었다. 또한 예송논쟁으로 인해 조선 후기 정치는 혼란스러워졌고, 왕권과 신권의 갈등이 심화되었다.

예송논쟁은 예법이 단순한 의례를 넘어 사회질서를 유지하고 도덕적 가치를 실현하는 중요한 수단이라는 것을 보여주는 전형적인 사례라고 할 수 있다. 하지만 점차 이 논쟁은 성리학의 다양한 해석을 낳고, 성리학 논쟁을 더욱 심화시켜 조선 후기 정치와 사회에 큰 영향을 미친 사건으로 비화되었다. 따라서 예송논쟁은 효종의 정통성, 왕권과 신권의 관계, 그리고 서인과 남인의 정치적 대립 등 다양한 문제가 얽혀 있다. 그리하여 조선 후기 정치의 불안정성을 심화시키고, 조선 사회의 발전을 저해하는 요인으로 작용했다. 자유로운 토론이 존중되어야 할 학문적 논의에 정치권력이 지나치게 개입함으로써 조선유학의 경직화가 시작되었던 것이다.[99]

조선 성리학에 대한 비판적 검토

　　　　　　　조선 성리학의 3대 논쟁을 통해 알 수 있듯이 성리학은 단순한 학문을 넘어 조선사회의 다양한 영역에 영향을 미치는 사상이자 통치와 지배이념으로 자리 잡고 있었다. 학자들 간의 논쟁을 통해 다양한 학문 분야가 발전하고, 조선의 정치와 문화의 기반이 확충되고 사회가 발전하였다.

　조선 개국 초기 관학파官學派 혹은 훈구파勳舊派와 사림파士林派가 각자 세력을 형성하며 대립하고 있었다. 전자는, 조선 건국 또는 조선 초기의 각종 정변政變에서 공을 세워 높은 벼슬을 해 오던 관료층으로 정권과 밀접한 관계를 맺고 있었고, 후자는 조선 초기에, 산림에 묻혀 유학 연구에 힘쓰던 문인들의 한 파로써 성리학적 의리를 중히 여기며 수신과 후진 양성에 집중하고 있었다. 사림파는 김종직, 김굉필, 조광조 등을 중심으로 성종 때부터 중앙 정부에 진출하여 종래의 관료들인 훈구파를 비판하며 세력을 확장하였다. 이 과정에서 관학파와 사

---

99) 김형찬, 앞의 책, 259쪽.

림파는 충돌을 피할 수 없었으며, 무오戊午100) · 갑자甲子101) · 기묘己卯102) · 을사乙巳103) 네 차례의 사화士禍가 발생하였다. 사림파는 사화에 희생되기도 하였으나, 선조 때에 이르러서는 그 기반을 확고히 하였다.

사림파가 네 차례의 사화를 겪으면서 중앙 정계에 완전히 자리를 잡은 16세기부터 성리학 논쟁이 본격적으로 시작되었다. 그 본질적 이유는 조선 전기의 성리학으로는 더 이상 현실의 조선을 끌고 갈 수 없다는 통렬한 반성 위에서 이뤄진 새로운 사상적 모색의 결과라고 할 수 있다. 그 결과 성리학은 부계父系 남성 위주의 가족 질서, 붕당을 중심으로 한 사림 정치, 서원과 향약 등을 기반으로 한 향촌 질서 등 사회 전반을 가로지르는 질서의 원형을 제공하게 된다.104)

성리학 논쟁의 사례는 조선 성리학의 다양한 해석 가능성과 다양성 및 역동성을 보여주었다고 할 수 있다. 하지만 이 논쟁은 점차 고담준론과 당파 싸움으로 이어져 조선사회를 혼란스럽게 만들었다. 특히 조선 후기사회로 갈수록 신분차별구조는 더욱 공고화되고 실학을 비롯한 새로운 사상을 수용하지 못하고 배제함으로써 사회의 발전에 중대한 저해를 초래하였다.

이러한 비판에도 불구하고, 성리학은 조선사회의 윤리적 기반을

---

100) 무오사화는 1498년(연산군 4년)에 발생한 사건으로, 김종직의 조의제문을 빌미로 사림파 학자들을 대거 숙청했다.
101) 갑자사화는 1504년(연산군 10년)에 발생한 사건으로, 연산군이 자신의 어머니인 폐비 윤씨 복위를 주장하는 사림파를 숙청하고 왕권을 강화하려 했다.
102) 기묘사화는 1519년(중종 14년)에 발생한 사건으로, 조광조를 중심으로 한 젊은 사림파가 개혁 정치를 추진하다가 보수파의 반발로 숙청당했다.
103) 을사사화는 1545년(명종 즉위년)에 발생한 사건으로, 문정왕후와 소윤 세력이 대윤 세력을 숙청하고 권력을 장악했다.
104) 강동천 외 공저, 『16세기 성리학 유토피아』(미니북), 민음사, 2014, 77쪽.

제공하고, 사회질서를 유지하는 데 기여했으며, 또한 학문 연구와 인격 수양의 중요성을 강조하여 조선문화발전에 기여하는 등 긍정적 측면이 적지 않다. 조선의 성리학자들은 성리학을 통해 이상적인 사회를 구현하려 했으며, 이는 사회, 정치, 문화 전반에 걸쳐 깊은 영향을 미쳤다. 실학實學을 통해 성리학과 서양 학문을 결합하려는 시도라든가 서양의 근대문물을 받아들이며 조선의 근대화를 추구하려는 개화파의 사례에서 알 수 있듯이 일부 성리학자는 서양 학문을 적극적으로 수용하며 전통과 근대를 융합하려는 시도를 하기도 했다. 이처럼 성리학의 합리적 사고와 학문적 전통은 근대학문을 수용하는 데 있어 중요한 기반이 되었다.

이처럼 이기론으로 대표되는 학문적 논쟁을 보더라도 조선의 성리학은 근대유럽사상과 겨뤄도 전혀 손색이 없다고도 할 수 있다. 하지만 조선 성리학은 후기로 접어들수록 교조주의와 형식주의에 빠져 사회 변화에 적응하지 못했고, 백성들의 삶을 소홀히 하고 일본에 의해 국권을 침탈당함으로써 파국을 맞고 말았다. 조선 성리학이 가지는 한계와 문제점을 살펴보면 다음과 같다.

첫째, 성리학이 주자학에 대한 교조적인 해석과 형식적인 학문 연구에 치중하면서 실제 삶과 동떨어진 이론적인 학문이 되었다는 비판이 제기되었다. 성리학이 유일한 정통 사상으로 자리매김하면서 다른 사상이나 의견에 대한 관용이 부족했다. 이는 새로운 사상의 발전을 저해하고 사회의 획일화를 초래하는 결과를 낳았다. 또한 성리학은 예를 중시하며, 이에 따라 사회생활 전반에 걸쳐 엄격한 예법이 강조되었다. 하지만 이러한 예법은 형식적인 측면에 치중되어 실질적인 도덕성을 저해한다는 비판을 받았다. 그리하여 지배층은 절대적인 지위를 가진 성리학을 이용하여 자신의 권력을 정당화하고 사회를 통제하려 했다. 이러한 과정에서 성리학은 본래의 의미를 잃어버리고 권력 유지를 위한 도구로 전락했다는 비판이 제기되었다. 성리학의 지나친 교조주의와 형식주의는 새로운 사상이나 기술의 도입을 막고 사회변화를 거부하여 사회발전을 저해했다. 또한 인간의 다양성을 인정하지 않고 획일적인 인간상을 강요하여 인간성을 말살시켰다. 그 결과 실질적인 도덕성보다는 형식적인 예절에만 치중하여 사회의 도덕적 해이를 가져오는 등 부정적 영향이 확대되었다.

둘째, 조선 성리학은 급변하는 사회 변화에 유연하게 대처하지 못하고, 과거의 유교 질서를 고수하려는 경향이 강했다는 비판을 받았다. 이러한 비판은 조선 후기 사회변동이 심화되면서 더욱 강하게 제기되었으며, 성리학의 한계를 드러내는 중요한 근거로 인식되었다. 조선 성리학이 사회변화에 미흡하게 대응한 원인은 여러 가지가 있다. 그중에서도 성리학은 봉건사회의 질서 유지를 위해 예와 도덕을 강조하며 사회변화를 억제하고 기존 질서를 고수하려는 경향이 강했다. 또한 성리학은 이론적인 연구에 치중하여 실제 사회문제 해결에는 소극적인 태도를 보였다. 그리하여 성리학은 유교경전을 절대적인 진리로 받아들이고 새로운 사상이나 학문의 수용을 꺼려했다. 이는 사회변화에 필요한 새로운 아이디어의 도입을 저해했다. 현실적으로 성리학은 지배층의 이익을 정당화하고 유지하는 데 이용되었으며, 사회변화를 요구하는 민중의 목소리에 귀 기울이지 않았다. 그 결과 사회모순을 심화시키고 민중의 불만을 증폭시켜 사회불안을 야기했으며, 새로운 사상이나 학문의 발전을 억압하여 사회발전을 저해했다. 또한 외극 문물의 유입을 거부하고 쇄국적인 정책을 추진하여 국가발전의 기회를 놓치는 등 국가 체제의 쇠퇴와 몰락을 가져왔다.

셋째, 조선 성리학은 양반 중심적인 사상으로 귀결되어 백성들의 삶과 고통에는 무관심했다는 비판을 받았다. 성리학은 개인의 사회적 위치와 역할을 강조하는 명분론을 중시했다. 이는 신분 제도를 정당화하고 양반의 특권을 보호하는 데 이용되었다. 이처럼 조선은 기본적으로 신분제를 기반으로 운영되었다. 조선 초기에는 백성을 양인과 천민으로 구분하는 신분 제도인 양천제良賤制를 기반으로 천민을 제외한 양인들에게 부역과 납세를 부담하게 하였다. 그러나 점차 양인은 양반, 중인, 상민으로, 천민도 노비와 백정으로 세분화되었다. 그 후 조선 후기로 접어들면서 양천제 대신 양반과 상민을 구별하는 반상제班常制로 전환되었다.105) 이와 같은 엄격한 신분제에 따라 직업선택은 물론 교육에도 차별이 가해졌다. 이를테면, 양인이라면 누구나 과거에 응시할 수 있었으나 천민은 과거 응시가 금지되었다. 서얼의 경우에도 조선 초기에는 과거 응시가 금지되었지만, 시대가 지나면서 제한적으로 허용되었다. 또한 성리학 교육은 주로 양반 자제들에게만 제공되었으며, 상민이나 천민은 교육 기회에서 배제되었다. 이와 같은 신분에 따른 교육과 직업기회의 차별은 양반과 다른 계층 간의 사회적 이동성을 제한하고 양반 중심의 사회 구조를 고착화하였다. 그 결과 성리학은 개인의 노력보다는 출생 배경을 중시하여 사회적 지위를 고착화하였으며, 이는 사회 발전을 저해하고 계층 간 갈등을 심화시키는 원인이 되었다.

넷째, 조선 성리학은 상업을 경시함으로써 경제발전을 저해하고, 사회의 정체를 가져왔다는 비판을 받고 있다. 성리학은 농업을 가장 중요한 산업으로 여기고 상공업을 천시하는 중농주의를 강조했다. 이

---

105) 김진년, 앞의 책, 199쪽.

는 상공업 발전을 위한 사회적 분위기 조성을 저해하고 경제 다변화를 가로막았다. 또한 성리학은 검소한 생활을 강조하며 사치와 낭비를 억제하려 했다. 이는 소비를 위축시키고 시장경제발전을 저해하는 요인으로 작용했다. 성리학은 상업 자본의 축적을 억제하고 이윤 추구를 부정적으로 평가했다. 이는 자본주의 발전을 위한 기반을 약화시켰다. 그리하여 성리학은 이론적인 학문연구를 중시하고 기술 개발에는 소극적인 태도를 보였다. 이는 산업혁명과 같은 기술혁신을 이끌어내지 못했다. 그 결과, 조선사회는 농업 중심의 경제구조가 고착화되어 산업 다변화가 이루어지지 못했으며, 기술혁신이 부족하여 생산성이 저하되고 경제성장이 둔화되었다. 또한 지주와 농민 간의 빈부 격차가 심화되고 사회불안이 야기되었으며, 다른 나라에 비해 경제발전이 더디게 진행되어 국제 경쟁력이 약화되었다.

다섯째, 성리학의 남녀유별 사상은 여성의 사회적 지위를 낮추고, 여성 차별을 정당화하는 데 이용되었다는 비판이다. 성리학은 여성을 남성에 종속적인 존재로 보는 남존여비 사상을 강화하여 여성 차별을 정당화하는 데 이용되기도 했다. 성리학이 여성 차별을 정당화한 방식은 여러 가지가 있다. ① 삼종지도三從之道: 시집가기 전에는 아버지, 시집간 후에는 남편, 남편이 죽으면 아들에게 순종해야 한다는 여성의 삶을 규정하는 규범이다. 이는 여성의 자율성을 억누르고 남성에게 종속적인 위치를 강요했다. ② 여성 교육의 제한: 여성에게는 교육 기회가 제한적으로 주어졌으며, 주로 가사와 도덕적인 덕목을 배우는 데 집중했다. 학문적인 연구나 사회 참여는 허용되지 않았다. ③ 여성의 사회적 활동 제한: 여성은 가정에 머물러 남편과 자녀를 섬기는 것이 당연한 도리로 여겨졌다. 사회 활동이나 정치 참여는 금지되었고, 재산 상속에서도 불리한 위치에 있었다. ④ 과부의 재혼 금지: 과부의 재혼은 사회적으로 용납되지 않았으며, 과부의 재산을 남편의 친척들이 가로채는 경우도 많았다. 이러한 남녀차별적인 성리학적 여성관은 여러 문제점을 낳았다. 무엇보다 여성은 사회적으로 열등한 존재로 인식되었으며, 남성에게 종속적인 위치에 머물러야 했고, 자신의 의사를 표현하거나 독자적인 삶을 살 수 없었다. 또한 여성 교육의 기회가 제한되어 여성의 역량개발이 저해되었을 뿐만 아니라 여성은 사회 활동에 참여할 수 없어 사회발전에 기여할 기회를 잃었다. 하지만 조선 후기에 접어들면서 성리학적 여성관에도 일정한 변화가 일어났다. 조선 후기에는 여성들의 글쓰기 활동이 활발해지고, 여성 스스로 자신의 처지를 비판하는 목소리가 나오기도 했다. 이 과정에서 실학이 큰 역할을 했다. 실학자들은 성리학의 맹점을 비판하고 여성의 교육과 사회 참여를 주장했다. 또한 근대화 과정에서 서구 문물이 유입되면서 여성의 지위에 대한 인식이 변화하고 여성 교육과 사회 참여가 확대되는 등 여성의 지위가 점차 개선되는 양상을 보이기도 했다.

여섯째, 조선 성리학은 교조주의에 빠져 시대에 맞는 새로운 학문과 사상을 수용하지 못하였다. 위에서 검토한 것처럼 조선 성리학은 조선시대 지배 이념으로 자리 잡으며 사회 전반에 큰 영향을 미쳤지만, 동시에 다양한 비판에 직면했다. 특히 조선 후기로 접어들면서 성리학 중심의 유교적 지도 이념은 몰락하고 있었고, 서세동점西勢東漸으로 대변되듯이 성난 파도처럼 밀려드는 서구 열강의 침략으로 조선은 대내외적으로 위기에 봉착하고 있었다. 메이지유신으로 근대화에 성공한 일본과는 달리 조선은 이에 역행하여 세도정치에서 벗어나지 못하고 쇄국을 단행하여 국제사회의 변화를 수용하지 못해 점차 망국의 길로 접어들고 있었다. 이러한 현실에서 조선의 일부 지식인들은 성리학의 한계를 극복하고 새로운 시대에 맞는 학문을 추구하려는 시도를 했는데, 그 실례로 양명학과 실학을 들 수 있다.

실학은 17세기 후반에서 19세기 전반에 걸쳐 대두된 현실개혁적 조선 유학의 학풍을 말한다. 양명학은 왕수인(1472~1528)에 의해 주창되었으므로, 시기별로 실학보다 앞선 학문운동이라고 할 수 있다.

양명학의 핵심 명제는, 첫째, 마음이 곧 이치이다(心卽理), 둘째, 지행은 하나로 합한다(知行合一), 셋째, 천지만물은 한 몸이다(天地萬物爲一體), 넷째, 내 마음의 양지를 구현하라(致良知)로 요약할 수 있다.106)

명나라를 세워 중국을 통일한 주원장은 주자학을 관학官學으로 삼아 사상적 통일을 꾀하고 과거시험을 통해 관리를 등용했다. 그 결과 명대의 학풍은 학문이 추구해야 할 사회개혁을 위한 개혁적·실천적 성질은 사라지고 권세와 이욕利欲을 추구하는 수단으로 전락하고 말았다. 권력은 부패하고, 관료와 환관의 부패와 전횡으로 백성들의 삶은 질곡의 늪에 빠져 허우적댔다. 이런 시대상황 속에서 왕양명은 공자와 맹자가 추구하던 유학의 본래 정신을 회복하고, 국내정치질서를 바로잡아 민생의 안정을 도모하고자 주자학을 새롭게 해석하여 재정립을 시도하였다.107)

양명학이 조선에 수용된 것은 중종 시기이다. 당시 성리학자들 사이에서 양명학은 관심을 끌었으나 이황은 양명학을 정통 주자학 사상과 어긋난 것으로 보고 이단으로 간주하였다. 조선시대에 양명학이 하나의 독자적 학문 사상으로 집대성된 것은 18세기 초 정제두(1649~1736)에 의해서라고 할 수 있다.108)

---

106) 박연수, 『양명학이란 무엇인가』, 한국학술정보, 2010, 머리말 중에서.
107) 박연수, 위의 책, 24-25쪽.
108) 금장태는 양명학이 조선시대에 전개되는 과정을 크게 4단계로 구분하고 있다. 첫 번째는 초기의 수입단계이다. 16세기 전반 왕양명의 저술이 수입되기 시

위당 정인보(1893~미상)는 『양명학연론陽明學演論』에서 조선의 실상에 대해 다음과 같이 신랄하게 비판한다.

조선 수백 년 동안 학문으로는 오직 유학이요, 유학으로는 오직 정주程 朱를 신봉하였으되, 그 신본의 폐단이 두 갈래로 나뉘었다. 하나는 그 학 설을 빌려 자신의 편의를 도모하려는 사영파私營派요, 다른 하나는 그 학 설을 배워서 종화의 적통을 이 땅에 드리우려는 존화파尊華派다. 그러므 로 평생 몰두하여 심성을 강론하되 실심實心과는 얼러볼 생각이 적었고, 한세상을 뒤흔들 도의를 표방하되 자신 밖에는 아무것도 보이지 않았다.

그래서 세월이 흘러 풍속이 쇠퇴해짐에 따라 그 학문은 '허학虛學(속빈

<hr />

작한 이후 극소수의 학자들 사이에 양명학에 대한 지적 호기심과 긍정적 이 해태도가 나타났다. 이에 따라 16세기 후반 퇴계 이황은 「전습록논변(傳習 錄論辯)」을 저술하여 친민설(親民說)·심즉리설(心卽理說)·지행합일설(知 行合一說) 등 왕양명의 기본이론을 조목별로 엄격하게 비판하여 양명학 비 판의 이론적 틀을 지시함으로써 도학의 정통론적 입장을 확립하였다. 그러 나 이러한 그의 비판에도 불구하고 17세기 전반기에 장유·최명길 등에 의 해 양명학의 이해가 서서히 확산되어 갔다.
두 번째는 인식의 심화와 논변의 단계이다. 17세기 말~18세기 초에 정제두가 등장하여 확고한 신념으로 양명학을 정밀하게 연구하기 시작하였다. 이 시기 는 조선시대 양명학이 가장 높은 수준으로 발전하였지만 사회전반으로 확산 하는 데에는 한계가 있었다. 정제두는 만년에 강화도에서 양명학을 강학하면 서 강화학파를 형성하고, 이 학파를 통해 미미하게 명맥이 이어져 갔다.
세 번째는 실학파의 활용단계이다. 18세기 후반 실학파의 중심학맥을 형성 한 이익의 성호학파(星湖學派)에서 신서파(信西派)에 속하는 진보적 인물들 이 양명학을 우호적으로 이해하는 태도를 보이기 시작하였다. 실학파는 양 명학의 입장을 표방하지는 않았지만 도학에서 벗어난 독자적 이론을 형성 해 가는 과정에서 양명학의 이해를 하나의 디딤돌로 활용하였던 경우라 할 수 있다.
마지막으로 네 번째는 근대적 개혁론으로서 주창된 단계이다. 20세기 초 애 국계몽사상가로서 양명학을 주창한 박은식과 정인보가 대표적 인물이다. 이 가운데 정인보는 정주(程朱)학자들이 심성을 강조하지만 실심을 저버려 서 공허한 학문(虛學)과 거짓 행위(假行)에 빠진 것이라 비판하였다. 그는 양명학을 진정한 성인의 학문을 실현하는 방법으로 확인하고, 양명학의 체 계적 이해를 위해 『양명학연론(陽明學演論)』을 저술하였다.(금장태, 『한국 양명학의 쟁점』, 서울대학교출판문화원, 2012, 14-15쪽.)

학문)' 뿐이요, 그 행동은 '가행假行(거짓 행동)' 뿐이었다. 실심의 입장에서
볼 때 그 학문이 비어 있기 때문에 사사로운 계산으로 보면 알찬 것(實)이
요, 진학眞學(참된 학문)의 입장에서 볼 때 그 행동이 거짓이기 때문에 거짓
된 풍속으로 보면 알찬 것(實)이다. 그러므로 수백 년간 조선인의 실심 실
행實行은 학문 영역 이외에 구차스럽게 간간이 잔존했을 뿐이요, 온 세상
에 가득 찬 것은 오직 '가행'이요, '허학'이었다.[109]

정인보가 비판하듯이 조선시대에서 유학이란 '정주학程朱學', 곧
성리학을 말한다. 주자朱熹는 정호程顥와 정이程頤의 학문을 기초로 성
리학의 이론 체계를 더욱 정밀하게 구축하였는데, 이를 주자학이라
불렀다. 조선 후기 양명학과 실학 등의 새로운 학문운동이 일어나기
까지 주자학은 조선의 통치와 지배이념이자 절대적인 지위를 가진 학
문으로 자리 잡고 있었다.

양명학과 마찬가지로 실학은 성리학의 한계를 극복하고 현실 문
제 해결에 기여하고자 하는 새로운 학문적 흐름으로 등장했다. 이익,
정약용, 박지원 등과 같은 실학자들은 이론적인 학문 연구보다는 실
제 사회문제 해결에 초점을 맞추고, 경험과 실증을 중시했다. 이를 위
하여 실학은, ① 세상을 다스리고 백성을 편안하게 하는 데 학문을 이
용하려는 실용적인 태도(경세치용), ② 물질적인 생활을 윤택하게 하고
백성의 삶을 향상시키려는 노력(이용후생) 및 ③ 실제 사물을 탐구하고
구체적인 문제 해결을 추구하는 자세(실사구시) 등을 전면에 내세웠
다.[110]

---

109) 정인보(한정길 역해), 『양명학연론』, 아카넷, 2020, 38-39쪽.
110) 조선 실학의 본질이 무엇인가에 대해서는 여러 의견이 있다. 이에 대한 오

실학이 등장한 배경은 여러 가지가 있다. 임진왜란과 병자호란으로 인해 국가와 백성이 극심한 피해를 입으면서 현실 문제 해결의 필요성이 절실해졌다. 또한 양반과 상민 간의 빈부 격차 심화, 농민 반란 등 사회 모순이 심화되면서 기존의 질서에 대한 불만이 고조되었다. 서양 문물의 유입도 실학의 등장에 한몫을 했다. 서양 문물의 유입은 새로운 사상과 기술을 소개하며 기존의 사상에 대한 비판적인 시각을 형성했다.

하지만 실학은 정치제도와 사회를 변혁할 수 있는 독자적인 학문이나 운동으로 전개되지 못하였다. 삼정은 더욱 문란해졌고, 지방 관리들의 가렴주구와 수탈로 백성들의 삶은 날이 갈수록 곤궁하고 피폐해졌다. 농민의 반란은 전국적으로 일어났으며, 연이은 자연재해와 전염병 등으로 정국은 혼란에 빠져들었다. 조선 중앙정부는 사회의 부정부패를 혁신할 능력이나 의지도 없었고, 오히려 천주교를 비롯한 새로운 종교를 탄압하고, 동학농민운동을 농민반란으로 간주하고 오히려 외세를 끌어들여 일본과 함께 무자비하게 농민들을 살육하였다. 구한말로 가면서 위정척사파와 개화파는 나름의 논리를 내세워 시대의 변화를 수용하려고 노력했지만 정치개혁에는 실패하고 말았다. 그

종일의 다음 주장에 동의한다. "실학은 역사적 현상이지만 유학 정신의 실현이며, 원시유학의 회복이지만 조선 학문으로 재창조됐다는 의견이 합당하다고 본다. 그러므로 경세치용·실사구시·이용후생이란 청대 학풍의 현상을 변용한 개념이다. 또한 민족의식이나 근대지향 의식으로 이해한다면, 그러한 실학은 조선 후기의 근대적 발전과정에서 나타난 학풍적 특징으로 한정하고자 하는 한계성이 드러날 수밖에 없다. 보다 중요한 것은 실학이 내세운 경세치용·실사구시·이용후생이 과연 어떻게 구현되었는가에 대해 착목하고, 이를 구체적으로 분석하는 작업이 중요하다고 본다. (…) 그러므로 조선의 실학은 현실학으로서 재창조된 것이기 때문에 조선의 학문이 맞다. 하지만 그 정신은 유학적 자각에 근본하였다는 것을 잊어서는 안 된다." (일부 필자가 수정함)(오종일, ′실학사상의 본질과 근대적 인식″, in: 김상헌, 앞의 책, 389쪽.)

결과 일본에 의해 국권을 침탈당하고 식민지배를 당하는 치욕과 굴욕의 역사를 겪는 오점을 낳았다.

어느 정치이념과 사상이든 장단점이 있다. 조선 성리학은 조선사회에 안정적인 질서를 제공하고 도덕적 기준을 제시했지만, 현실 문제 해결에는 한계가 있었다. 조선 후기에 이르러 성리학이 시대의 변화를 수용하고 실학과 동학을 비롯한 다양한 학문과 실천적 운동을 과감하게 수용하여 접목함으로써 새로운 가치를 창출했다면 얼마나 좋았을까? 조선 성리학은 16세기까지만 하더라도 단순히 학문적인 흐름을 넘어 조선사회의 변화와 발전을 이끌어낸 중요한 사상이었다. 하지만 17세기 이후 조선 성리학은 내재적인 한계를 극복하고 새로운 시대에 맞는 학문을 추구하려는 노력에 실패하고 말았다. 조선 성리학의 성패는 우리에게 큰 교훈을 주고 있다. 어느 정치체제든 학문과 사상의 자유를 보장하고, 현실 문제를 적절하게 해결하지 못하며, 시민들의 사회의식의 변화를 이끌어내지 못하면 결국 파국을 맞고 만다는 사실을 일깨워주고 있다.

허균, 「홍길동전」(17세기 초 추정)

- 아버지를 아버지라 부르고 형을 형이라 부르는 것을 허락한다

작품의 시대적 배경

『홍길동전洪吉童傳』[111]은 17세기 초 광해군 때 허균許筠(1569~1618)이 쓴 최초의 국문소설이다. 이 소설을 허균이 지었는가에 대해서는 논란이 있으나 학계의 다수는 허균을 저자로 보고 있다.

이 작품은 조선 세종조를 시대적 배경으로 일부다처제의 가족 제도로 인하여 발생한 적서차별嫡庶差別을 타파하고, 탐관오리의 부패와 비리를 비판하는 등 당대의 사회문제를 다루고 있다. 홍길동은 모순되고 불합리한 현실에 맞서 조선과는 별개의 이상국인 율도국을 건설하여 자신이 왕이 되어 다스린다. 율도국은 적서의 차별이 없고 만백성이 행복한 나라이다. 허균이 율도국이라는 이상향을 제시한 이유는 조선이라는 국가체제를 부정할 수도 없고, 또한 조선사회에 만연한

---

111) 이 글의 인용문은 다음 책을 바탕으로 작성하였다. 허균(김탁환 풀어 옮김, 백범영 그림), 『홍길동전』, 민음사, 2021. 2., 244쪽.

부정부패를 개혁할 수도 없다고 본 것 같다. 결국 당대의 불합리한 현실에서 벗어나 자신이 꿈꾸는 사회를 만들기 위해서는 중국도 조선도 아닌 새로운 나라를 세우는 길밖에 없었을 것이다.

허균은 허엽許曄의 막내아들로 조선 중기 여성시인으로 유명한 난설헌蘭雪軒 허초희許楚姬가 그의 누이다.112) 허엽은 첫 번째 부인이 1남 1녀를 낳고 죽자 두 번째 부인을 맞아 2남 1녀를 낳았다. 허균의 집안은 당대 최고 명문가의 하나였다. 부친 허엽의 사망 사실을 전하는 『선조수정실록』에서는 그의 집안을 이렇게 평가하고 있다.

> 세 아들인 성筬・봉篈・균筠과 사위인 우성전禹性傳・김성립金誠立은 모두 문사로 조정에 올라 논의하여 서로의 수준을 높였기 때문에 세상에서 일컫기를 '허씨許氏가 당파의 가문 중에 가장 치성하다'고 하였다.113)

명문가의 자제로 태어나 자란 허균은 평소 사고가 자유롭고, 격식에 얽매이지 않는 생활을 했다. 허균의 이 같은 사고와 생활태도는 그가 쓴 글에도 그대로 나타나 있다. 그는 『홍길동전』 외에도 「유재론遺才論」과 「호민론豪民論」과 같은 논설문을 썼다.114) 이 글은 당시로서는

---

112) 남존여비와 같은 신분제가 확고한 조선사회에서 여성은 한문을 배우고 익힐 수 없었다. 허엽은 아들과 딸을 차별하지 않고 허난설헌에게도 한문을 가르쳤다. 시인으로서 탁월한 재능을 타고났지만 허난설헌의 시는 조선에서는 인정받지 못하고 중국을 통해 그 재능이 인정받았다. 그 계기가 된 것이 1598년 명나라 문인 오명제가 편찬한 『조선시선(朝鮮詩選)』이다. 허난설헌의 시(詩)는 조선시선에 '허매씨(許妹氏)'라는 이름으로 수록되어 있다. 이 시선에는 신라, 고려, 조선의 유명한 시인들의 시가 실려 있는데, 허난설헌의 시가 58수로 가장 많은 분량을 차지하고 있다.(김명희・류수수양, "『조선시선』의 편집 과정과 의의", 동방학, 한서대학교 동양고전연구소, 2004. 12., 10쪽.)

113) 네이버 지식백과: 허균[許筠]

상당히 파격적인 내용을 담고 있다.

「유재론」에서 허균은, "하늘이 인재를 태어나게 함은 본래 한 시대의 쓰임을 위해서이다. 그래서 인재를 태어나게 함에는 고귀한 집안의 태생이라 하여 그 성품을 풍부하게 해주지 않고, 미천한 집안의 태생이라고 하여 그 품성을 인색하게 주지만은 않는다."라고 적고 있다. 또한 서얼이라는 이유로, 또 어머니가 개가 했다고 하여 인재를 버리는 것은 하늘을 거역하는 것이라고 비판하였다.[115]

「호민론」에서는 "천하에 두려워해야 할 바는 오직 백성일 뿐이다. 홍수나 화재, 호랑이, 표범보다도 훨씬 더 백성을 두려워해야 하는데, 윗자리에 있는 사람이 항상 업신여기며 모질게 부려먹음은 도대체 어떤 이유인가?"고 묻고 있다. 허균은 백성을 세 가지 유형, 즉 지배를 당연히 여기는 항민恒民, 부당한 지배를 원통하게 여겨 탄식하고 우는 원민怨民, 평소 자신을 은밀한 곳에 숨기고 있다가 때가 되면 들고 일어나 자기가 품은 뜻을 실행에 옮기려는 호민豪民으로 나누고 있다. 앞의 두 유형은 두려워할 필요가 없으나 정작 두려워해야 할 존재는 호

---

114)「유재론(遺才論)」과「호민론(豪民論)」은 허균이 편찬한 시문집(詩文集)인 『성소부부고(惺所覆瓿藁)』제11권 문부(文部) 8 논(論)에 실려 있다. 원문과 한글 번역문은 '한국고전종합DB'에서 구할 수 있다.
(https://db.itkc.or.kr/dir/item?iteːmId=BT#/dir/node?dataId=ITKC_BT_0292A)
'성소(惺所)'는 허균의 호이고, 부부(覆瓿)'는 장독 덮개라는 말이고, '고(藁)'는 원고이니, 성소부부고는 '허균이 지은 장독 덮개로나 쓰일 변변치 못한 글들'이라는 뜻이다.
허균은 생전에 자신의 시문을 시부(詩部)·부부(賦部)·문부(文部)·설부(說部) 등 4부로 분류하여 정리하였다. 이 시문집은 허균이 스스로 편집하였고, 구성의 참신성으로 후대 문집에 좋은 모범이 되었다.(한국민족대백과사전: 성소부부고; 이정원, "고전의 향연-옛 선비들의 블로그⑲; 허균 '성소부부고', https://www.itkc.or.kr/bbs/boardView.do?id=75&bIdx=33545&page=1&menuId=125&bc=6)
115)『성소부부고(惺所覆瓿藁)』제11권 문부(文部) 8 논(論)「유재론(遺才論)」, https://db.itkc.or.kr/dir/item?itemId=BT#/dir/node?dataId=ITKC_BT_0292A_0120_010_0050

민이다. 탐관오리들의 가혹한 수탈로 백성들의 시름과 수탈과 원망은 고려 말보다 극심한 데도 윗사람들은 태평하고, 우리나라에는 호민이 없다고 생각한다며 조정의 안이한 현실 인식에 질정을 가하고 있다.[116]

허균은 호민을 두려운 존재라고 말하지만 정작 조선사회의 암적인 존재는 호족豪族이었다. 중앙에 양반지배세력이 있다면, 지방에는 토착세력인 호족이 있었다. 본래 호족은 신라 말에 등장하여 고려 초에 사회변동을 주도적으로 이끈 지방 세력을 일컫는다. 하지만 조선시대에도 호족의 세력은 여전하여 이들은 고을 수령이 행사하는 관권의 통제를 받지 않고 지방사회에서 권세를 부리며 소민小民(평민)을 괴롭히고 수탈하는 부류였다.[117] 호족을 위시한 향촌세력을 통제해 중앙집권적 통치체제를 확립할 목적으로 도입된 것이 수령제도이다. 하지만 호족에 의한 폐해가 해소되지 않아 조정은 골머리를 앓았다. 이 문제에 대해 정약용은 『목민심서』에서 "토호의 무단은 소민의 맹수이니 해악을 없애고 백성을 살려야 목민관이라 이르겠다."고 적고 있다.[118]

시대 상황과 인식을 극복하지 못한 한계는 있다. 하지만 「유재론」과 「호민론」을 통해 권위에 주눅 들지 않고 사회의 부패상을 직설적으로 비판하는 허균의 호방한 성격을 알 수 있다. 봉건왕조체제에서 시대를 앞선 생각을 한 탓일까. 허균의 삶은 파란만장했다. 허균은 20

116) 『성소부부고(惺所覆瓿藁)』 제11권 문부(文部) 8 논(論) 「호민론(豪民論)」, https://db.itkc.or.kr/dir/item?itemId=BT#dir/node?grpId=&itemId=BT&gubun=book&depth=5&cate1=Z&cate2=&dataGubun=%EC%B5%9C%EC%A2%85%EC%A0%95%EB%B3%B4&dataId=ITKC_BT_0292A_0120_010_0080
117) 노관범, 『한국 근대 유학 탐史』, 푸른역사, 2022, 42쪽.
118) Ibid.

대에 임진왜란과 정유재란으로 7년 동안 전쟁을 겪었고, 피란길에서 아내와 갓 태어난 아들을 잃었다. 선조 27년(1594) 허균은 과거에 급제하여 관직 생활을 시작했다. 하지만 그의 삶은 순탄하지 않았다. 기생을 끌어들여 별실에 숨기고, 무뢰배·서얼과 어울리며, 불교를 숭상한다는 이유 등으로 관직생활 20여 년 동안 세 번의 유배와 여섯 번의 파직과 복직을 거듭한다. 그 후 호조참의와 형조판서를 지내는 등 권력의 중심에 서기도 했다. 하지만 인목대비의 폐비를 둘러싸고 이를 반대하는 집단과 갈등을 빚었으며, "남대문 흉서兇書사건"119)의 작성자가 허균이라는 소문이 돌면서 역모 혐의로 능지처참당하여 삶을 마감하였다.

허균은 굴곡된 자신의 삶을 "불여세합不如世合", 즉 "세상과 화합하지 못한다."고 자평하였다. 결국 역모의 주모자라는 이유로 허균은 정당한 재판 절차도 없이 사흘 만에 능지처참형120)을 선고받는다. 형장으로 끌려가면서 허균은 자신의 말을 들어달라며 절규한다.

할 말이 있다(欲有訴言)!

그의 간절한 바람과는 달리 자신의 무죄를 변론할 기회도 갖지 못하고 사지가 찢겨 죽임을 당하고 만다.

---

119) 광해군 10년(1618) 8월 10일 남대문에 "포악한 임금을 치러 하남대장군 정아무개가 곧 온다"는 내용의 벽서(벽서)가 붙은 사건을 말한다. 허준은 이 벽서를 작성했다는 혐의로 능지처참형을 받는다.
120) 능지처사(陵遲處死)라고도 한다. 이 형벌은 반역죄와 같은 대역죄를 범한 자에게 과하던 극형이다. 죄인의 살을 조금씩 도려내어 서서히 죽였으며, 죄인을 죽인 뒤 시신의 머리, 몸, 팔, 다리를 토막 쳐서 각지에 돌려 보이는 형벌이다.

그의 삶의 과정을 살펴보면, 허균은 당대의 지배적인 이념과 명분을 의도적으로 거부하고, 나름대로 이에 저항하고 비판함으로써 주류 양반층과 끊임없이 대립하고 갈등하였다. 파직을 당하고 나서 지은 아래 「파직소식을 듣고 지음(聞罷官作 이파관작)」이란 시에는 형식적인 예법과 질서에 얽매이지 않는 그의 자유정신이 여실히 드러나 있다.

파직소식을 듣고 지음[121]

禮教寧拘放예교영구방 예교禮教가 어찌 나의 자유를 구속할 수 있으리요
浮沈只任情부침지인정 부침浮沈을 오로지 정情에 맡기겠노라
君須用君法군수용군법 그대들은 그대들의 법도를 써라
吾自達吾生오자달오생 나는 나대로의 삶을 이루겠노라

허균은 외가인 강릉의 애일당愛日堂에서 태어났다. 애일당 뒤에는 교산蛟山이라는 꾸불꾸불하게 이어진 작은 산이 있다. 교蛟는 용이 되어 승천하지 못한 이무기를 말하는데, 허균은 이 산 이름을 자신의 호의 하나인 '교산'으로 삼았다. 그의 호가 가진 뜻과 같이 허균은 끝내 용이 되어 하늘로 승천하지 못하고 이무기로 살다 간 비운의 인물이었다. 하지만 그의 삶이 비참하고 불운하다고 할 수 있을까? 비록 그는 홍길동처럼 용이 되어 대동세상을 열고자 하는 생전의 꿈을 이루지 못했지만 그의 작품은 시대를 거슬러 살아남아 우리에게 많은 영감을 주고 있다.

---

121) 이복규, "허균(許筠)과 〈홍길동전〉과의 상관성", 인문과학연구 제9집, 서경대 인문과학연구소, 2001. 12., 2-3쪽.

왕후장상의 씨가 따로 있나

왕후장상 영유종호(王侯將相寧有種乎). 이 말을 풀이하면, "왕후장상의 씨가 따로 없다."는 뜻이다. 왕후장상이란 제왕·제후·장수·재상을 아울러 이르는 말로 모두 백성의 지배층이다. 그 씨가 따로 없다는 말은 높은 자리에 오르는 것은 가문이나 혈통 따위가 아니라 자신의 능력에 따라 결정된다는 뜻이다. 이 고사성어는 진시황의 아들 호해가 통치하던 때 진승陳勝이 오광吳廣과 함께 중국 최초로 농민반란(진승·오광의 난)을 일으키며 한 말이다.

왕후장상의 씨앗이 어찌 따로 있단 말인가? 우리 같은 농민도 왕이 되지 말란 법이 없소. 자, 이 썩어 빠진 세상을 한번 뒤집어 봅시다.

진승은 스스로 나라를 세워 국명을 '장초張楚'라 하고 왕위에 오르기도 했다. 그 후 이 말은 피지배계층인 농민이나 천민들이 지배계층에 저항하고 반란을 일으킬 때마다 정신적·사상적 이념이자 구호로 사용되었다. 고려 무신정권 때 최충헌의 노비였던 만적滿積도 천민들의 신분 해방을 꿈꾸며 노비들을 불러 모아놓고 봉기할 때 "왕후장상의 씨가 따로 있다더냐? 때가 오면 누구나 할 수 있는 것이다."라고 외쳤다. 만적의 이 말은 노비해방운동을 상징하는 구호라고 할 수 있다. 누구나 평등하다는 관념은 현대사회에서는 상식이다. 그러나 태어날 때부터 불평등한 신분제사회에서 "왕후장상의 씨가 따로 없다."는 이 말은 천민들에게는 가슴 뜨거운 구호로 다가왔을 것이다.

『홍길동전』에는 "왕후장상의 씨가 따로 없다."는 말이 여러 번 나온다. 서얼로 태어난 자신의 신세를 한탄하며 길동은, "옛사람이 이르기를 '왕후장상의 씨가 따로 없다'고 하였는데 나를 두고 하는 말인가?"라며 혼잣말을 한다. 그리고 곡산어미 초낭과 길동의 아버지 앞에서 관상녀도 "왕후장상의 씨가 어찌 따로 있겠습니까?"라며 길동이 타고난 사주를 풀이한다. 이 말을 입 밖에 내는 순간 역모로 처단될 수 있는 현실이다. 길동이 타고난 영웅적 기질을 간파한 관상녀가 하는 말에 길동의 아버지는 누누이 당부하여 입단속을 한다.

작가가 쓴 작품에는 그의 가치관이 투영되기 마련이다. 허균이 이 작품에서 서얼로 태어난 길동을 주인공으로 삼아 적서를 차별하고 있는 조선의 현실과 불합리한 제도를 비판하는 그 사상적 배경은 무엇일까? 두 가지에 대해 살펴본다.

하나는, 스승 이달李達(1539~1612)의 영향이다. 허균은 평소 서얼 출신들과 스스럼없이 어울렸고, 누이 허난설헌과 함께 이달을 스승으로 모시고 배웠다. 이달은 허균의 가치관 형성에 깊은 영향을 미쳤다. 이달은 서얼 출신으로 특별한 직업을 가지지 않았지만 두보杜甫의 시를 배워 여러 지방을 떠돌아다니면서 시를 지었다고 한다. 이달의 시는 신분 제한에서 생기는 울적한 심정과 가슴 속에 간직한 상처를 기본정조로 하면서도, 따뜻한 느낌의 시어를 맛깔나게 사용했다. 김만중金萬重은 『서포만필』에서 조선시대의 오언절구 가운데에 이달이 지은 "이예장과 이별하다"는 뜻의 「별이예장別李禮長」을 대표작으로 꼽았다.[122]

이예장과 이별하다[123]

桐花夜煙洛동화야연락 밤안개 속으로 오동꽃잎 떨어지고

122) 한국민족문화대백과사전: 이달(李達)
123) http://www.pigtimes.co.kr/news/articleView.html?idxno=28238

海樹春雲空해수춘운공 바닷가 나무 위로 봄 구름이 허허롭네

芳草一杯別방초일배별 풀밭에서 한 잔 술로 이별을 달래노니

相逢京洛中상봉경락중 서울에서 우리 언제 다시 만나세 그려

이달은 최경창崔慶昌·백광훈白光勳과 함께 삼당시인三唐詩人으로 불릴 정도로 당대 최고의 시인이었지만 서자였기에 과거를 보거나 관직에 나갈 수 없었다. 허균은 출중한 능력을 가지고 있음에도 서자라는 이유로 세상을 떠돈 스승의 모습을 보며 느낀 적서차별의 문제점을 『홍길동전』에 담았을 것이다. 역모죄로 체포되어 죽기 바로 직전인 1618년(광해군 10년) 봄 허균은 이달의 호를 딴 문집 『손곡집蓀谷集』을 간행하였다.

다른 하나는, 심우영沈友英(?~1613)과의 관계이다. 1617년(광해군 9년) 12월 12일 허균은 좌참찬이 된다. 그해 같은 달 24일, 예조 좌랑 기준격奇俊格이 허균의 역모를 고발하는 비밀 상소를 올린다. 사흘 후인 27일 허균은 반박 상소를 올리고, 이듬해 1월 7일 기준격이 다시 상소를 올린다. 이에 허균은 4월 7일 다시 상소를 올려 기준격의 주장을 반박하고 해명한다. 그러나 남대문에 격문이 나붙고는 8월 16일 허균은 체포되어 추국을 받고 8월 24일 현응민, 우경방, 하인준과 함께 사형을 당한다. 허균이 이토록 글 쓰는 재주가 뛰어나고 명문가의 자제임에도 불구하고 젊은 나이에 형장의 이슬로 사라진 이유는 무엇일까?

그 직접적 원인은 허균을 탄핵하는 기준격의 상소이다. 그 상소에서 기준격은 아래와 같이 허균을 역모의 주모자로 지목하고 있다.

삼가 생각건대, 국가가 불행하여 역변이 계속 일어났습니다. 그중에 역적의 뿌리는 실로 허균許筠인데 그가 아직도 목숨을 부지하고 있으니

신은 몹시 분통합니다. 지금 허균이 역적 이의를 세워서 서궁을 끼고 정사를 보게 하려 한 진상을 일일이 진달하겠습니다. 그러고 나면 전하께서는 아마 죄인을 알게 될 것이고 종묘사직도 공고해질 것입니다.[124]

기준격은 이 상소에서 허균을 역적의 주모자로 지목하면서 그와 신분이 두터운 여러 인물 중에서 특히 심우영을 들고 있다. 기준격에 따르면, "심우영은 허균의 처가집 친족으로 서로 친밀하기가 한몸과 같았"고. 이 사실은 "온 나라에서 다 아는 바입니다."라고 적고 있다.[125] 기준격이 언급하는 심우영은 서얼 출신으로 다른 여섯 명의 서자들과 소위 칠서의 옥(七庶之獄)과 계축화옥[癸丑禍獄 혹은 계축옥사(癸丑獄事)](1613년)을 일으킨 주동자이기 때문이다.

심우영을 비롯한 일곱 명의 서자들은 광해군이 왕위에 오르자 서얼의 차별을 없애달라는 상소를 올렸지만 거부당하자 경기도 여주의 남한강변에서 "윤리가 필요 없는 집"이라는 뜻의 '무륜정無倫亭'을 짓고 화적질을 일삼고 상인들을 죽이고 돈을 약탈하는 등 물의를 일으킨다. 이를 칠서의 옥이라 한다. 하지만 이 사건은 단순한 강도사건으로 끝나지 않는다. 이이첨 등 대북세력은 영창대군을 옹립하여 역모를 꾀했다는 이유로 소북 인사들을 축출하고 영창대군을 제거하는 계축옥사를 일으킨다. 심우영은 이 두 사건에 깊이 연루되어 있었다. 또한 심우영은 허균의 처외삼촌으로 허균과 매우 가까이 지냈다고 한다. 허균이 심우영을 홍길동의 모티브로 삼았을 가능성이 높다고 보

124) 광해군일기[정초본] 122권, 광해 9년 12월 24일 을묘 6번째 기사 1617년 명 만력(萬曆) 45년, http://sillok.history.go.kr/id/kob_10912024_006
125) Ibid

는 근거이다.

모이면 도적이며, 흩어지면 백성

　　　　　　　　『홍길동전』의 실제 모델에 대해서는 여러
설이 있다. 조선시대 서얼들은 적자에 비하여 심한 신분상의 차별을
받고 있었으므로 위의 심우영뿐만 아니라 실제 반란을 일으킨 서얼
출신 이몽학도 허균에게 적잖은 영향을 미쳤을 가능성이 높다. 이몽
학은 조선 중기 임진왜란 시기 충청도 일대에서 반란을 주도한 인물
이다. 임진왜란으로 인해 백성들의 삶이 피폐해진 상황에서 이몽학은
서얼로서 자신이 겪은 사회적 차별에 대한 불만을 반란으로 표출했
다. 『선조실록』에 따르면, 선조는 "이몽학의 머리와 수족手足을 이미
올려왔으니, 법대로 철물전鐵物廛 앞길에서 효수梟首했다가 3일이 지난
다음에 사방에 돌려 보일 것을 감히 품합니다."라는 의금부의 품의대
로 처리하였다.126) 당시 조선은 임진왜란으로 전란 중이라 흉년과 기
근으로 인해 백성들의 생활은 더욱 어려워졌고, 조정의 무능과 부패
는 백성들의 불만을 더욱 증폭시킨 것이 반란의 이유로 작용했다.127)

　이뿐만이 아니라 『홍길동전』은 연산군 무렵에 활동했던 도적 홍
길동에게서 이름을 따오고, 임꺽정에서 의적의 모습을 소설의 소재
로 삼았으며, 또는 중국의 『수호지水滸志』를 모델로 삼았다는 견해도
있다.128)

---

126) 『선조실록』 선조 29년 7월 22일.
127) 이에 대해서는, 조선왕조실록 DB(https://sillok.history.go.kr/main/main.do):
　　검색어 "이몽학"

홍길동은 조선왕조실록에 실제로 등장하는 인물이다. 『연산군일기』는 "강도 홍길동을 잡았으니 나머지 무리도 소탕하게 하다."라는 짤막한 내용이 기술되어 있다.[129] 이 내용만으로는 홍길동에 대한 자세한 정보는 알 수 없다. 다만, 『연산군일기』는 여러 곳에서 "홍길동을 도와준 엄귀손을 끝까지 국문하게 하다.",[130] "정승들에게 홍길동의 무리인 엄귀손이 어찌 당상의 자리에 올랐는지 물어보다.",[131] "홍길동의 죄를 알고도 고발하지 않은 권농 이정들을 변방에 보내기로 하다."[132] 등 관련자에 대해서는 상당히 상세히 기록하고 있다. 하지만 홍길동이 구체적으로 어떤 죄를 지었는지, 누가 잡았는지 등에 관한 범죄사실에 대해서는 언급하고 있지 않다. 다만, 『중종실록』은 중종 8년 8월 29일 자 기록에 "충청도는 홍길동洪吉同이 도둑질한 뒤로 유망流亡이 또한 회복되지 못하여 양전量田을 오래도록 하지 않았으므로 세稅를 거두기가 실로 어려우니, 금년에 먼저 이 두 도의 전지田地를 측량하소서."라는 대목이 나온다.[133]

그리고 임꺽정은 백정 출신으로 황해도 산간 지대에 근거를 두고 활동하면서 관아와 부호를 공격하고, 얻은 재물은 가난한 백성에게 나눠주었다. 의적으로까지 불리던 임꺽정 무리는 심지어 한성까지 출몰하여 전옥서를 공격할 계획까지 세웠다. 명종 정부는 공권력을 무시하고 기득권 계층을 적으로 삼은 그들을 반란 세력으로 규정하였다.

하지만 임꺽정을 잡는 일은 생각처럼 쉽지 않았다. 황해도 순경사

128) 김견년, 앞의 책, 205쪽.
129) 『연산군일기』 연산 6년 10월 22일.
130) 『연산군일기』 연산 6년 11월 6일.
131) 『연산군일기』 연산 6년 11월 28일.
132) 『연산군일기』 연산 6년 12월 29일.
133) 조선왕조실록 DB(https://sillok.history.go.kr/main/main.do): 검색어 "홍길동"

黃海道巡警使 이사증李思曾과 강원도 순경사 김세한金世翰이 "도적의 괴수 임꺽정林巨正을 잡았다."며 장계狀啓를 올렸으나 임꺽정이 아니고 그의 형 가도치加都致였다.[134] 혼란은 여기서 그치지 않았다. 마침내 의주 목사義州牧使 이수철李壽鐵이 대적大賊 임꺽정林巨正과 한온韓溫 등을 붙잡았다[135]고 장계를 올렸으나 역시 임꺽정이 아니었다. 마치 동에 번쩍 서에 번쩍 하는 홍길동처럼 임꺽정과 그의 무리는 미투리를 거꾸로 신거나 동일한 복장을 입는 등의 방법으로 관군을 혼란에 빠뜨렸다고 한다. 임꺽정을 사로잡은 것은 그로부터 한참의 세월이 지난 명종 17년(1562)이었다. 임꺽정 무리가 서흥瑞興 땅에 머물러 있었는데, 군관軍官 곽순수郭舜壽·홍언성洪彦誠 등이 사로잡았다.[136]

그런데 재미있는 사실은 『명종실록』은 임꺽정 무리가 도적 노릇을 한 것이 그들 자신의 죄가 아니라 왕정의 죄라며 전대의 왕실과 정부를 신랄하게 비판하고 있다. 『명종실록』이 선조대에 편찬되었고, 당시 명종의 외척 윤원형이 문정왕후를 믿고 권세를 부리는 등 훈척 정치의 폐단이 가져온 문제가 심각했기 때문이다. 이런 시대 상황 아래 사관史官에게는 "모이면 도적이며, 흩어지면 백성"이라는 판단 기준이 있었다. 백성은 궁벽한 산골짜기에 들어가서 도적이 되었다가도 다시 생업에 종사하게 되면 백성으로 되돌아온다는 것이 그의 생각이었다고 볼 수 있다.[137]

---

134) 『명종실록』 명종 16년 1월 3일.
135) 『명종실록』 명종 16년 9월 7일.
136) 『명종실록』 명종 17년 1월 3일. 이에 대해서는, 조선왕조실록 DB
    (https://sillok.history.go.kr/main/main.do): 검색어 "임꺽정"
137) 이에 대한 상세한 내용은, 강응천 외 공저, 앞의 책, 128-141쪽.

호부호형呼父呼兄을 허許한다

조선은 왕을 중심으로 양반, 중인, 상민, 천민으로 이루어진 신분사회로 양반과 중인은 지배층, 상민과 천민은 피지배층이었다. 봉건사회에서 신분은 개인의 사회적인 위치나 계급에 따라 부여된다. 신분은 혈통과 혈연, 가문과 권력 등에 따라 계층을 나누기 때문에 그 자체가 사회관계를 구성하는 서열이라고 할 수 있다. 따라서 제도상 등급에 따라 권리와 의무가 다르고 세습되는 것이 원칙이었다. 한마디로 신분제도는 전근대와 근대사회를 나누는 하나의 지표이기도 하다.

현대사회에서 신분제도는 원칙적으로 금지되어 있다. 세계인권선언 제1조는, "모든 인간은 태어날 때부터 자유로우며 그 존엄과 권리에 있어 동등하다."고 천명하고, 제2조에서는 아래와 같이 신분에 따른 어떠한 종류의 차별도 금지하고 있다.

모든 사람은 인종, 피부색, 성, 언어, 종교, 정치적 또는 기타의 견해, 민족적 또는 사회적 출신, 재산, 출생 또는 기타의 신분과 같은 어떠한 종류의 차별이 없이, 이 선언에 규정된 모든 권리와 자유를 향유할 자격이 있다.

세계인권선언 제2조에 따라 인종차별철폐협약(1965)을 비롯하여 자유권규약(1966), 여성차별철폐협약(1979), 장애인권리협약(2006) 등 대부분의 인권조약에서 차별을 금지하고 있다. 하지만 오늘날과는 달리 조선은 엄격한 신분제 사회였고, 신분에 따른 차별이 당연시되었다. 『홍길동전』은 이 가운데 적서차별 문제를 다루고 있다.

본처[정실(正室)]가 낳은 아들을 적자라 하고, 첩에게서 낳은 아들을 서자庶子 또는 서얼庶孽이라 한다. 조선시대는 적자와 서자의 차별이 당연시되었는데, 이를 적서차별이라 한다. 정실이 낳은 적자는 과거에 응시하거나 유산을 상속받는 등 많은 특혜를 누리는 반면 첩이나 후실이 낳은 서자는 그러한 혜택을 누리지 못하였다.

적서에 대한 차별대우는 조선 건국 초부터 이뤄졌다. 조선은 주자학에 따라 일처주의一妻主義를 원칙으로 삼고 있었지만 양반들은 정실 외에 첩을 두는 경우가 많았다. 하지만 혈통을 중시 여기는 신분제사회였기에 양반인 아버지와 천인인 어머니 사이에 태어난 자식은 어머니의 신분을 따른다는 종모법從母法이 엄격히 적용되었다. 또한 천한 신분의 여자를 첩으로 맞아들이는 경우가 많아 그 자식을 천하게 여기는 인식이 확산되었다. 그 결과 적자에 비하여 서자를 차별적으로 대우하는 관행이 성립되어 있었다.

태종 15년(1415) 서선徐選의 건의에 따라 '서얼에게는 문무 양반만이 하는 높고 중요한 벼슬인 현직顯職을 금한다'는 이른바 '서얼금고법庶孽禁錮法'이 제정되었다. 그 후 세조·성종 연간에『경국대전經國大典』이 편찬되어 법제화됨으로써 첩의 소생인 서얼庶孽을 명시적·제도적으로 차별하였다.『경국대전주해』에 따르면, 서얼신분은 자자손손에 이르기까지 적용된다. 또한 양민의 신분으로 양반의 첩이 된 여자[양첩(良妾)]의 자식은 '서庶', 천민의 신분으로 양반의 첩이 된 자식은 '얼孽'이라고 구분하였다. 서얼에 대해서는 사회진출에 대한 제한(禁錮)을 가했다. 서얼은, 죄를 범하여 영구히 임용할 수 없게 된 자, 뇌물을 받거나 나라나 민간의 재산을 횡령한 벼슬아치인 장리贓吏의 아들, 재가하거나 도의에 어그러진 좋지 못한 행실[실행(失行)]을 한 부녀의 아들과 손자 등과 함께 문과의 생원·진사시에 응시하지 못한다고 규정하였다. 한편 서얼신분이라도 능력 있는 사람은 발탁하여 임용하기도 하였다. 한품서용조限品敍用條에서 부계의 신분과 양첩 및 천첩에 따라 그 자손들을 서용하는 상한선을 규정해놓았다. 이를테면, 문·무 2품 이상의 양첩 자손은 정3품, 천첩 자손은 정5품에 한하고, 6품 이상의 양첩 자손은 정4품, 천첩자손은 정6품에 한하며, 7품 이하 관직이 없는 사람까지의 양첩 자손은 정5품, 천첩자손은 정7품에, 양첩자의 천첩자손은 정8품으로 한정하고 있다.138) 이처럼 서얼은 적자에 비하여 사회적 진출을 하는 데 큰 차별과 제약이 있었다.139)

서얼들은 더러 불법으로 과거에 응시하였으며, 벼슬길을 열어달라는 상소를 올리기도 하였다. 그리하여 명종 8년(1553) 9월 서얼 정대운 등의 상소에 대해 왕이 조정 대신들의 의견을 들은 뒤, 이해 10월 7일에 '양첩자는 손자, 천첩자는 증손대에 허통하되, 현직顯職에 서용敍用[죄를 지어 면관(免官)되었던 사람을 다시 벼슬자리에 등용함]하지 않는다' 는 '허통사목許通事目' 을 마련하였다. 이때 허통은 서얼들에게 금고법을 풀어 과거에 응시하도록 허락한 제도를, 사목은 공사公事에 관하여 정한 규칙을 말한다. 1567년 명종이 죽자 이 사목조차 폐지된다. 그나마 임진전쟁에서 광해군 대에 나라의 재정난 타개와 구호 사업 등을 위하여 곡물을 나라에 바치게 하고, 그 대가로 벼슬을 주거나 면역免役 또는 면천免賤해 주는 납속책의 실시로 어느 정도 '서얼의 허통' 은 이루어졌다.

그러다가 인조 3년(1625) 11월 조정 관료들의 상소와 건의로 허통사목이 반포되었다. 그 주된 내용은 ① 양민 출신이 낳은 아들인 양첩자

---

138) 네이버 지식백과: 서얼한품법(庶孽限品法)
139) 네이버 지식백과: 서얼금고법(庶孽禁錮法)

良妾子는 손자, 천민 출신이 낳은 아들인 천첩자는 증손대에 허통하고, ② 서얼이 등과하면 청직淸職은 불허하나 요직要職은 제수한다는 것을 골자로 하였다. 청직은 사헌부司憲府, 사간원司諫院, 홍문관弘文館이고, 요직은 의정부議政府, 이조吏曹, 병조兵曹, 오위도총부五衛都總府, 선전관宣傳官, 오위五衛의 부장部將 등이다. 청직과 요직을 합쳐 청요직淸要職이라 하는데, 특히 삼사三司에 해당하는 청직은 특별한 경우를 제외하고는 과거 급제자에 한해서만 진출이 허락되었다.140) 이렇게 하여 허통사목에 따라 서얼이 관직에 나갈 수 있는 길은 열렸다. 하지만 임금에게 직언하던 세 관아에 해당하는 사헌부, 사간원, 홍문관의 삼사가 될 수는 없었으며, 그 대신 요직에 해당하는 다른 관직에 진출하는 것은 허용되었다.

『홍길동전』은 세종대왕(1397년 5월 7일~1450년 3월 30일) 당시를 배경으로 하고 있으며, 작품이 발표된 시기는 광해군 때인 17세기 초로 추정된다. 조선 건국 초 종모법에 따라 적서의 차별 관행이 확립되어 있었고, 서얼금고법(1415) 제정과 경국대전 편찬으로 서얼에 대한 차별이 법제화되었다. 그 후 허통사목으로 서얼에게 제한적으로나마 관직에 진출하는 것이 허용된 것이 1625년(인조 3년)이다. 허균이 이 소설을 쓴 것은 광해군 때이므로 인조의 허통사목이 시행되기 이전이다. 이 작품에서 허균이 홍길동을 통하여 당시 서얼이 겪고 있는 사회적 차별과 설움을 드러내고 있는 대목이 적지 않다.

(자신의 처지를 한탄하며) 옛사람이 이르기를, '왕후장상王侯將相의 씨가 따로 없다'고 하였는데 나를 두고 하는 말인가? 세상 사람이 가난하고 천한

---

140) 사이버 조선왕조: 청요직

자라도 부형(父兄)을 부형이라 하는데, 나만 홀로 그러지 못하니 내 인생이 어찌 이러할까?(16쪽)

　(아버지에게) 소인이 대감의 정기를 타 당당한 남자로 태어났으니 이만큼 즐거운 일도 없을 것입니다. 다만 평생 서러운 것은 아비를 아비라 부르지 못하고, 형을 형이라 못하는 것이니, 위아래 종들이 다 저를 천하게 보고, 친척과 오랜 친구마저도 저를 손가락질하여 아무개의 천생이라 이릅니다. 이런 원통한 일이 또 어디에 있겠습니까?(16쪽)

　(어머니에게) 남아男兒가 세상에 나서 입신양명立身揚名하여 위로 제사를 받들고, 부모의 길러 주신 은혜를 만분의 하나라도 갚아야 할 것인데, 이 몸은 팔자가 사납고 복이 없어 천생이 되어 남의 천대를 받으니, 대장부가 어찌 구차하게 근본을 지켜 후회를 하겠습니까?(17쪽)

　(형에게) 이 못난 동생 길동이 본래 부형의 훈계를 듣지 않으려 한 것이 아닙니다. 팔자가 기박하여 천하게 태어난 것도 평생 한이었는데…(62쪽)

　(임금에게 여덟 길동이) 신의 팔자가 무상하여 홍 아무개의 천한 종의 배를 빌려 태어났사옵니다. 아비와 형을 마음대로 부르지 못하고…(65쪽)

이 소설의 곳곳에서 길동은 서얼 출신인 자신의 신세를 한탄한다. 아버지의 애첩인 초낭(판본에 따라서는 초란; 곡산어미)이 자신을 죽이려 하자 길동은 그 자객을 죽이고 집을 떠나기 전 아버지에게 하직 인사를 한다. 땅에 엎드린 길동에게 아버지는 "오늘로부터 네 소원을 풀어 줄 테니"라며 비로소 '아버지를 아버지라 부르고 형을 형이라 부르는'

호부호형呼父呼兄을 허락한다. 아버지를 아버지라 부르지 못하고, 형을 형이라 부르지 못하던 길동은 비로소 아버지를 아버지라 부르고, 형을 형이라 부를 수 있게 되었다. 길동이 일어나 다시 절하고 아뢴다.

아버지께서 오늘 저의 오랜 소원을 풀어 주시니 이제 죽어도 여한이 없습니다. 황공하여 몸둘 바를 모르겠으니 바라건대 아버지께서는 만세무강萬世無疆하소서.(32쪽)

아버지를 아버지라 부르고, 형을 형이라 부르는 일이 누구에게 허락받을 일이 아니다. 하지만 이름을 부르는 것이 금지된 사회에서 누가 나의 이름을 부르고, 또 부르는 것을 허락할 때 김춘수 시인이 「꽃」이라는 시에서 노래하듯이 "오늘부터 호부호형을 허한다!" 이 한마디 말로 '하나의 몸짓'에 지나지 않던 길동은 비로소 아버지에게로 와서 '꽃'이 되었다.

혹세무민惑世誣民하는 중놈들을 일제히 잡아오너라

『홍길동전』에는 불교에 대한 강한 반감을 드러내는 대목이 적지 않다. 비록 이 작품을 통해 허균이 당시 양반계층을 비판하고 사회 부조리를 개혁하고 있다고 할지라도 그가 주자학을 신봉하는 유가儒家라는 한계를 넘어서지는 못했음을 알 수 있다.

그런데 이 지점에서 한 가지 의문이 든다. 평소 허균은 승려들과 격의 없이 지냈다. 특히 임진왜란 때 승병을 조직하여 큰 전공을 세운 사명대사와는 친구처럼 지냈다. 허균은 열여덟 살 때 사명당을 만나 그가 열반에 들 때까지 교우관계를 유지하였다. 사명당이 열반하자 그 제자들이 허균에게 비문을 써달라고 부탁한 것만 보더라도 두 사람의 관계가 얼마나 친밀했는가를 알 수 있다. 『선조실록』(40년 5월 5일)에서는 허균에 대해 이렇게 평가하고 있다.

> 허균은 밥을 먹을 때면 식경을 외고 항상 작은 부처를 모시고 절하면서 스스로 불제자라고 자청하니 승려가 아니고 무엇인가.

결국 허균은 유생으로서 불교를 믿는다는 이유로 수안군수에서 파직되었으며, 삼척부사에서도 임명 13일 만에 쫓겨났다. 삼척부사 파직 소식을 듣고 허균은 담담하게 말한다.

> 그대들은 그대들의 법이나 써야 할 것이오. 나는 내 인생을 나대로 살리라.[141]

자유주의자 허균의 면모가 여실히 드러나는 대목이다.

이처럼 허균은 불교를 배척하고 유학을 숭상하던 조선사회의 분위기에 얽매이지 않고 승려들과 자유롭게 교류하였다. 그런 그가 『홍길동전』에서는 어떤 이유로 불교에 대해 강한 불신감을 드러내고 있을까?

집을 떠나 사방으로 돌아다니던 홍길동은 깊은 산중에서 도적 소굴을 만난다. "이 내 몸을 도적 소굴에 맡겨 남아의 뜻과 기개를 펴 보

---

141) "KBS 한국사전(韓國史傳)-조선의 자유주의자, 혁명을 꿈꾸다-허균",
     https://www.youtube.com/watch?v=SAhSVS_c4aw

리라!" 마음먹은 길동이 도적 무리에게 자신이 '푸른 숲의 호걸 중 으뜸 장수'가 되는 것이 어떻겠냐며 제안한다. 도적의 우두머리가 길동에게 초부석이라 불리는 무게가 천여 근이나 되는 바위를 옮기고, 경상도 합천 해인사에서 수천 명의 수도승을 속이고 재물을 빼앗아 오면 장수로 봉하겠다고 약속한다. 길동은 힘들이지 않고 초부석을 들어 옮겼고, 해인사에 가서는 '경성 홍 승상 댁 자제가 공부하러 왔다'며 속이고는 중들과 함께 술을 마시고 놀다가 밥에 돌이 들어있다는 이유로 크게 화를 낸다.

> 내가 너희와 더불어 승려와 속인을 굳이 따지지 않고 즐긴 후에 절에 머물며 공부하려 하였더니, 이 흉악하고 거만한 중놈들이 나를 쉽게 보고 이다지도 음식을 정갈치 못하게 했으니 정말 분하기 짝이 없구나.(41쪽)

이런 어이없는 이유로 중들을 꾸짖고는 모두 묶어둔 채 해인사에서 재물을 빼앗아 도적 소굴로 돌아온다. 길동은 도적 무리를 체계적으로 조직하여 "가난한 백성(빈민)을 살리는 무리"라는 뜻에서 '활빈당活貧黨'으로 부른다. 그러고는 "백성의 재물은 추호도 건드리지 말고, 각 읍 수령과 방백方伯들이 백성에게서 착취한 재물을 빼앗아 혹 불쌍한 백성을 구제할 것"이라는 행동강령을 정한다. 활빈당을 조직하고 나서 길동은 관청의 재물을 빼앗은 뒤 "창고와 곡식과 군기를 훔친 이는 활빈당 장수 홍길동이라"며 자신의 존재를 적극 드러낸다. 활빈당은 탐관오리와 부자의 재물을 빼앗아 가난한 백성에게 나눠주었으므로 의적이라고 불렸다.[142]

---

142) 활빈당은 소설의 가공의 조직으로만 머물지 않고 실제 역사에 등장한다. 19

의적이든 좀도둑이든 남의 물건을 훔치거나 빼앗는 도둑질은 민심을 교란하고 사회질서의 안전성을 해치는 일로 정당화될 수 없다. 하지만 홍길동은 자신이 행하는 도둑질에 대한 아무런 죄의식이나 죄책감이 없다. 임금이 추국하는 자리에서 자신이 도둑이 된 이유에 대해 이렇게 항변한다.

① 자신의 출신 배경: 신이 팔자가 무상하여 홍 아무개의 천한 종의 배를 빌려 태어났사옵니다.
② 적서 차별: 아비와 형을 마음대로 부르지 못하고…
③ 살해 위협: 게다가 집안에 시기하는 자가 있어 견디지 못하고 몸을 산림에 의지하여 초목과 함께 늙자 하였더니
④ 하늘의 뜻(천명): 하늘이 밉게 여겨서 도적 무리에 빠지게 되었사옵니다.

길동의 말을 들어보면, 도둑이 된 것은 자기 탓이 아니라 모두 남의 탓이거나 사회제도가 잘못 탓이다. 심지어 자신을 도적 무리에 빠지도록 이끈 것은 하늘의 뜻이니 임금도 이에 대해 왈가불가하지 말라는 식이다. 그리고 이어지는 말에서 길동은 유교의 인륜에 빗대어 자신은 의적일 뿐 남의 재물이나 갈취하여 착복하는 좀도둑이 아니라

세기 말부터 20세기 초 동학농민군 일부가 의병집단과 결합한 반제국주의·반봉건주의적 무장민중봉기집단이 남부지방을 중심으로 활동했는데, '활빈당'을 공식 명칭으로 사용하였다. 이들은 허균의 『홍길동전』에 나오는 활빈당의 강령에 따라 「대한사민논설(大韓士民論說) 13조목」을 정하고 부자의 재물을 탈취하여 빈민에게 나누어 주는 활빈(活貧) 투쟁을 전개하였다.(우리역사넷: 활빈당 선언서) '활빈당 선언서'로 불리는 「대한사민논설(大韓士民論說) 13조목」에 대해서는, http://contents.history.go.kr/mobile/hm/view.do?period=&tabId=r&theme=&levelId=hm_119_0070

는 강한 확신을 가지고 있다.

일찍이 백성의 재물은 털끝만큼도 뺏은 적이 없고, 수령의 뇌물과 불의不義한 놈의 재물을 빼앗아 먹고, 간혹 나라 곡식을 도적하기는 했으나 임금과 아비가 한몸이니 자식이 아비 것을 좀 먹었다고 도적이라 하겠사옵니까? 어린 자식이 어미 젖 먹는 것과 마찬가지이옵니다. 이는 조정의 소인들이 전하의 슬기로움을 가려 거짓으로 고한 죄지, 신의 죄는 아니옵니다.(65쪽)

허균은 길동의 입을 빌어 공자의 논리로 '주자학의 나라'를 다스리는 임금에게 한방 먹인다. 논어에 노나라의 권력자 계강자季康子가 "나라에 도둑이 많아 걱정"이라며 "좋은 대책이 없느냐"고 묻자 공자가 이렇게 말한다. "당신이 백성들의 물건을 빼앗지 않는다면 사람들도 도둑질하지 않을 것이오." 임금 당신이 탐관오리를 제대로 단속해 그들이 백성들의 재물을 빼앗지만 않는다면 나도 도둑질할 필요가 없다는 말이다. 그러니 길동의 이 말은 자신이 도둑이 된 것은 모두 임금이 사회기강을 바로잡은 올바른 정치를 하지 못했다는 뜻이기도 하다.

계강자가 공자에게 정치에 관해 묻자, 공자가 이렇게 대답했다. "정치는 바로잡는 것입니다. 선생께서 솔선하여 바르게 이끌면 누가 감히 못된 짓을 하겠습니까?"

길동이 하는 말을 임금이 모를 리 없다. 임금이 크게 노하여 꾸짖는다.

네가 까닭 없는 재물은 빼앗지 아니했다 하면, 합천 해인사 중을 속이고 그 재물을 도적하고, 또 능陵에 불을 지르고 무기를 도적하니, 이만큼 큰 죄가 또 어디 있느냐?(65-66쪽)

임금의 추궁에 길동은 불교에 대한 강한 불신감을 드러내며 이렇게 말한다.

불도佛道라 하는 것이 세상을 속이고 백성을 혹하게 하여, 땅을 갈지 아니하고 백성의 곡식을 빼앗으며, 베도 짜지 아니하고 백성의 의복을 속여 입으며, 부모로부터 물려받은 머리털과 피부를 훼손하여 오랑캐 모양을 숭상하며, 임금과 아비를 버리고 세금을 내지 않으니 이보다 더 불의不義한 일이 없사옵니다.(66쪽)

길동은 왜 이토록 불교에 대한 강한 적개심을 보일까. 이런 시각은 길동뿐만 아니라 당시 유학자들이 불교를 대하는 일반적 태도라고 할 수 있다.

조선은 고려의 패망 원인 중 하나로 불교를 존숭하는 숭불정책崇佛政策에 있다고 보았다. 조선왕조는 유학을 숭상하고 불교를 배척하는 숭유억불정책崇儒抑佛政策을 국가의 지도이념으로 삼고 신진 유학자인 사림파士林派를 등용하였다. 이들은 당시 사회적으로 만연해 있던 불교의 부패상을 비판하고, 불교와 관련된 경제기반을 재편함으로써 그들의 정치세력 확장의 기반으로 삼았다.[143] 그 결과 조선에서는 불교를 대비파하고 사회를 쇄신하는 데 효과적이었으며, 불교를 대신하여

---

143) 고상현, 『정도전의 불교 비판을 비판한다』, 푸른역사, 2016, 33-34쪽.

성리학이 지배적인 지위를 차지하게 되었다. 배수호 등은 당시의 시대 상황에 대해 이렇게 분석한다.

이는 당시 부패한 사원경제를 배격하고 옳은 정치를 확립하고자 했던 지식계층의 강력한 사상적 배경이 되었다. 성리학은 기존의 유가 사상과 마찬가지로 국가를 다스리는 정당성을 경세제민經世濟民에 있다고 보았는데, 신진사대부들은 고려 말 권문세족을 백성을 수탈하고 자기들만 풍족한 생활을 누리는 사회 혼란의 주범으로 간주했다. 따라서 이들 신진사대부는 위민지치爲民之治를 정치적 구호로 내세웠고, 특히 급진파 신진사대부들은 고려를 무너뜨리고 새로운 국가의 기본이념으로 민본民本을 주창하였다.[144]

조선 초기 사림을 대표하는 인물은 정도전이다. 그는 1398년『불씨잡변佛氏雜辨』을 펴내어 불교의 핵심교리인 윤회설, 인과설, 심성설, 자비 등 19개 항목에 대해 유학의 입장에서 조목조목 비판하였다. 그의 주장을 요약하면, 불교는 실체가 없는 허학虛學이고, 성리학이 현실에 유용한 실학實學이란 것이다. 조선의 정치체제가 확립되면서 사대부의 불교 탄압 강도는 점점 높아졌다.

이처럼 조선은 성리학을 앞세워 명실공히 유교 국가를 표방하고 자리 잡았지만 조선 왕실은 여전히 독실한 불교도들이었다. 불교를 옹호하는 왕실과 불교를 반反성리학적 이단으로 공격하는 사대부는 늘 갈등을 빚었다. 조선 선비(유생)들의 불교 탄압은 집요하였다. 심지어 태조 이성계가 무학대사와 함께 생활했던 경기도 양주 회암사도

---

144) 배수호·정희원·배우정, 앞의 책, 23쪽.

유생들의 방화로 불탔다. 불교 신자였던 명종이 "진정한 유생이라면 어찌 이럴 리가 있겠는가."라 질책하니 사관이 이렇게 평했다. "당연히 뽑아버려야 할 것인데도 오히려 보호하고 아끼는 의도를 보이니 무슨 일인가."(1566년 4월 20일 『명종실록』)[145]

사대부가 가진 이런 생각과 마찬가지로 길동에게 중들이란 한마디로 무위도식하는 집단이며, 불법은 폐지해야 할 요술에 지나지 않는다. 길동은 임금이 자신을 병조판서에 임명하는 것에 반대하는 관리들을 잡아들여 곤장을 내려치고는 한 신장神將에게 명령한다.

> 내 몸이 조정에 자리를 잡아 법을 맡았으면 먼저 불법佛法을 없애고 각 도 사찰을 헐어 없애려 하였는데 (…) 지금부터 각 절로 가 혹세무민惑世誣民하는 중놈들을 일제히 잡아 오너라.(72쪽)

길동이 공언한 대로 만일 그가 병조판서가 되어 조정에 자리를 잡고 권력을 휘둘렀다면 어떤 결과가 초래되었을까? 전국의 사찰을 헐어버리고 조선에서 불법을 없애버렸을까? 임금이 자신을 대사마大司馬(병조판서의 별칭)에 임명하자 적서차별의 한을 푼 길동은 더 이상 도적질을 하지 않고 새 나라를 세울 목적으로 조선을 떠난다. 길동은 조정이란 중앙권력의 내부에서 자신의 입지를 확보하고 적폐를 해소하는 노력을 하지 않는다. 자신이 아무리 노력해도 적서차별로 공고한 신분제도를 혁파할 수 없는 현실적 한계를 알았기 때문이다.

---

145) 조선일보: [박종인의 땅의 歷史] "선비가 절에 불을 질렀기로서니 수사는 왜 하는가!", 2022년 4월 1일(금), https://www.chosun.com/opinion/2022/03/30/CWYF3N3ZSNGTRGQDXKWSG56FCM/

백성이 편안하여 사방에 일이 없는 이상적인 나라: 율도국

아버지가 죽자 삼년상을 마친 길동은 남쪽에 있는 율도국栗島國을 친다. 길동이 율도국에 눈독을 들인 이유는, "기름진 들판이 수천 리에 이르고 실로 하늘이 낸 살기 좋은 나라"였기 때문이다. 길동은 스스로 선봉장이 되고, 마숙을 후군장으로 삼아 정예군 오만 명을 거느리고 율도국을 공격하여 정벌하고는 이상국을 세운다. 길동은 항복한 율도국 왕을 의령군에 봉하고 신하들도 죽이지 않고 벼슬을 내린다. 길동이 왕이 되어 나라를 다스린 지 삼십 년 만에 세상을 떠나고 세자가 즉위하여 대를 이어 태평성세를 누렸다. 율도국은 길동이 세운 이상사회이다. 그렇다면 길동이 조선을 떠나 새 나라를 연 이유는 무엇일까.

첫째, 길동이 보기에 조선에서는 자신의 뜻을 이루기 어렵다고 보았다. "하늘 아래 두 개의 태양이 있을 수 없다." 이 말은 한 나라에는 한 명의 왕만 있을 수 있다는 뜻이다. 철저한 신분제에 바탕을 둔 조선사회는 왕을 정점으로 공고한 기득권체제가 형성되어 있다. '또 하나의 태양'을 꿈꾸는 것은 역모로서 도저히 용납될 수 없다. 길동은 병조판서가 됨으로써 개인적 한은 풀었지만 정작 조정에서 자신이 할 수 있는 일은 없다. 남은 선택지는 하나, 새 나라를 여는 것뿐이다. 어쩌면 조선사회 개혁에 실패한 허균 자신의 좌절감이 이상향인 율도국으로 나타난 것이라고 볼 수 있다.

둘째, 길동은 중국을 섬기지도 않고 조선사람이 오가지 않는 땅을 원했다. 허균이 활발하게 정치활동을 하던 시기인 17세기 초 한중일 동아시아 3국은 급격한 정치체제의 변화를 겪고 있었다. 중국에서는 명·청의 세력 교체가, 일본에서는 도요토미가 타도되고 에도막부가 들어섰다. 광해군은 대명·후금 중립외교 정책을 추구하여 현실적으로 대처하였다. 그러나 광해군의 '명나라는 멀리하고 후금을 가까이하는' 배명친후금背明親後金으로 대변되는 실리외교정책은 서인세력의 강한 반대에 부딪혔다. 이들은 '명나라를 숭상하고 후금을 배척하는' 숭명반후금崇明反後金을 내세우며 반정을 주도하고 광해군을 폐위하고 인조를 세웠다. 동아시아의 변화하는 정세를 읽지 못한 서인세력들의 비현실적인 외교정책으로 결국 조선은 1636년 병자호란을 겪는다.[146] 광해군의 배명부후금背明附後金정책은 그 후 17대 국왕 효종(1619~1659)에 의해 중국 청나라를 치기 위하여 일어났던 일련의 논의와 계획인 북벌계획(북벌론)으로 이어진다. 조선이 처한 이런 현실상황을 잘 알고 있던 허균으로서는 이 작품에서 중국·조선과는 관계를 맺고 있지 않은 새로운 땅에서 이상사회를 세우고 싶었을 것이다.

셋째, 길동이 꿈꾸는 이상국은, 도불습유 산무도적道不拾遺 山無盜賊 혹은 국무도적 도불습유國無盜賊 道不拾遺의 사회다. 이 말은 길에 물건이 떨어져 있어도 아무도 줍지 않고, 나라(혹은 산)에는 물건을 빼앗는 도적이 없다는 뜻이다. 전자는 사기史記 상군열전商君列傳에, 그리고 후자는 한비자의 외저설좌상편外儲說左上篇에 나온다.

먼저 상군열전부터 살펴보면, 진秦나라 태자太子가 법에 어긋나는 일을 하였다. 상앙商鞅은 태자 대신 그를 보좌하던 공자公子 건虔을 벌하고, 그의 스승 공손가公孫賈를 묵형墨刑에 처하였다. 이렇게 본보기를 보이자 진나라 사람들은 모두 법령을 따랐다. 사마천은 상앙의 엄격한 법치주의를 이렇게 평가하였다. "법령을 시행한 지 십 년 동안 진나라 백성들은 크게 기뻐하였고, 길에 떨어진 것을 줍지 않았고, 산에

---

146) 한국민족문화대백과사전: 북벌계획(北伐計劃)

는 도적이 없어졌으며, 집집마다 살림에 부족함이 없고 사람마다 풍족하여 살기 좋아졌다. 백성들은 전쟁에 용감하였고, 사사로운 다툼은 피하였으며, 나라는 잘 다스려졌다."

그리고 외저설좌상편外儲說左上篇에서 한비자가 말한다. 자산子産이 나라를 다스릴 때 형벌이 준엄하여 백성이 법을 잘 지키니 남의 물건을 훔치거나 빼앗는 도둑이 없고, 길에 흘린 물건이 있어도 아무도 주워가지 않을 정도로 나라가 잘 다스려졌다. 복숭아와 대추가 거리를 덮어 가려도 사람들은 독차지하거나 뽑지 않았으며, 보잘것없는 물건을 길에 떨어뜨리고 삼 일이 지나도 되찾을 수 있었다. 이런 상태가 삼년 동안 변함이 없었고, 백성들은 굶주리지 아니하였다.

넷째, 여기에서 말하는 '도불습유 산(국)무도적道不拾遺 山(國)無盜賊'은 강력한 법령을 시행한 결과이다. 상앙과 한비자는 법가法家를 대표하는 사상가들이다. 법가는 인의예지仁義禮智와 같은 덕치德治를 주장하는 유가를 비판하고, 엄격한 법치法治, 술치術治, 세치勢治를 국가통치의 근본이라고 보았다.

길동은 공자가 말한 유가의 이념이 실현되는 대동사회를 세운다고 할지라도 법가가 주장하는 강력한 법치주의에 바탕을 두어야 한다고 보았다. 유가의 이념이 현실에서 실현되기 위해서는 법치주의가 필요하다. 그래야 백성들이 '도불습유 산무도적'의 상태에서 평화롭게 살 수 있다고 본 것이다. 길동이 꿈꾸는 이상사회는 기본적으로 강력한 힘을 가진 군주가 엄한 법으로 다스리는 태평세상인 지안지세至安之世라고 할 수 있다. 한비자 제29장 대체大體에서 한비자韓非子는 지안지세에 다음과 같이 적고 있다.

옛날 치국의 큰 요체를 터득한 사람은 하늘과 땅을 바라보며 끊임없이 변하는 변역變易의 이치를 익히고, 강과 바다를 바라보며 쉼 없이 흐르는 동정動靜의 이치를 배웠다. 또 산과 계곡의 높낮이, 해와 달의 빛, 사계절의 운행, 구름과 바람의 배치와 변동을 바라보며 천지자연과 더불어 사는 순응의 이치를 터득했다.

인위적인 지혜로 마음을 괴롭히지 않아야 하고, 사사로운 이익으로 몸을 괴롭히지 말아야 한다. 나라가 어지러울 때는 법술에 따라 다스리고, 시비의 구별은 상벌로 하고, 사물의 경중은 저울의 기준에 따른다. 또 천지자연의 도리를 거스르지 말고, 사람의 본성을 상하게 하지 않는다. 터럭을 입으로 불어 다른 사람의 작은 홈을 찾아내려 하지도 않고, 겉에 끼인 때를 씻어내 속에 감춰진 상처를 알아내려 하지도 않는다.

이는 엄격히 법률기준에 따라 일을 하는 것으로 마치 목수가 나무를 자를 때 먹줄을 좇는 것과 같다. 임의로 먹줄을 밖으로 옮기지도 않고, 멋대로 먹줄을 안으로 옮기지도 않는다. 법도 이상으로 엄하게 단속하지도 않고, 법도 이하로 가볍게 다루지도 않는다. 이미 정해진 법리를 지켜 천지자연의 도를 따르면 사람의 화복은 도리와 법도에 따라 정해지게 된다. 이는 군주가 아끼거나 미워하는 데서 나오는 게 아니다. 영욕도 그 책임이 자신에게 있는 것이지 남에게 있는 것이 아니다.

지극히 태평한 세상에서 법은 아침 이슬처럼 만물을 촉촉이 적셔준다. 백성은 순박함을 잃지 않고, 마음으로 남과 원한을 맺지 않고, 입에서는 번거로운 말을 하지 않는다. 전쟁 따위가 일어날 일이 없으므로 수레와 말이 먼 길을 달려 지치는 일이 없고, 군대의 깃발이 전쟁터에서 어지럽게 나부낄 일이 없고, 수많은 백성이 적의 침입으로 인해 목숨을 잃는 일도 없고, 뛰어난 용사들이 깃발 아래에서 싸우다가 목숨을 잃을 일도 없다. 전공을 세운 호걸들의 이름을 서책에 적어 두지 않고, 그 공적을 청동기인 반우盤盂에 새겨 넣을 일도 없다. 연대기의 목찰木札은 쓸 것이 없어

텅 비어 있다. 그래서 말하기를, '통치의 간략簡略보다 더 큰 이익을 주는 것은 없고, 민생의 안녕보다 더 오래 가는 복은 없다'고 하는 것이다.[147]

다른 나라와 마찬가지로 조선은 겉으로는 유가(성리학)를 표방하여 인의에 바탕을 둔 인정仁政이나 덕치德治를 지향하였다. 하지만 실제로는 법가法家들이 주장하는 법치法治에 의거하여 통치하였다. 이를 외유내법外儒內法이라 한다. 최상의 통치는 인정 혹은 덕치와 술, 세, 법에 기반한 법치를 어떻게 조화시킬 것인가에 달려있다. 길동도 엄격한 법치에 바탕을 두되 덕치와 인정으로 다스리는 세상을 꿈꾼 것이다.

넷째, 길동은 법가라기보다는 유가의 가치관을 가지고 있다. 그가 세우려는 나라는 법령의 엄격한 시행으로 통치되는 법가의 나라가 아니라 덕치에 바탕을 둔 유가의 나라로 보아야 한다. 따라서 길동이 궁극적으로 율도국의 모델로 삼은 나라는 대동사회大同社會이나 실제로는 소강사회小康社會를 구현하고 있다. 예기 예운편禮運篇에서 이상사회의 두 가지 모델로 대동사회大同社會와 소강사회小康社會를 제시하고 있다. 제자 자유子遊가 "선생님께서는 무엇을 탄식하십니까?"라고 묻자 공자는 "대도가 행해진 일과 삼대의 어진 인물들을 내가 직접 보지 못했으나 그에 관한 기록은 남아 있다."며 대동과 소강에 대해 자세하게 설명한다.

---

147) 한비자 제29장 대체(大體) 29-1. 한비자(신동준 옮김), 『한비자 上』, 인간사랑, 2020, 709-710쪽에서 재인용.

	대동사회(大同社會)[148]	소강사회(小康社會)[149]
통치이념 대도(大道) ↓ 예의(禮義)	대도가 행해지니	대도가 이미 쇠미해지니 대인(大人)은 세습을 예로 삼았으며, 성곽과 못을 만들어 굳게 지키고, 예의를 만들어 기강을 세웠다.
정치체제 위공(爲公) ↓ 위가(爲家)	천하는 만민의 것이 되었고, 어질고 유능한 자가 선출됨으로써 신의 있고 화목하게 되었다.	천하는 한 가문을 위한 것, 자기 부모와 자식만을 사랑한다.
사회제도 공동체 ↓ 가족	자기 부모만 사랑하지 않고, 자기 자식만 자애하지 않는다. 늙은이는 수명을 다하고, 젊은이는 재능을 다하고, 어린이는 무럭무럭 자랐으며, 홀아비 과부 고아 늙은이 병자도 모두 편히 부양받았다. 남자는 직분이 있고, 여자는 시집을 갈 수 있었다.	예로써 제도를 설정하고 정전제(井田制)가 수립되었다. 이로써 군신이 바르고 부자가 돈독했다. 형제가 화목하고 부부가 화락했다. 우·탕·문·무·성황·주공은 모두가 예에 힘써 오상(五常)의 도를 보여 주었다. 이를 따르지 않는 자는 제거되었다.
경제 공유(共有) ↓ 사유(私有)	재물의 낭비를 싫어하지만 자기만을 위해 소유하지 않으며, 노동하지 않는 것을 미워했으나 반드시 자기만을 위하지 않았다.	모두에게 큰 재앙이 되었기 때문이다. 용기와 지혜를 어질다 칭송하니 자기만을 위하여 공을 세우려 하고, 재화도 노동은 자기만을 위했다.
전쟁 평화(平和) ↓ 모병(謀兵)	간특한 모의가 통하지 않고, 도둑 변란 약탈이 없으니 대문을 닫지 않고 살았다. 이것을 일러 '대동'이라 한다.	이에 세상에는 간특한 모의와 전쟁이 일어나기 시작했다. 이러한 어지러움을 수습하고 우·탕·문·무·성황·주공이 이로써 선택되었다. 이것을 일러 '소강'이라 한다.

대동과 소강은 공자가 지향하는 유가적 이상사회다. 하지만 공자

---

148) 기세춘, 『동양고전산책 1』, 437쪽; 기세춘, 『묵자』, 바이북스, 2021, 276-277쪽.
149) 기세춘, 『동양고전산책 1』, 437쪽; 기세춘, 『묵자』, 287-288쪽.

가 꿈꾸는 이상사회가 대동인지, 아니면 소강인지에 대해서는 의견이 나뉜다. 공자는 모든 사람이 사리사욕을 극복하여 도덕과 예를 회복함으로써 현실에서 인仁이 실현되는 이상사회를 대동大同이라 불렀다는 것이 일반적인 의견이다. 이에 반하여 공자가 지향하는 이상사회는 대동사회가 아니라 소강사회라는 주장도 있다. 이 의견에 따르면, 소강사회도 공동체를 지향하지간 대동사회와는 달리 평등 공동체가 아니라 혈연을 중심으로 하는 가부장적 차별 공동체라는 점에서 두 사회는 다른 모델이라는 것을 즈된 이유로 들고 있다.[150] 이 두 가지 의견 중에서 어느 것이 타당할까?

춘추전국시대의 혼란한 정치상황에 비추어 생각해 보면, '대동' 은 유가만의 전유물이 아니라 당대의 사회적 함의를 담고 있는 지향으로 이해하는 것이 타당하다.[151] 실제로 '대동' 이란 말은 공자의 전유물이 아니며, 장자 재유편[152]이나 『여씨춘추』[153]에도 나오고, 노자나 묵자에도 '현동玄同' 이나 '상동尙同' 과 같은 유사한 개념이 사용되고 있다.[154] 그러므로 '대동' 은 당대 사람들이 꿈꾸는 이상향 내지는 이상사회에 대한 일반적 가치관 혹은 열망을 담고 있다고 할 수 있다.

위 논의를 공자가 그리는 이상사회에 적용해 보면 어떤 주장이 타당할까?

공자는 대동사회 혹은 대동세계大同世界를 유가가 꿈꾸는 바람직한 이상사회로 보고 있다. 다만, 혈연에 바탕을 둔 종법 중심의 가부장적

---

150) 기세춘, 『묵자』, 바이북스, 2021, 286쪽.
151) 김경호, "봉기의 동력에 대한 철학적 성찰 - 이상사회와 유토피아를 향한 분노와 분투", 감성연구, 제7권, 2013. 8., 전남대학교 호남학연구원, 50쪽.
152) 莊子, 在宥 ."頌論形軀, 合乎大同, 大同而无己.
153) 呂氏春秋 卷 13, 有始覽 ."天地萬物, 一人之身也, 此之謂大同."
154) 김경호, 위의 논문, 49쪽.

가족공동체를 실현하고자 하는 그의 주장에 비춰보면 공자가 지향하는 이상사회는 소강사회라고 보는 견해가 타당하다.[155]

소강사회는 대도大道가 쇠미해지고 천하가 가문의 사유물이 된 봉건사회다. 또한 천자가 백성들에게 유가의 기본덕목인 인의예지신仁義禮智信의 오상의 도를 가르쳐 이를 정치에서 실현하고자 한다. 만약 오상의 도를 어기는 자가 세력을 가지면 모두에게 큰 재앙이 될 것이므로 제거한다고 할지라도 예의를 인간관계와 사회를 다스리는 근본규범으로 삼는 예치사회禮治社會다. 이처럼 유가들이 지향하는 소강사회는 인예仁禮를 통치이념으로 삼고 있는 반면, 묵자와 노장이 지향하는 대동사회는 겸애 또는 대도를 통치이념으로 삼고 있다.[156]

마지막으로, 길동은 자신이 원하는 새 나라를 열지만 여전히 전근대적이고 봉건주의를 벗어나지 못한다. 이 점에서 보아도 길동은 대동사회보다는 소강사회를 율도국의 실제 모델로 삼고 있다고 보아야 한다. 길동은 조선의 축첩제도로 인한 적서차별의 폐해를 누구보다도 잘 알고 있다. 그럼에도 길동은 요괴 왕 울동을 죽인 공로로 백룡의 딸 백 소저를 첫째 부인으로, 조철의 딸 조 조서를 둘째 부인으로 맞는다. 율도국의 왕인 된 길동은 아들 셋과 딸 둘을 낳았는데, 맏아들과 둘째 아들은 백 씨 소생이고, 셋째아들과 딸들은 조 씨 소생이었다. 맏아들 현으로 세자로 삼고 나머지는 다 군君으로 봉하였다. 조선시대는 가계와 제사는 정실이 낳은 자식인 적출의 맏아들(장자손)이 우선하여 상속하는 적장자상속嫡長子相續원칙이 적용되었다. 길동은 조선을 떠나 율

---

155) 조기빈, 『공자의 논어 반논어』, 예문서원, 1996; 기세춘, 『묵자』, 바이북스, 2021, 286쪽.
156) 기세춘, 『묵자』, 바이북스, 2021, 286쪽.

도국을 세웠지만 통치의 기본은 조선의 사례에 따라 유교적 이념이라고 할 수 있다.

이처럼 율도국은 여러 면에서 한계가 있는 나라라고 할 수 있다. 하지만 길동이 새 나라를 열어 임금이 된다는 발상은 당시로서는 상당히 반역적이고 혁명적이다. 비록 소설이란 형식을 빌려 추상적으로 표현하고 있지만 사대부들이 보기에 허균은 조선왕조의 통치기반을 흔들 수 있는 불경하고 위험한 인물로 보았다.

하지만 정작 허균은 성리학의 나라 조선을 부정하거나 흔들 생각은 없었다고 봐야 한다. 작품의 주인공 길동을 통해 투영된 그의 가치관을 들여다보면, 허균은 오히려 유교에 바탕을 둔 전근대적 인륜관을 가진 인물이다. 당시 사대부와 마찬가지로 길동은 "대장부가 세상에 나매 공맹孔孟의 도학道學을 배워, 나가서는 장수가 되고 들어와서는 재상이 되는"(15쪽) 입신양명을 원한다. 그리하여 "위로 임금을 도와 백성을 구하고 부모에게 영화를 드려야" 하는 것이 사내대장부로 태어난 자식이 마땅히 해야 할 일이라고 생각한다(48쪽). 어디 그뿐인가? 아버지의 첩 곡산어미 초낭이 관상녀의 말을 듣고 자객 특자를 보내어 자신을 죽이려 하자 이중적인 태도를 보인다. 특자와 관상녀의 목은 가차 없이 베면서도 정작 그것을 사주한 초낭은 "나의 의붓어미여서 그 죄를 논할 수도 없"다며 그녀의 죄를 묻지 않는다. 이때 길동이 내세운 명분이 "내가 잠깐의 울분으로 어찌 인륜人倫을 끊겠는가?"라는 것이다.

허균은 『홍길동전』을 통해 축첩제도와 적서차별과 같은 당시 사회의 부조리와 불합리한 제도를 과감하게 고발하고, 율도국을 정벌하여 새로운 나라를 세움으로써 작가가 꿈꾸는 이상국에 대한 희망을 제시하고 있다. 그러나 강고한 신분제가 확립되어 있는 조선이라는 한계 때문일까. 허균은 홍길동을 내세워 조선사회가 안고 있는 내부의 문제점을 개혁하기 보다는 다른 나라를 정벌하여 '자신의 왕국'을 세우는 '회피 혹은 우회방식'을 택한다. 겉으로 보기에 허균의 이러한 전략은 실패했지만 이상향을 바라는 사람들의 꿈마저 꺾을 수는 없다. 허균이 뿌린 씨앗은 훗날 박지원의 쓴 소설 『허생전』에서 새로운 꿈으로 결실을 맺는다.

작자미상, 『박씨전』(17세기 후반~18세기 초)

- 너희가 끝까지 마음을 고치지 아니하니 나의 재주를 구경시키리라

작품의 시대적 배경

『박씨전朴氏傳』[157]은 저자와 정확한 출간 연대를 알 수 없는 조선 후기 소설이다. 이 소설의 형성 시기는 크게 두 가지 견해로 나뉘어 있다. 병자호란 직후인 17세기 후반이나 18세기 초에 형성되었을 것이라는 견해와 19세기 후반에야 형성되었을 것이라는 견해다. 그러나 작품의 주된 배경이 병자호란이고, 김자점 등 남성의 무능을 비판하고, 박씨 등 여성을 내세워 청나라(胡國)에 복수하는 내용으로 보아 17세기 후반에서 18세기 초에 나온 것으로 보는 것이 타당한 것 같다.[158]

『박씨전朴氏傳』은 현재까지 약 100여 종의 이본이 발견된 것으로 알려져 있다.[159] 이 소설은 한문본이나 방각본[160]없이 필사본으로 남

---

157) 이 글의 인용문은 다음 책을 바탕으로 작성하였다. 작자미상(정창권 옮김), 『박씨전』, 지식을만드는지식, 2012. 11., 131쪽.
158) 같은 견해로는, 위의 책, 127-128쪽.
159) 김선희, "신체, 시선, 권력: 조선 후기 여성 소설 『박씨전』의 재고찰", 탈경계인문학, Vol. 13, No. 1, 27집, 2020, 177쪽.

아 있다. 한문본은 없지만 한문을 번역한 문체를 사용한 이본이 많고 상업 출판이 되지 않았다는 점에서 사대부 여성들에 의해 창작되고, 독자층 역시 대부분 사대부 여성이었을 것으로 추측된다.[161]

이 소설의 주된 역사적 배경은 조선과 청나라 사이에 벌어진 병자호란(1636년 12월 28일~1637년 2월 24일)이다. 이 전쟁에서 참패한 조선이 치른 대가는 혹독하였다. 조선의 임금 인조는 "조선은 청에 대하여 신하의 예禮를 행할 것"이라는 화약和約에 따라 1637년 음력 1월 30일 삼전도에서 청나라 황제 숭덕제(태종)를 향해 세 번 절하고 아홉 번 머리를 조아리는 삼궤구고두례三跪九叩頭禮[162]를 함으로써 항복 의식을 행하였다. 어디 이뿐인가. 소현세자와 봉림대군을 비롯하여 수십만의 조선 백성이 청나라로 끌려가 인신매매시장에서 팔려나갔다. 그 숫자가 50만에서 60만 명에 이른다고 하니 참극이 아닐 수 없다.

병자호란은 남성보다는 특히 여성에게 가혹하였다.[163] 가부장 중심의 조선사회는 여성들에게 정절을 지키다 목숨을 버리기를 강요하였다. 실제 여성들은 청나라에 끌려가기 보다는 목숨을 끊거나 끌려가는 도중에 정절을 지키기 위해 스스로 목숨을 버리기도 하였다. 여성들의 시련은 여기서 그치지 않았다. 몸값을 주고 여성들을 조선으로 데려오든,[164] 아니면 겨우 살아서 여성 스스로 조선으로 살아 돌아

---

160) 방각본은 조선 후기에 민간의 출판업자가 출판한 책으로 주로 목판으로 만든다.
161) 김선희, 앞의 논문, 177쪽.
162) 삼배구고두례(三拜九叩頭禮)라 부르기도 한다.
163) 『연려실기술』에 의하면, 강화도로 들어갈 배를 구하지 못했던 많은 사족 여성들이 온 언덕과 들에 퍼져서 구해달라고 울부짖다가 적기(賊騎)가 갑자기 들이닥치자 순식간에 거의 다 차이고 밟히거나 끌려가고 혹은 바닷물에 빠져 죽고 하여 바람에 휘날리는 낙엽과 같았으니 그 참혹한 형상은 차마 말할 수가 없다는 기록이 보인다.(조혜란, "여성, 전쟁, 기억 그리고 『박씨전』", 한국고전여성문학연구 9, 한국고전여성문학회, 2004. 12., 290쪽.)
164) 이를 속환(贖還)이라 한다.

오든 정절 혹은 절의를 잃었다는 이유로 갖은 모욕과 멸시를 받아야 했다. 청나라에 끌려갔다가 조선으로 돌아온 여성들을 속환녀 혹은 속환부녀자라고 불렀다.[165] 그 후 이 말은 서방질을 하는 여자라는 뜻을 담은 화냥년이라는 비속어를 낳았다.[166] 또한 배운 데 없이 막되게 자라 교양이나 버릇이 없는 사람을 낮잡아 이르는 호로자식·호래자식·후레자식도 환향녀가 낳은 자식에서 나온 말이다.

전쟁이 끝난 후에도 남성 중심의 가부장적 정치구조는 바뀌지 않았다. 조선사회는 여전히 남자를 여자보다 우대하고 존중하는 남존여비 관념이 지배했으며, 여성들은 삼종지의三從之義 혹은 삼종지도三從之道와 칠거지악七去之惡의 도덕률에 얽매여 있었다. 여자가 따라야 할 세 가지 도리를 이르는 삼종지의는 예기禮記의 의례儀禮 상복전喪服傳에 나오는 말이다. 즉, 여자는 어려서는 아버지를, 결혼해서는 남편을, 남편이 죽은 후에는 자식을 따라야 한다는 뜻이다. 그리고 칠거지악이란 아내를 내쫓을 수 있는 이유가 되는 일곱 가지 허물을 말한다. 시부모에게 불손함, 자식이 없음, 행실이 음탕함, 투기함, 몹쓸 병을 지님,

---

165) 『박씨전』에는 청나라로 끌려가는 부인들에 대한 대목이 있다. "…잡혀가는 부인들이 하늘을 우러러 통곡하며 말하기를, '박씨 부인은 무슨 복으로 환란을 면하고 고국에 평안히 앉아 있고, 우리는 무슨 죄로 만리타국에 잡혀가는고. 이제 가면 어느 때에나 고국산천을 다시 볼까.' 그러면서 통곡하며 눈물을 흘리는 자 무수하더라. 부인이 계화를 통해 외쳐 가로되, '인간의 고락(苦樂)은 사람의 일상사라. 너무 슬퍼 말고 들어가면 3년 내에 세자, 대군과 모든 부인을 모셔 올 사람이 있으니, 부디 안심하고 무사히 도착해라.' 그러면서 위로하더라."(104쪽)

166) 성적으로 문란한 여성을 의미하는 속어인 환향녀(還鄕女)와 속환녀를 구분해야 한다는 주장이 있다. 전자는 신문기사나 칼럼, 인문교양서 등을 통해 재생산되면서 병자호란으로 청나라로 끌려간 여성 가운데 속환된 여성을 지칭하는 용어로 굳어진 측면이 있다는 것이다. 조선시대의 공식문서에서는 환향녀란 용어는 찾아볼 수 없으며 필요에 따라 속환녀, 속환부녀자가 사용되었다고 한다. 이에 대해서는, 박양리, "병자호란(丙子胡亂) 피로(被擄)여성 투라우마의 서사적 대응과 그 의미", 여성학연구, 제27권 제3호, 2017. 10., 44쪽, 각주 161) 참고할 것.

말이 지나치게 많음, 도둑질을 함 따위이다. 이 두 가지 관념은 여성을 억압하고 무시하며 차별하는 조선시대의 대표적 사례라고 할 수 있다.[167)

이런 현실에서 여성들은 자신들이 처한 현실을 타파하고 구원할 수 있는 '박씨 부인'과 같은 영웅의 탄생을 꿈꾸고 간절히 바랐는지도 모른다. 비록 실제로는 이룰 수 없는 꿈이라고 할지라도 여성들은 『박씨전』과 같은 창작 소설을 읽고 서로의 꿈을 나누고 이야기함으로써 전쟁으로 피폐한 현실의 어려움을 극복하고, 내면의 상처를 치유할 수 있었을 것이다.

『박씨전』은 주인공 박소저(박씨)가 누추한 허물을 벗고 변신을 하기 전과 후로 나누어 살펴보는 것이 효과적이다. 변신을 하기 전 박씨의 외모는 세상 사람들에게 혐오의 대상이다. 그런 박씨가 화려한 변신을 함으로써 미인으로 재탄생하자 사람들의 평가는 물론 박씨도 숨겨둔 자신의 잠재적 능력을 최대한도로 발휘한다. 『이춘풍전』에서 춘풍의 아내 김씨가 남장여인으로 복장전도를 통하여 자신의 능력을 드러냈다면, 『박씨전』의 주인공 박씨는 굳이 남자복식을 입는 대신 외모의 변신을 택한다. 이 소설을 통하여 여성의 '외모'와 '변신', 그리고 '여성 영웅 만들기'의 의미에 대해 살펴본다.

---

167) 유교에서 칠거지악을 범한 아내일지라도 내쫓지 못하는 세 가지 경우가 있는데 이를 '삼불거(三不去)'라고 한다. 부모의 삼년상을 같이 치렀거나, 장가들 때 가난했다가 나중에 부자가 되었거나, 아내가 돌아가도 의지할 데가 없는 경우이다. 칠출삼불거(七出三不去)라고도 한다. 칠거지악이라는 시대적 한계에도 불구하고 삼불거를 시행함으로써 조선시대에도 여성의 권리가 보호하려 했다는 의견도 있다. 비록 이 의견을 긍정적으로 수용한다고 해도 칠출삼불거는 가부장적 질서 아래 여성의 권리를 제약한 제도적 장치라는 비판을 피할 수는 없다.

외모: 여성을 바라보는 사회의 차별적·혐오적 시각

유교의 교설(가르침)을 담은 경서經書인 논어, 맹자, 중용, 대학을 '사서四書'라 한다. 이에 빗대어 여성들에게 올바른 행실을 가르치기 위한 교훈서를 '여사서女四書'라 일컫는다. 여사서는 명말청초의 유신儒臣 왕상王相이 편찬한 것으로, 『여계女誡』[168]를 비롯하여 『여논어女論語』,[169] 『내훈內訓』,[170] 『여범첩록女範捷錄』,[171] 이렇게 네 권의 교훈서이다.

조선 영조는 왕상의 여사서를 언해하여 펴내도록 명을 내렸다. 그 명에 따라 제조 이덕수李德壽는 영조 13년(1737) 『여사서언해女四書諺解』를 간행하였다.[172] 영조가 여사서를 언해한 이유는 여러 가지가 있겠지만 남존여비에 입각한 남성 지배체제, 즉 남권男權을 강화하려는 의도가 반영된 것이라고 할 수 있다. 『역주 여사서언해譯註 女四書諺解』제1권 『여계』는 여성의 네 가지 덕인 부덕婦德·부용婦容·부언婦言·부공婦工에 대해 아래와 같이 부연 설명하고 있다.

이른바 여자의 덕은 반드시 재주와 총명함이 남달리 특별하고 뛰어난 것이 아니며, 여자의 말은 반드시 뛰어난 입담과 좋고 이로운 말을 하는 것이 아니며, 여자의 용모는 반드시 얼굴빛이 아름답고 빛나는 것이 아니며, 여자의 솜씨는 반드시 재주가 뛰어남이 다른 사람보다 뛰어남이 아니

---

168) 후한 조태고 지음.
169) 당나라 송약소 지음.
170) 명나라 인효문황후 지음.
171) 명나라 왕절부 유씨 지음.
172) 세종대왕기념사업회는 『여사서언해』를 한글로 번역하여 인터넷으로 공개하였다. 다음 인터넷 사이트에서 『여사서언해』한글본을 열람할 수 있다. http://db.sejongkorea.org/(검색일: 2024. 6. 28.)

다. 조숙하고 우아하고 곧고 고요하고 절개를 지켜 바르고 곧으며, 몸을 행하는 데 부끄러움을 두고 움직이며, 가만히 있음에도 법도가 있는 것이니, 이것이 이른바 여자의 덕이다. 말을 가려서 이야기하고 나쁜 말을 이르지 말며, 일을 마친 후에 말을 하여 사람에게 싫어하지 아니하게 하는 것, 이것이 이른바 여자의 말이다. 먼지와 더러운 것을 씻어 복식을 깨끗이 하며, 정결히 하고 목욕을 때에 맞추어 하여 몸이 더러워 욕되지 아니하게 함이니, 이것이 이른바 여자의 용모이고, 마음을 길쌈(방적)하기에 오로지 하여 희롱하며 웃음을 좋아하지 말고 술과 음식을 깨끗이 마련하여서 귀한 손님을 잘 대접하는 것, 이것이 이른바 여자의 솜씨이다. 이 네 가지는 여자의 큰 절개이니, 가히 없어서는 안 될 것이다. 그러나 행하는 것은 심히 쉬우나 오직 마음 두기에 있는 것이니, 옛 사람이 말하기를, "어짊(仁)이 먼 데 있는 일일까? 내가 어질고자 하면 어짊이 여기(내 곁)에 이른다."라고 하니, 이를 이르는 말이다.[173]

여사서는 여자가 갖춰야 할 최고의 덕목으로 부덕을 강조하고 있지만 이는 규범적 관념일 뿐 현실은 전혀 그렇지 않았다. 이러한 사정은 여사서의 다른 책이라고 하여 다르지 않다. 여자가 생활하거나 처신하는 행실규범을 적은 『여계女誡』 제4장 부행婦行에서는 부녀자의 행실에 대해 "공경하며 순종함은 마음에 명심하고 행하는 것은 일에 보이니 네 가지 행실은 곧 네 가지 덕행이다."고 적고 있다. 여자의 네 가지 행실이란, "첫째는 이른바 여자의 덕德이요, 둘째는 이른바 여자의 말(言)이요, 셋째는 이른바 여자의 용모(容)고, 넷째는 여자의 솜씨

173) 원문과 한글 번역문은 다음 사이트에서 열람할 수 있다. http://db.sejongkorea. org/front/detail.do?bkCode=P05_SS_v001&recordId=P05_SS_e01_v001_0040 (검색일: 2024. 7. 28.)

(工)이다.” 이 말은 『명심보감』 제20편 부행편婦行編 제1장에 나오는 “여자에게는 네 가지 아름다운 덕이 있으니 첫째는 여자의 덕이요, 둘째는 여자의 용모요, 셋째는 여자의 말이요, 넷째는 여자의 솜씨이다(女有四德之譽 一曰婦德 二曰婦容 三曰婦言 四曰婦工也).”를 인용한 것이다.

『여계』와 『명심보감』은 여자의 네 가지 행실의 순서를 덕·언·용·공과 덕·용·언·공으로 그 순서를 조금 달리 정하고 있다. 하지만 조선시대 여성이 갖춰야 할 네 가지 덕四德이 부덕·부용·부언·부공이라는 사실은 변함없다. 이처럼 유교 규범은 여자가 갖춰야 할 첫 번째 덕목으로 어진 마음씨(德)를 들고, 용모는 그다음으로 들고 있다.

하지만 부덕이 강조되고 있다는 사실 자체가 여성의 외모가 그만큼 중시되고 있었다는 반증이다. 고전소설 여주인공들이 한결같이 절세 미녀로 설정되어 있다. 『장화홍련전』의 계모 허씨, 『심청전』의 뺑덕어미의 사례에서 알 수 있듯이 여성의 추한 외모는 악의 상징처럼 묘사되고 있다.174) 이러한 사실은 『박씨전』이라 하여 다르지 않다. 박씨를 처음 본 이득춘(이공, 시아버지)과 이시백(남편)은 며느리와 아내의 용모에 “한번 보고 정신이 나가 다시는 대면할 마음이 없어 부자가 서로 묵묵무언”할 정도로 충격을 받는다. 도대체 박씨의 용모가 어떠하기에 부자는 정신이 나갈 정도로 충격을 받았을까.

그제야 신부의 용모를 보니 거칠고 더러운 때가 줄줄이 끼어 얽은 구멍에 가득하며, 눈은 돌다리의 구멍 같고, 코는 깊은 산속 험한 골짜기에 있는 바위 같고, 이마는 너무 벗겨져 태상노군〔춘추전국시대 사상가 노자(老子)의 존칭〕의 이마 같고, 키가 8척인 장신이요, 팔은 늘어지고 한 다리는 절름

---

174) 이원수, “『박씨전』에 나타난 여성관”, 어문학, 2000. 10., 407쪽.

발이 같아서 그 용모를 차마 보지 못할러라.[175)]

　시댁에 도착한 신부가 가마에서 내려 얼굴을 가린 비단 적삼을 벗자 일가친척들은 "구경도 처음 하는 구경이라"며 서로 말없이 얼굴만 바라보고, 비아냥거린다. 오직 시아버지 이공만이 "아무리 절대가인을 얻어 며느리를 삼아도 여자로서 행실이 바르지 못하면 인륜이 패망해 가문을 보존치 못할 것이오. 비록 괴상한 인물이라도 덕행이 있으면 한 가문이 다행해 복록을 누릴 것이오."라며 며느리편에 선다. 심지어 남편 시백은 아내 박씨가 추한 인물이라는 이유로 신부를 미워하여 대면조차 하지 않는다. 그런 아들을 이공이 꾸짖는다.

　　사람의 덕행을 모르고 미색만 취하는 것은 집안을 망치는 근본이라. 내 듣기로 부부가 화락和樂하지 못한다 하니, 그러고서야 어찌 수신제가修身齊家를 한단 말이고.[176)]
　　하물며 내가 총애하는 사람을 박대하면 이는 부모를 모름이니 어찌 부모를 섬기는 도리이오. 곧 인륜을 패망함이니 부디 각별히 조심해 옛 법을 어기지 마라.[177)]

　시백은 부친의 말에 고개를 숙이고 억지로 내당에 들어간다. 하지만 등잔 뒤에서 부채로 얼굴을 가리고 밤을 지새우고, 새벽닭 소리가 나자 즉시 나와서는 부모에게 문안한다. 시백에게 부친의 훈계도 허사요, 아내 박씨에 대한 미운 감정이 전보다 더할 뿐이었다. 상황이 이

175) 『박씨전』, 20쪽.
176) 『박씨전』, 22쪽.
177) 『박씨전』, 23쪽.

러하자 박씨는 시아버지 이공에게 요청하여 후원에 피화당避禍堂이라는 초당을 짓고는 홀로 생활하며 독수공방한다.

　시아버지 이공의 아들 시백을 꾸짖는 말에는 박씨의 추하고 못생긴 용모醜貌를 바라보는 당시의 시각이 고스란히 드러나 있다. 비록 이공이 여성의 외모만 바라봐서는 안 되며, 부덕이 중요하다고 역설하지만 아들 시백은 아버지의 권고를 받아들이지 않는다. 남편 시백의 여성의 외모에 대한 인식은 아내 박씨가 그저 '추모'를 가지고 있다는 것에 그치지 않는다. 오히려 배우자인 박씨 부인을 남성과 동등하게 대우하지 않고 남존여비라는 신분 차별적 기제에 의거하여 여성을 하찮게 보는 인식이 저변에 깔려있다는 데 문제의 심각성이 있다.[178] 조선의 남성이 가진 시각을 보다 신랄하게 비판하면, 당시 여성은 '독립적 인격체' 내지는 '주체'로 인정받지 못하고, '하나의 사물 혹은 대상'에 지나지 않았다. 그러므로 여성의 외모는 '추모=악인'으로 형상화되고, 아름다운 얼굴(美貌)를 가진 '미인=선인'으로 간주되었다. 추모에 대한 시선은 "반사회적 인물 혹은 비인격적 인물"이라는 낙인을 찍었으며, 유교가 요구하는 "사회에 순응하고 부덕한 여성"으로 거듭 태어나기 위해 추녀는 미녀로 변신할 수밖에 없었다.[179] 외모를 통해 여성의 인격을 판단하는 이와 같은 전근대적이고 불합리한 인식은 오늘날에도 개선되지 않고 있다고 할 수 있다.[180]

---

178) 같은 견해로는, 최혜진, "고전서사에 나타난 외모의 문제와 심미안의 회복", 한국문학연구 51집, 2016. 8., 동국대학교 한국문학연구소, 253-254쪽.
179) 김선희 교수는, "박씨의 '추모'란 그 좌표 밖에 밀려난, 다시 말해 시선의 주체들에 의한 관리를 요구하는 열등한 타자성"이라며 타인의 시선에 의해 좌표 밖으로 밀려난 존재라고 비판한다.(김선희, 앞의 논문, 183쪽.)
180) 최혜진, 위의 논문, 254쪽.

소인 vs 군자: 여자와 소인은 대하기가 어려우니
가까이하면 불손하고 멀리하면 원망한다

　　　　　　　　여성이 지녀야 할 첫 번째 덕목으로 부덕을
내세우면서도 유가는 말과 솜씨에 비하여 용모를 우선시한다. 현대적
의미에서 용모는 맵시로 볼 수 있다. 이렇게 보면, 여성이 갖춰야 할
용모(婦容)는 반드시 얼굴 중심의 외모가 아니라 몸맵시 내지는 세련됨
을 말하는 것이다. 하지만 예나 지금이나 세상은 외모로 여성의 선악
과 미추는 물론 능력을 판단하는 기준으로 삼는 잘못된 인식을 가지
고 있다. 여성의 외모에 대한 이 끈질긴 차별과 편견이 생겨난 근원은
무엇일까.

　논어 양화편에서 공자가 말한다.

　　오직 여자와 소인은 기르기가(대하기가) 어려우니 가까이하면 불손하고
　멀리하면 원망한다.[181]

　공자의 이 말에 주자는, "여기의 소인小人은 마부와 노예 등의 하인
下人을 이른다. 군자(위정자)는 신첩臣妾에 대하여 장엄함으로써 임하고
자애로움으로써 기르면 이 두 가지의 병폐가 없을 것이다."고 주해하
고 있다. 이 해석에 따르면, 여자는 하인, 즉 양반이 집에서 부리는 종
(노비)과 같은 소인이다. 그러니 여자와 소인은 기르기가 어려운(唯女子
與小人 爲難養也) 존재이다. '기르기가 어렵다'는 표현에서 보듯이 여자
와 소인은 군자가 기르고 키워야 대상이지 군자(남성)와 대등하게 대할

---

181) 논어 양화 25.

수 있는 존재가 아니다. 군자가 그런 존재인 여자를 기르는 두 가지 방법이 있으니 바로 장엄함과 자애로움이다.

이 말에 대해 도올 김용옥은 "공자의 말일 수 없다."고 단언한다. 공자의 시대에 여자에 대한 편견이 없었다고는 할 수 없어도 '이런 사소한 문제'를 굳이 어록자료로 남길 필요는 없었다는 것이다. 이 말은 후대에 이르러 추가되었다는 게 그의 주장이다.[182]

김용옥의 의견을 따른다고 해도 유학이 남성에 비하여 여성에 대해 차별적인 시각이나 편견을 가지고 있는 것은 분명하다. 논어에서 공자가 여성에 대해 언급한 것은 위에서 인용한 양화편의 이 말이 유일하다. 아무리 춘추전국시대라는 상황을 전제로 한다고 할지라도 공자의 머릿속에는 여성이 남성과 같은 독립된 주체라는 관념이 없었던 것 같다. 여성은 소인이나 어린아이와 마찬가지로 장엄함과 자애로움으로 길러야 하는 존재일 뿐 인의仁義라는 대의를 추구하는 군자가 될 수는 없는 것이다. 그러니 여성은 너무 가까이하지도, 반대로 너무 멀리해서도 안 되고, 적당한 거리를 두고 대해야 한다. 이것을 유학적인 관점에서 좋게 해석한다면, 군자는 여성을 대할 때 중도中道의 입장에서 어느 한쪽으로 치우지지 않는 태도를 취해야 한다.

그러나 현실은 어떤가. 공자 이래 조선시대에 이르기까지 유가는 남성을 우월적 지위에 두고 여성을 열등한 존재로 보는 남존여비의 사상에 젖어있었다. 정치권력과 자본, 그리고 교육의 기회마저 박탈당한 여성들은 부당한 차별을 받고 불합리한 대우를 받았지만 그들 스스로 이를 혁파할 능력이 없었다. 삼종사덕三從四德을 부녀자가 지녀야 할 미덕으로 알고, 칠거지악을 범하면 온갖 박해를 받아야 하는 현

---

182) 김용옥, 『논어 한글역주 3』, 통나무, 2019, 524쪽.

실에서 조선의 여성들은 오늘날과 같은 성평등은 꿈도 꾸지 못했다.

『여사서언해』 제2권 『여논어언해』 '남편을 섬김'에 관한 제7장(事夫章)에서는 여자는 유순해야 하고, 남편에게 복종해야 한다는 내용을 담고 있다. 그 첫머리를 인용하면 아래와 같다.

> 여자가 출가를 하면 남편과 친하게 되니 전생의 연분이며 금세의 혼인으로 맺어진 것이다. 남편 만난 인연을 하늘에 견줄 때 그 의리는 가볍지 아니하다. 남편은 강건하고 아내는 유순해야 하며, 은혜와 사랑이 서로의 관계를 유지하는 근본이다. 집에 있어서 서로 대하고 공경하고 존중하기를 손님같이 해야 할 것이다. 남편 말씀이 있거든 귀를 기울여 자세히 들으며, 남편이 나쁜 일이 있거든 부지런히 간하고 간곡하게 타일러 어리석은 아내가 화를 일으켜 몸을 망치게 하는 것을 배우지 말 것이다.

이 인용문에서 알 수 있듯이 『여논어언해』는 남성을 하늘, 여성을 땅으로 보는 이분법적·수직적 가부장적 관념을 바탕에 두고, 여성에 대한 성적 불평등을 강제하고 합리화하고 있다. 그 결과 남성과 여성을 상上/하下, 존尊/비卑, 우愚/열劣, 강剛/유柔, 강强/약弱, 귀貴/천賤, 내內/외外, 동動/정靜, 지배支配/복종服從의 관계로 파악하여 남성우월주의를 강화하고, 여성차별을 정당화화는 기제로 활용하였다.[183] 위 인용문에는 다음과 같은 주해가 딸려 있다.

> 남편은 일신一身의 으뜸(어른)이다. 남편은 은혜롭고 아내는 사랑해야

---

183) 곽정식, "『박씨전』에 나타난 여성의식의 성격과 한계", 국어국문학, 126, 2000. 5., 126쪽.

은혜와 사랑이 서로 근본이 된다는 말이다.

이 문장에는 남성을 어른으로, 여성을 아이로 보는 남성중심주의에 의거한 차별적 관념이 여실이 드러나 있다.

『여논어언해』마지막 장인 제12장은 '절개를 지킴'(守節章)이다. 이 장에서는 부부관계의 핵심이 아내의 정절이라고 보고 "제일은 수절을 지키는 것이고, 제이는 정조를 지키는 것"이라고 기술하고 있다. 아내가 "한 가지 행실이라도 잃음이 있으면 백 가지 행실이 이룸이 없으리라"고 하면서 "남편이 일찍 죽으면 아내는 개가改嫁를 해서는 아니 되며, 삼 년 동안 상복을 입고 뜻을 지키며 마음을 굳게 하여 집을 보전하고 가업을 지탱하며 무덤을 정돈하라"고 요구한다. 아내가 이렇게 절개를 지키면 생전과 사후에 광명이 있을 것이며, 여자의 덕행이 밝게 드러날 것이라고 한다. 한마디로 뒤에 태어나는 여자들은 옛날 여자들을 본보기로 삼아 수절에 대한 믿음을 견지해야 한다는 것이다.[184]

이처럼 유교가 유독 여자에게 정절을 강요하고 남성에 대한 헌신과 사랑, 그리고 희생을 요구하며, 심지어 여성혐오의 성향을 띠는 이유는 무엇일까. 물론 그 모든 잘못을 공자의 탓으로 돌릴 수는 없다. 하지만 공자가 논어에서 꿈꾸는 세상은 '남성'에 초점이 맞춰져 있고, '남성들만의 세상'이라는 점은 분명하다. 논어에는 여성들의 존재는 거의 드러나지 않고, 흐릿한 상태다. 심지어 공자의 딸들은 이름마저 언급되고 있지 않다. 아버지의 명에 따라 딸들을 시집보냈다는 기록만 전할 뿐 딸들이 그 결혼을 원했는가에 대해서는 알 수 없다. 따

---

184) 왕상(송약신 지음, 한상덕 역주), 『여논어(女論語)』, 신아사, 2011, 21쪽.

라서 여자라는 존재는 공자의 주의를 끌만한 가치도 없었다는 비판을 피할 수 없다.[185]

변신: 네 액운이 다 지나갔으니 누추한 허물을 벗어라

이 작품에 나타난 박씨 부인의 여성성은 추모현녀형과 남성화된 여성으로 형상화되어 있다. 전자와 관련하여 살펴보면, 박씨는 추악한 외모에 반해 다양한 미덕을 갖추고 있다. 시아버지를 위해 조복 짓기, 양마득금良馬得金, 수목 가꾸기, 백옥 연적 마련하기, 축지법, 치마 태우기, 병법과 도술 등은 박씨의 비범한 능력을 알 수 있는 사례들이다. 이 중에서 박씨는 상당히 적극적이고 능동적인 성격을 가지고 있으며, 말을 팔아 가계를 구하는 등 경제적 측면에서도 능력을 보이고 있다. 이 점은 수동적이고 체제 순응적인 당시 여성들과는 전적으로 다르다. 심지어 박씨 부인은 호국의 장수들을 대상으로 병법과 도술을 구사하여 직접 전투를 치러 나라를 구하기도 하는 등 남성 이상의 능력을 가지고 있다.[186]

하지만 박씨가 제아무리 후덕한 성품과 비범한 능력을 가지고 있다고 한들 추한 용모를 가진 여성으로서는 자신의 역량을 펼치는 데 한계가 있다. 여성 차별적인 현실의 사회제도와 사람들의 부정적 인식을 넘어서고 이를 극복하기 위해서는 특단의 조치가 필요하다. 이를 위해 박씨가 선택한 방식은 '변신' 이다.

---

185) 마이클 슈먼, 『공자가 만든 세상』, 지식의 날개, 2016, 231쪽.
186) 서보영, "고전소설 『박씨전』에서 '박씨' (朴氏)의 인물 형상과 서사적 의미", 인문사회 21, 제8권 제6호, 2017. 12., 424-425쪽.

'변신'이란 사전적 의미로 "몸의 모양이나 태도 따위를 바꿈 또는 그렇게 바꾼 몸"을 말한다.[187] 그러나 그 의미를 좀 더 확대하면, 상황적으로 새로운 국면을 맞는 시간적 및 공간적 변화를 말한다.[188] 이 정의에 따르면, 박씨는 자신의 의모를 가린 누추한 허물을 벗고 화려하게 변신하여 준수한 용모를 가진 미인으로 다시 태어남으로써 자신이 처해있는 현실상황의 극적인 변화를 꾀한다. 하지만 추녀에서 미녀로 변신하지 않고는 세상의 인정을 받을 수 없고, 또한 남성권력으로 대변되는 남편을 굴복시킬 수 없는 박씨의 모습에서 당시 여성들의 좌절감과 무력감을 느낄 수 있다.[189]

　『박씨전』에 나오듯이 변신은 대개의 경우 여성의 모습으로 나타난다. 또한 남성보다는 월등한 능력을 가진 여성의 모습으로 변신하는 것도 한국고전문학이 가진 하나의 특징이다(예: 「단군신화」 웅녀).[190] 『박씨전』은 조선 인조 때의 병자호란을 작품의 배경으로 하고 있다. 이 당시 조선의 여성들은 전쟁으로 인한 최대의 피해자임은 물론 강고한 유교체제 아래 남성에 비하여 이중삼중의 차별로 형극과도 같은

---

187) 네이버사전: 변신
188) 김미란, "박씨전(朴氏傳)의 변신(變身)의 모티브", 국어국문학 76, 1978. 12., 180쪽.
189) 이 점은, 여성의 최고 미덕으로 강조되던 부덕은 그들의 현실적 삶에 별 영향을 주지 못하는 반면, 별 가치 없는 것으로 치부되던 외모는 그들의 삶에 직접적 영향을 주고 있다는 비판을 피할 수 없다.(이원수, "박씨전에 나타난 여성관", 어문학, 2000. 10., 410쪽.)
190) 이 점은 서양문학에서는 셰익스피어의 『베니스의 상인』에 나오는 포서처럼 여성이 남성의 복장을 착용하는 복장전도(transvestism)의 형태로 나타난다.(김종환, "포서의 남장과 반지 트릭-『베니스의 상인』 연구", 영어영문학 제53권 4호, 2007, 673쪽.) 변신 혹은 복장전도는 여성이 처한 현실 상황을 반영하고 있다고 보아야 한다. 능력 있는 여성은 남성 중심의 강고한 가부장적 사회질서를 위협하는 존재로 인식되기 때문이다. 여성이 자신의 모습을 벗어던지고(탈각) 다른 모습으로 재탄생하지 않고는 남성과 동등한 수준의, 혹은 그 이상의 능력을 발휘할 수 없는 한계를 반영하고 있는 것이다. (채형복, 『나는 태양 때문에 그를 죽였다』, 학이사, 2022, 179쪽.)

현실의 삶을 살고 있었다. 이때 혜성처럼 나타난 여성 영웅이 있었으니 바로 '박씨 부인'이다. 박씨는 추녀에서 미녀로 화려하게 변신하였을 뿐 아니라 무능한 지배권력인 남성을 대신하여 탁월한 능력을 발휘하여 누란의 위기에 처한 나라를 구한다. 따라서 박씨 부인의 변신은 "현실적인 삶의 초월이며, 하나의 변성變成이요, 변형의 과정"인 셈이다.[191] 이 점에서 바라보면, 동서양의 문학작품에서 여성이 복장 전도 혹은 변신을 한 이유는 남성적 질서 안에서 영웅적 위치에 올라섰을 때 여성이고자 하는 여성성을 표출하고자 한 것이 아니라 능력을 인정받기 위한 어쩔 수 없는 선택이라고 보아야 한다.[192]

　　박씨의 아버지 박처사는 어느 날 딸에게 조용히 이른다. "네 액운이 다 지나갔으니 누추한 허물을 벗어라." 소설은 이 말의 배경에 대해서는 설명하지 않는다. 박씨가 어떤 나쁜 일을 겪을 운수인지, 그 원인은 무엇인지, 그 액운이 어떻게 다 지나갔는지, 또 박씨가 누추한 허물을 뒤집어쓰고 있는 이유가 액막이를 위한 것인지 등에 대해 독자들은 미루어 짐작할 뿐이다. 이 말을 하고 박처사는 딸에게 껍질을 벗고 변화하는 술법을 가르친다. 그러고는 박처사는 이번에 입산하면 다시 속세로 나오기 어렵다며 딸과 이별한다.

　　어느 하루 박씨는 둔갑법으로 허물을 벗고 화려하게 변신한다.[193] 몸종 계화가 방에 들어가니 박씨가 '예전에 없던 미인'이 되어 방에 앉아 있는 것이다. 계화가 눈을 씻고 자세히 보니 아름다운 얼굴과 기

191) 심동복, "「박씨전」 소고-도교적 변신을 중심으로-", 한국언어문학 제35집, 4쪽.
192) 김선희, 앞의 논문, 180쪽.
193) 박씨가 추악한 외모에서 벗어나 아름다운 여성으로 변신하기 위해 사용한 방편은 '탈갑(脫甲)'이라는 도술이다.(윤분희, "박씨전의 여성 영웅성 연구: 활자본 박씨부인전을 중심으로", 한국민족문화 18, 2001. 12., 18쪽.)

이한 태도는 월궁항아194) 아니면 무산巫山에 사는 선녀195)도 미치지 못할 정도로 훌륭한 자태였다. 동성同性의 계화가 보기에도 한번 보고 정신이 나가 숨도 못 쉬고 멀리 앉아 있을 정도니 그 아름다움이 눈이 부실 정도였다.

자신이 벗은 허물을 넣을 옥함玉函을 만들어 달라는 박씨의 요청을 받고 며느리를 본 시아버지 이공도 깜짝 놀란다. 그러고는 아들 시백을 불러 "얼른 들어가 네 아내를 보아라."고 말한다. 시백은 월궁항아와 같은 미모로 변화한 박씨를 보고는 아무 말도 하지 못한다. 하지만 박씨는 촛불을 밝히고 안색을 엄정히 하고 앉아있을 뿐 옳다 그르다 한마디 말이 없다. 추한 얼굴을 가졌다는 이유로 아내를 박대한 시백은, "부인이 이같이 하심은 내가 삼사 년 박대한 탓이로다." 며 그제야 자신의 잘못을 뉘우치고 자책한다.

아내라고 얻은 것이 흉물이라 평생에 원한이 되더니, 지금은 월궁항아가 되었으나 말도 붙이지 못하고 골수의 병이 되었도다. 첫째는 지감知鑑196)이 없는 탓이요, 둘째는 불민한 탓이요, 셋째는 부친의 말씀을 듣지 않은 탓이로다.197)

"아내라고 얻은 것이 흉물이라 평생에 원한이 되더니"라는 시백

---

194) 월궁항아는 중국 신화에 나오는 전설적인 인물로, 달에 사는 여신이다. 이 신화는 중국의 문학, 예술은 물론 여러 전통 행사에 자주 등장하고 있다.
195) 무산(巫山)에 사는 선녀에 대한 이야기는 주로 중국 고대 문학과 신화에서 등장하며, 특히 초나라의 시인 송옥(宋玉)의 작품에서 유명하다. 이 선녀는 "고당부인"(高唐夫人)이라는 이름으로도 알려져 있으며, 중국 고대 시가와 문학에서 많은 영감을 주었다. 특히 이 이야기는 사랑과 이별, 자연의 아름다움을 표현하는 데 자주 사용되었다.
196) 지감(知鑑)이란 사람을 알아보는 능력을 말한다.
197) 『박씨전』, 54쪽.

의 말에는 외모의 흉하고 아름다움을 기준으로 여성의 가늠하는 남성의 고정관념이 여실히 드러나 있다. 만일 박씨가 아리땁고 화려하며 얌전하고 점잖은 요조숙녀와 현모양처로 거듭나지 않았다면, 시백은 아내가 겪는 차별과 설움을 외면하고 무시했을 것이다. 하지만 이제 상황이 뒤바뀌었다. 선녀와 같은 미모를 가진 여인으로 재탄생한 아내를 곁에 두고도 껴안을 수 없으니 결국 아내에게 사죄한다. "부인을 삼사 년 독수공방케 한 죄는 지금 뭐라 말씀할 길이 없사오나, 마음을 돌이켜 사람을 구하소서."[198] 그러고는 슬프게 눈물을 흘린다. 이제 주도권은 남편이 아니라 박씨에게 넘어왔다. 시백의 그런 모습이 불쌍하고 가엾은 마음에 박씨는 "꽃 같은 얼굴을 더욱 씩씩하게 하고" 남편을 책망한다.

조선은 예의의 나라라 했는데, 사람이 오륜을 모르면 어찌 예의를 알리오. 그대는 아내가 박색이라 해 삼사 년을 천대했으나 부부유별이 어디 있으리오. 옛사람이 '조강지처는 불하당이라'[199] 했거늘 그대는 미색만 생각하고 부부간 오륜은 생각하지 않으니 어찌 덕을 알며, 처자의 마음속도 모르거늘 어찌 입신양명해 나라를 돕고 백성을 편안하게 하리오. 지식이 저렇게 없을진대 효와 충을 어찌 알며, 백성을 편안히 할 길을 어찌 알리오. 이후는 효도를 다해 수신제가를 명심하소서. 첩은 비록 아녀자나

---

198) 『박씨전』, 54쪽.
199) "조강지처 불하당"(糟糠之妻 不下堂)은 중국 고사성어로, 후한의 광무제(光武帝)인 유수(劉秀)가 어려운 시절에 음식을 먹을 수 없을 때도 자신을 따랐던 조강지처인 곽황후(郭皇后)를 평생토록 존경하고 버리지 않았다는 이야기에서 유래한다. 즉, 이 표현은, "어려울 때 고생을 함께 한 아내는 버리지 않는다."는 뜻으로 남녀 간의 의리를 강조하며, 특히 부부 사이의 깊은 신뢰와 헌신을 상징하고 있다.

낭군 같은 남자는 부러워 아니 하나이다.[200]

　박씨는 예의와 오륜을 내세워 온갖 젠체하고 폼을 잡으면서도 여성의 외모에 사로잡혀 있는 조선의 사대부 남성을 과감하게 질타한다. 특히 박씨는 평소 인의예지를 내세우는 '사대부 남성' 의 언어로 '그들' 의 허위와 위선을 가감 없이 비판한다. 박씨의 속 시원한 '사이다 발언' 을 읽으면서 조선의 여성들은 중층적으로 억압되어 있던 내면의 체증이 한순간에 사라지는 쾌감을 느꼈을 것이다. 평소 그렇게 무시하고 업신여기던 아내의 언어가 정직하고 굳세니 시백은 입이 있어도 할 말이 없다. 그저 부끄러운 마음을 억지로 참고 누누이 사죄할 뿐이다. 그런 남편을 한동안 지켜보다가 박씨가 마지막으로 쐐기를 박는다.

　　첩이 본래 모습을 감추고 추하게 하기는 군자를 미혹당하지 못하게 해 일심一心으로 공부하게 하려는 것이요, 그사이에 말하지 않음은 군자를 스스로 잘못을 뉘우치게 하고 책망하려는 것이요. 지금 본래 모습을 가졌으나 한평생 마음을 풀지 아니하고자 했으나, 여자의 연약한 마음으로 장부를 속이지 못해 과거사를 풀어 버리거늘 부디 이후로는 명심하옵소서.[201]

　하지만 박씨의 이 말은 소설에 포함되지 않았으면 더 좋았을 것이다. 조선 후기의 다른 소설과 마찬가지로 『박씨전』도 사대부 남성 집

<hr />

200) 『박씨전』, 55쪽.
201) 『박씨전』, 56쪽.

단이 가진 허위를 질정하고는 곧바로 자신을 한없이 낮추고는 빠져나
갈 여지를 열어둔다. 남편을 군자로 높이는 반면 아내 박씨는 연약한
마음을 가진 여자-소인에 지나지 않는 존재라는 점을 들어 남편을 안
심시킨다. 자신의 본래 아름다운 모습을 감춘 이유가 남편이 미색에
빠져 공부를 못할까 봐 우려하는 마음에서 비롯되었다는 것이다. 모
든 것이 남편을 위해서 한 일이니 이해해 달라며 회유의 손길을 내민
다. 그러고는 시백의 아름답고 고운 손을 이끌어 잠자리에 들어 삼사
년 그리던 회포를 풀고 운우지락을 이룬다. 이로써 부부간 쌓인 원망
은 한순간에 사라지고 산과 바다와 같이 크고 깊은 새로운 정이 생겨
났다.

　이 대목에 이르면 누가 군자이고, 소인인가 경계가 불분명하고 모
호하다. 성리학의 나라 조선은 남성과 여성의 위계가 분명하고 신분
차별이 공고한 사회였다. 여성은 군자인 남성이 기르고 가르쳐야 할
소인에 지나지 않을 뿐 남성과 여성은 동등한 지위를 가질 수 없었다.
하지만 대인군자로서 '여성' 박씨는 소인배에 불과한 '남성' 시백을
가르치고 훈계하며 넉넉한 마음으로 포용한다. 그럼에도 박씨는 자신
이 처해있는 현실과 시대상황을 벗어나지 못하고, 부득이 수용할 수
밖에 없었기 때문인지 전근대적 여성관에 얽매인 당시 조선의 여성이
가진 한계를 벗어나지 못한다.

전근대적 여성관의 교착: 쌍가마는 꾸며 무엇 하려 하나이까?

　　　　　『박씨전』의 주인공 박씨 부인은 전근대적(전
통적) 및 근대적 가치관을 동시에 가지고 있는 여성이다. 조선사회가

요구하는 여성(딸, 며느리, 아내)으로서의 역할에 충실하면서도 가정은 물론 국가 차원의 중대사에도 깊이 개입하여 자신이 직접 문제를 해결한다. 박씨 부인이 인정하는 조선의 남성은 오직 임경업 장군이다. 그를 제외한 다른 모든 남성은 권위를 내세우고 한껏 허세를 부리지만 기껏해야 시세에 영합하거나 국가의 위기 앞에 무능한 모습을 보일 뿐이다. 그런 남성을 일으켜 세우고 국가가 하지 못하는 외적을 물리치고 국난을 극복하는 주체는 바로 여성이다. 한마디로 『박씨전』은 주인공 박씨 부인을 내세워 근대적 주체로 거듭나고 있는 여성의 당당한 모습을 묘사하고 있다. 하지만 박씨 부인은 전근대적 여성에서 근대적 여성으로 재탄생하는 과정을 겪는다. 근대적 여성으로 태어나기 위한 전단계로서 전통적 가치관을 가진 전근대적 여성으로서의 박씨 부인의 모습에 대해 살펴본다.

첫째, 남편에게 온갖 멸시와 구박을 받으면서도 박씨 부인은 하룻밤 만에 조복朝服을 짓는 능력을 보이며 며느리로서의 역할에 최선을 다한다. 임금이 시아버지 이공에게 일품一品 벼슬을 제수하고 "명일 조회에 들어와라."고 전교傳敎를 내린다. 옛 옷은 색이 맞지 않고 새 옷은 미처 준비하지 못한 이공은 부인과 상의하지만 마땅한 대책이 없어 고민한다. 계화에게 이 소식을 전해들은 박씨는 5~6인이 할 일을 혼자 하고, 이삼 일 할 일을 하룻밤 만에 해낸다. 그 능력은 물론 솜씨도 탁월하여 앞에는 춤추는 봉황의 수를 놓고 뒤에는 날고 있는 청학의 수를 놓았다. 하룻밤 새 조복을 지어 시아버지에게 바치니 이공은 "이는 선인의 솜씨요, 인간의 솜씨가 아니로다."라며 며느리를 칭찬한다. 조선시대의 관원이 조정에 나아가 하례할 때 입는 예복이 조복이다. 붉은빛의 비단으로 만들고, 앞과 뒤에 봉황과 청학 등의 수를 놓는다. 아무리 손이 재바른 침선장針線匠이라 할지라도 여러 사람의 도움을 받고도 몇날며칠 매달려야 조복 한 벌을 만들 수 있다. 그만큼 성가시고 까다로운 작업을 박씨는 하룻밤에 해치운다. 이 대목은 박씨의 능력을 극대화할 목적으로 도입한 것이니 현실적으로 가타부타 따져 물을 일은 아니다.

둘째, 박씨 부인은 자신을 박대하는 남편 이시백이 과거시험에서 장원급제하도록 아내로서 적극 내조한다. 어느 날 박씨 부인은 남편에 관한 길몽을 꾸고는 계화에게 일러 남편을 보자고 한다. 하지만 이시백은 "요망한 박씨가 감히 나를 청하느뇨." 하고 크게 화내며 계화를 잡아내어 크게 꾸짖고 매를 30대나 때려 물리친다. 계화가 매를 맞고 울며 들어오는 모습에 박씨 부인은 탄식하며 계화에게 벼룻물을 담아 두는 그릇인 연적硯滴을 주고 이시백에게 말을 전하라 한다.

> 이 연적에 있는 물로 먹을 갈아서 글을 지어 바치면 장원급제할 것이니 입신양명을 하거든 부모에게 영화를 보이고 가문을 빛낸 후에 나같이 박명한 사람은 생각 말고 명문가에서 아름다운 숙녀를 취해 태평하게 백년해로하소서.[202]

이 말을 듣고 이시백은 그제야 자신의 용렬함을 후회하고 계화도 좋은 말로 타이른다. 다음 날 과거 시험장에 들어가서 문제를 받자마자 그 연적의 물로 먹을 갈아 일필휘지로 답을 제일 먼저 써낸 이시백은 장원급제한다. 집안에서는 이를 축하하는 큰 잔치로 여러 날 동안 떠들썩한데 박씨 부인은 홀로 적막한 초당에서 쓸쓸하게 지낸다.

셋째, 박씨 부인은 시댁의 가계를 경제적으로 윤택하게 만드는 데

---

202) 『박씨전』, 43쪽.

도 탁월한 능력을 발휘한다. 박씨는 시아버지에게 노복을 종로에 보내어 여러 말 중에 작고 비루하고 파리해 모양은 볼 것 없어도 300냥을 주어 사오라고 권고한다. 그 망아지를 키우니 3년 만에 준마駿馬가 되어 걸음걸이가 날랜 범과 같았다. 박씨는 시부모에게 모월 모일에 명나라 사신이 올 것이니 이 말을 3만 냥에 팔라고 부탁한다. 아니나 다를까. 사신이 기뻐하며 3만 냥에 이 말을 사가니 가산이 풍족해졌다. 이공은 박씨에게 그 말은 천리마千里馬라 작은 나라 조선보다는 호국에서 필요하니 사신에게 팔 수 있었다는 말을 듣고는 탄복하여 말한다.[203)]

> 비록 여자이나 먼 앞날의 일을 훤히 내다보니 진실로 아깝도다. 만일 남자가 되었던들 나라를 돕고 임금에게 충성스러운 신하가 되었을 것을, 여자가 되다니 원망스럽도다.[204)]

이처럼 박씨는 시아버지를 제외하고는 집안 모든 사람의 멸시를 받으면서도 며느리와 아내로서 탁월한 능력을 발휘한다. 그러나 박씨는 전통적 가치를 가진 전근대적 여성이 해야 할 역할의 범위를 벗어나지 않는다. 심지어 남편이 장원급제하는 데 실질적 도움을 주었으면서도 박씨는 축하 잔치조차 참석하지 못한다. 그런 상황에서도 박

---

203) 박씨는 말을 키워 명나라 사신에게 판다. 시아버지 이공이 박씨에게 "과하게 3만 냥이나 받았으니 알 수 없어라. 이 어쩐 연고이뇨?"라고 묻자 "호국은 지방이 광활하고 머잖아 쓸 데가 있기에 사신이 준마를 알아보아 3만 냥을 아끼지 않고 사 갔나이다."라고 대답한다. 당시 '호국'은 명나라와 달리 "북방의 오랑캐가 사는 나라"라는 뜻으로 '청나라'를 지칭하였다. 하지만 여기서 박씨가 말하는 '호국'은 문맥상 청나라를 일컫기보다는 광활한 면적을 가진 중국을 가리킨다고 보는 것이 타당할 것이다.
204) 『박씨전』, 41-42쪽.

씨는 "사람의 길흉화복은 하늘에 달려 있으니 무슨 슬픔이 있으리오."라며 담담한 태도를 취한다. 며느리 사랑은 시아버지라고 했던가. 그런 며느리를 지켜보며 이공은 "여자가 되다니 원망스럽도다."며 개탄한다. 이공의 탄식대로 누추한 허물을 벗고 박씨는 화려한 모습으로 변신한다. 하지만 박씨가 자기주도적이고 주체적인 근대 여성을 넘어 영웅으로 재탄생하기에는 남존여비의 전통적 관념의 틀은 너무나도 공고하다. 박씨도 사회가 여성에게 부여한 기성질서를 수용하고 기본 도리를 다한다. 박씨의 이런 태도는 남편과의 다음 대화에서 여실히 드러난다.

넷째, 평안감사를 제수받은 남편 이시백을 혼자 임지로 보내고 박씨는 남아 시부모를 봉양한다. 시아버지 이공이 연로해 벼슬을 사양하니 임금은 시백에게 승지를 시킨다. 시백이 충성을 다하자 중용하여 평안감사를 제수한다. 시백이 임지로 부임할 채비를 하면서 쌍가마를 꾸미려 하자 박씨가 묻는다. "쌍가마는 꾸며 무엇 하려 하나이까?" 시백이 "부인을 데려가고자 하나이다." 하니 박씨가 말한다.

남자가 출세하면 '나라를 섬길 날은 많고, 부모를 섬길 날은 적다' 고 했나이다. 나랏일에 골몰하면 처자를 돌아보지 못하거늘, 첩도 함께 가면 부모님은 누가 봉양하리까. 낭군은 충성을 다해 나라를 극진히 도움이 옳을까 하나이다.[205]

박씨의 말에 시백은, "나같이 불충불효한 자는 천지간에 용납지 못할 것이리라."며 혼자 임지로 떠나 선치善治를 베풀어 백성들의 칭

---

205) 『박씨전』, 62쪽.

송을 받는다.

박씨의 이 모습에서 전형적인 전근대적 여성상을 볼 수 있다. 조선 시대의 부녀자는 남편과의 관계는 물론 부모와 시부모에게는 무조건 복종하고 섬기는 마음으로 효를 다해야 했다. 여논어 제6장 '시부모를 섬김'[事舅姑章(사고구장)]에서 말하기를, "시아버지와 시어머니는 남편의 집에 으뜸가는 어른"이므로 며느리는 "시부모를 받들고 보살피며 봉양하는 것을 친부모와 같이" 하라고 적고 있다.[206] 그렇다면 어떻게 하는 것이 친부모에게 효를 다하는 것인가? 아침에 일찍 일어나 먼저 편안하신지 안부를 묻고, 춥다고 하시거든 불을 때고 더우면 서늘하게 부채질로 부치며, 배가 고프다 하시거든 밥을 내오고 목이 마르다 하시거든 물을 내오며, 부모가 다잡아 책망하시거든 얼어 당황하게 행동하지 말아야 한다.[207] 한마디로 부모의 뜻을 거스르지 말고 온몸과 마음을 바쳐 부모를 봉양하라는 것이다. 박씨는 이 가르침에 따라 여자가 갖춰야 할 미덕인 삼종사덕三從四德에 따라 남편의 출세와 시부모의 봉양을 위해 기꺼이 자신을 희생하는 길을 선택한다.[208]

여기에서 알 수 있는 바와 같이, 박씨 부인은 유교적 관념에 따라

---

206) 출전: http://db.sejongkorea.org/front/detail.do?bkCode=P05_SS_v001&recordId=P05_SS_e01_v002_0060(검색일: 2024. 8. 10.)

207) 여논어 제5장. 부모를 섬김[事父母章(사부모장)] 출전: http://db.sejongkorea.org/front/detail.do?bkCode=P05_SS_v001&recordId=P05_SS_e01_v002_0050 (검색일: 2024. 8. 10.)

208) 김민정은 여사서를 중심으로 여성에게 차별적으로 적용되는 효(孝)에 대해 다음과 같이 비판하고 있다. "종법제도, 혼인 제도가 남성, 장남이 주축을 이루게 되면서 (…) 효의 종교적인 영속성은 모든 인간에게 보편적인 개별적 의미를 잃어버리고 말았다. 동시에 여성은 부차적이고, 도구적인 전제로 전락해버리고 만다. (…) 여성은 자식을 낳는 가장 중요한 역할을 하면서도 세속적 사회의 범주와 결합한 효 사상에서 주변부로 밀려나게 된다."(김민정, "효의 역사적 변용과 성별화된 효-『여사서』를 중심으로-", 유학연구 제66집, 2024. 2., 충남대학교 유학연구소, 298-296쪽.)

부녀자의 도리를 다한다. 비록 부부의 정은 모를지라도 남편이 출세하여 입신양명하고, 부모에 효도하고, 가문을 보전하는 도리에 충실해야 한다. 어디 이뿐인가. 남편이 다른 첩을 얻어서라도 자식을 얻어 가문의 영광을 드높여야 한다. 박씨의 추한 용모마저 남편을 일심으로 공부하게 만들기 위한 장치에 지나지 않았다.[209] 이처럼 여성을 완전한 인격체가 아니라 하나의 사물로 대상화함으로써 유교는 여성에게는 철저한 차별적 정치이념이자 통제장치였다고 할 수 있다.

근대적 여성으로의 변모: 너희가 끝까지 마음을 고치지 아니하니 나의 재주를 구경시키리라

나라가 위기에 처하자 박씨는 평소의 소극적인 태도에서 벗어나 자신이 가진 능력을 최대한 발휘한다. 박씨는 전근대적 여성에서 근대적 여성으로 변모하여 출중한 기지와 역량으로 전쟁을 수습하고 국란을 극복한다. 『박씨전』의 저자가 가장 중점을 두고 자신의 핵심적인 생각을 피력하고자 한 것은 이 작품의 후반부라고 할 수 있다.

조선의 신분질서가 흔들리기 시작한 시기는 대체로 조선 후기, 특히 17세기 후반에서 18세기 초부터이다. 이 시기의 신분질서 변화는 ① 상업과 경제의 발달, ② 농업 생산력의 증가, ③ 호구 조사의 부정확성, ④ 군역과 부역의 부담, ⑤ 실학 등 사회적 변화와 사상적 영향,

---

209) 최진형, "『박씨전』의 이념적 구조에 대하여-현실에 대한 문제 제기와 그 이념적 대응-, 반교어문연구 제7권, 1996. 12., 반교어문학회, 213쪽.

그리고 ⑥ 이 작품의 주요 배경인 전쟁(병자호란) 등 여러 가지 사회적, 경제적, 정치적 요인에 의해 발생했다. 특히 임진왜란과 병자호란(임병양란)을 겪으면서 조선의 공고한 신분질서는 크게 흔들렸으며 서민의식의 성장을 가져왔다. 무능한 지배계층에 대한 민중들의 저항 의식은 한층 고양되었으며, 양반계층에 의한 지배와 복종을 거부하였다.

이러한 사회질서 변화는 여성에게도 영향을 미쳤다. 여성들은 남성중심의 가부장적 사회체제를 해체하고, 자신들이 가진 능력과 역할에 대해 새롭게 인식하게 되었다.[210] 이러한 현실 상황과 맞물려 박씨는 여성임에도 불구하고 무능하고 부패한 남성을 대신하여 직접 전쟁에 참가하여 적을 제압함으로써 위기에 처한 나라를 구하는 능력을 발휘한다. 이 작품의 후반부는 박씨 부인이 전근대적 여성성에서 벗어나 비로소 주체적인 근대 여성으로 태어나는 과정을 묘사하고 있다.

그즈음 중국에서는 명나라의 국운이 쇠락하고 북방의 오랑캐가 부상하여 새로운 나라를 세우니 호국, 즉 청나라다. 오랑캐가 조선의 북쪽 변경을 침입하자 임경업이 백전백승하였지만 호왕胡王은 조선 침략에 대한 야욕을 꺾지 않는다. 호왕의 후궁인 귀비貴妃가 신통한 능력이 있어 호왕에게 조선에 임경업보다 더 '신기한 사람'[신인(神人)]이 있다며 그를 없앤 후 조선을 도모해야 한다고 말한다. 귀비가 말하는 신인은 다름 아닌 박씨 부인이었다. 호왕은 조선의 신인 박씨와 명장名將 임경업을 제거할 목적으로 궁중의 시녀 중에 '기홍대' 라는 일등 여자 자객을 보낸다. 하지만 박씨가 보통 인물인가? 자신 거처하고 있는 초당인 피화당에 홀로 앉아 천문을 보고는 기홍대가 올 줄 알고는

---

210) 이연화, "『박씨전』에 나타난 여성의식 고찰", 국학연구론총 제8집, 택민국학연구원, 2011. 12. 31., 171쪽.

남편에게 일러 그녀를 자신에게 보내라 한다. 그 후 박씨가 기홍대에게 독주를 먹이고 화려한 검술과 도술을 부려 그녀를 제압한다.

『박씨전』의 후반부는 마치 삼류 무협소설 같다. 하지만 여기서 눈여겨보아야 할 점은 박씨와 기홍대, 그리고 계화를 비롯한 여성들의 활약상이다. 국란을 맞아 위기에 의연히 대처하고 문제를 해결하는데 있어 여성이 주연이라면 임금과 문무백관을 비롯한 남성들은 조연에 불과하다. 기홍대를 제압한 박씨의 활약상을 승상으로 있는 남편 이시백이 보고하자 임금은 박씨의 공적을 기려 '충렬부인忠烈夫人' 직첩을 내리고 일품一品 녹봉을 지급한다. 그러고는 임금은 임경업에게 기홍대라는 호국의 여자를 조심하라는 밀지를 보낸다.

한편 박씨와 임경업을 죽이지 못했다는 기홍대의 보고를 받은 호왕은 전략을 바꾼다. 신인과 명장을 죽이기보다는 조선의 간신을 이용하여 국론을 분열시키는 한편 조선을 치되 남쪽 육로가 아닌 함경도 장안 동문으로 쳐들어가기로 한다. 호왕은 한유와 용올대에게 군사 10만을 소집하여 조선을 치라고 명한다. 박씨가 호국의 전략을 꿰뚫고 이시백에게 방비책을 알려준다. 하지만 호왕이 예상한대로 좌의정 원두표와 영의정 김자점 등이 극구 반대하며 막아선다. 이시백에게 그 사실을 전해들은 박씨는 '국운이 다했다' 며 대성통곡한다. 호국의 병사가 동대문을 들이치자 임금은 남한산성으로 피신한다. 이에 용올대는 아우 용골대에게 장안을 지키라 명하고, 자신은 남한산성으로 가서 성을 에워싸고 공격하니 이른바 병자호란이다.

전쟁이라는 국란은 사회를 위기에 빠뜨리고 민중에게 말로 다할 수 없는 고통을 안겨준다. 하지만 전쟁이 온통 부정적인 측면만 있는 것은 아니다. 전쟁은 온갖 특권을 누리며 강고한 기득권을 유지하고 있는 남성 중심의 양반체제를 허물어뜨리고, 억압받고 있던 민중이

역사와 현실의 전면에 나서게 되는 동인이 되기도 한다. 특히 이 과정에서 남성 집단에게 차별과 무시를 받고 있던 여성은 자신이 삶의 주체라는 각성을 통하여 거대권력구조의 모순을 자각하고, 그 한계를 극복하는 긍정적 효과도 있다. 난세는 영웅을 낳는다고 했던가. 난세를 맞아 박씨는 이제껏 갈고닦은 자신의 능력을 세상에 펼쳐 보인다. 정작 나라와 백성을 지켜야 할 임금과 문무백관을 비롯한 남성들은 남한산성으로 숨어들었다. 병자호란이라는 국가의 위기 앞에서 나라와 백성을 구할 수 있는 자 누구인가. 바로 박씨 부인과 계화, 바로 '여성(들)'이다.

『박씨전』의 후반부에서 호군을 맞아 싸우는 과정에서 박씨의 시비侍婢 계화가 화려하게 등장한다. 박씨 부인을 시중드는 여자 종에 불과한 계화는 박씨의 능력에 버금가는 정도의 술법과 검법을 구사한다. 일개 시비에 불과한 계화가 어떻게 하여 이런 능력을 갖추게 되었는가에 대해 소설은 전혀 언급하고 있지 않다. 하지만 이 대목에서 중요한 점은, 이제 박씨는 굳이 싸움의 전면에 나서지 않는다는 사실이다. 자신의 대리인이자 분신인 계화를 내세워 자신의 말과 뜻을 전하고 관철시킨다. 대부분의 독자는 이 사실을 무시하거나 간과하지만 노비 신분의 계화의 등장은 조선 후기 신분제의 변화상을 여실히 반영하고 있다고 보아야 한다. 그동안 조선의 역사는 남성이 주도하고 남성에 의해 기술되었다. 그러나 이제 역사는 여성이 주도하고 여성에 의해 기술되어야 한다. 이제 병자호란을 둘러싼 역사는 '그녀 - 여성(들)'이 이끌어간다.

호나라 장수 용골대가 장안을 수탈하다가 '겁도 없이' 피화당에 있는 물건을 겁탈하러 들어갔다. 피화당은 이미 박씨 부인이 묘한 술법을 부려 철벽방어막을 치고 있었다. 용골대가 상황을 파악하고 군사를 물리고 도망하려 했지만 어느새 피화당은 첩첩산중이 되어 있었다. 박씨 부인의 시비 계화가 "어떤 도적이기에 죽기를 재촉하느냐." 며 용골대를 꾸짖는다. 용골대가 "뉘 댁인지 모르고 왔거니와 덕택을 입고 살아 돌아가기를 바라나이다."라며 목숨을 구걸하지만 계화는 은혜를 베풀 생각이 없다. "내 칼을 받아라."며 계화가 달려드니 용골대가 칼을 비껴들고 싸운다. "조그마한 여자의 손에 죽을 줄 어찌 알았으리리오."는 탄식을 남기며 용골대는 계화의 칼에 목이 떨어진다.

한편 용올대는 조선 임금 인조의 항복서를 받아 들고 장안으로 들어가지만 동생 용골대가 '여자의 손에 죽었다'는 보고를 받고는 피화당으로 군사를 들이친다. 후원 초당 앞 나무에 용골대의 머리가 매달려 있는 모습을 본 용올대의 분노는 하늘을 찌를 듯하다. 그러나 분기를 참고 신중하라는 도원수 한유의 권고를 받아들여 피화당에 들어가지 않고 불을 지른다. 피화당에서는 용올대의 군사들과 박씨 부인이 술법으로 만든 신장神將이 한바탕 치열한 전투를 치른다. 결국 박씨 부인의 팔문진八門陣[211]을 뚫지 못한 용올대는 "이곳(피화당)에서 여자를 만나 불쌍한 동생을 죽이고, 아무리 해도 그 여자에게 복수할 수는 없"어 퇴군한다. 이때 박씨 부인이 계화를 시켜 백성을 인질로 데려갈지라도 '만일 왕비를 모셔 갈 뜻을 두지 않으면" 호국의 군대는 함몰시키지 않겠다는 담대한 외교협상을 제안한다. 용올대가 이를 거부하

---

211) 팔문진(八門陣) 혹은 팔진법(八陣法)은 중국 전통 병법에서 유래한 군사 진법(陣法) 중 하나로, 여덟 개의 문(문이)으로 구성된 전술 진형이다. 팔문진은 二 복잡성 때문에 잘 훈련된 군대에서만 효과적으로 사용될 수 있으며, 전술가의 능력에 크게 의존한다. 이 진형은 상대방을 혼란스럽게 만들고, 자신의 군대를 보호하며, 유리한 위치를 차지할 수 있도록 돕는다. 팔문진은 소설 『삼국지연의』에서도 유명하다. 제갈량이 적군을 상대로 이 진법을 사용하여 승리하는 장면이 여러 번 등장하는데, 이는 팔문진의 전술적 가치와 저갈량의 뛰어난 군사 전략 능력을 상징적으로 보여주고 있다.

자 계화가 선전포고한다.

> 너희가 끝까지 마음을 고치지 아니하니 나의 재주를 구경시키리라.[212]

결국 계화에게 크게 패한 용올대는 팔문진 앞에 나와 "부인의 휘장 아래에 무릎을 꿇어 비나이다."며 땅에 엎드려 박씨 부인에게 죄를 빈다. 그러고는 머리를 조아리고 애걸하고 또 빌어 "왕비는 아니 모셔 가리이다. 우리들에게 길을 열어 돌아가게 하옵소서."라며 박씨 부인의 협상 조건을 수용한다. 용올대가 다시 동생 용골대의 머리를 내달라고 하자 박씨 부인이 "행군하되 의주로 행해 임(경업) 장군을 보고 가라."고 마지막 비계秘計를 실행한다.

나라가 싸움에 진 줄도 모르고 의주를 떠나 장안으로 오는 길에 호군을 만난 임경업은 홀로 적진에 뛰어들어 선봉장을 베고 수많은 군사를 죽인다. 임경업이 용올대의 목을 치려 하는 순간 사자使者가 "호군이 내려가거든 항거하지 말고 넘겨 보내라."는 임금이 내린 조서를 내보인다. 임경업은 왕명을 거역하지 못하고 일장통곡한 후에 호군을 그대로 보낸다.

임금은 "박씨가 만일 장부로 났던들 어찌 호적을 두려워하리오."라며 박씨의 말을 듣지 않은 것을 후회하고 개탄한다. 그러나 "규중 여자가 맨손의 홀몸으로 무수한 호적의 날카로운 기운을 꺾어 조선의 위엄을 빛냈다."는 공로를 인정하여 충렬부인에 정렬貞烈을 더 봉하고 조서를 내린다. 박씨는 승상이 된 남편 이시백과 부귀영화를 누리며 80여 세를 살다 죽는다.

---

212) 『박씨전』, 101쪽.

　　　　　　　여기서 이야기를 맺었으면 좋았을 것이다.
조선 후기의 다른 소설과 마찬가지로 『박씨전』의 저자도 사대부 양반
의 정치적 탄압이 두려운 탓인지 이 이야기를 쓰게 된 이유에 대해 사
족을 달고 있다.

> 박씨 부인의 충절과 덕행, 재모才貌, 기계奇計가 희한해 세상에서 사라
> 질까 두려워 대강 기록하노라.213)

　이 말인즉슨 『박씨전』은 조선 고래의 유명한 이야기책으로, 이 글
을 읽으면 누구나 은연중에 현인군자賢人君子가 될 것이니 명심하라는
것이다. 박씨 부인의 능력은 '실제 사례'가 아니라 '희한한 일'에 지
나지 않는다. 게다가 이 이야기를 기록하는 이유도 현인군자가 되기
를 바라는 남자들을 위해서다. 그러니 박씨가 한 모든 일은 남성지배
체제를 지키고 사회질서의 안정을 도모하는 차원을 넘지 못한다. 이
를테면, 박씨가 출가할 때 외모를 추하게 함은 여색을 좋아하는 사람
이 거기에 빠질까 봐 염려한 때문이며, 변신해 본색을 나타냄은 부부
간에 화합코자 함이요, 피화당에 팔문진을 친 것은 나중에 순행巡行하
는 호적을 방비코자 함이요, 왕비를 모시고 가지 못하게 함은 오랑캐
의 불측한 변고를 만날까 걱정함이요, 세자와 대군을 모셔 가게 함은
천의天意를 따름이요, 호장으로 하여금 의주로 가게 함은 임 장군을 만

---

213) 『박씨전』, 110쪽.

나 영웅의 분노를 풀기 위함이다.[214] 소설은 말미에서 구구절절하게 사족을 달아 박씨의 행적에 대해 변명하고 있다. 이 대목을 읽는 내내 마음이 씁쓸하고 뒷맛이 영 개운치 않다.

충忠·효孝·열烈은 유학을 숭상하는 조선시대의 근본사상이다. 이 관점에서 본다면, 박씨 부인은 집안에서는 비복을 의리로 다스리고 친척의 화목을 도모하는 덕행을 가졌을 뿐 아니라 국가의 위기를 맞아 충성을 다해 나라를 구한 능력 있는 여성이다. 지배 권력을 가지고 있는 임금과 문무백관 등 남성 집단은 나라의 위기상황에서 아무런 능력도 발휘하지 못한다. 그들의 지도력이 부재한 상황에서 국가는 위기에 빠지고, 그로 인한 고통은 오롯이 백성에게 전가된다. 이 과정에서 박씨는 남성 집단의 지도자(왕, 호국의 장수)로부터 남성 집단의 지도력 부재로 인한 공적 영역에서 여성의 역할과 능력을 공식적으로 인정받는다.[215] 하지만 다만 그뿐. 박씨는 임경업에 버금하는 당대의 영웅임에도 그와 같은 정치권력의 중심에 서거나 그에 상응하는 대우를 받지 못한다. 기껏해야 정조와 지조를 굳게 지킨 부녀자에게 임금이 내리는 충렬부인이나 정렬부인과 같은 시호를 받는 데 만족해야 한다.

위와 같은 관점에서 다수의 연구자들은 박씨를 "당대 사회의 이상적 남성상의 모사模寫"라든지 "중세기적인 남성화 여성의 본보기"로 규정하기도 한다.[216] 물론 문학작품과 그 작중인물에 대한 평가는 사람마다 다양하고 다를 수밖에 없다. 하지만 『박씨전』과 그 주인공 박

---

214) 『박씨전』, 108~109쪽.
215) 윤분희, "박씨전의 여성 영웅성 연구: 활자본 박씨부인전을 중심으로", 한국민족문화 18, 2001. 12., 27쪽.
216) 곽정식, 앞의 논문, 140쪽.

씨에 대한 한계는 정치적 및 학문적 지배담론인 성리학으로 대변되는 유교를 바탕으로 가부장질서가 지배하던 조선의 사회체제에서 찾아야 한다. 조선사회는 남녀 성차별이 공고하였으며, 박씨의 사례처럼 여성은 '추녀에서 미녀로' 변신하거나 영웅으로 재탄생하지 않고는 남성과 대등과 관계를 정립할 수 없었다. 이러한 문학적 장치를 통하여 저자는 이름을 드러낼 수 없는 '미상未詳'으로 남아야 했으며, 역시 '박씨 부인'이라는 추상적 여성을 내세워야 했다고 할 수 있다. 따라서 『박씨전』과 박씨의 한계는 전근대적이고 불합리하며, 반이성적인 조선사회의 구조적 모순에서 찾아야 한다. 이러한 한계에도 불구하고 『박씨전』은 여성문학으로서의 기본조건을 충족하고 있으며,[217] 박씨도 전근대적 여성관에서 벗어나 근대적 주체여성으로 재탄생하고 있다는 점에서 높이 평가할 필요가 있다.

오늘날의 시각으로 보면, 박씨는 여성이 갖춰야 할 모든 덕목을 가지고 있는 '완벽한 여성' 혹은 '능력 있는 여성', 즉 슈퍼우먼이다. 박씨는 내면의 가치인 덕성은 물론 선녀와 같은 외모를 가지고 있다. 어디 그뿐인가. 사적 영역인 가정의 화목을 도모함은 물론 남성의 전유물로 간주되던 공적 영역에서도 타의 추종을 불허하는 능력을 발휘한다. 그 결과, 박씨는 임금과 호국의 장수 등 남성들에 의해 능력을 인정받는다. 하지만 여성들에게 박씨는 결코 도달할 수 없는 슈퍼우먼의 신화로 존재할 뿐이다.[218] 레베카 앤들러는 가부장적 남성중심주의적 시각으로 여성을 평가하는 현실에 대해 이렇게 비판한다.

---

217) Ibid.
218) 윤분희, 앞의 논문, 27쪽.

여자가 남자를 기준으로 뭔가를 성취하면서도 여성 특유의 미덕(가사와 가족 돌봄)을 소홀히 하지 않으면 그 여자는 흔히 '진정한 파워우먼' 으로 칭송받는다. 남자는 그런 파워우먼을 받침대 위에 올려놓고 외친다. "여기를 봐라. 하려고만 들면 여자도 힘과 권력을 휘두를 수 있다." 남자들이 볼 때 파워우먼은 직장과 가정에 짓눌려 산다고 느끼며 징징대는 모든 여자들의 모범이다. 그들은 말한다. "파워우먼은 안 그래. 이런 여성은 능력을 발휘하면서 다음과 같이 말하지. '모든 게 최고야!'"[219]

여성은 영웅이 될지라도 야사野史에서 '박씨' 라는 어느 여성의 이야기로 회자될 뿐 실명을 가진 '개인-나' 로 정사正史에 기록되지는 못한다. 요한복음은 "태초에 말씀(말)이 있었다."고 시작한다.[220] 인간은 첫걸음을 떼기 전부터 말을 먼저 배우지만 여성들은 가부장적인 사회 체제에서 '태초의 말'[221]을 사용할 권리를 잃어버렸다. 남성과 여성 여부를 떠나 조선시대든 현대사회든 변하지 않는 이 사실 앞에 우리는 분노해야 하지 않을까. 하지만 분노마저도 남성의 전유물일 뿐 여성의 권리에 속하고 있지 못하다. 여성들은 어릴 때부터 분노는 추악한 것이며, 불공평한 상황에 처하면 도움을 요청하거나 슬퍼하는 건 괜찮아도 화를 내서는 안 된다고 배우기 때문이다. 슬픔은 수동적이고 희생자로서 괴로워하는 존재이니 기존질서를 위협하지 않는다. 반면에 분노는 활성화할 가능성이 높다.[222] 여성의 분노는 힘이 세다! 이 말을 명심할 필요가 있다.

---

219) 레베카 앤들러(이기숙 옮김),『사물의 가부장제』, 그리나, 2023, 28쪽.
220) 요한복음 1:1.
221) 레베카 앤들러, 위의 책, 21쪽.
222) 레베카 앤들러, 앞의 책, 14쪽.

박지원, 「허생전」 (18세기 후반)

- 그대는 나를 한낱 장사치로 보는 것인가?

작품의 시대적 배경

　　「허생전許生傳」[223]은 18세기 후반 연암 박지
원이 쓴 한문 단편소설로 「호질」과 함께 『열하일기熱河日記』에 실려 있
다.[224] 이 작품에서 박지원은 「양반전」, 「호질」에서와 마찬가지로 조
선시대의 기득권층인 양반사회의 무능과 허구를 신랄하게 비판·풍자
하고 있다.

　　정조 4년인 1780년 박지원은 청나라 건륭제乾隆帝의 70세 생일을
축하(칠순연 七旬宴)하는 사절단의 일원으로 참가한다. 이때 화평옹주의
부마이자 그의 8촌 형 박명원朴明源(1725~1790)을 수행한다. 조선시대 사

---

223) 이 글의 인용문은 다음 책을 바탕으로 작성하였다. 박지원(최성윤 옮김),
　　『최성윤 교수와 함께 읽는 허생전/ 양반전』(서연비람 고전 문학 전집 5), 서
　　연비람, 2021, 19-78쪽.
224) 박지원은 살아생전 많은 작품을 썼으며, 그가 죽은 후 수십 권 분량의 『연암
　　집(燕巖集)』으로 묶어 발간되었다. 한문소설의 경우, 「허생전」과 「호질」은
　　『열하일기』에, 「광문자전」, 「예덕선생전」, 「민옹전」, 「김신선전」, 「마장전」
　　은 『방경각외전』에, 「열녀함양박씨전」은 『연상각선본』에 수록되어 있다.

신이 중국의 수도인 베이징에 가던 일 또는 그 일행을 연행燕行이라 한다. 박지원은 연행 중 청나라 고종의 피서지인 열하를 여행하면서 보고 들은 일을 소상하게 기록한 『열하일기』를 쓴다.

북경에서 돌아오는 길에 박지원은 옥갑이라는 지역에 머물면서 여러 비장裨將〔조선시대에, 감사(監司)·유수(留守)·병사(兵使)·수사(水使)·견외 사신(使臣)을 따라다니며 일을 돕던 무관〕에게서 들은 이야기를 '옥갑야화玉匣夜話'라는 제목으로 기록한다. 「허생전」은 옥갑야화라는 연속(시리즈) 이야기 중 하나다.

「허생전」을 쓴 동기에 대해 탁지원은 다음과 같이 밝히고 있다.

> (다시 만난 노인 윤영이) "허생을 위한 전傳을 쓰겠다고 한 것 말일세. 이미 글은 다 썼겠지?"
>
> 나는 아직 완성하지 못했다고 사과했습니다. (…)
>
> 인사를 하며 문을 닫고 암자를 나서려는데 노인이 혀를 차면서 말하는 소리가 들렸습니다.
>
> "딱하기도 하지. 허생의 아내는 또다시 굶주렸을 게 아닌가?" (…)
>
> 그 노인의 이름이 무엇인지는 아는 이가 없다고 합니다. 그의 소문을 들은 후에 그 나이나 용모를 견주어 보니 예전에 내가 만났던 윤영 노인과 비슷한 점이 많았습니다. 한번 찾아가서 만나 봐야지 하고 벼르기만 했을 뿐 아직 가 보지 못했습니다.
>
> 세상에는 제 이름을 감추고 숨어 살면서 세상을 조롱하고 허리를 굽히지 않는 사람이 참으로 많지요. 어디 허생뿐이겠어요?
>
> 평계平谿225) 국화 아래에서 술을 한 잔 마시고 붓을 들어 써 봅니다.226)

이처럼 박지원은 「허생전」이 자신의 창작이 아니라 윤영이라는 인물에게 들은 이야기를 옮겨 적었을 뿐이라고 밝히고 있다. 또한 "그 나이나 용모를 견주어 보니 예전에 내가 만났던 윤영 노인과 비슷한 점이 많았습니다."는 대목에 이르면 윤영이 허생이라는 가공인물을 통하여 자신의 이야기를 한 것으로 추정할 수 있다.

박지원이 「허생전」을 쓰게 된 동기를 구구절절하게 밝힌 이유는 여러 가지가 있을 수 있다. 자신이 창작한 것이 아니라 여행 중에 만난 윤영이란 인물에게 들은 이야기를 옮겼을 뿐이라고 변명하면서 양반 중심의 기득권세력의 비판을 슬쩍 비켜나기 위한 것으로 보인다. 또한 소설의 형식을 통해 북벌론 등 정치적으로 민감한 주제를 다룸으로써 현실적 핍박을 피하려는 의도가 숨어있다고도 볼 수 있다. 따라서 「허생전」을 제대로 이해하기 위해서는 이 작품의 배경이 되는 조선 효종(1619년~1659년, 재위: 1649년~1659년) 때를 전후하여 실제 소설이 작성된 18세기 후반까지 당시 조선의 정치사회의 변화에 대해 살펴보아야 한다.

효종은 조선 17대 국왕으로 10년이라는 짧은 기간 동안 재위하였다. 그러나 효종은 임진왜란과 병자호란으로 인하여 어수선한 내정을 수습하고 대동법大同法227)을 시행하여 제도개혁을 성공적으로 이끌어 냈다.

대동법은 조선 중기와 후기에 여러 가지 공물貢物을 쌀로 통일하여 바치게 한 납세 제도이다. 이 법 이전에 하급 관리나 상인들이 백성을

225) 박지원이 마흔세 살 이후에 살던 서울의 지명. '평계'라는 명칭은 연암서당(燕巖書堂) 앞에 있는 시내 이름이기도 하다.
226) 『연암집 권 13-열하일기』 '환연도중록' 8월 20일 '옥갑야화', 허생후지. 박지원(최성윤 옮김), 앞의 책, 77-78쪽에서 재인용.
227) 한국민족문화대백과사전: 대동법(大同法)

대신하여 공물을 나라에 바치고 백성에게서 높은 대가를 받아내는 방납防納이 시행되고 있었다. 하지만 이 제도는 폐단이 많아 일찍이 조광조, 이이, 유성룡 등은 대동법의 도입을 강하게 제기하였다. 대동법은 광해군 즉위한 1608년에 이원익 등의 주장에 따라 경기 지역부터 처음 실시하였으며, 효종 때에 본격적으로 시행되어 고종 때까지 존속되었다.

대동법에 대한 평가는 다양하다. 이 법은 '봉건체제의 기본적 모순을 은폐하고자 한 편법의 하나'로서 '봉건적 특성이 보다 강요된 수취제도'로 평가되기도 하고, 이와는 달리 '순정성리학자純正性理學者들이 중국 3대三代(夏·殷·周시대)의 이상사회, 즉 대동大同사회를 지향'하여 제정한 정전제井田制의 한 형태로 이해되기도 한다. 하지만 이 법이 가진 본질적이고도 긍정적인 측면은 공납제貢納制의 폐해를 극복함으로써 세수의 안정적 확보와 영세 소작농의 증대로 호역戶役(집집마다 부과되는 부역)의 위축을 극복하고자 한 수취제도이자 재정제도라는 데 있다. 그런데 18세기 후반에 이르면서 상납미의 수요가 매년 증대되기 시작하자, 대동법은 점차 그 당초의 성과를 잃게 되었다.

또한 아래에서 살펴보는 바와 같이, 효종은 대동법과 함께 북벌론北伐論을 계획하여 대외내적 외교정책으로 적절히 활용함으로써 조선의 군사력을 크게 증강시키는 등 조선 중흥의 기틀을 다진 군주로 평가받고 있다.

17세기 이후 조선 후기에 접어들면서 양반의 계층 분화가 활발해지고 종국에는 양반계급의 붕괴가 시작되었다. 조선 중기 다수의 양반계급은 임진왜란과 병자호란 등 연이은 전쟁과 정쟁에서 밀려났으며, 대동법의 시행으로 상업이 발달하는 등 급격한 사회경제제도의 변화에 재대로 적응하지 못하였다. 경제적으로 무능한 양반의 몰락은 부를 축적한 상인과 농민 등 상민이 신흥세력으로 등장하였다는 것을 의미한다. 양반의 경제적 몰락은 신분제에 기반을 둔 조선정치체제와 사회제도의 붕괴로 이어졌다.

남산 밑에 사는 가난한 선비 허생은 아내의 성화를 이기지 못하고 글 읽기를 그만두고 장사를 해서 큰돈을 벌어 이상국을 세운다. 그의 이야기는 양반도 마음만 먹으면 얼마든지 돈을 벌 수 있는 능력이 있다는 '모범사례' 내지는 '성공 신화'를 보여준다. 그러고는 어느 날 허생은 집을 떠나 홀연히 사라지고 만다. 그는 왜 스스로 세상을 떠나는 '자발적 실종(혹은 은둔)'을 선택했을까?

우리는 그가 백이와 숙제처럼 살다 죽었는지, 이름과 신분을 감추고 세속의 삶을 살았는지 알 수 없다. 그런데 그의 아내는 어떻게 되었을까. 「허생전」에는 남편의 성공미담과 함께 세속에 초월한 선비의 멋진 풍모만 전할 뿐 그의 아내에 대해서는 아무런 언급이 없다. 허생의 아내는 어디서 어떻게 살았을까. 어쩌면 박지원이 이 작품을 쓰게 된 결정적 동기는 "딱하기도 하지. 허생의 아내는 또다시 굶주렸을 게 아닌가?"라는 윤영의 이 말이 아닐까. 박지원은 누구(허생)의 아내로만 불리는 '이름 없는' 조선의 어느 여인을 위해 헌사를 바치고 싶었는지도 모른다.

매점매석(사재기): 돈 벌기 가장 손쉬운 방법

허생이 단기간에 많은 돈을 번 방법은 일명 '사재기'로 불리는 매점매석이다. 매점매석은 물건값이 오를 것을 예상하여 한꺼번에 샀다가 팔기를 꺼려 쌓아두는 행위를 말한다. 코로

나19로 확진자가 급증하자 보건용 마스크를 사재기하고, 경유차 운행에 필수품인 요소수를 쌓아두고 팔지 않는 행위 등이 전형적인 매점 매석이다.

허생은 남산 묵적골에서 "글 읊는 것 외에 아무것도 하지 않는 사람"(38쪽), 즉 선비이다. 선비를 사전에서 찾아보면, '학문을 닦는 사람' 또는 '학식은 있으나 벼슬하지 않은 사람'을 일컫는다. 이 뜻에 따라 선비를 재정의하면, "학식이 있고 행동과 예절이 바르며 의리와 원칙을 지키고 관직과 재물을 탐내지 않는 고결한 인품을 지닌 사람"이다. 하지만 이와는 반대로 선비란 "품성이 얌전하기만 하고 현실에 어두운 사람을 비유적으로 이르는 말"이기도 하다.[228]

주나라 봉건적 계급구조에서 선비士는 천자·공경·제후·대부보다는 아래에, 사농공상士農工商의 사민四民인 서인庶人보다는 위에 위치하는 서열이었다. 사민 중의 선비인 사士는 농공상農工商 이상의 신분에 해당되었으며, 권력계층인 제후·대부를 위하여 복무하는 지식인으로 중간계층이었다.[229] 공자는 신분차별적인 주나라의 종법질서를 복원시키고, 주례가 규정하고 있는 신분의 명칭과 이에 따른 직분을 바르게 잡는 것을 이상적 목표를 삼았다. 전자를 복례復禮, 후자를 정명正名이라 하였다.[230] 예기禮記 곡례曲禮편과 순자荀子 부국富國편에 나오는 다음 말은 신분차별적인 주나라 봉건제의 한계를 여실히 보여주고 있다.

---

228) 네이버사전: 선비
229) 주(周)나라 통치헌장인 주례(周禮)에 의하면, 공(公)이나 왕(王) 혹은 천자 (天子)·공경(公卿)·제후(諸侯)·경대부(卿大夫) 등 귀족계급과 그들을 보좌 하는 하대부(下大夫)·상사(上士)·중사(中士)·하사(하사 등 사관(士官)이 있다. 피지배계층으로는 서인(庶人, 몰락귀족)·사민(四民, 사농공상)·천민 (賤民)·노예(奴隷)가 있었다. 이 신분제도는 춘추전국시대 봉건제를 구성 하였다.(기세춘, 『동양고전산책 1』, 20쪽.)
230) 기세춘, 『동양고전산책 1』, 22쪽.

예는 서인에게까지 미치지 않고, 형벌은 대부에까지 올라가지 않는다.[231]

예라는 것은 귀천의 계급을 차등하고, 장유를 차별하고, 빈부와 경중을 모두 알맞게 한다. 사士 이상에게는 반드시 예악으로 절제하고, 일반 백성들에게는 반드시 법으로 죄를 물어 제재한다.[232]

이 말에서 알 수 있듯이 예禮는 대부 이상의 귀족계급에게 적용될 뿐 서인은 이를 누릴 자격이 없다. 예라는 것은 기본적으로 귀천의 계급을 차등하고, 장유를 차별하는 신분차별적인 수단으로 마련된 것이다. 비록 그 적용범위를 최대한 넓힌다고 한들 예는 사士 이상의 신분까지를 그 한계로 하며, 서인에게는 미치지 않는다. 반대로, 서인 이하의 피지배계층인 일반백성은 잘못을 범하면 예가 아니라 반드시 법으로 죄를 물어 제재한다. 예기禮記 곡례曲禮가 말하는 "예는 서인에게까지 미치지 않고, 형벌은 대부에게까지 올라가지 않는다"는 禮不下庶人(예불하서인) 刑不上大夫(형불상대부)라는 말은 신분차별적인 주나라 종법질서의 특징을 명쾌하게 설명하고 있다.

문제는 성리학의 나라 조선 역시 주나라 종법에 의거한 차별적인 봉건적 신분제도를 국법으로 유지하고 있었다는 점이다. 조선은 양반兩班, 중인中人, 상민常民(평민), 천민賤民으로 신분계급을 나누고, 신분에 따라 정치, 경제, 사회적 권리와 의무를 달리 규정하였다. 조선의 신분제도는 엄격한 계층 구조를 유지하며 사회적 안정을 도모할 목적으로

---

231) 예기〈禮記〉 곡례〈曲禮〉 상.
232) 순자〈荀子〉 부국〈富國〉.

도입했다.

양반은 관직에 올라야만 경제적·사회적 특권을 누릴 수 있었다. 역관, 의관, 서리, 아전 등의 중인과 농업, 상업, 수공업을 주업으로 하는 양인과 노비, 광대, 무당, 기생, 백정 등의 천민은 각기 정해진 신분과 직업에서 벗어나는 것이 불가능했다. 따라서 양반이 농업이나 상공업에 종사하는 것은 사회적 자살이나 마찬가지였다.[233] 하지만 최상위계층인 양반 중심의 특권제도로 운용됨으로써 신분 간 갈등과 불평등이 심화되어 오히려 사회불안과 해체의 원인으로 작용했다. 조선 후기에 접어들면서 상공업이 발달하고 공명첩空名帖[234]이나 납속책納粟策[235]을 판매함으로써 신분제가 동요하는 등의 현상이 심화되었다. 유수원柳壽垣(1694~1755)은 당시 양반의 행태에 대해 이렇게 비판한다.

지금 양반이 명분상으로 상공업에 종사하는 것을 부끄러워하지만 그들의 비루한 행동은 상공업자보다 심한 자가 많다. (…) 상공업을 말업末業이라 하지만 본래 부정하거나 비루한 것이 아니다. 그것은 스스로 재간 없고 덕망 없음을 안 사람이 관직에 나가지 않고, 스스로의 노력으로 물품 교역에 종사하며 남에게 얻지 않고 자기의 힘으로 먹고 사는데, 어찌 천하거나 더러운 일이겠는가?[236]

---

233) 김형진, 『인조의 나라: 주자학은 조선 후기를 어떻게 망쳤나』, 새로운사람들, 2020, 61쪽.
234) 성명을 적지 않은 백지 임명장. 국가의 재정이 궁핍할 때 국고(國庫)를 채우는 수단으로 사용된 것으로, 중앙의 관원이 이것을 가지고 전국을 돌면서 돈이나 곡식을 바치는 사람에게 즉석에서 그 사람의 이름을 적어 넣어 명목상의 관직을 주었다.(네이버사전)
235) 조선시대에 재정난 타개와 구호 사업 등을 위하여 곡물을 바치게 하고, 그 대가로 상이나 벼슬을 주던 정책.(네이버사전)
236) 김형진, 위의 책, 61쪽에서 재인용함.

유수원이 비판하는 바와 같이, 허생은 유교적 이상형인 군자를 지향하는 인물로 학식은 있지만 벼슬은 하고 있지 못한 유생儒生이었다. 허생처럼 벼슬을 하지 아니하고 초야에 묻혀 살던 선비를 처사處士라 불렀다. 처사 중에서도 학식과 덕이 높으나 벼슬을 하지 아니하고 숨어 지내는 선비는 특별히 산림山林이라 부르며, 존경의 대상으로 삼았다.

당시 가난한 선비인 허생은 과거시험을 보아 출사를 하든지, 아니면 평생 글을 읽으며 고고한 자세를 지키며 처사 혹은 산림으로 사는 두 가지 방법밖에 없었다. 이외 공명첩이나 납속책을 사서 출사하는 방법도 있지만 돈이 필요했다. 하지만 양반인 선비가 과거시험이나 글 읽기를 포기하고 농사를 짓거나 장사를 하는 등 생업을 위한 경제 활동을 하는 것은 금기시되었다.[237]

시대 상황과 인식이 이러하니 가계를 돌보지 않고 글을 읽고 있는

---

237) 조선의 선비가 가진 이러한 사고관념은 관중이 제안한 '사민분업정거정책 (四民分業定居政策)'에서 유래를 찾을 수 있다(국어(國語) 제어(齊語)편). 춘추전국시대는 전쟁이 끊이지 않고 사회가 불안정한 시기였다. 이러한 상황 속에서 각 제후국들은 국가의 안정과 발전을 도모하기 위해 다양한 정책들을 시행했는데, 그중 하나가 사민분업정거정책이다. 이는 백성들을 사(士), 농(農), 공(工), 상(商)의 네 계층으로 나누어 각 계층에 맞는 직업에 종사하도록 하는 정책이었다.
"만약 부를 얻을 수 있다면, 비록 지위가 낮은 관리인 마부라도 나 역시 사양하지 않겠다. 그러나 (천명으로 유사儒士로 태어났으니) 그렇게 할 수 없으므로, 내가 좋아하는 학문을 하겠다."(논어 술이: 11.)
공자의 이 말에는 의(義)를 중시하고, 이(利)를 경시하는 중의경리(重義輕利)의 관념이 잘 드러나 있다. 공자는 춘추전국시대의 혼란이 주나라의 봉건질서가 무너졌기 때문이라고 보았다. 그는 자신의 사사로운 욕심을 절제하고 주나라의 예법으로 돌아가야 한다는 극기복례와 명분에 상응하여 실질을 바르게 한다는 정명을 통하여 주나라의 봉건질서를 회복하기를 바랐다. 이 목표를 이루기 위해서는 사농공상의 사민이 각 직분에 맞는 생업에 종사하고 거주지역을 엄격히 제한하는 사민분업정거정책을 실시해야 한다고 보았다. 이 정책은 춘추전국시대의 혼란한 사회를 안정시키고, 국가의 경제적·군사적 역량을 강화하는 데 기여했다. 그러나 계층 간의 이동을 제한하고 신분을 세습하게 함으로써 사회적 유동성을 감소시키는 등의 부작용이 있었다. 이 정책에 대한 상세한 설명은, 기세춘,『동양고전산책 1』, 42-47쪽.

허생을 이해하지 못할 바는 아니다. 하지만 문제는 아내의 입장이다. 남편이 늘 글을 읽고 있으니 아내가 삯바느질을 해서 번 돈으로 부부는 간신히 입에 풀칠을 하며 살고 있었다. 어느 날 어찌나 배를 심하게 곯았는지 거의 울다시피 하며 아내는 허생에게 장인바치[손으로 물건을 만드는 사람인 장인(匠人)을 속되게 이르는 말]나 장사라도 해보든지, 아니면 도둑질이라도 해보라며 화를 낸다. 아내의 말에 허생은, "안타깝구나. 내가 처음에 십 년을 기약하고 글을 읽기 시작했는데, 이제 고작 칠 년이 지났을 뿐이니…"라며 사립문 밖으로 나가버린다.(38-39쪽) 그러고는 한양에서 제일가는 부자인 변씨를 찾아가서 대뜸 이렇게 말한다. "내가 자그맣게 시험 삼아 무얼 좀 해 보고 싶은 게 있는데, 집안이 가난해서 그러니 당신이 내게 만 냥만 꾸어 주시오." 변 부자는 허생의 말에 선선히 "그럽시다." 대답하고는 만 냥짜리 수표를 쓰고 서명을 해주었다.(40쪽)

이 대목에서 『허생전』은 문학적 상상력을 바탕으로 비약한다. 십 년을 기약으로 책만 읽던 일개 유생인 허생은 '고작 칠 년'을 채우고 변 부자에게 대뜸 만 냥을 꾸어 달라고 요청한다. 현대 자본주의사회라면 이러한 제안과 수용이 가능할 것인가? 아니면 반상 중심의 철저한 신분사회였던 조선시대였기에 변 사또는 허생의 잠재적 능력을 믿고 만 냥이라는 거금을 수표로 보증하고 서명하고는 그에게 빌려준다. 변 부자에게 허생이 제안한 '자그맣게 시험 삼아 무얼 좀 해 보고 싶은 것'은 다름 아닌 매점매석이었다.

만 냥을 얻은 허생은 안성으로 가서 대추, 밤, 감, 배, 석류, 귤, 유자 따위의 과일을 닥치는 대로 사들인다. 곱절의 가격으로 과일을 산다는 소문은 삽시간에 퍼져 팔도의 과일 상인들이 모두 안성 장터로 몰려들었다. 허생은 과일이라고 생긴 것은 모조리 사들였고, 돈을 달라는 대로 주었다. 얼마 지나지 않아 과일 시세는 하늘 높은 줄 모르고 뛰었고, 허생은 평소 시세의 열 배로 팔아 큰 수익을 남겼다.(43-44쪽)

허생은 번 돈의 일부로 칼과 호미, 그리고 삼베와 무명 등 옷감을 사들인 흐 제주도로 건너간다. 그곳에서 허생은 말총을 모조리 사들였다. 얼마 지나지 않아 망건값이 열 곱절도 뛰어올랐고, 허생은 말총을 살 때 치른 값의 열 배로 되팔아 역시 큰 재물을 얻었다.(45쪽)

조선시대에 장시場市가 정기적으로 열리기 시작한 것은 15세기 후반부터였다. 처음에는 농촌 지역의 주민들이 서로 물품을 교환하는 형태로 장시가 열렸다. 장시의 등장은 국가 통제 아래 이뤄지던 한성부의 시전市廛[238] 상인의 활동과 무관한 농촌 지역에서 농민과 수공업자가 잉여생산을 확보하여 향촌 사회에 상품을 교역할 수 있는 상품화폐 경제체제가 수립되었다는 사실을 보여주고 있다. 16세기에 접어들면서 장시는 한층 확대, 발달하였으며, 양반들도 직접 장사에 나서 경제활동을 하였다. 그 실례가 오희문의 『쇄미록瑣尾錄』에 기술되어 있다.[239]

이 책에서 오희문은 장시에서 필요한 물품을 사고팔거나 다른 물품과 교환하는 등 활발한 상업 활동을 했다. 쌀, 콩, 소금과 같은 식량뿐만 아니라, 의류, 가구 등 다양한 물품을 거래한 내역이 기록되어 있다. 또한 오희문은 상업 정보에 대한 관심이 높았으며, 각 지역의 물가 변동, 상품의 희소성 등을 기록했다. 이를 통해 그는 효율적인 상업 활동을 수행하고자 했다. 오희문의 상업 활동 기록을 통해 양반의 신분

---

238) 시전은 지금의 종로를 중심으로 설치한 상설 시장이다. 관아에서 임대하여 주고 특정 상품에 대한 독점 판매권과 난전을 금지하는 특권을 주는 대신 관아에서 필요로 하는 물품을 바칠 의무를 부과하였다.
239) 이에 대한 상세한 내용은, 강응천 외 공저, 앞의 책, 122-124쪽.

으로 직접 상인이 되어 상업 활동에 참가하는 생생한 모습을 알 수 있다. 일반적으로 양반은 학문과 정치에만 관심이 있었다고 생각하기 쉽지만, 『쇄미록』을 통해 양반들도 상업 활동에 적극적으로 참여했음을 알 수 있다.

『쇄미록』을 지은 오희문의 사례에서 보듯이 양반인 허생은 장시에서 직접 과일과 말총을 매점매석하여 막대한 이익을 얻어 짧은 기간에 큰 부자가 되었다. 그가 사재기한 과일은 잔칫상이나 제사장에 없어서는 안되는 제물祭物이었으며, 말총 역시 양반들이 쓰는 갓을 만들 때 사용하는 핵심 원재료였다. 이 두 물품은 예禮를 중시하는 조선 사회에서 양반들이 중시하는 예겁과 특권의식을 드러내는 상징이다. 따라서 가격이 올랐다고 해서 수요가 사라지지 아니하므로 허생은 물자를 독점하여 쉽게 폭리를 취할 수 있었다.[240] 허생은 당시 조선의 경제구조가 폐쇄적이고, 지역이 서로 고립되어 있어 상품 유통이 제대로 이루어질 수 없는 허점을 정확히 파악했다. 임진왜란과 병자호란 이후 조선에서는 상업 활동이 활발히 이뤄지는 등 경제, 경제, 사회구조가 변화하여 화폐가 본격적으로 사용되기 시작한 것도 매점매석이 가능한 상황이었다.[241] 허생은 매점매석으로 큰돈을 벌었지만 한숨을 지으며 이렇게 한탄한다.

겨우 만 냥으로 온갖 과일의 값을 좌지우지했으니 이 나라의 형편이 얼마나 변변찮은지 알 만하구나.(44쪽)

---

240) 신춘자, "동북아 지역의 신경제 질서와 「허생전」에 나타난 경제원리 연구", 동중아시아경상학회 학술대회, 2000, 90쪽.
241) 이설경·서영빈, "「허생전」에 투영된 박지원의 경제 사상-서구 경제학 이론과의 비교를 중심으로-", 영주어문 제45집, 2020. 6., 262쪽.

몇 해 못 가 나라 안의 허다한 사람들이 머리를 싸매지 못하게 되리라.(45쪽)

허생의 탄식처럼 겨우 만 냥에 경제가 휘둘릴 정도로 조선의 형편은 취약하였고, 누구나 마음만 먹으면 작은 자본으로도 손쉽게 물자를 독점하여 물가를 좌지우지할 수 있었다.[242] 매점매석이 만연한 조선사회를 바라보며 허생은 소설을 통하여 허술한 조선의 경제제도를 폭로하고, 지배계층에 의한 생산수단의 독점은 결국 나라를 위험에 빠지게 할 수 있다는 사실을 경고하고 있다.[243]

그렇다면 조선사회에 비추어 보아 매점매석에 관한 오늘날의 상황은 어떤 차이가 있을까?

양자의 본질적 차이는 합법과 불법이라고 할 수 있다. 허생이 특정

---

242) 허생이 시전에서 매점매석으로 큰돈을 벌 수 있었던 방법 하나는 금난전권(禁亂廛權)이고, 다른 하나는 국가의 독과점이다.
전자의 제도는 조선 후기, 시전 상인들에게 주어진 특권으로, 도성 안팎에서 난전(무허가 상점)을 금지시킬 수 있는 권리를 말한다. 조선시대 시전(市廛)은 정부의 허가를 받아 특정 품목을 독점적으로 판매하던 상점인 반면, 난전(亂廛)은 시전의 허가 없이 불법적으로 물건을 파는 상점을 일컫는다. 임진왜란 이후 시전 상인들의 경제적 기반이 약화되자, 정부는 시전 상인들을 보호하기 위해 금난전권을 부여했다. 시전 상인들에게 독점적인 판매권을 주는 대신, 정부는 시전 상인들로부터 안정적인 세수를 확보할 수 있었기 때문이다. 하지만 금난전권은 자유로운 상업 활동을 제한하고, 물가 상승을 야기하는 등 서민 경제에 부담을 주었다. 또한 시장 경쟁을 제한하여 상품의 질 저하와 가격 상승을 초래하는 등 여러 문제를 일으켰다. 금난전권은 조선 후기 상업 체제의 특징을 보여주는 대표적인 사례로, 상업 활동에 대한 정부의 개입이 어떤 결과를 초래하는지를 보여주고 있다.
후자는, 조선의 독특한 독과점제도이다. 조선은 국가행정에 필요한 모든 물자와 시설을 자체 생산했고, 민간으로부터 매입하거나 외국 수입품을 활용하지 않았다. 국가는 말(馬)이 필요하면 국가 소유의 마장(馬場)에서 말을 키웠고, 소금이 필요하면 관가에게 염장(鹽場)을 설치하여 소금을 구웠으며, 도자기 같은 생활용기가 소요되면 관요에서 그만큼만 도자기를 직접 만들었다.(김형진, 앞의 책, 62쪽.)
243) 이설경·서영빈, 앞의 논문, 262쪽.

물품을 매점매석하여 사재기 하는 독과점은 당시로서는 합법적 상행위로서 조선의 법률을 위반한 것이 아니다. 이에 반하여 오늘날 매점매석은 독과점으로서 시장지배적 지위를 남용하여 공정한 상거래질서를 교란하는 행위로 간주된다. 한마디로 오늘날 매점매석은 불법행위로 간주되어 강력한 법적 규제와 제재를 받는다. 이를테면, 「물가안정에 관한 법률」(법률 제17817호, 시행 2021. 4. 6.) 제7조는 "폭리를 목적으로 물품을 매점하거나 판매를 기피하는 행위"인 매점매석 행위를 금지하고 있다. 기획재정부장관은 물가의 안정을 해칠 우려가 있다고 판단되는 물품을 금지대상으로 지정한다. 최근 경유(디젤) 자동차 촉매제(요소수) 파동이 일어나자 기획재정부장관은 고시를 제정하였다.[244] 이 고시 제4조는 아래와 같다.

① 사업자는 촉매제(요소수) 및 그 원료인 요소를 폭리 목적으로 과다하게 보유하여서는 아니 된다.

② 사업자는 촉매제(요소수) 및 그 원료인 요소를 폭리 목적으로 판매를 기피하여서는 아니 된다.

기획재정부장관이 이 고시를 제정한 이유는 무엇일까. 요소와 요소수의 공급·유통을 안정화시키기 위하여 사재기 등 시장 불안요인을 사전에 차단함과 아울러 요소와 요소수 공급의 증가 등으로 인해 매점매석을 의도하지 않은 선의의 수입·제조·판매자를 보호하기 위함이다. 적절하고 신속하게 조치를 취하여 공정한 시장질서를 확보할 수 있기 때문이다.

막대한 재물을 이용하여 도적 떼를 백성으로 삼아 세상에서 알려

---

244) 「촉매제(요소수) 및 그 원료인 요소 매점매석행위 금지 등에 관한 고시」 [시행 2022. 1. 1.] [기획재정부고시 제2021-40호, 2022. 1. 1., 일부개정]

지지 않은 섬에 나라를 세우고 나서 허생은 한양으로 돌아온다. 그러고는 곧장 변씨 집으로 찾아가 빌린 돈 만 냥의 열 배인 십만 냥을 갚는다. 그 후 허생과 변씨는 서로 교류하며 친하게 지낸다. 어느 날 변씨는 허생에게 오 년 만에 어떻게 백만 냥을 벌었는지 묻는다. "그거야 어려운 일이 아니지요."라며 매점매석을 통해 자신이 재물을 모은 방법과 그 위험성에 대해 설명한다.

(…) 그런데 만 냥쯤 가졌다고 하면 사정이 달라집니다. 한 가지 물건을 모조리 사들여 독점할 수 있다는 말이요. 수레에 실은 물건이라면 수레째, 배라면 배 한 척에 실린 대로 전부를, 어느 고장에서라면 그 고장의 특산물 전부를 촘촘한 그물로 훑듯 모조리 사 둘 수 있겠지요. 물에서 나는 만 가지 재화 중에서라도 한 가지만 모조리 사 둔다면 그것을 슬그머니 독점해 쥐고 있는 게 가능하다는 말이요. 의원이 쓰는 오만 가지 약재 가운데서도 하나를 몽땅 차지하면, 그 한 가지 물건이 한곳에 묶여 있게 됩니다. 모두가 마찬가지 결과를 낳겠지요. 장사꾼들은 그 물건을 구할 수가 없어 발을 동동 그르게 되는 것입니다.

사실 이것은 백성을 해치는 상술이라오. 혹여 나중에 나랏일을 맡아보는 자가 이런 방법을 쓴다면 반드시 나라가 위태로움에 빠져들 것이오.(57-58쪽)

허생의 입을 빌려 매점매석으로 인한 병폐와 그 위험성에 대해 말하지만 이것은 곧 박지원이 가지고 있는 문제의식이다. 조선 후기로 접어들면서 매점매석으로 대표되는 독과점은 심각한 사회문제의 하나였다. 물건을 도거리로 맡아서 팔거나 또는 그렇게 하는 개인이나 조직을 도고(都賈/都庫)라고 불렀다. 도고에는 관상도고官商都賈와 사상도고私商都賈 두 가지 유형이 있었다. 전자는 시전 상인의 도고상업을, 후자는 민간 상인 가운데 큰 자본을 가진 사람들이 독과점 영업을 하는 경우를 일컫는다. 어느 것이든 상품유통과정을 독점적으로 장악하여 자본을 축적하려는 독점적 도고상업都賈商業으로 경제구조를 왜곡시켜 그 폐해가 심각하였다.[245] 당시는 오늘날처럼 독과점을 규제하고 공정거래를 보장하는 법률[246]이 없었다. 이런 현실에서 박지원은 허생의 입을 빌려 매점매석이 야기하는 문제점을 제기하고, 그 위험성을 비판할 수밖에 없었을 것이다.

허생, 도둑들을 모아 섬에 유토피아를 세우다

　　　　　매점매석으로 큰돈을 번 허생은 제주도에서 한가로운 시간을 보내다가 바닷가에서 늙수그레한 사공에게 묻는다. "혹시 바다 멀리 사람 살 만한 빈 섬이 없던가?" 사공이 "있다."며 마카오〔沙門(사문)〕와 나가사키〔長崎(장기)〕 사이 어디쯤에 있는 그 섬에 대해 설명한다.

　　누가 기르지 않는데도 꽃이 알아서 피고, 멋대로 자란 나무에는 온갖 과일들이 주렁주렁 매달려 있지요. 짐승들은 떼를 지어 놀고 물고기들도 사람을 본 적이 없는 탓인지 저를 보고도 놀라지 않았습니다.(46쪽)

---

245) 신춘자, 앞의 논문, 92쪽.
246) 「독점규제 및 공정거래에 관한 법률」(약칭: 공정거래법) [시행 2021. 12. 30.] [법률 제17799호, 2020. 12. 29., 전부개정]

허생은 사공에게 부탁하여 그 섬에 간다. 섬 가운데의 높은 곳으로 올라가서 사방을 둘러본 허생은 자신이 원하는 땅이 아니라 실망한다.

천 리도 못 되는 땅에서 무엇을 해 볼 수 있겠는가? 좋은 물이 넉넉하고 땅이 기름지니 그저 한가하고 배부른 늙은이로 살 수는 있겠구면.(46쪽)

이 텅 빈 섬에서 누구와 더불어 살 것인가라는 사공의 질문에 허생이 대답한다.

덕이 있으면 사람은 따로 부르지 않아도 모이는 법이라네. 사람이 없는 것을 걱정할 게 아니라 덕이 없을까 봐 걱정해야 할 일이세.(47쪽)

뭍으로 돌아온 허생은 전라도 변산에서 도적떼가 들끓고 있다는 말을 듣고 그곳으로 간다. 허생은 두목을 만나 원하는 만큼의 돈을 주겠다며 도둑들을 바닷가에 모이게 하고는 각자 돈 백 냥씩을 가지고 가서 짝이 될 여자 한 사람과 소 한 마리씩을 데리고 오게 한다. 그리고는 이천 명의 남녀를 배에 나누어 싣고 빈 섬으로 들어갔다. 허생과 도적들은 그 섬에서 농사지어 남는 곡식은 일본 나가사키로 가져가서 팔아 백만 냥의 수익을 남긴다. 만 냥을 밑천으로 백만 냥을 모은 셈이다.

이렇게 나의 자그마한 시험이 끝났구나.(51쪽)

허생은 오히려 깊이 탄식하고는 그 섬을 떠나기로 한다. 자신이 꿈꾸는 이상사회를 만들기에는 이 섬이 그 조건에 부합하지 않다고 판단하고, 사람들을 모이게 하고는 말한다.

이제 나는 여기를 떠나려 한다. 너희들 모두 앞으로 자식을 가지게 되겠지. 다른 건 몰라도 아이를 낳거든 오른손으로 숟가락을 들게 하고, 하루라도 먼저 태어난 사람이 먼저 먹도록 양보하게끔 가르쳐라. 그것이면 충분할 것이다.(52쪽)

그러고는 섬사람들이 밖으로 나가지도 않고, 반대로 누군가 이곳으로 오지도 못하게 자신이 타고 갈 배 한 척만 남기고 다른 배는 모두 불사르게 한다. 허생은 또 돈 오십만 냥을 바다 한가운데로 던져 버리고, 글을 아는 모든 사람들을 모조리 배에 태워 뭍으로 데리고 온다. 이런 모든 일을 마치고 허생이 속으로 뇌었다. "이 섬에서나마 화근을 끊어 없애야 하지 않겠는가?" 허생의 바람대로 그 섬이 그가 바라는 영원한 유토피아로 남아있는지는 알 수 없다. 적어도 우리는 그의 언행을 통해 허생이 생각하는 이상사회의 모습을 짐작할 수 있을 뿐이다.

첫째, 허생은 자신이 왕이 되지 않는다. 이 점은 홍길동과는 다르다. 조선시대 고전소설 중에서 『홍길동전』은 처음으로 '율도국'이란 이상향을 제시했다. 그러나 홍길동은 무력으로 율도국을 정벌하고 자신이 왕이 되어 직접 통치한다. 이에 비하여 허생은 '빈 섬'을 찾아 조선의 골칫거리인 도적떼를 이주시키는 평화적인 방법을 선택한다. 길동이 기존의 방법에 따라 조선과는 다른 보다 현실적인 이상사회를 만들고자 했다면, 허생은 다분히 노자와 장자의 도가道家 사상에 따라 무릉도원과 같은 유토피아를 꿈꿨다고 할 수 있다. 하지만 이런 차이점에도 불구하고 두 작품에 나오는 유토피아는 모두 조선이라는 현실의 고통에서 벗어나 새로운 꿈과 희망을 실현할 수 있는 일종의 해방구를 만들고자 한다는 공통점이 있다.

둘째, 허생은 지식과 지식인에 대한 강한 불신과 거부감을 가지고 있다. 빈 섬에 이상사회를 세우면서 허생은 먼저 살림살이부터 넉넉히 해놓기를 바랐다. 다행히 땅이 기름져서 온갖 곡식들이 잘 자라고 나가사키 등 이웃 지역과 교역을 하니 섬사람들이 먹고사는 것은 문제없어 살림살이 걱정은 할 필요가 없었다. 그런 다음 허생은 글자를 따로 만들고 옷차림과 규범도 새로 정함으로써 통치기반을 마련하고 사회질서를 유지하고자 생각하였다. 하지만 그는 나라 세우기를 포기하고, 섬을 떠나면서 글을 아는 모든 사람들을 모조리 배에 태워 뭍으로 데리고 나온다. 이 대목은 실학자 박지원의 가치관이 깊이 투영되어 있는 것으로 보아야 한다. 아마 박지원은 당시 유생과 사대부 양반들이 배우는 성리학은 현실에 소용되지 않는 학문이라는 생각을 하고 있었던 것 같다. 그가 허생을 통하여 꿈꾸는 이상향은 성리학과 같은 쓸모없는 학문〔虛學(허학)〕보다는 실생활에 유익한 실학이 필요하다고 보았던 것이다.

셋째, 허생이 꿈꾸는 이상사회는 국가가 필요 없는 아나키 사회다. 이 사회는 최소한의 규범을 가진 가족공동체로 이뤄진 사회라는 특징이 있다. 허생은 남녀 각 천 명, 도합 이천 명을 데리고 빈 섬에 들어간다. 남자는 모두 '도적떼' 로서 '도둑' 이라는 강한 유대감을 가진 무리다. 여자는 그 도둑이 돈을 주고 데려왔지만 '도둑의 아내' 라는 집단정체성이 있다. 그들이 부부로 결합하여 섬이라는 폐쇄된 공간에 살면서 자식을 낳으면 자연스레 강력한 가족공동체를 이룰 수밖에 없다. 또한 허생이 꿈꾸는 이상사회는 최소한의 규범으로 유지되는 사회다. 그는 물적 토대를 든든하게 한 뒤 문자와 예법 및 규범을 만들 생각이었으나 그마저 포기한다. 게다가 허생은 글을 아는 사람마저 모두 데리고 섬을 떠나버린다. 허생은 문자와 규범이 필요 없는 원시 가족공동체와 같은 유토피아를 이상적인 사회로 보고 있다.

마지막으로, 허생이 생각하는 이상사회는 땅이 넓고 덕치가 가능해야 한다. 허생은 빈 섬을 자신이 원하는 이상향으로 만들 생각을 했지만 그 뜻을 접기로 한다. 그가 생각하기에 "이 섬의 땅이 너무 작고 나자신의 덕 또한 모자라니 그만한 일을 할 수 없겠다."는 이유에서다.

국가가 성립하기 위해서는, 일정한 영토와 거기에 사는 사람(주민, 국민)과 함께 주권主權에 의한 하나의 통치 조직을 갖추고 있어야 한다. 국민·영토·주권을 국가구성의 삼요소라고 한다. 그리고 최근에는 다른 나라와 외교관계를 맺을 수 있는 능력인 대외능력이 있어야 정당하게 성립한 국가로 본다.

국가구성의 네 가지 요소 중에서 허생이 가장 중요하게 생각하는 것은 영토와 주권이다. 이천 명의 남녀가 자식을 낳으면 주민은 늘어날 것이며, 섬 주변에 마카오와 나가사키 등 인접한 도시가 있으므로 이에 대해서는 심각하게 고려하지 않은 것 같다. 다만 자신이 원하는 이상사회를 만들기 위해서는 일정한 면적의 땅(영토)이 필요한데, 섬이라는 공간의 제약으로 면적의 제한이 있을 수밖에 없다. 또한 허생은 나라의 통치는 국가권력의 상징인 주권이 아니라 덕치로 다스리고자 하였다. 하지만 그는 섬의 땅이 너무 작고 자신의 덕도 모자란다는 이유로 결국 이상사회 만들기를 포기하고 만다. 국가 성립요소에 대한 허생의 생각은 맹자의 국가론에 바탕을 두고 있는 것 같다.[247]

맹자 진심盡心편에서 맹자가 말한다.

제후의 보배가 세 가지이니, 토지와 인민과 정사政事이니, 주옥을 보배

---

247) 박지원은 『맹자』를 중심으로 학문에 정진하였다고 한다. 한국민족문화대백과사전: 박지원(朴趾源)

로 여기는 자는 재앙이 반드시 몸에 미친다.

　　맹자가 보기에 토지는 나라를 세우는 기반이고, 인민은 나라를 지
키는 근본이고, 정사는 나라를 바로 잡는 기강이다. 맹자가 여기서 말
하는 토지·인민·정사는 국가성립의 세 가지 요소인 영토·국민·주권
에 해당한다. 이 가운데 맹자는 영토를 국가성립의 가장 중요한 요소
로 본다.[248] 영토를 구성하는 토지가 넓고 넉넉하면 절로 백성이 모여
들고, 그들을 배불리 먹일 수 있기 때문이다.

　　또한 맹자는 "땅이 사방 백 리만 되어도 왕 노릇을 할 수 있다."(맹
자 양혜왕(梁惠王))고 하여 그가 지향하는 의로움(義)과 왕도정치王道政治에
영토의 넓고 좁음은 문제되지 않는다고 말하고 있다. 하지만 맹자와
달리 허생은 자신이 생각하는 덕치를 행하기 위해서는 일정한 크기의
땅이 필요하다고 보고 있다. 어쩌면 이것은 허생이 섬을 떠나기 위한
명분일지도 모르지만 이 점에서 허균과 박지원의 성향은 확연한 차이
를 보인다. 허균은 홍길동을 내세워 자신이 왕이 되어 새 나라를 세웠
지만 박지원은 이상사회의 가능성만 제시할 뿐이다. 박지원의 영악함
은 여기에서 그치지 않는다. 허생을 섬에서 불러내는 것도 모자라 그
를 현실에서 완전히 사라지게 만든다. 그 결과는 어떠했던가. 허균은
임금과 조정 중신들의 미움을 받아 능지처참을 당한 반면, 박지원은
한성부판관, 면천군수와 양양부사 등 여러 벼슬자리를 거쳤으며, 사
후 의정부좌찬성(1910년, 순종 4년)에 추증되고, 문도공文度公의 시호를 받
았다.

---

248) 정병석, "맹자(孟子)의 국가론(國家論)-국가(國家) 존재의 필요성과 국가통
　　치의 정당성 문제를 중심으로-", 동양철학연구 63권, 2010. 8., 동양철학연
　　구회, 275쪽.

선비에게 돈의 의미:
그대는 나를 한낱 장사치로 보는 것인가?

오 년 전의 일 말입니다. 내가 선뜻 만 냥을 꾸어 주리라는 것을 어떻게 믿고 찾아왔습니까?

변씨의 이 말에 허생은 대수롭지 않다는 투로 대답했다.

꼭 당신이 아니더라도 만 냥을 가진 사람이라면 내주지 않을 리가 없었을 것이오. 그 까닭을 이야기해 주리다.

내 재주면 백만 냥쯤은 얼마든지 모을 수 있다고 애초부터 생각했소, 하지만 운수라는 것은 하늘에 달린 것이니 그걸 장담할 수는 없겠지요. 내 말을 들어주는 사람은 복이 있는 사람이라서 반드시 더욱 큰 부자가 될 것이다 싶긴 한데, 그 또한 하늘이 정한 운수가 아니겠소? 내가 백만 냥을 번 것도, 당신이 만 냥을 빌려주고 십만 냥을 되받아 더 큰 부자가 된 것도 다 하늘이 한 일이라는 뜻이오. 그렇다면 처음 내가 당신을 찾아간 것도 하늘이 시킨 일이니 훗날의 복을 미리 받아둔 것이나 다름없는 당신이 돈을 빌려주지 않을 수 있겠소?

만 냥을 빌린 다음에는 그 돈 임자의 복을 빌려서 일을 하는 것이니 성공하지 않을 수가 없었던 것이지요. 만약 내 수중의 돈으로 장사를 했다면 성공했을지 실패했을지 그 결과를 알 수가 없었을 것이오.(58-59쪽)

모든 일은 '하늘의 운수'에 달려있다는 허생의 말을 어떻게 받아들여야 할까. 돈벌이를 나가기 전까지 사서삼경을 읽으면서 유학을 공부한 선비라고 하기에는 그의 말은 다분히 소극적이고 염세적이기까지 하다. 유학의 시조始祖 공자의 말을 통해 하늘의 의미를 살펴본다.

논어에는 공자가 평생 '인간의 길(人道)'과 '하늘의 길(天道)'을 추구하고, 종국에는 '하늘의 뜻'에 따라 올곧은 삶을 살았다는 많은 이야기가 실려 있다. 천하를 떠돌며 자신의 정치적 이상을 펼치려 애썼지만 공자의 모든 시도는 실패하고 만다. 현실에서 공자는 '인간의 길'을 제시하고 열고자 했지만 어느 누구도 자신을 알아주지 않았다. 공자는 "나를 알아주는 사람이 없다."249) 며 탄식한다. 공자의 이 말에 자공이 "어찌하여 선생님을 알아주는 이가 없는 것입니까?"라고 묻자 공자가 말한다. "(나는) 하늘을 원망하지 않으며 사람을 탓하지 않고, 아래로 (인간의 일을) 배우면서 위로 (천리를) 통달하노니, 나를 알아주는 것은 하늘일 것이다."250) 이 말에서 알 수 있듯이 공자는 자신을 알아주는 단 하나의 존재인 '하늘(天)'을 만난다.251) 공자는 하늘을 발견 혹은 발명함으로써 인仁에 바탕을 둔 자신의 학문을 인도人道 혹은 인륜人倫에서 한 걸음 더 확장시켜 천도天道로 격상시켰다. 공자가 하늘을 강조하는 이유에 대해 김성희는 아래와 같이 설명한다.

이제 공자가 말하는 하늘은 간접적으로나마 인간의 정치 행위에 개입하는 존재가 아니라 현실화되지 못한 이상적인 정치적 이념의 주창자를 지켜보고 알아보는 존재이다. 인간의 앎과 행위는 자신을 지켜보는 그래서 속일 수 없는 하늘에 의해서 평가받아야 한다. 여기에서는 사람들 사이의 수평적 시선이 아니라 위에서 아래를 내려다보는 하늘의 수직선 시

249) 논어 헌문: 37-1.
250) 논어 헌문: 37-2.
251) 김성희, "『論語』에 나타난 하늘[天] 개념과 孔子의 종교성", 동양철학연구 제69집, 2012. 2. 28., 200쪽.

선이 중요해지며, 정치적 공동체 안에서의 시선이 아니라 정치적인 공동체 밖에서 그 안을 들여다보는 시선이 중요해진다. 공자는 인간들의 시선을 통해서가 아니라 위에서 바라보는 하늘의 시선을 통해서 자신의 행위를 평가받으려 했다. 수평적 시선과 안의 시선을 통해서는 더 이상 설명할 수 없는 자신의 정치적 실패를 수직적 시선과 밖의 시선을 통해 이해해보려고 하였던 공자에게 하늘은 어떻게 다시 삶을 재규정해야 하는지를 보여주는 하나의 거울이었다. 공자는 이 하늘이라는 거울을 통해서 지상의 삶을 비추어보았으며, 결국 정치적 삶과는 다른 차원의 삶을 구성해 내었다.[252]

위 글에서 알 수 있듯이 공자는 하늘을 불교·기독교·이슬람교와 같은 종교가 추구하는 신앙의 대상으로 보고 있지 않다. 이 점은 유학과 이를 숭상하는 유학자들의 사고를 이해하는 데 아주 중요하다.

일반적으로 종교는 "신이나 초자연적인 절대자 또는 힘에 대한 믿음을 통하여 인간 생활의 고뇌를 해결하고 삶의 궁극적인 의미를 추구하는 문화 체계"를 말한다.[253] '유학' 을 종교적인 관점에서 '유교'라고 부르고 있다. 유교도 조상신을 섬기는 제례祭禮의식을 수행하고 있다. 하지만 유교는 삼강오륜을 덕목으로 내세우고, 사서삼경을 경전으로 삼고 있는 등 많은 면에서 종교라기보다는 학문의 성격이 강하다. 유교의 종교화는 공자가 죽고 후세에 의해 시도된 것일 뿐 공자의 사상과는 거리가 멀다고 할 수 있다.

공자에게 하늘은 개인의 입신양명과 가족의 안위를 비는 기복祈福

---

252) 김성희, 앞의 논문, 201쪽.
253) 네이버사전: 종교

의 대상이 아니라 인간이 따르고 걸어가야 할 올바른 길, 즉 정도正道이다. 또한 그에게 하늘은 이성과 지성을 가진 인간이 따라야 할 자연의 이법이자 올바름(義)이다. 따라서 공자는 하늘이 자신에게 가르친 정신과 사상을 기본 도리로 삼아 하늘의 명령에 따라 일관된 삶을 살고자 하였다. 공자의 하늘에 대한 관념은 객관적 · 과학적으로 체계화되어 있었다. 공자는 신神에 기대지 않고 오로지 인간의 합리적 이성에 의지하였다. 공자의 이러한 관념은 그가 이성적으로 설명하기 어려운 불가사의한 존재나 현상인 괴력난신怪力亂神을 배격하고, 주역을 즐겨 읽어 책의 가죽끈이 세 번이나 끊어졌다는 고사인 위편삼절韋編三絶에도 잘 드러나 있다.

허생은 만 냥을 빌려 백만 냥을 벌고, 그 대가로 빌린 돈의 열 배인 십만 냥을 변씨에게 되갚는다. 이 모든 것을 자신의 의지나 노력이 아니라 하늘의 운수소관으로 돌린다. 심지어 자신이 가진 돈으로 장사했다면 성공 여부를 장담할 수 없지만 돈을 빌려 그 돈의 임자의 복을 빌렸기에 큰돈을 벌 수 있다며 모든 공을 대주貸主인 변씨에게 돌린다. 허생의 이러한 태도는 비록 예의와 겸양을 미덕으로 강조하는 유학의 입장에서 보더라도 이해하기 어렵다.

조선은 전통적으로 농업을 중시하고 상업은 말업末業이라고 천시하는 정책을 취했다. 농토를 잃은 농민들은 힘든 농사일보다는 상대적으로 손쉬운 상업을 선택했다. 정부는 농민들이 농사를 지으면서 농토를 떠나지 않도록 하기 위해 많은 노력을 기울였다. 상인과 그 자식에게는 관료가 될 수 있는 자격 자체를 박탈했으므로 양반은 굶어 죽는 한이 있어도 장사를 할 수 없는 현실이었다.254) 하지만 조선 후

---

254) 이욱, "허생전과 조선후기 상업의 발달", 역사비평, 2001. 11., 297쪽.

기에 접어들면서 국내외의 사회경제상황이 급격하게 변화하고, 강고하게 유지되던 신분제가 흔들리기 시작한다. 과거시험에 합격하지 못하고 권력의 심층부에서 밀려난 양반이 몰락하고, 그들 중에는 직접 장사에 뛰어들어 상업에 종사하는 현상이 나타났기 때문이다. 박지원은 「허생전」을 통해 당시 조선의 변화하는 사회상을 서술하고 있다.

하지만 허생에게 장사는 수단이지 생업을 위한 목적이 아니다. 그는 변씨에게 돈을 빌리면서도 "자그맣게 시험 삼아 무얼 좀 해 보고 싶"은 것을 명분으로 삼는다. 양반인 허생에게 생업을 위한 돈벌이는 '작은 시험'에 지나지 않는다. 그의 이러한 태도는 변씨에게 돈을 갚으러 갔을 때도 마찬가지다. "얼굴빛이 전보다 나아지지 않은 걸 보면 돈 만 냥은 다 날려버렸나 보구나."라는 변씨의 말에 허생은 웃으며 말한다. "재물이 있고 없음에 따라 얼굴빛이 달라지는 것은 당신들이나 그렇겠지요. 그깟 돈 만 냥으로 어찌 도道를 살찌게 할 수 있겠소?" (54쪽) 그리고는 십만 냥을 변씨에게 내놓으며 허생은 다시 말한다. "내가 한때의 굶주림을 견디지 못해서 글공부를 중도에 그만두고 당신에게 만 냥을 빌렸으니 지금 생각하면 참으로 부끄럽소."(54쪽) 허생은 5년이라는 짧은 기간에 만 냥으로 백만 냥을 벌고 나라까지 세우는 출중한 능력을 가진 비범한 인물이다. 그럼에도 남에게 돈을 빌려 장사를 한 자신의 모습이 못내 부끄러울 뿐이다. 허생의 내면을 제대로 읽지 못하고 변씨는 빌린 돈의 "십분의 일을 이자로 하여 일만 천 냥만 받겠습니다."라며 그의 자존심을 건드리고 만다. 그러자 허생이 갑자기 크게 화를 내며 소리쳤다.

그대는 나를 한낱 장사치로 보는 것인가?(55쪽)

허생의 이 호통은 의리를 중시하고 경제적 이익을 가볍게 여기는 맹자의 중의경리重義輕利와 백성을 선비(양반), 농부, 공장工匠, 상인의 네 부류로 나누는 사농공상士農工商의 신분차별적 사고관념을 여실히 드러내고 있다.

먼저, 유교의 경제정책인 경리론輕利論과 중리론重利論에 대해 살펴본다. 맹자는 스승 공자의 인仁에 더하여 의義을 강조하였다. 마찬가지로 경제적인 측면에서도 맹자는 공자와 마찬가지로 이익을 가볍게 여기는 경리론의 입장을 견지하였다. 따라서 맹자에게 의는 사사로운 이익(私益 혹은 私利)을 넘어 선비가 추구해야 할 공적인 이익(公益 혹은 公利) 실현을 위한 절대적인 가치기준이었다.[255] 그의 저서 맹자에서 자신의 방문이 "장차 우리나라에 큰 이익이 되지 않겠는가?"라고 양혜왕이 묻자 맹자는 단호하게 말한다.

왕이시여! 하필이면 이익을 말씀하십니까? 다만 (우리에겐 추구해야 할) 인의가 있을 뿐입니다.[256]

맹자의 이 말에서 알 수 있듯이 선비는 의義로 대변되는 도덕적 가치를 경제적 이익보다 우선시하는 태도를 가져야 한다. 맹자의 중의경리론은 주나라 종법에 따른 신분차별을 강화하고 사회체제의 안정을 추구한 공자의 정명과 복례와 결합하여 유가에게 지대한 영향을 미쳤다. 유가의 경리론은 절용節用을 강조하는 묵가에 의해 신랄한 비판을 받았다. 묵자는 공자의 경리사상에 반기를 들고 묵가 칠환七患편

---

255) 이에 대한 상세한 설명은, 채형복, 『선진유학과 인권』, 137-139쪽.
256) 맹자 양혜왕장구 상 1:1.

에서 중리사상을 주장했다.[257)]

식량은 나라의 보배다.
나라에 3년 치 식량이 없으면
나라는 그의 나라가 아니다.
집안에 3년 치 식량이 없으면
자식은 그의 자식이 아니다.

풍년이 든 해에는 백성들도 어질고 양순하며,
흉년이 든 해에는 백성들도 인색하고 악해진다.
대저 백성에게 어찌 상도常道가 있겠는가?

물론 맹자도 "일정한 생활 근거가 없어도 일정한 마음을 갖는 것
은 오직 선비만이 할 수 있다."던서 항산恒産 없이는 백성들에게 항심
을 가지도록 요구할 수 없다고 하면서 정전제井田制를 도입할 것을 주
장하였다. 하지만 묵자는 "시절을 탓하지 않고 철에 따라 재물의 생산
에 힘쓰며 산업을 튼튼히 한 다음 재물을 소비하라."며 절용을 강조하
였다.[258)] 공맹의 유가에 비하여 묵가는 보다 적극적이고 실천적인 중
리정책을 실시할 것을 주장하였다.

위 분석에 따르면, 허생은 묵가의 중리론보다는 유가의 경리론의
입장에 서있다고 할 수 있다. 비록 변씨에게 돈을 빌려 장사를 하여 큰
수익을 남겼지만 자신은 '한낱 장사치' 가 아니라 유가가 지향하는 도

---

257) 기세춘, 『동양고전산책 2』, 32쪽.
258) 채형복, 『선진유학과 인권』, 302쪽.

덕적 가치를 추구하는 선비로서의 고고한 자세를 버릴 수 없다는 강한 자부심을 가지고 있다.

그렇다면 만일 허생이 유가와 묵가의 경제적인 관점을 취합하여 중의중리론重義重利論의 시각을 가지고 있었다면 어땠을까? 조선사회의 불합리한 경제제도와 신분질서를 개혁하는 수단으로 자신의 능력과 금전적 이익을 활용할 수 있었을까? 하지만 허생은 조선사회를 지배하고 있는 공고한 신분차별질서를 깨뜨릴 수 없다는 사실을 누구보다 잘 알고 있다. 조선시대에는 특히 공상을 사농과 구별하여 무시하고 차별하는 관행이 사회 저변에 깊숙이 자리 잡고 있었기 때문이다. 이에 대해 『성종실록』은 이렇게 기록한다.

> 사·농·공·상士農工商이 각각 자기의 분수가 있습니다. 선비(士)는 여러 가지 일을 다스리고, 농부(農)는 농사에 힘쓰며, 공장工匠은 공예工藝를 맡고, 상인商人은 물화物貨의 유무有無를 상통相通시키는 것이니, 뒤섞어서는 안 됩니다.[259]

직업에 따라 백성을 엄격하게 구분하고 차별하던 조선시대와 달리 오늘날 직업에는 귀천貴賤이 없다. "모든 국민은 직업선택의 자유를 가진다." 헌법 제15조가 규정하고 있듯이 오늘날 누구에게나 직업선택의 자유가 있다. 이 자유는 자신이 원하는 직업을 자유롭게 선택하는 좁은 의미의 '직업선택의 자유'와 그가 선택한 직업을 자기가 원하는 방식으로 자유롭게 수행할 수 있는 '직업수행의 자유'를 포함

---

259) 성종실록 140권, 성종 13년 4월 15일 계축 두 번째 기사

한다.[260] 조선시대의 허생이 현대에 환생하여 헌법 제15조를 읽으면 어떤 말과 태도를 취할까. 아마 '남산골 샌님' 허생은 '딸깍발이'라고 놀림받기보다는 '한낱 장사치'가 되어 부자로 떵떵거리며 사는 삶을 선택할지도 모르겠다.

시사삼책時事三策:
대체 사대부란 놈들은 다 무엇이란 말이냐

「허생전」에서 박지원은 당시 사대부 사이에서 첨예하게 의견이 대립하고 있던 북벌北伐과 북학北學에 대한 자신의 견해를 다루고 있다. 북벌은 조선 효종이 병자호란의 수모와 오랫동안 선양瀋陽에 볼모로 잡혀 있었던 자신의 한恨을 씻고자 이완, 송시열 등과 함께 청나라를 치려고 한 계획을 말한다. 이에 반하여 북학은 조선 영조·정조 때에 실학자들이 청나라의 앞선 문물제도 및 생활양식을 받아들일 것을 내세운 학풍이다. 이 두 가지를 학문적으로 다룬 경향을 북벌론·북학론이라 한다.

변씨는 허생에게 술잔을 권하며 넌지시 현실문제에 대해 묻는다.

요즘 사대부들 가운데는 병자년에 남한산성에서 오랑캐에게 당했던 치욕을 씻어 보고자 하는 움직임이 있는 듯합니다. 지금이야말로 뜻있는 선비가 팔을 걷어붙이고 일어설 때가 아니겠습니까? 그런데 선생은 그렇게 출중한 재주를 지니고 있으면서 어찌 세상을 모르는 것처럼 파묻혀 지

---

260) 헌재 2011. 10. 25. 2011헌마85.

내려고만 하십니까?(59쪽)

변씨의 질문에 허생은 "나는 결국 장사로 돈을 잘 버는 것밖에 증명하지 못한 사람"이라며 대답을 피한다. 그 후 허생은 변씨의 주선으로 어영대장 이완을 만난다. "지금 나라에서는 널리 어진 인재를 구하고 있습니다."는 이완의 말에 허생은 자신이 생각하고 있는 현실타개책으로 '시사삼책'을 제시한다.

제1책으로 허생은 널리 인재를 등용할 것을 주문한다. 허생이 이완에게 묻는다.

만약 내가 제갈공명 같은 이를 추천한다면 그대는 임금께 그분 오막살이를 친히 세 차례 찾아가시도록 아뢸 자신이 있소?(63쪽)

이 말은 유비가 제갈공명을 등용하기 위해 그를 세 번이나 찾아갔다는 삼고초려三顧草廬를 빗댄 것이다. 허생의 제안에 이완은 "어렵겠습니다. 그것은 말고 다음 계책이 있으면 들려주십시오."고 난색을 표한다. 허생은 "나는 둘째라는 말을 모르오. 차선책이라는 것은 배운적이 없소."라며 거절하지만 이완의 거듭되는 부탁에 결국 두 가지의 차선책을 제안한다.

제2책으로 허생은 인적 쇄신을 통한 정치 개혁을 제안한다.

지난날 조선에 은혜를 베푼 바가 있다고 하여 명나라 장졸들의 자손이 우리나라로 많이 망명해 왔소. 그들은 지금 정처 없이 홀아비로 떠돌고 있는데 그대가 조정에 요청하여 종실의 딸들을 그들에게 시집보내면 어

떻겠소? 또 임금의 친척이나 높은 벼슬아치들의 집을 **빼앗아** 그들에게
나눠주도록 할 수 있겠소?(64쪽)

두 번째 계책을 듣고 이완은 "그것도 어렵겠습니다."라며 고개를
숙인다. 이에 허생은 "이것도 어렵다, 저것도 어렵다고만 하니 대체
그대가 할 수 있는 일은 무엇이오?"라고 이완을 질책한다. 그러고는
정작 자신이 현실에서 실현하고자 하는 마지막 계책을 꺼낸다. 첫 번
째와 두 번째 계책은 마지막 계책을 위한 사전 포석인 셈이다.

허생이 제안한 제3책은 인재양성을 통한 실리 위주의 외교정책을
취하라는 것이다. 허생은 이완에게 상당히 구체적이고 자세하게 세
번째 계책을 설명한다.

천하에 큰 뜻을 외치려면 먼저 천하의 호걸들과 사귀어 손을 잡지 않으
면 안 될 것이오. 또 남의 나라를 치려면 먼저 첩자를 들여보내지 않고는
성공할 수가 없는 법이오. 지금 간주 족속이 갑자기 천하의 주인이 되었
으나 중국의 모든 종족을 다 마음으로 복종시키지는 못하고 있소.
마침 조선이 누구보다 앞장서서 섬기게 되니 저들이 우리를 가장 신뢰
하고 있지 않소? 그러니 당나라나 원나라 때처럼 조선의 자제들을 청나
라로 유학 보내고, 벼슬도 하도록 하고, 상인들도 자유로이 왕래하게 해
달라고 청하면 어떻게 되겠소? 반드시 청나라 쪽에서도 기뻐하며 받아들
일 것이오.
그게 성사되기만 하면 우리 젊은이들을 뽑아 청나라 식으로 머리를 깎
게 하고, 청나라 옷을 입혀서 선비들은 중국의 과거 시험을 치르도록 하
고, 서민들은 멀리 강남까지 보내어 장사를 하게 하시오. 그렇게 해서 중

국의 실정을 정탐하고 그곳의 뛰어난 인물들을 사귀어 두어야 천하를 뒤집을 수 있고, 나라의 치욕 또한 씻을 수 있을 것이오.

그리고 명나라 황족 가운데 중국을 다스릴 인물을 찾아보아야겠지요. 만약 마땅한 이가 없다면 그곳의 제후들과 상의해서 적당한 사람을 천자로 받들어야 할 것이요. 그렇게 잘만 되면 우리나라는 중국이라는 큰 나라의 스승이 될 것이고, 설령 못 되어도 제후국 정도의 지위는 얻을 수 있을 게요.(65쪽)

임진왜란과 병자호란을 거치면서 조선 조정은 친명반청親明反淸[261]과 친청반명親淸反明을 두고 의견이 갈렸다. 전자는 북벌론, 후자는 북학론이 내세우는 주장의 대표적 논거다.

박지원이 「허생전」을 쓴 시기는 18세기 후반으로 추정된다. 이 시기는 이미 명나라(1368년~1644년)의 뒤를 이어 청나라(1636년~1912년)가 건국되어 융성한 때이다. 하지만 임진왜란 때 조선을 도운 명나라에 대한 의리를 저버려서는 안 된다는 대의명분론은 조선 후기까지 사대부들의 보편적 지지를 받고 있었다. 효종은 송시열을 위시한 사대부들의 친명親明에 대한 대의명분론을 정치적으로 이용하여 북벌을 도모한다. 하지만 중국의 정세 변화를 제대로 읽지 못한 조선은 병자호란

---

261) 이 정책은 반정(反正)을 통해 광해군(光海君, 재위 1608~1623)을 폐위하고 정권을 잡았던 인조(仁祖, 재위 1623~1649) 정권은 명(明)을 중시하고 후금(後金)을 멀리하겠다면서 친명배금(親明排金) 정책에 뿌리를 두고 있다.(우리역사넷: 친명배금)
이 무렵 강성해진 후금이 조선에 형제의 관계를 맺자는 요구를 해 왔으나 응하지 않자, 1627년(인조 5년) 조선을 침략하여 정묘호란이 일어났다. 1636년(인조 14년) 후금은 국호를 청(淸)으로 바꾸고 형제의 관계를 군신(君臣)의 관계로 바꾸자고 요구하였다. 그러고는 조선이 이를 거부하자 10만여 군을 이끌고 다시 침입하여 병자호란이 발발하였다.(우리역사넷: 인조 반정과 친명 배금 정책)

을 겪는다. 그러고는 남한산성에 피신해 있던 인조가 청나라 황제 홍타이지에게 항복하여 1637년 2월 24일 삼전도에서 항복의 예를 행한다. 이 삼전도의 굴욕을 잊지 못하는 사대부들은 반청反淸의 입장이 강하였다. 사대부들의 대의명분론에 실학자들은 이용후생利用厚生을 내세워 실리 위주의 현실주의 외교정책을 주장하였다. 당시의 시대상황을 통해 알 수 있는 바와 같이, 박지원은 허생의 입을 빌려 실학자답게 친청반명을 주장하는 북학의 당위성을 역설하고 있다.

허생의 말에서 알 수 있는 것처럼 조선 후기 실학은 이상적 관념론에 빠져있는 기존의 성리학과는 다른 독특한 학풍을 구사한다. 황의동은 실학이 가진 특징을 다음과 같이 말한다.

우선 현실에 대한 강렬한 비판의식을 지난다. 현실의 긍정이나 순응이 아니라 투철한 비판을 통해 현실 개혁의 기치를 높이 든다. 그리고 기존의 어떤 권위에 매몰되지 않고 객관적 입장에서 실험하고 검증하며 자유로운 입장에서 학문하고 연구하는 개방적 학풍을 보여주었다. 나아가 이들은 이론보다는 실천을 강조하고, 종래 등한시하던 형이하학적 과제, 이를테면 일상의 학문, 실무적 과제, 현실적 사태에 대해 적극적인 관심을 갖는다. 그래서 이들은 정치·경제·사회·국방·행정·교육 등 현실문제·민생문제·부국강병에 관심을 갖게 되었다. 이러한 실학풍은 또 하나의 새로운 유학으로, 당시 성리학에 식상해 있던 많은 사람들에게 참신한 이미지를 제공했고 식자층의 환영을 받았다.[262]

---

262) 황의동, 『율곡 이이: 성리학과 실학을 겸비한 실천적 지성』, 살림, 2007, 102쪽.

하지만 애당초 어영대장 이완은 조선조 유교사회의 경직된 사고 관념을 가진 지배계층인 사대부를 대변하는 인물이다. 그는 다분히 급진적이고 개혁적인 허생의 계책을 받아들일 수 있는 입장에 있지 않았다.

> 우리 사대부들은 모두 예법을 지극히 중요하게 여기는데 누가 머리를 깎고 되놈의 옷을 입으려 하겠습니까?(66쪽)

이완의 말에 허생은 "대체 사대부란 놈들은 다 무엇이란 말인가?"라며 호통을 친다. 그러고는 예법을 내세우는 사대부들의 허위의식과 비현실적인 사고방식을 신랄하게 비판한다.

> 옛날 번오기라는 사람은 원수를 갚기 위해 제 목 자르는 것을 마다하지 않았다. 그리고 무령왕은 나라를 강하게 만들기 위해 되놈의 옷을 입는 것쯤은 부끄럽게 여기지 않았다. 이제 명나라를 위해 원수를 갚겠다는 놈들이 그까짓 머리털 하나를 아낀다는 말인가? 또 말을 달리고 칼을 쓰고 창을 찌르고 활을 당기며 돌을 던져야 할 판국에 치렁치렁한 소매가 달린 옷을 입고 뭘 할 수 있다는 말인가? 그래도 이런 차림을 죽어라고 고집하는 게 예법인가?(66-67쪽)

예법을 앞세워 세 가지의 계책 중에서 어느 하나도 받아들이지 못하고 "어렵습니다."라고 말하는 이완에게 허생은 분노를 터트리고 만다. 허생은, "내가 세 가지나 가르쳐 주었는데 너는 그중 한 가지도 실행하지 못하겠다고 하는구나."라 질책하고는 "임금의 신임을 받는 신하라는 게 겨우 요 꼴이란 말이냐? 이런 목을 쳐서 마땅한 놈아!"라고 위협한다. 이완은 꽁무니를 빼고 달아나고 만다.

허생이 실학자의 입장을 대변한다면, 이완은 정치적으로 무능하면서도 형식적인 예법과 대의명분을 중시하는 사대부들의 모습을 표상한다. 비록 허생이란 가공의 인물을 내세워 거칠고 급격한 주장을 했지만 박지원은 사대부들의 정치적 보복이 두려웠을까? 두 가지 문학적 장치를 두어 자신의 입장을 변명하고 도망할 수 있는 숨구멍을 열어둔다.

친청반명의 입장에서 친명반청을 주장하는 북벌론자들을 비판하면서도 세 번째 계책의 마지막 주장에서는 명나라 황족이나 적당한 사람을 천자로 받들자며 사대부들의 손을 슬쩍 들어준다. 청나라 식으로 머리를 깎고, 옷을 입히는 변발호복辮髮胡服을 해서라도 실리를 추구해야 한다는 자신의 주장이 가져올 정치사회적 반향이 적잖이 겁났을지도 모른다. 이것만으로도 마음이 놓이지 않았을까. 박지원은 아예 허생을 현실에서 사라지게 만든다. 이튿날 이완이 허생의 집을 찾았지만 사람은 간 곳 없고 집은 텅 비어 있었다.

허생도 사라지고, 박지원도 죽어 세상에 없는 지금 그가 쓴 작품만 남아있다. 누군가 말했다. Ars longa, vita brevis. 예술은 길고 인생은 짧다. 어쩌면 허생으로 환생한 박지원에게는 예술과 인생의 길고 짧음에 매달리는 것 따위가 부질없는 일인지도 모르겠다.

제 / 7 / 장

박지원, 「양반전」(18세기 후반, 조선 정조 연간)
- 그놈의 양반 따위 한 푼어치도 못 되는 것 아니우?

작품의 시대적 배경

「양반전兩班傳」[263]은 18세기 후반 조선 정조 연간에 연암 박지원이 쓴 한문 단편소설이다. 이 작품에서 박지원은 「허생전」, 「호질」에서와 마찬가지로 조선시대의 기득권층인 양반사회의 무능과 허구를 신랄하게 비판·풍자하고 있다. 『연암집』에서 박지원은 이 작품을 쓴 의도를 아래와 같이 밝히고 있다.

선비란 천작天爵이요
선비의 마음이 곧 뜻이라네.
그 뜻은 어떠한가.
권세와 잇속을 멀리하여
영달해도 선비 본색 안 떠나고

---

[263] 이 글의 인용문은 다음 책을 바탕으로 작성하였다. 박지원(최성윤 옮김), 『최성윤 교수와 함께 읽는 허생전/양반전』(서연비람 고전 문학 전집 5), 서연비람, 2021, 161-172쪽.

곤궁해도 선비 본색 잃지 않네.

이름 절개 닦지 않고

가문家門 지체地體 기화 삼아

조상의 덕만을 판다면

장사치와 뭐가 다르랴.

이에 「양반전」을 짓는다.264)

　위 글에서 밝히고 있듯이 연암은 선비를 "하늘에서 받은 벼슬"인 천작이므로 뜻을 굳건히 세워 그 마음이 흔들리지 않아야 한다고 보고 있다. 선비가 마음에 품은 뜻은 어떠해야 하는가? "권세와 잇속을 멀리하여/ 영달해도 선배 본색 안 떠나고/ 곤궁해도 선비 본색 잃지 않"아야 한다. 하지만 연암의 생각과는 달리 조선 후기로 접어들면서 "이름 절개 닦지 않고/ 가문家門 지체地體 기화 삼아/ 조상의 덕만을" 파는 양반이 늘어갔다. 연암은 이런 양반을 "장사치와 뭐가 다르랴." 고 신랄하게 비판하고, 영달을 하든 곤궁하든 선비의 본색(지조)을 잃지 말 것을 당부하고 있다.

　양반은 조선사회의 지배층으로 공적인 측면에 충실한 도덕적 지배자의 모습과 사적인 이해관계에 충실한 경제인의 모습이라는 두 가지 상반된 이미지를 가지고 있다. 전자는 공자가 강조하는 군자를 모델로 하여 위로는 군주를 도학으로 인도하고 공론정치를 주도하였으며, 아래로는 백성들을 교화하는 도덕정치를 실현하였다. 이와는 달리 후자는 사적 영역에서 경제적 부를 추구하는 것을 넘어 관공서의

---

264) 『연암집 권 8-방경각외전』 '자서', 박지원(이상백 책임편집), 『양반전 허생전 외』, 푸른생각, 2018, 63쪽에서 재인용.

공공물품, 백성의 요역 등 국가의 공적 자원을 거리낌 없이 사적으로 유용하는 모습을 보이고 있다.[265]

구한말 조선을 방문한 제임스 게일은 그가 만난 양반에 대해 이렇게 적고 있다.

생활 속 아무리 간단한 일이라도 직접 하는 것이 없다 보니, 손은 비단 같았고, 손톱은 길게 자라 있었다. 또 항상 앉아만 있어서 그 뼈는 완전히 무너져 내린 듯했고, 중년이 되기도 전에 연체동물 같은 상태가 됐다.[266]

조선 후기로 접어들면서 양반이 가진 양면성은 상업이 발달하는 등 사회경제제도의 급격한 변화로 더욱 심화되었다. 이런 현실에서 제 아무리 고매한 인격을 가진 도덕군자라 할지라도 돈이 없으면 양반구실을 제대로 할 수 없었다. 어질고 글 읽기를 좋아하기로 이름난 선비인 강원도 정선 고을에 사는 어느 양반의 사정이 꼭 그랬다. 그 양반의 집은 매우 가난했다. 할 수 없이 해마다 관청에서 환곡還穀을 빌려 먹었지만 갚을 능력이 없었다.

환곡이란 흉년이나 춘궁기에 곡식을 빈민에게 빌려주고 추수기에 환수하던 구휼제도이다. 백성들은 봄에 쌀을 빌려 가을걷이가 끝나면 통상 10~20%의 이자에 해당하는 곡식을 되갚았다. 가난한 백성들은 당장의 배고픔을 해결하기 위해 환곡을 이용할 수밖에 없었다. 조선은 토지세인 전정田政, 군역을 부과하는 군정軍政 및 양곡을 대여하고

---

265) 백광열, "조선시대 양반 지배의 특권성과 공공성-17세기 말 해남 윤씨 海堰田 개발 과정에서 烟戶 雜役의 사적 유용 문제를 중심으로", 조선시대사학보 제86호, 2018. 9., 120-121쪽.
266) 게임스 게일, 『조선, 그 마지막 10년의 기록』, 책비, 208쪽. 김형진, 앞의 책, 63쪽에서 재인용함.

환수하는 환곡還穀의 세 가지를 나라를 다스리는 기본으로 삼았는데, 이를 삼정三政이라 한다. 조선 후기로 가면서 본래의 취지와는 달리 삼정은 점차 탐관오리들의 배를 채우기 위한 제도로 악용되었다. 삼정 중에서 특히 환곡의 폐해가 심하여 1811년 홍경래의 난이나 1862년 임술농민항쟁267)과 같은 민란의 주요 원인이 되었다. 박지원도 「양반전」에서 양반 사고팔기의 원인으로 환곡을 소재로 삼을 만큼 당시 이 제도는 많은 문제를 안고 있었다.

그렇다면 백성에게 지급되어야 할 환곡을 지배층인 양반이 빌리는 현실을 어떻게 이해해야 할까.

조선은 군주를 중심으로 한 철저한 신분제사회였다. 양반은 사대부, 사족士族 혹은 선비로 불렸으며, 문반文班과 무반武班으로 구성되었다. 이들은 유학 공부에 전념하였고, 농업·공업·상업에는 종사하지 않았다. 하지만 과거시험을 보고 관직에 진출할 수 있는 자격은 양반에게만 부여되었기에 이들은 지배 권력을 가진 특권층을 구축하여 하위 신분을 억압하고 군림하였다. 또한 공신이나 관료가 되면 국가로부터 토지와 녹봉을 받아 세습하고 사유화함으로써 점차 지주계급을 형성하였다. 문제는 과거시험에도 합격하지 못하고 관직에도 나가지 못한 데다 경제적으로 무능한 양반들이었다. 「양반전」에서도 아래와 같이 이 장면이 현실감 있게 묘사되어 있다.

어느 날 환곡 장부를 조사하던 강원도 관찰사가 이 사실을 알게 되면서 사달이 나고 만다.(161쪽) 환곡을 빌려먹기만 하고 갚지 못한 양반이 있다는 사실을 안 강원도 관찰사가 정선 군수에게 불같이 화를 낸다.

---

267) 임술민란, 진주민란, 진주농민봉기 등으로 불리기도 한다.

어떤 놈의 양반이 군인들 먹을 곡식까지 축냈단 말인가?(162쪽)

관찰사는 당장 그 양반을 잡아 가두라고 엄명한다. 그러나 정선 군수는 이러지도 저러지도 못하고 허둥댄다. 가난한 양반을 족처봐야 그가 빚을 갚을 길도 없고, 그렇다고 양반인 그를 감옥에 가둘 수도 없는 노릇이었기 때문이다. 당사자인 양반도 근심스럽기는 매한가지다. 그저 밤낮으로 눈물만 흘리고 있는 무능한 남편의 모습을 보고 그의 아내가 분통을 터트린다.

당신은 평소에 그렇게도 글을 잘 읽더니만 빌린 쌀을 갚는 데에는 아무런 쓸모가 없구려. 쯧쯧, 그놈의 양반 따위 한 푼어치도 못 되는 것 아니우?(162쪽)

수모를 겪으면서도 양반이 할 수 있는 일은 없다. 그저 얼굴을 들지 못하고 자책만 할 뿐이었다. 그때 마침 그 마을에 사는 부자가 양반을 사겠다고 제안한다.

**양반 사고팔기:
이대로라면 양반이 도적과 무엇이 다르겠습니까?**

환곡을 갚지 못해 곤경에 처한 양반의 소식을 들은 부자는 양반을 사기 위해 가족과 논의한다. 부자가 내세우는 명분은 여러 가지다. 그중에서도 양반은 아무리 가난해도 늘 높고 귀한 대접을 받는데, 아무리 잘살아도 백성들은 언제나 낮고 천한 취급만 받으며 살고 있기 때문이다. 심지어 돈이 있어도 눈치가 보여서 말도 한번 마음대로 할 수 없고, 양반만 보면 기가 죽어 숨도 제대로 쉬지 못할 지경이다. 마당 아래 엎드려 절을 해야 하는 것은 물론이고 코를 땅에 박고 무릎으로 기어야 하는 것이 현실이다. 같은 인간으로서 이런 치욕이 있을 수 없다.

그즈음 가난한 양반은 환곡을 갚지 못해 감옥에 갇힐 수도 있고, 양반의 신분을 지킬 수도 없게 되었다. 부자는 양반이 처한 곤궁한 처지를 이용하여 소위 '신분세탁'을 하기로 한다. "마침 잘된 것이 아니냐. 이참에 우리가 그 양반이란 걸 사자꾸나." 재산이 넉넉하여 걱정 없이 살고는 있지만, 늘 마음속에 갈증 비슷한 것을 느껴오던 집안사람들은 부자의 제안에 찬성한다. "그렇게 해서 양반만 될 수 있다면, 내가 양반이 된다니…" 모두 설렌 마음에 그날 밤 저마다 잠을 이루지 못한다.(162-163쪽)

다음 날 부자는 양반의 집을 찾아가 관청에서 빌린 환곡 천 가마를 자신이 대신 갚아주는 대신 양반의 신분을 팔라고 제안한다. 앞뒤를 잴 겨를이 없는 양반은 부자의 제안을 수락하고, 빌린 환곡을 당장 관청에 바친다. 이 소식을 들은 정선 군수는 말을 타고 양반의 집으로 향한다. 가는 길에 군수는 벙거지를 쓰고 잠방이를 입은 채 길에 엎드려 인사하는 양반을 만난다. 그의 손을 잡아 일으키는 군수에게 양반이 말한다.

황송하옵니다. 소인이 빌린 환곡을 갚으려고 제 양반을 팔았습니다. 이제 소인의 양반을 산 이 고을을 부자가 양반이 되었습지요. 저는 이미 양반이 아니니 어떻게 주제넘게 행세를 하면서 높은 척을 할 수 있겠습니까?(166쪽)

군수는 한 번도 양반을 사고팔 수 있다는 생각을 해보지 않았지만, 양반이 진 큰 빚을 단번에 갚아 준 부자의 배포 큰 행동에 감탄하며 말한다.

군자로다. 그 부자야말로 양반이로다. 부자이면서도 인색하지 않으니 의롭지 아니하리오? 어려운 이를 보고 도와주었으니 또한 어질다 할 것이오. 게다가 천한 것을 싫어하고 존귀한 것을 원하였으니 이는 그가 지혜롭다는 뜻일 게요. 그 사람이야말로 참으로 양반의 자격을 갖추었다 하겠습니다.(166쪽)

가만 생각해 보니 양반을 사고판 선례가 없고, 증서를 만들어두지 않으면 나중에 소송거리가 될 지도 모를 일이다. 군수는 고을 백성들을 불러 모아 증인으로 세우고, 매매 문서를 만들고는 계약의 유효성을 확보할 요량으로 자신이 직접 서명하기로 한다. 관아로 돌아온 군수는 아전들에게 명하여 고을 안의 선비와 농사꾼, 장인과 장사꾼들을 모조리 불러들인다. 군수는 새로 양반이 된 부자를 향소鄕所[268] 오른편에 앉히고, 양반을 팔아 버린 사람은 아전衙前[269] 아래에 서 있도록 하고는 증서를 발표한다.

고을 구실아치[270]의 우두머리인 호장이 큰 소리로 증서를 읽고 나자 아전이 군수와 좌수, 별감 등의 도장을 찍기 시작한다. 하지만 그 모습을 보던 부자가 갑자기 군수에게 증서를 고쳐달라고 요청한다.

---

268) 지방의 수령을 보좌하던 자문 기관. 풍속을 바로잡고 향리를 감찰하며, 민의를 대변하였다.
269) 중앙과 지방의 관아에 속한 구실아치. 중앙 관서의 아전을 경아전(京衙前), 지방 관서의 아전을 외아전(外衙前)이라고 하였다.
270) 관아의 벼슬아치 밑에서 일을 보던 사람.

평소 알던 양반의 모습과 너무 다르고, 큰돈을 들여 산 양반이니 자신에게 이로운 것도 넣어달라는 것이다. 군수는 부자의 요청을 받아들여 증서를 새로 고쳐 쓴다. 그런데 어인 일인가. 새로운 증서의 내용을 끝까지 듣기도 전에 부자는 이렇게 말하며 자리에서 벌떡 일어난다.

> 그만두시오. 그만두시오. 양반이라는 게 참말로 맹랑한 것이군요. 이대로라면 양반이 도적과 무엇이 다르겠습니까? 나더러 도적놈이 되라는 말씀입니까?(172쪽)

그러고는 부자는 죽는 날까지 다시는 양반 소리를 입 밖에 내지 않았다고 한다. 부자가 보기에 양반이 누리는 특권은 '맹랑한 것'이고, 양반은 도적과 다를 바 없다. 비록 큰돈을 주고 양반의 신분을 샀지만 부자는 끝내 양반 되기를 포기한다. 그에게 양반이 되는 것은 곧 도적놈이 되라는 말과 같았기 때문이다. 하지만 양반 되기를 포기한 부자와는 달리 현실은 반대의 양상을 띠었다.

각 지역과 연구자의 분류 기준에 따라 차이는 있지만 조선 초 양반의 비율은 전체 인구 대배 1~2% 미만에 지나지 않았다. 하지만 조선 후기로 갈수록 그 비율은 급격하게 증가하고 있다. 이를 단순화시켜 살펴보면, 17세기 후반에는 9~19%, 18세기 전반에는 12~26%, 18세기 후반에는 24~57%, 19세기에는 39~80% 정도의 분포를 보이고 있다.[271] 이처럼 양반의 수가 늘어난 주된 이유는, 조선 후기 삼정의 문란으로 많은 백성들이 양반의 지위를 획득하였기 때문이다. 백성들은

---

271) 우리역사넷: 양반인구의 증가, http://contents.history.go.kr/mobile/nh/view. do?levelId=nh_034_0020_0010_0010

무슨 이유로 이토록 양반 되기를 원했을까? 무엇보다 양반은 막강한 특권과 특혜를 누렸기 때문이다. "큰돈을 들여 산 양반이니 제게 이로운 것도 넣어서 좀 고쳐 주십시오."라는 부자의 요청으로 군수는 새로운 증서를 써준다. 군수는, "하늘이 사람을 낼 때 네 종류의 백성으로 구분하여 내놓았는데, 그중에서 선비가 가장 귀하도. 선비 중에서도 양반이라 불리게 되면 그보다 더 이로울 수가 없는 것이다."라며 양반이 누리는 '이로운 것'을 넣어 증서를 적는다.(171-172쪽)

· 양반은 농사를 짓지 않아도 되고, 장사를 하지 않아도 되며, 책이나 좀 훑어보면 크게는 문과에 급제하고 못해도 진사는 하게 된다.

· 문과에 급제하면 홍패紅牌[문과의 회시(會試)에 급제한 사람에게 주던 증서. 붉은색 종이에 성적, 등급, 성명을 먹으로 적었다.]라는 것을 받는다. 홍패란 무엇인가. 두 자 길이도 못 되지만 이것만 있으면 온갖 물건을 얻을 수 있게 되니 바로 돈주머니나 다름없다.

· 조 진사만 된다면 늦어도 서른 살쯤에는 첫 벼슬을 하게 된다. 조상 덕에 훌륭한 벼슬자리를 얻는 경우도 있으니 잘만 하면 남쪽 큰 고을의 군수 자리를 꿰차기도 하는 것이다.

· 볕이 뜨거우면 양산으로 가리고 다니니 귀가 하얘지고, 필요하면 언제든 방울 소리로 아랫것들을 불러 일을 시키니 배에 살이 올라 불룩해진다. 방 안에 널린 귀고리는 고운 기생의 것이요, 마당에 흘린 곡식은 두루미 모이로다.

· 과거 급제를 하지 못하고 가난한 선비로 시골서 산다 해도 제멋대로 무엇이든 할 수 있으니 나쁠 것이 없다. 이웃집 소로 자기 밭 먼저 갈고, 일꾼 뺏어다가 자기 논의 김을 매도 누구 하나 감히 불평할 사람이 없는 것이다. 뭐라고 하는 놈이 있으면 잡아다가 혼을 내면 될 일

이다. 코에 잿물 붓고 상투 잡아 흔들어 대고 귀밑머리를 다 뽑아도 양반에게는 대들거나 원망할 수 없기 때문이다.

부자는 새로운 증서의 내용을 끝까지 다 듣기도 전에 양반 되기를 포기한다. "나더러 도적놈이 되라는 말씀입니까?"라는 부자의 독백처럼 양반은 신분을 이용하여 백성의 기름과 피를 짜내고, 권력을 독식하여 그들 위해 군림하고 지배했으니 도적놈과 다름없었다.

양반 되기의 조건

부자는 도적놈이 되기 싫다며 양반 되기를 포기한다. 그러나 양반이 누리는 특권과 권세가 하늘을 찌를 듯하였고, 백성들은 사람대접을 받지 못하고 차별받고 무시당하는 설움에서 벗어나기 위해 너도나도 양반이 되고 싶어 하였다. 물론 원한다고 누구나 양반이 될 수 있는 것은 아니었다. 양반이 되기 위해서는 까다로운 조건을 갖춰야 했다. 김성우에 따르면, 양반이 되기 위한 세 가지 조건이 있다.

양반 되기의 제1조건은 호적상 유학 직역의 등재와 족보 보유이다. 유학幼學이란 벼슬하지 아니한 유생儒生을 말한다. 권내현의 연구에 따르면, 1846년을 기준으로 우학호幼學戶 가계의 계층 변동 양상은 다음의 5개 유형으로 분류하고 있다.[272]

---

272) 이에 대한 상세한 내용은, 권내현, "19세기 조선사회의 계층 이동 양상-유학호와 비유학호의 비교를 중심으로", 대동문화연구 제103권, 2018. 9., 207-234쪽.

(a) 호적에 최초로 나타나는 직계 조상이 유학이나 그 이상의 직역을 가진 상층이었고 그 자손들도 1846년까지 계속 유학이나 그 이상의 직역으로 기재되는 유형

(b) 유학에서 중간층으로 내려갔다 다시 유학으로 상승한 유형

(c) 향리였다 유학으로 상승한 유형

(d) 평민에서 중간층을 거쳐 유학으로 상승한 유형

(e) 노비에서 평민, 다시 중간층을 거쳐 유학으로 상승한 유형

(a)가 계층 이동 없이 상부계층을 유지한 유형이라면, (b)는 일시적으로 중간층으로 떨어진 뒤 다시 상부계층으로 올라간 유형이다. (c)유형의 향리의 후손들은 다수가 향리직을 계승하였는데, 그중 일부가 유학으로 올라갔다. 주목할 것은 (d)와 (e)유형이다. 조선 후기로 접어들면서 평민이나 노비도 중간층을 거쳐 유학으로 상승하여 양반에 편입되는 경향이 뚜렷하게 나타나고 있다.[273] 「양반전」에서는 부자가 평민과 노비의 어느 신분 출신인가에 대해서는 밝히고 있지 않다. 적어도 이들 가운데 상업 활동을 통해 큰돈을 벌어 가난한 유학의 곤궁한 처지를 이용하여 양반의 신분을 살 수 있을 만큼 사회의 변동이 일어나고 있음을 알 수 있다. 유학을 포함하여 제1조건을 충족하는 가장 넓은 의미의 양반 비중은 19세기 전체 인구에서 60~70%에 달한다.

제2조건은 유교적 의례의 준행과 다양한 특권이다. 유교적 의례는 유교적 가치관의 습득과 제사를 받들어 모시는 봉제사奉祭祀와 손님을 접대하는 접빈객接賓客으로 표상된다. 양반들은 유교적 의례를 전담하

---

273) 권내현, 앞의 논문, 217-218쪽.

였고, 양반가에서는 봉제사와 접빈객을 가장 중요하고 큰일로 간주하였다. 이와 함께 관직, 충절, 문장, 도학 등으로 빼어난 조상들을 배출한 가문 출신인 양반들은 조선사회의 실질적인 지배층을 형성하고, 다양한 특권과 특혜를 누렸다.[274] 이 조건을 충족하는 양반은 10~15% 정도로 추정된다.

제3조건은 문중門中과 동성촌락同姓村落의 형성이다. 문중이란 성姓과 본本이 같은 가까운 집안을, 동성촌락이란 같은 성을 가진 마을을 일컫는다. 17세기 중반 이후 친족제도는 남성 중심[男系親(남계친)]으로 급격하게 전환하였고, 문중과 동성촌락이 만들어졌다. 모든 촌락이 동성촌락으로 전환한 것은 아니었다. 하지만 이 가운데 저명한 동성촌락에는 으레 지역사회를 주도하는 지배양반이 거주하고 있었다. 이런 마을은 양반이 많이 모여 산다는 의미의 반촌班村이라 불렸다.[275] 이 조건을 충족하는 양반은 전체 인구 대비 5% 미만에 불과했다.

위 세 가지 조건을 모두 충족하는 '지배양반'은 5% 남짓으로 이들이 사실상 18, 19세기 조선 후기 사회를 지배하였다.[276] 「양반전」의 부자는 제1조건 가운데 (d) 혹은 (e)유형에 속하는 백성 출신으로 화폐경제를 바탕으로 양반 신분을 취득하는 사례로 볼 수 있다. 하지만 양반이 되었다고 하여 마냥 좋기만 한 것은 아니다. 정치제도의 틀 속에서 지는 의무는 별론으로 하더라도 도덕 윤리적 규범과 형식에 따라 지키고 따라야 하는 일이 적지 않았기 때문이다. 군수가 작성한 첫 번째 증서가 적고 있는 양반이 지켜야 할 도리는 다음과 같다.(168-170쪽)

---

274) 김성우, "18~19세기 '지배양반' 되기의 다양한 조건들", 대동문화연구 49권, 2005. 3., 181쪽.
275) 김성우, 위의 논문, 184쪽.
276) 이에 대한 상세한 내용은, 김성우, 위의 논문, 169-195쪽.

· 양반이 된 이상 천하고 너절한 일들은 모두 끊어 버려야 한다. 옛사람을 우러러 아름다운 뜻을 마음속에 지니고, 새벽 네 시쯤이면 잠에서 깨어 일어나 등잔에 불을 켜고, 두 발꿈치를 괴고 앉은 채 눈은 코끝을 내려다보며, 얼음판에서 박통 말듯이 『동래박의』(중국 고전의 하나로 『춘추좌씨전』을 논평한 책. 과거 시험을 준비하는 선비들의 수험 교재로 사용되었다.)를 줄줄 외워야 한다.

· 배고픈 것도 참고, 추운 것도 견디며, 가난한 사정을 남에게 하소연하지 않아야 한다. 윗니 아랫니를 마주치고, 머리 뒤를 손가락으로 퉁기며, 침을 입안에 머금고 가볍게 양치질하듯 한 뒤 삼킨다. 옷소매로 갓의 먼지를 털어서 옻칠이 드러나 보이게 하여야 한다. 세수할 때는 주먹을 쥐고 씻지 말아야 하고, 냄새가 나지 않게 이를 잘 닦아야 한다. 종을 부를 때는 소리를 길게 늘여야 하며, 걸을 때는 신발을 끄는 것처럼 천천히 걸어야 한다.

· 『고문진보』(중국 한시와 문장을 배우는 선비들의 필독서)나 『당시품휘』(중국 당나라 시인의 작품을 구분하여 수록한 책)를 깨알같이 베껴 쓰되 한 줄에 백 글자씩은 써야 한다. 양반 체면에 손에 돈을 쥐어줘서는 안 되며, 쌀값이 얼마인지 물어서도 안 된다. 날이 더워도 맨발을 내어놓지 말고, 맨상투로 밥상을 받지 말아야 한다. 밥보다 국을 먼저 먹지 말아야 하며, 쩝쩝거리는 소리를 내며 먹거나 마셔서도 안 된다. 젓가락으로 방아를 찧지 말고, 생파를 먹어서도 안 된다. 술 마시고 나서 수염을 빨지 말고, 담배를 피울 때는 볼이 움푹 패도록 빨지 않는다.

· 분이 치민다고 아내를 때려서는 안 된다. 화가 난다고 그릇을 차서도 안 된다. 애들에게 주먹질하지 말고, 종에게 '나가 뒈져라' 하고 나무라지 말고, 소나 말을 꾸짖을 때 그놈을 판 원래 주인까지 싸잡아 욕하지 말아야 한다. 병났다고 무당을 불러 굿하지 말고, 제사 재낸다

고 종을 불러 재 올리지 말아야 한다. 화롯불 가까이에서 손을 쬐지 말고, 말할 때에는 입에서 침을 튀겨서는 안 된다. 소를 잡아서는 안 되고, 노름을 해서도 안 된다.

양반에게 업신여김을 받으며 살았지만 부자는 양반이 지켜야 할 형식적 도리에 얽매이지 않고 자유롭게 살아왔다. 부자가 군수에게 묻는다. "양반이란 것이 겨우 이것뿐입니까?" 부자는 "양반이란 것이 신선 같다."고 들었기에 어처구니없는 내용으로 가득 차 있는 증서의 내용을 듣고는 기가 찼다. 양반이 정말 이런 것이라면 자신은 엄청나게 속은 것이 분명하다고 여긴 것이다. 그가 보기에 양반이란 "온통 불편하고, 어려운 것투성이"뿐이고, "편하고 좋은 것은 하나도 없"다. 큰돈 들여 산 양반이 정작 자신에게는 이로운 것 하나 없이 맹탕에 지나지 않는다. 평생 평민이나 노티로 살다가 큰돈을 벌어 부자가 된 그는 양반의 겉모습만 보았지 그들의 내면이나 실생활을 제대로 들여다볼 기회가 없었던 것이다.

양반 되기를 포기한 부자를 통해 박지원이 조선의 양반들에게 궁극적으로 하고 싶은 말은 무엇이었을까. 그것은 바로 "양반들이여, 군자가 되라."는 것이다.

양반이 되고 싶은 인물상: 군자

첫 번째 증서에서 군수는 양반의 호칭에 대해 말하기를, "대체로 양반은 여러 가지 호칭으로 불린다. 글을 읽는 사람을 선비라 하고, 벼슬살이를 하는 사람은 대부라 한다. 또 덕이 높은 사람에겐 군자라는 호칭을 붙이기도 한다."(168쪽) 양반은 선비, 대부, 군자 등 다양하게 불리지만, 그 중에 특히 덕이 높은 사람을 '군자君子'라 불렀다. 공자를 믿고 따르는 유가儒家는 도덕 수양의 완성 상태를 기준으로 소인〈군자〈성인〈대인〈천명의 순으로 사람을 나누고 있다. 그러나 성인 이상의 사람은 되기 힘들기 때문에 유자儒子들은 소인을 지양하고 닮고 싶은 인물상으로 군자를 지향하였다. 군자란 어떤 인물인가? 공자의 말을 중심으로 살펴본다.[277]

공자는 사람은 자기의 몸을 희생하는 한이 있어도 반드시 인仁을 이뤄야 한다고 말한다. 이 말은 옳은 일(대의)을 위해서는 자신의 목숨을 버려야 한다는 살신성인殺身成仁으로 널리 알려져 있다. 논어 위령공편에서 공자는 이렇게 말한다.

> 지사志士와 인인仁人은 구차히 삶을 구하여 인仁을 해침이 없고, 그 몸을 죽이어 인仁을 이룸은 있다.[278]

지사는 자신이 생각하는 도덕적 신념에 따라 대의명분을 지키기 위해 제 몸을 바쳐 일하려는 뜻을 가진 의로운 사람이고, 인인은 인仁의 가치와 덕목에 따라 사는 사람이다. 그러니 지사와 인인은 공자가 지향하는 인仁을 해쳐서는 아니 되고, 설령 자신의 목숨을 던져서라도 이뤄야 하는 것이 인仁이다. 이처럼 공자는 인仁을 실천하려고 끊임없이 노력하는 도덕적인 인간상[279]으로 군자를 설정하고 있다. 이에 대

---

277) 채령복, "인(仁)의 개념에 대한 인권법적 접근-논어를 중심으로-", 법학논고 제77집, 경북대학교 법학연구원, 2022. 4. 30., 9-12쪽에서 재인용함.
278) 논어 위령공: 8.
279) 임헌규, 논어 III, 202쪽.

해 공자는, "군자이면서 인仁하지 못한 사람은 있을 수 있지만 소인小人으로서 인仁한 사람은 있을 수 없다."280)고 하면서 인仁을 중심으로 그 실천 주체로 군자와 소인을 언급하고 있다.281) 이 관점에서 논어에 나오는 공자의 말을 중심으로 인仁의 실천적 주체의 관점에서 바라보면, 군자는 아래와 같은 사람이라고 할 수 있다.282)

첫째, 군자는 물질적 삶의 여유보다 공부 속에서 도를 추구하는 사람이다. 이에 대해 공자는, "군자는 도道를 도모하고 밥을 도모하지 않는다. 밭을 갊에 굶주림이 그 가운데에 있고, 학문을 함에 녹祿이 그 가운데 있는 것이니, 군자는 도道를 걱정하고 가난함을 걱정하지 않는다."283)고 말한다. 공자의 이 말에 대해 윤돈은, "군자는 그 근본을 다스리지 그 말단을 걱정하지는 않으니, 어찌 밖에 있는 것으로 근심하거나 즐거워하겠는가?"고 설명한다. "도道란 대체大體(마음)가 따르는 것이고, 먹을 것(食=밥)은 소체小體(耳目=몸)가 누리는 것이다."는 고금주의 뜻도 이와 같다. 군자에게도 밥(食)이 중요하지 않은 것이 아니다. 다만, 군자는 배부름이나 거처할 때 편안함을 구하기보다는 배우기를 즐기고 도道을 중시하여야 한다는 취지라고 보아야 한다.284)

둘째, 군자는 말과 행동의 일치를 중요시 하는 사람이다. 논어 이인 편에서 공자는, "군자는 말은 어눌하고, 실행은 민첩하고자 한다."285)

280) 논어 헌문: 7.
281) 임헌규, 논어 III, 207쪽. 임헌규는 인(仁)의 실천주체로 군자만을 언급하고 있다. 하지만 아래에서 살펴보는 바와 같이 소인도 인(仁)의 실천주체로 보아야 한다.
282) 본고에서 분석하는 군자의 개념은 진함, 앞의 논문, 7-8쪽을 참고하여 필자가 보충한 것이다.
283) 논어 위령공: 31.
284) 논어 학이: 14; 이인: 2; 이인: 9; ○인: 15; 위정: 18 등에서도 공자는 같은 취지의 말을 하고 있다.
285) 논어 이인: 24.

고 하였고, 헌문편에서도 "군자는 말은 신중하게 하고, 행동은 충분하게 한다."[286)]고 말하였다. 공자가 말은 '어눌' 또는 '신중' 하게 하면서도 행동은 '민첩' 또는 '충분' 하게 하도록 요구하는 이유는 군자라 할지라도 말을 내뱉기는 쉬워도 힘써 행하기가 어렵기 때문이다. 이에 대해 사량좌는, "말은 내뱉기 쉽기 때문에 어눌하고자 하고, 힘써 행하는 것은 어렵기 때문에 민첩하고자 한다."고 설명하고 있다. 언행일치는 군자가 반드시 갖춰야 할 덕목임을 알 수 있다.

셋째, 군자는 자신의 도덕적 발전에 힘쓸 뿐 아니라 다른 사람까지 편안하게 해주는 사회적 책임감을 가지고 있는 사람이다. 자로가 군자에 대하여 묻자, 공자는 "경건함으로 자기를 닦는 사람을 말한다."고 했다. 자로가 "이와 같을 뿐입니까?"라고 되묻자, 공자는 "자기를 닦음으로서 모든 사람을 편안하게 하는 사람이다."라고 했다. 공자는 이어 말하기를, "자기를 수양함으로써 모든 사람을 편안하게 하는 것은 요임금과 순임금도 오히려 병통으로 여기셨다."고 부연하고 있다.[287)] 자기 자신을 닦아(修己) 경건함을 갖는 것(以敬) 또는 모든 사람을 평안하게 하는 것(以安人; 以安百姓)은 성군으로 추앙받는 요임금과 순임금에게도 어려운 일이다. 공자는 논어에서 경건(敬)이 어떤 의미인지는 말하고 있지 않다. 오규 소라이에 의하면, "경은 하늘을 공경하는 것(敬天)이다. 자기를 닦아 하늘을 공경한다."고 주해하고 있다. 그리고 이어서 말하기를, "남을 편안하게 한다(安人)는 것은 효제孝悌와 돈목敦睦으로 구족九族을 친애하는 것이다. 백성은 백관과 만인을 말한다. 병통으로 여긴다는 어렵게 여긴다"는 뜻이라고 풀이하고 있다.[288)] 여기

---

286) 논어 헌문: 14.
287) 논어 헌문: 45.

서 알 수 있듯이 공자는 자기를 닦는 것을 군자의 기본자세로 보고 있다. 군자에게 수기修己 혹은 수신修身은 공사적 활동의 판단기준이고, 평생 지켜야 할 가치덕목이라고 할 수 있다. 그러므로 비록 치국평천하治國平天下의 큰일을 이루었다고 할지라도 군자는 모든 사람을 편안하게 해주는 공익적 역할에 충실해야 하는 사회적 책임이 있다는 사실을 잊어서는 아니 된다.

넷째, 군자는 의로움을 추구하는 사람이다. 공자는 자하에게, "자네는 군자 유가 되어야지 소인 유가 되지 마라."[289]고 말한다. 그러고는 "군자는 세상일에 관하여서는 가까이 할 것도 없고 멀리 할 것도 없다. 오로지 의로움에 따를 뿐이다."[290] 유儒는 유자儒者를 말한다. 공자는 유학을 공부하는 선비로서 유자를 군자 유君子儒와 소인 유小人儒로 나누면서 그 판단의 기준은 의로움(義)이라고 단언하고 있다. 주자는 사량좌의 말을 인용하여 "군자와 소인의 구분은 의義와 리利의 차이일 뿐이다."고 주석하고 있다. 공자의 이 말에 대해 다산은, "도를 배우고 시·서·예·악·전장·법도를 익히면서 도를 지향하면" 군자 유이고, "도를 배우거나 시·서·예·악·전장·법도를 익히지만 자신의 명성을 지향하면" 소인 유라고 말한다.[291] 한마디로 주자집주에서 정자程子가 말하듯이 군자 유는 자기를 닦는 공부(爲己)를 하는 반면, 소인 유는 자기의 이익이나 명성을 위한 공부(爲人)하는 소인이다.

다섯째, 군자는 도구 노릇을 하지 않아야 한다.[292] 공자가 말한

---

288) 임헌규, 논어 II, 524쪽.
289) 논어 옹야: 13.
290) 논어 이인: 10.
291) 임헌규, 논어 III, 623쪽.
292) 오규 소라이(이기동·임옥균·임태홍·함현찬 옮김), 『논어징 1』, 소명출판, 2015, 154쪽.

'군자불기君子不器'이다.[293) 이에 대해서는 "군자는 그릇처럼 국한되지 않는다."[294)라고 해석하기도 하나 그 뜻이 명확하지 않다. 후자보다는 전자가 군자가 지향하는 인격을 적절하게 파악하고 있으므로 전자를 따른다.

주자는 공자의 이 말에 대해 이렇게 주해하고 있다.

'器'는 각각 그 용도에만 적합하여 서로 통용될 수 없는 것이다. 成德 (완성된 덕)한 선비는 體가 갖추어지지 않음이 없으므로 用이 두루하지 않음이 없으니, 다만 한 재주, 한 技藝가 될 뿐이 아니다.[295)

하지만 불기는 "다만 한 재주, 한 기예가 될 뿐이 아니다."란 주자의 해석은 군자가 갖추어야 할 덕목에 대해 너무 좁게 해석한 것이다. 위 주자의 해석에서 한 걸음 더 나아가 오규 소라이는 이렇게 말한다.

대쳐로 배움은 '그릇'을 이루는 것이고, '그릇'은 성질에 따라 다르므로 절차탁마하는 것으로 비유하였다. 그러므로 사람을 쓰는 도리는 '그릇'으로 부리는 법이다. 군자란 백성을 기르는 덕을 가지고 '그릇'을 사용하는 사람이므로 '그릇 노릇을 하지 않는다'고 말했다.[296)

오규 소라이의 이 말을 부연하여 기세춘은 말한다.

---

293) 논어 위정: 12.
294) 성백효, 『논어집주』, 55쪽.
295) 성백효, 『논어집주』, 55쪽.
296) 오규 소라이(이기동·임옥균·임태홍·함현찬 옮김), 앞의 책, 154쪽.

'군자불기' 란 관장인 군자는 군왕의 명을 받은 자이지만 왕도에 충성할 뿐 군왕이 멋대로 쓰는 도구가 아니라고 선언한 것이다. 즉 군자는 군왕·인·민 어느 편에도 치우치지 않고 중도를 지키며 천명을 따라 인정仁政과 균분均分의 왕도를 행할 뿐 군왕의 졸개가 아니라는 뜻이다.[297]

오규 소라이의 군자는 '그릇 노릇을 하지 않는다' 와 기세춘의 군자는 '군왕이 멋대로 쓰는 도구가 아니다' 는 말은 같은 뜻이다. 공자의 '군자불기' 에서 근현대적 의미의 '개인의 주체성' 의 맹아를 찾을 수 있다. 그만큼 군자는 도덕적 인격을 갖춘 독립적이고 주체적인 사람의 표상인 셈이다.

결론적으로, 군자는 인仁의 세계에 들어온 사람이다. 또는 군자는 이미 그 세계에 들어왔으나 다만 공자가 원하는 도덕의 수준에는 이르지 못한 사람이다. 그래도 군자는 큰 덕과 두루 적용되는 법을 생각한다. 이에 반하여, 소인은 도덕, 즉 인仁의 세계에 들어오지 못한 사람이다.[298] 도덕의 세계에 발을 들이지 못한 사람인 소인은 현실에서의 안온한 삶과 작은 혜택을 추구하는 사람이다. 논어 이인편에서 공자는 말한다.

군자는 큰 덕을 생각하고, 소인은 안온한 삶의 터를 생각한다. 군자는 두루 적용되는 법을 생각하고, 소인은 작은 혜택을 생각한다.[299]

---

297) 기세춘, 『동양고전산책 1』, 63-64쪽.
298) 진함, "공자의 '군자' : 최선의 마음 상태를 가진 자", 동양철학, 2019. 12., 제52권 1호, 8쪽.
299) 子曰, 君子懷德 小人懷土. 君子懷刑 小人懷惠(자왈, 군자회덕 소인회토. 군자회형 소인회혜). 논어 이인: 11.

회懷는 생각함이다. 군자는 큰 덕을 생각하고(懷德), 법을 두려워(懷刑)하지만 소인은 자신이 머물고 있는 안온한 현실에 안주하고(懷土), 작은 이익이나 혜택만을 생각한다(懷惠). 이처럼 공과 사에서 군자와 소인은 그 생각에서 크나큰 차이를 보인다. 공자는 군자가 지향해야 할 절대적 도덕가치기준으로 인仁을 내세워 모든 사람이 마땅히 가져야 할 마음가짐과 태도가 무엇인가를 제시하고 있다.

향원이 되기보다는 양반 되기를 포기하다

허균이 말하는 호민을 양반과 비교하면 맹자 진심하편에 나오는 향원鄕原이라고 할 수 있다.

맹자는 인의仁義와 예禮의 현실적 실천 여부를 기준으로 군자를 '선비, 광자, 견자, 향원'이라는 네 부류로 나누어 구분한다. 선비는 중도中道에서 벗어나지 않는 고결한 인품을 지닌 사람으로 공자와 맹자가 이상형으로 삼는 군자상이다. 하지만 현실에서 군자를 만나기란 여간 어려운 일이 아니다. 그 대신 주변에서 만나는 인물은 대부분 견자獧者와 광자狂者, 그리고 향원鄕原이다.

광자는 지향하는 바가 너무 커서 입버릇처럼 옛날 사람은 어찌어찌 했다고 말하지만 그 행동을 살펴보면, 행동이 뜻을 따라가지는 못하는 사람이다. 군자보다 차선책이 광자이다. 하지만 광자도 얻지 못하면 더러운 것을 가까이 하지 않는 선비라도 구해야 한다. 이들이 견자이다. 선비를 만나기가 어려운 현실이니 광자와 견자라도 내세워 현실을 개혁하자는 것이 공자와 맹자의 생각이다. 그런데 이들을 모두 얻지 못했을 때가 문제다. 향원밖에 남지 않기 때문이다.

향원을 문자 그대로 풀이하면 "동네(鄕) 사람들이 모두 친근하고 후덕한 사람(愿)이라고 칭찬하는 사람"을 말한다. 겉으로 보기에 향원은 "비난하려고 해도 꼬집을 데가 없고, 공격하려고 해도 약점을 찾을 수 없"는 군자의 유형이다. 우리 사회도 어딜 가든 예의 바르고 점잖다고 칭찬 듣는 이런 사람을 선호한다. 현실이 이러함에도 공자는 향원이야말로 '덕의 적'이라며 서슴없이 독설을 퍼붓는다. 겉으로 흠잡을 데 없는 모습과는 달리 향원의 본질은 자신의 정체를 숨기고는 '세상에 아양을 떠는 인간'이라는 게 비난의 핵심이다. 맹자도 그런 향원이 외려 광자와 견자를 비웃는 현실을 신랄하게 비난한다.

향원은 자신의 속내를 숨기고 세상에 아부하고 실리에 따라 움직이는 부류이다. 맹자는 군자에 미치지는 못하나 '사이비 군자'인 향원보다는 다소 무모하고 이상주의적 성향을 가진 광자와 견자가 낫다고 말한다. 적어도 이들은 향원처럼 속내를 숨기고 남의 환심을 사려고 아첨하는 교묘한 말과 보기 좋게 꾸미는 얼굴빛을 뜻하는 교언영색巧言令色의 태도는 가지고 있지 않기 때문이다. 공자는 논어 학이편에서 "교묘한 말만 하고 보기 좋은 낯빛만 꾸미는 사람치고 어진 경우가 드물다(巧言令色 鮮矣仁)."며 향원과 같은 부류를 싫어하고 경계하였다. 맹자는 그런 향원이 외려 광자와 견자를 비웃는 현실을 신랄하게 비난한다.

(광자를 보고) '어찌 이렇게 뜻만 큰가! 말하면서 실천할 것을 생각하지 않고 행동하면서 말한 것은 돌아보지 않는구나. 그러면서 옛사람을 찾는 꼴이라니!' 하고 비웃으며, 또 (견자를 보고) '왜 저렇게 혼자서만 깨끗한 척 하며 외로움을 자처하는가. 이 세상에 태어났으면 이 세상 사람이 하는 일을 해야지. 그들이 옳다고 하는 것이 좋은 것 아닌가!' 라고 비웃는

다.(맹자, 진심하37)

　　공자와 맹자에게 향원은 '속내를 드러내지 않고 세상에 아부하는 사람'이자 '유사 군자'이다. 한마디로 향원은 선비와 '비슷한 듯하지만 아닌 것', 즉 '사이비'에 지나지 않는다.

　　예나 지금이나 군자-선비를 찾기는 어렵다. 더욱이 광자와 견자마저 사라져 버렸으니 여간 심각하지가 않다. 부자는 중서에 나열된 양반의 모습에서 사이비 군자-향원을 보았다. 만일 그가 광자나 견자와 같은 양반의 모습을 보았다면 부자는 어떤 선택을 했을까. 온통 '점잖은' 향원이 넘쳐나는 현실에서 박지원은 광자와 견자가 가진 무모한 이상주의가 그리웠는지도 모르겠다.

박지원, 「호질」(18세기 후반)

- 이놈의 선비 녀석 구린내가 진동하는구나

작품의 시대적 배경

「호질虎叱」[300]은 18세기 후반 조선 정조 연간에 연암 박지원이 쓴 단편소설로 「허생전」과 함께 『열하일기』에 실려 있다.[301] 이 작품은 범(호랑이)이 유학자의 위선을 신랄하게 꾸짖는 내용으로 「허생전」, 「양반전」과 같은 맥락의 소설이다. 후자의 두 작품은 사람 중심인 반면, 「호질」은 '산중 동물의 제왕' 범을 내세워 인간인 유학자의 위선과 이중인격 등을 풍자하고 꾸짖고 있다는 점이 다르다.

1780년 7월 28일 여행 중이던 박지원은 옥전 고을에 당도한다. 이곳 어떤 가게에 들러 구경하던 중 한쪽 벽 위에 걸려 있는 이상한 글을 발견한다. 여태껏 본 적 없는 아주 야릇한 그 글에 호기심을 느끼고는

---

300) 이 글의 인용문은 다음 책을 바탕으로 작성하였다. 박지원(최성윤 옮김), 『최성윤 교수와 함께 읽는 허생전/양반전』(서연비람 고전 문학 전집 5), 서연비람, 2021, 109-140쪽.
301) 『연암집 권 12-열하일기』 '관내정사' 7월 28일. 박지원(최성윤 옮김), 위의 책, 111-115쪽에서 재인용.

주인의 허락을 받고 베낀다. 그 글을 베끼기로 마음먹은 이유에 대해 박지원은 가게 주인에게 이렇게 말한다.

> 우리나라로 돌아가 사람들에게 읽어 주려고 합니다. 배꼽 잡고 뒤로 넘어지도록 웃게 하려는 것이지요. 입속 밥알이 벌 날듯이 튀고, 갓끈이 썩은 새끼처럼 툭툭 끊어질 만큼 웃음을 터뜨려 보려고요.(115쪽)

이 말에 주인은 알 듯 모를 듯한 미소를 지었다. 박지원은 동행한 정 진사와 글을 나누어 베꼈는데, 숙소로 돌아와 보니 빠진 글자도 있고 틀린 글자도 있었다. 할 수 없어 자신이 조금 손질해서 한 편의 글이 되도록 수정한다. 그러고는 이 글에 나오는 두 글자를 뽑아 소설의 제목인 '호질'로 삼는다.

「허생전」과 똑같이 「호질」도 박지원 자신이 직접 쓴 창작물이 아니라 가게주인이 쓴 것으로 추정되는 글을 베낀 것이라고 변명하고 있다. 범을 앞세워 유학자들의 허상과 실상을 까발리고 있으니 유림의 비판이 두려웠을 것이다. 그는 남이 지은 글을 베꼈다는 사실을 강조함으로써 혹시 자신에게 가해질지도 모르는 정치적 탄압을 슬쩍 피해가고 있다. 하지만 이것만으로는 불안감이 가시지 않았을까. 박지원은 「호질」'뒷이야기〔虎叱後識(호질후지)〕'302)에서 이 소설을 쓰게 된 동기와 교훈을 요약하고, 실학자로서 자신의 견해를 밝히고 있다.

이 소설을 쓰게 된 동기에 대해 박지원은, "이 글을 지은 사람이 누구인지, 그 이름이 무엇인지는 알 수 없습니다. 아무튼 근세의 어느

---

302) 후지(後識)는 오늘날 작가 후기(後記) 또는 발문(跋文)이다. 이는 모두 책의 끝에 본문 내용의 대강(大綱)이나 간행 경위에 관한 사항을 간략하게 적은 글을 말한다.

중국 사람이 울분을 참지 못하여 지은 것이 아닐까 생각합니다."라고 쓰고 있다.(135쪽) 그의 말대로 자신이 여행 중에 우연히 발견한 글을 베낀 것을 조금 혹은 대폭 수정한 것일 수도 있다. 아니면 그 글에서 아이디어를 얻었지만 박지원 자신이 창작한 것을 발표했을 수도 있다. 하지만 작품이 당시 조선사회에 던지는 메시지라는 관점에서 보면 남의 글을 베꼈든 창작물이든 그리 중요하지 않다. 그는 이 소설을 통해 당시 조선사회의 지배권력층인 유학자들이 가지고 있는 허위의식과 그들이 지나치게 많은 특권을 누리는 불합리한 현실을 비판하고 싶었다는 사실에 중점을 두어야 한다. 박지원은 자신이 왜 이 소설을 썼는가에 대한 본심을 이렇게 밝힌다.

> 세상 돌아가는 기운이 한밤중처럼 어두워 오랑캐의 행패가 맹수의 위협보다 더욱 심각한데도, 염치도 차릴 줄 모르는 선비 나부랭이들은 경전이나 글귀나 들먹이면서 그저 학문을 뒤틀고 세상에 아부만 하고 있으니까요. 유학자 선비들이 하는 일을 보면 남의 무덤이나 파고 뒤지는 짓거리나 다름없으니, 그들이야말로 정말 범도 더럽다고 물어 가지 않을 놈들입니다.(135쪽)

이처럼 「호질」은 원작자가 누구인지 알 수 없지만 어느 중국 사람이 청나라 조정(淸朝)의 위선적인 정책과 그에 빌붙어 곡학아세曲學阿世하며 편안함을 추구하는 한족 출신 유학자들에 대해 비분강개悲憤慷慨를 이기지 못하여 지은 것으로 보인다는 것이다.303) 이처럼 「호질」 '뒷이야기'에서 박지원은 자신이 이 글을 쓰게 된 배경과 동기를 구

---

303) 박지원(이상백 책임편집), 앞의 책, 145쪽.

구절절 설명하고 있다.

　하지만 청조에 부역하는 중국 유학자들의 사례는 겉으로 내세운 수사적 장치에 지나지 않는다. 이 소설을 통해 박지원이 정말 하고 싶은 말은 무엇이었을까. 그것은 바로 "범도 더럽다고 물어 가지 않을 놈들", 즉 조선의 썩어빠진 선비들이었다. 당시 조선의 유학자-선비들은 양반이란 신분을 앞세워 온갖 이득을 취하면서도 변화하는 시대의 가치관을 수용하지 못하고, 불합리한 제도를 개혁하려는 노력을 하지 않고 있었다. 이 소설을 통해 박지원은 허위와 위선, 그리고 아집에 빠져있는 유학자들의 행태를 비판하고 싶었던 것이다.

글을 읽으면 사士이고 정치에 종사하면 대부大夫이다

　　　　　　　박지원은 『양반전』에서 조선 사대부에 대해 다음과 같이 그 속성을 명확하게 정리하고 있다.

　　양반은 사족의 존칭이다. (…) 이 양반이라는 것에는 부르는 명칭이 여러 가지 있다. 글을 읽으면 사士이고 정치에 종사하면 대부大夫이다.[304]

　이 말에 따르면, 양반 가운데 글을 읽으면 '사(선비)', 관직에 나아가 정치에 종사하면 '대부'가 된다. 조선시대 양반이자 유학자로서 사대부는 선비와 대부를 포함하는 말이다. 그들에게 유학을 공부함으

---

304) 박지원, 『兩班傳』: "兩班者 士族之尊稱也 … 維厥兩班, 名謂多端, 讀書曰士 從政爲大夫 有德爲君子."

로써 내면의 갈고닦는 수기修己를 위한 글 읽기(독서)와 사람과 세상을 다스리는 치인治人을 위한 출사出仕는 구분되지 않는다. 바꾸어 말하면, 선비가 벼슬에 나아가면 대부가 되고, 대부가 벼슬에서 물러나면 선비가 된다.[305]

사대부란 중국의 신분계급에서 유래한다. 본래 선진先秦시대에는 대부와 사는 공公이나 왕王 혹은 천자天子·경卿·제후諸侯의 아래에 위치하는 귀족계급의 칭호였다. 이때 대부와 사는 제후의 가신군家臣群을 의미하였고, 신분이 다른 사와 대부를 합쳐 일컫는 사대부라는 용어는 쓰이지 않았다.[306] 대부와 사는 그 지위에 큰 차이가 없었으므로 주대周代에 이 둘을 합쳐 '사대부'라고 한 기록이 있다. 그러나 전국시대에 이르면서 문학유세지사文學遊說之士, 임협지사任俠之士로 불리는 새로운 사인층이 등장하기 시작하였다.[307] '사' 계층은 귀족계급에서 빠진 귀족과 서족庶族의 중간 계층이었는데, 이들은 학문을 통해 개인의 능력으로 지위를 얻었다. 그러다 한대漢代 이후로 '사'의 정신을 지닌 유가 지식인들이 국가제도 정비 등에서 중요한 역할을 함으로써 그 지위가 높아져 갔다. 송대宋代에 접어들면서 신유가新儒家가 출현하는데, 서서히 세습되는 사족士族으로서 부동의 지위가 확립되었다. 그들은 관리직에 종사하는 유무를 떠나 "천하가 근심하기 전에 먼저 근심하고, 천하가 즐거워한 다음에 즐거워한다."라는 북송北宋의 범중엄范仲淹 정신을 표준으로 삼았다.[308]

---

305) 강지은 지음(이혜인 옮김), 『새로 쓰는 17세기 조선 유학사』, 푸른역사, 2017, 59쪽.
306) 성고선생의 역사이야기: "사대부란 무엇인가 1", https://blog.naver.com/dk7117/220324176253
307) Ibid.
308) 이에 대한 상세한 내용은, 강지은 지음(이혜인 옮김), 위의 책, 52~53쪽.

조선조에서는 3대 국왕 태종 때부터 조선 말기까지 '사대부'라는 말이 빈번하게 사용되었다. 하지만 16~17세기 성리학이 통치이념으로 더욱 공고하게 자리 잡고 '사대부' 정신이 강조되어 갈수록 사대부 집단은 기본적으로 범중엄이 말한 신유가의 풍격風格이 두드러지게 나타나게 되었다.[309] 이에 대한 일례로 유학자 도신징都愼徵의 예송 논쟁에 관한 상소를 들 수 있다.

도신징은 자의대비慈懿大妃의 복상 문제에 적극적으로 개입하여 자신의 의견을 피력하였다. 도신징은 1674년 효종비 인선왕후의 국상을 계기로 자의대비의 복상 문제가 불거지자, 대구 유생들을 대표하여 현종에게 상소를 올렸다. 즉, 효종은 즉위를 했더라도 자의대비의 차남이므로 모후인 그녀는 3년 상복喪服인 대공복이 아니라 1년 상복인 기년복을 입어야 한다고 주장하였다. 상소문에서 그는 자의대비의 복상 변경이 부당함을 조목조목 지적하며, 자의대비의 복상이 기년복에서 대공복으로 변경된 것은 부당하다고 강하게 비판했다. 그의 상소문을 읽은 현종은 대공복 결정을 철회하고 기년복으로 바꾸는 조치를 단행하였다.

도신징은 중앙 정계의 권력 다툼과는 전혀 관계가 없는 대구에서 살고 있던 무관無官의 유학자이다. 그런 그가 왕에게 "예가 어지럽혀지면 나라가 망한다."거나 "왕을 위해 발언하는 사람이 한 명도 없는 것은 이 나라에 사람이 없는 것과 같다."라며 목숨을 걸고 직언을 서슴지 않고 있다.[310] 도신징의 사례는 글을 읽는 선비인가 혹은 출사를 하여 관료인가를 묻지 않고 사대부가 지향해야 할 올곧은 정신이 무

---

309) 강⋋은 지음(이혜인 옮김), 앞의 책, 53쪽.
310) 이에 대한 상세한 내용은, 강지은 지음(이혜인 옮김), 앞의 책, 59~62쪽.

엇인가를 보여주는 전형적인 사례라고 할 수 있다.

본래 조선시대에 사대부는 문관관료를 의미하였다. 문관 4품 이상을 대부大夫, 문관 5품 이하를 사士라 하였다. 그러나 조선 중후기에 접어들면서 사대부는 문무 관료뿐만 아니라 포의布衣의 독서인讀書人까지 사의 범주에 포함시켰다. 위에서 인용한 박지원의 "글을 읽으면 사士이고 정치에 종사하면 대부大夫이다."라는 말은 조선 후기 사대부를 적절하게 설명하고 있다.[311]

사대부 정신은 조선시대 유학자들이 추구했던 성리학에 바탕을 둔 이상적인 인격과 가치관을 의미한다. 충忠, 효孝, 예禮, 의義를 바탕으로 국가와 백성을 위한 봉사와 헌신, 학문 연구를 통한 자기 수양, 그리고 사회 개혁을 위한 노력 등이 사대부 정신의 핵심이었다. 하지만 점차 양반을 중심으로 한 신분제도가 공고화되면서 사회특권층에 편입된 사대부는 유학자-선비로서 마땅히 가져야 할 올곧은 정신을 잃고 말았다. 급기야 조선의 사대부는 그 정신이 썩을 대로 썩어 '범도 물어가지 않을 하찮은 존재'로 전락하고 달았다. 그들의 위선을 범이 준엄하게 꾸짖는 지경에까지 이르고 말았으니 체면이 말이 아니었다.

범, 유학자-선비들의 위선을 꾸짖다

범과 귀신들은 누구를 잡아먹을 것인가 논의한다. 귀신 이올은 의원과 무당을 잡아먹자고 제안하지만 범은 이

---

311) 성고선생의 역사이야기: "사대부란 무엇인가 1", https://blog.naver.com/dk7117/220324176253

를 거절한다.312) 이에 귀신 육혼이 유림儒林이라는 숲에 가면 먹음직한 살코기가 있으니 선비를 잡아먹자고 말한다. 선비는 "어진 간과 의로운 쓸개, 충성스러운 심장을 지니고 있"을 뿐 아니라 "품행이 깨끗하고 음악을 즐기며 예절 또한 바"른 사람이다. 어디 그뿐인가. "입으로 온갖 성현의 말씀을 외고, 정신은 만물의 이치에 통달하여 '덕이 높은 선비'라는 이름이 붙"어 있기까지 하다. "등에도 통통하니 살이 오르고 몸집이 기름진 놈이니 썩 좋은 맛을 보실 수 있다."는 제안에 범은 귀가 솔깃하다.(119쪽) 귀신들이 앞다투어 '만물의 다섯 가지 요소인 오행五行313)이 서로를 낳는 것'과 '우주 변화의 여섯 가지 기운인 육기 六氣314)가 서로를 이끌어 가는 이치'를 깨달았으니 선비라는 고기의 장점에 대해 설명한다.(119-120쪽) 그런데 범은 별다른 흥미를 보이지 않고 마땅치 않은 듯한 목소리로 이렇게 말한다.

음양이라는 것은 하나의 기운이 줄거나 늘거나 하는 것인데, 그걸 둘로 나누었다면 그 고기는 잡스러운 것이 되지 않겠느냐? 그리고 오행은 저마다 자리가 정해져 있어서 서로 살려 갈 수가 없는 것인데, 뭘 낳고 말

---

312) 의원과 무당을 잡아먹자는 귀신 이올의 제안에 범이 말한다. "에이, 의원이라는 말의 그 '의(醫)' 자는 의심한다는 '의(疑)' 자와 같지 않으냐. 그러니 의원이라는 놈은 치료를 한답시고 스스로 의심나는 것을 시험해 보느라 여념이 없지. 그러다가 수많은 사람들을 해마다 수도 없이 죽이는 놈이 의원 아니냐?
그리고 무당이라는 것의 '무(巫)' 자는 속인다는 뜻의 '무(誣)' 자나 다름이 없다. 무당이 그렇게 귀신을 속이고 사람들을 꾀어서 해마다 수많은 사람들을 죽게 하지 않느냐? 의원과 무당에게 당하거나 속은 사람들의 노여움이 이들 두 놈의 뼈까지 스며들어 독이 든 누에가 되었을 것이다. 그렇게 독한 놈들을 내가 어떻게 먹겠느냐?"(118쪽)
313) 우주 만물을 이루는 다섯 가지 원소. 금(金), 수(水), 목(木), 화(火), 토(土)를 이른다.
314) 천지 사이에 있다는 여섯 가지 기운. 음(陰-그늘), 양(陽-밝음), 풍(風-바람), 우(雨-비), 회(晦-어둠), 명(明-볕)을 이른다.

고 한다는 말이냐? 공연히 어미와 자식처럼 만들어 좋지 않나, 짜니 시니 하며 다섯 가지 맛으로 갈라놓지를 않나, 이러고야 어디 그 맛이 온전하겠느냐? 또 육기라고 하면 저마다 스스로 움직이니 누가 마음대로 이끌 수가 없는 것인데, 이끌어 주느니 도와주느니 어쩌고저쩌고 하면서 제 공을 내세우려 하다니… 그따위 것을 먹다가는 질기고 딱딱해서 구역질이 나거나 체할 것만 같구나.(120쪽)

중국 정나라(鄭國, B.C. 806-B.C. 375) 어느 고을에 북곽 선생이라는 '맛 없는 고기' 유학자가 살았다. 그는 나이 마흔 살에 펴낸 책과 사서오경 주해한 책이 각 일만 권과 일만 오천 권이나 되니 여간 뛰어난 학자가 아니었다. 벼슬을 욕심내지 않고 학문에만 몰두하니 천자와 제후들도 그를 우러러 보았다. 그러니 북곽 선생에 대한 사람들의 존경이 어느 정도인지 알 수 있다.

북곽 선생이 사는 고을 동쪽에 열녀로 추앙받는 어여쁜 젊은 과부가 살고 있었다. 나라에서 동네 이름도 '동리 과부의 마을'이라고 붙여 주었으니 세상 사람들은 동리자를 절개를 지키는 과부로 믿고 있었다. 하지만 사실은 이와 딴판이었다. 그녀에게는 아비가 제각각 다른 아들이 다섯이나 있었다.

어느 날 밤 학식이 뛰어나고 인격이 고매한 북곽 선생이 동리자의 집 안방에서 젊은 과부를 만난다. 두 사람의 밀회는 다름 아닌 동리자의 다섯 아들에게 발각되면서 사단이 나고 만다. "북곽 선생처럼 점잖은 어른이 설마 과부의 방에 찾아들 리가 있겠니?"라며 다섯 아들은 필시 천년 묵은 여우가 선생으로 둔갑한 것이라고 여긴다. 그러고는 여우를 때려잡겠다며 방 안으로 쳐들어간다. 그 모습에 소스라치게 놀란 북곽 선생이 황급히 도망치다 그만 깊은 똥구덩이에 빠져 버리고 만다. 허우적거리다 겨우 똥구덩이에서 기어 나온 북곽 선생 앞에 범 한 마리가 떡하니 버티고 앉아 있다.

어이쿠, 이놈의 선비 녀석, 구린내가 진동하는구나!(126쪽)

북곽 선생은 큰일이다 싶은 마음에 우선 살아야겠기에 대뜸 범에게 공손하게 세 번 절하며 머리를 조아리고는 말한다.

범님의 덕은 참으로 지극하옵니다. 세상의 큰 인물이라 하면 누구나 범님의 무궁한 조화를 본받고, 임금 된 자들은 범님의 점잖은 걸음걸이를 따라 배웁니다. 자식 된 자들은 범님의 효성을 표본으로 삼으며, 장수는 범님의 당당한 위엄을 흠모하며 본받습니다. 그 거룩하신 이름은 신령한 용님과 짝이 되시며, 두 분이 함께 바람과 구름을 다스리시니, 땅바닥에 붙어사는 이 천한 놈이야 그저 엎드려 정성을 다해 받들 뿐이지요.(126-127쪽)

북곽 선생의 말에 범은 외려 정색을 하며 "언젠가 선비 '유儒' 자가 아첨할 '유諛' 자와 한가지라는 소리를 들었는데 과연 그 말이 틀리지 않았구나!"라며 꾸짖는다. 공자는 논어 학이學而편에서 "말을 듣게 좋게 하고 얼굴빛을 곱게 하는 사람은 인仁한 이가 적다."(巧言令色 鮮矣仁 교언영색 선의인)라며 교언영색은 인을 추구하는 선비가 경계해야 한다고 가르치고 있다. 논어 양화陽貨편에도 같은 내용이 나오는 것으로 보아 공자는 교언영색을 제자들이 마땅히 경계해야 할 덕목으로 보고 있다.

유학은 공자를 시조始祖로 섬기는 학문이고, 유학자는 그 학문을 깊이 연구하고 높은 경지에 오른 사람이다. 그런 위치에 있는 북곽 선생이 스승의 가르침을 지키지 않고 이토록 갖은 아첨을 떨며 목숨을 구걸하다가 오히려 범에게 힐난을 듣는다. 범의 꾸중은 계속 이어지는데, 그 핵심 내용을 아래 세 가지로 정리할 수 있다.

• 범과 사람 가운데 누구의 성품이 착한가

첫 번째로, 범은 성품을 들어 꾸중한다. 범과 사람의 성품은 차이가 없는 것이 하늘의 이치이다. 범의 본성이 악하면 사람의 본성도 악할 것이고, 사람의 성품이 착하다면 범의 성품도 착할 것이기 때문이다. 사람들은 입으로는 오상五常과 사강四綱을 말하지만 하는 짓은 가증스럽기 짝이 없다.

범이 사람들의 위선을 꾸중하면서 예로 든 오상과 사강은 사람과 사회를 유지하는 유학의 기본덕목이다.

범은 사람들이 오상과 사강을 말로만 떠들면 무슨 소용이 있다며 힐난한다. 한마디로 "사람이 북적거리는 거리에 나가 보면 코를 베인 놈, 발꿈치 잘린 놈, 얼굴에 먹물을 들이고 다니는 놈들이 수두룩하다."는 것이다. 그러면서 말을 이어간다.

그놈들은 모두가 오상이나 사강을 지키지 못한 놈들이니 이게 다 어쩐 일이란 말이냐? 죄지은 놈을 잡아들이고 벌주는 데 쓰이는 포승줄이며 먹 바늘은 물론이고, 도끼며 톱을 하루가 멀다 하고 써대면서도 너희 놈들의 나쁜 짓은 도저히 막을 수가 없지 않더냐. 범의 세상에는 애초부터 이러한 악독한 형벌 따위는 찾아볼 수 없었다. 이것만 보아도 범의 성품이 사람보다 어질다 하지 않겠느냐?(128쪽)

공맹을 스승으로 모시고 오상과 사강을 몸소 실천해야 하는 유학자인 북곽 선생으로서는 입이 열 개라도 할 말이 없을 정도로 범의 질책은 준엄하다. 범의 꾸중은 이어진다.

• 범과 사람 가운데 누가 도리에 밝은가

두 번째로, 범은 도리를 들어 꾸중한다. 범은 힘이 약한 동물을 잡아먹지만 사람과 달리 자신의 이익을 채울 목적으로 살생을 하지 않는다. 새끼를 가지거나 알을 품은 짐승이면 하찮은 것들이라도 차마 건드리지 않으며, 남에게 신세를 지는 일도 없고 관청에 달려가 소송을 걸지도 않으니 범이야말로 도리에 밝고 반듯하지 않느냐는 것이다. 이런 범과는 달리 사람들은 어떤가? 범이 노루나 사슴을 잡아먹으면 남의 일 보듯 가만히 있다가, 말이나 소를 잡아먹으면 무슨 철천지 원수 보듯 한다. 사람들이 이러는 이유는 무엇인가. 그것이 다 노루와 사슴은 사람에게 이로울 게 없지만, 말이나 소는 사람들에게 이익이 되니까 그러는 것이라는 게 범의 주장이다. 심지어 허리가 부러지도록 태워주고 뼈 빠지게 일해주며 한평생 사람을 따르고 섬긴 공을 모르고 소와 말을 죽여 뿔과 갈기까지 남기지 않는 게 인간이다. 어디 그것뿐인가. 범의 끼닛거리인 노루와 사슴까지 마구 잡으니 사람이란 족속은 도리가 없는 게 분명하다. 자신을 잡아먹을까 와들와들 떨고 있는 북곽 선생에게 범의 일장훈시는 계속된다.

제 것이 아닌 물건을 멋대로 가져가는 놈은 도둑이라고 하고, 남을 못살게 굴고 목숨을 함부로 빼앗는 놈을 강도라고 한다. 너희들은 밤낮을 가리지 않고 팔 걷어붙이고 눈 부릅뜨고 함부로 도둑질에 강도질이구나. 그렇게 남의 것을 빼앗고 훔치면서도 부끄러운 줄을 모르고 살지 않느냐? 심지어 돈을 형님이라고 부르며 모시자를 않나, 장군이 되겠다고 제 아내를 죽이는 놈까지 있으니, 이러고도 삼강이니 오륜이니 떠들 수 있단 말이냐?(129-130쪽)

밤낮으로 도둑질과 강도질을 하면서도 삼강三綱이니 오륜이니 떠들 수 있냐며 따져 묻는 범의 꾸중에 북곽 선생은 어쩔 줄을 모른다. 삼강과 오륜은 사람이 늘 지켜야 하는 도리를 일컫는 것으로, 공자가 말한 군군신신부부자자君君臣臣父父子子와 같은 뜻이다. 제齊나라 군주 경공景公이 정치에 대해 묻자 공자가 대답한 이 말은, '임금은 임금답고, 신하는 신하답고, 아비는 아비답고, 자식은 자식다워야 한다' 는 뜻이다. 삼강의 강綱은 그물의 위쪽 코를 꿰어 오므렸다 폈다 하는 줄, 즉 벼리이다. 이 벼리처럼 각자는 자신의 기본 도리를 다해야 하는 것이다. 이러한 도리는 심지어 임금과 신하, 부모와 자식은 물론 심지어 도둑에게도 요구되는 것이다. 장자 거협편에는 도척盜跖이란 도둑의 우두머리에 관한 이야기가 나온다.

그래서 도척의 무리 중 한 사람이 도척에게 이렇게 물었다.
"도둑질하는 데도 도가 있습니까?"
도척은 이렇게 대답했다. "어디엔들 도가 없겠느냐? 방 속에 감추어진 재화를 멀리서 바라보는 것만으로 짐작할 줄 아는 것이 성聖이고, 도둑질할 때 먼저 들어가는 것이 용勇이고, 맨 뒤에 나오는 것이 의義이고, 도둑질이 가능할지 여부를 미리 아는 것이 지知이고, 도둑질한 물건을 고루 분배하는 것이 인仁이다. 이 다섯 가지를 갖추지 않고 큰 도둑이 된 자는 천하에 아직 없다."

장자는 말한다. 보통의 사람에게 삼강과 오륜이 있다면, 도둑에게 는 나름의 도리가 있다. 바로 성聖·용勇·의義·지知·인仁이다. 도척과 같은 도둑에게도 강상綱常(삼강과 오상을 아울러 이르는 말)의 도리가 있다. 하 물며 평소 윤리도덕을 앞세워 젠체하는 유학자 너희들은 도둑보다 못 한 부류가 아니냐며 범은 비꼬아 말한다. 그러고는 개미 알로 젓갈을 담아서 제 조상에게 제사를 지내기도 하는 "너희 인간들보다 잔인무 도한 것이 어디 있겠느냐?"며 범은 북곽 선생을 꾸짖는다. 범의 호통 을 사람들은 그저 소설 속 지어낸 이야기로만 흘려듣고 지나쳐버릴 수 있을까.

• 하늘의 이치에 비추어 범과 사람 중에 누가 더 어질까

마지막으로, 범은 하늘의 이치를 들어 꾸중한다. 하늘의 밝은 이치 로 보자면 범이나 사람이나 다 같이 만물 가운데 하나일 뿐이다. 하늘 과 땅이 만물을 낳아 기르는 어진 이치로 보자면 범이나 메뚜기나 누 에나 벌이나 개미나 사람이 모두 하늘이 함께 기르는 것이다. 그러니 서로 해칠 수 없는 것이다. 그럼에도 뻔뻔스레 벌과 개미의 집을 노략 질하고 긁어가니 사람들이야말로 천하의 제일 큰 도둑이다. 또한 메 뚜기와 누에의 살림을 마구 빼앗아 가니 사람들이야말로 가장 악독한 날강도이다. 이런 인간들이 세상 이치를 말하고 성정을 이야기할 때 툭하면 하늘을 들먹인다며 범은 곽북 선생을 꾸짖는다. 범이 말하듯 이 사람들은 입버릇처럼 '하늘' 혹은 '하늘의 이치'를 내세운다. 하 지만 유학에서 이 말이 가지는 의미는 분명치 않다.

논어 위정편에서 공자는 "오십이지천명五十而知天命", 즉 "쉰 살이 되어서야 하늘의 뜻을 알았다."고 말한다. 여기서 공자가 말하는 지천 명에서 하늘(天)은 인간 운명의 주재자[315] 내지는 인간에게 본성을 부여하는 천도의 본체로서 이치316)로 이해할 수 있다. 그 하늘마저도 앎(知)의 대상으로 받아들이는 공자에게 그 하늘이 자신에게 내린 명령(天命)은 사람이 마땅히 지향해야 할 '올바른 길(道)'이자 이치(도리)였다.317)

이처럼 하늘은 인간의 운명을 주재하는 능력이 있지만 누구나 자신의 앞날에 대해서는 알 수가 없다. 하지만 하늘은 올바른 사람을 좋아하며, 그런 사람을 돕는다는 믿음을 가질 때 현실이 아무리 어려워도 담담한 마음으로 하늘의 명령을 따를 수 있다.318) 공자는 자신의 삶을 이끄는 주재자이자 이치로 하늘을 받아들였으며, 이 위대한 스승을 따라 유학자들도 하늘에 대해 다분히 양가적인 관념을 가지고 있었다.

유학에서 하늘의 이치는 곧 세상(사람들)이 지켜야 할 도리이자 법칙이다. 유학(특히 성리학)에서는 우주의 본체 또는 사물의 원리 내지는 법칙을 이理라고 한다. 사물에는 각기 하나씩의 이理를 갖추고 있다. 하늘이 가지고 있는 이理를 천리天理하고 하며, 사물이 가지고 있는 이理를 물리物理 또는 사리事理라고 한다. 그런데 이理에는 소당연지칙所當然之則과 소이연지고所以然之故가 있다. 전자는 마땅히 해야만 되는 이理로, 이를테면 어버이는 자녀에게 자애로워야 하고, 자식은 어버이에

---

315) 고주와 다산이 이 입장에 서있다.
316) 주자가 이 입장에 서있다. 이에 대해서는, 임헌규, 논어 III, 115쪽.
317) 김성희, "『논어(論語)』에 나타난 하늘[천(天)] 개념과 孔子의 종교성", 동양철학연구, 2012.2., 제69권, 209쪽 이에 대해 시경에서도, "하늘은 이 세상의 만백성을 다 낳았고, 만물에는 하늘이 준 도리가 있다[천생증민 유물유칙(天生烝民 有物有則)]"고 노래하고 있다. 이 말은 맹자 고자편 상 제6장 5에도 나온다. 맹자는 덧붙이기를, 공자가 이르기를, "이 시를 지은 자는 아마도 천지의 도리를 잘 알고 있었을 것이다. 그리하여 만물이 있으면 반드시 지킬 도리가 있고, 백성은 그 떳떳함을 좋아하였다."라고 하였다.
318) 김성희, 위의 논문, 209쪽.

게 효도해야 하며, 나라는 백성을 보호해야 하는 것 등의 이理다. 후자는 필연적으로 그러한 이理, 즉 바꿀 수 없는 불변의 이理다. 이를테면 얼음은 차고, 불은 뜨거우며, 물은 아래로 흐르고, 수중기는 위로 올라가는 원리 등의 이理다.[319)]

이 설명에 따르면, 소당연은 윤리도덕의 원리(내지는 법칙)로, 소이연은 자연과학적 원리(내지는 법칙)으로 볼 수 있다. 또한 양자가 대등병렬 관계에 있는지, 전자가 후자를, 후자가 전자를 포섭하는지, 아니면 전자가 후자를, 후자가 전자의 전제조건이 되는지 등을 두고 많은 논쟁이 있었다. 이 모든 논의를 공자가 말한 천명의 관점에서 바라보면, 하늘의 이치 내지는 법칙이란 결국 인간이 마땅히 따르고 지켜야 할 올바른 길, 즉 도道이다. 동양에서 도는 인간이 마땅히 따라야 할 준칙인 셈이다.[320)]

하지만 도를 둘러싸고 고담준론을 일삼는 유학자들에 대해 노자는 도덕경 첫머리에서 "'도'라 말할 수 있는 도는 참된 '도'가 아니다."(도덕경 제1장)고 일갈한다. 그러면서 노자는, "나는 그 정체를 알 수 없어 '도'라 부르고, 억지로 이름 붙이면 '대大'라 할 수 있다."(도덕경 제25장)며, 도란 이름 붙일 수 없지만 굳이 규정하자면 '세상에서 가장 큰 것'이라고 부르겠다고 하였다.[321)] 한마디로 도란 무엇 무엇이니 하면서 너무 시끄럽게 떠들지 말라는 것이다. "'위대한 덕'은 오로지 도를 따른다."(도덕경 제21장)에서 알 수 있듯이 노자에게는 도와 함께, 또는 도보다 더 중요한 것이 덕德이다. 도의 의미를 규정짓고 다투느니 덕을 닦고 현실에서 실천하는 게 중요하다. 세상에는 세 종류의 사

---

319) 한국민족문화대백과사전: 이(理)
320) 김대근, 『도가: 비워서 채우는 삶의 미학』, 살림, 2020. 9., 19쪽.
321) 김대근, 위의 책, 17-18쪽.

람이 있다면서 노자는 말한다.

> 뛰어난 사람은 도를 들으면 부지런히 실천하려 하고, 어중간한 사람은 도를 들으면 긴 듯 아닌 듯 망설이며, 못난 사람은 도를 들으면 그저 비웃을 뿐이다. 이렇게 웃음거리가 되지 않으면 도라 할 수 없다.(도덕경 제41장)

다시 「호질」로 돌아오면, 범이야말로 공자가 말하는 도를 깨친 존재이자 위대한 덕을 가진 성인이다. 그런 범이 자신의 알량한 이익에 얽매이고 위선과 허위에 가득 찬 사람들을 꾸짖으며 말한다.

> 그에 비하면 범의 집안은 홍수나 가뭄 걱정이 없으니 하늘을 원망할 것도 없고, 원한이니 은혜니 하는 것도 다 잊고 지내니 누구를 미워할 것도 없구나. 천명을 잘 알아서 잘 따르며 살아가니 무당이나 의원에게 속아 넘어갈 일도 없다. 또 타고난 천성대로 살아가기 때문에 세상의 잇속 다툼에 멍들거나 병들지도 않는다. 이런 이유로 다들 범을 이야기할 때 영특하다거나 거룩하다고 하는 것이겠지.(132쪽)

범의 이야기를 들으면 사람의 간사함과 어리석음이 부끄러울 따름이다. 영특하고 거룩한 범을 믿고 따르고 의지하며 인류의 위대한 스승이자 신으로 모셔야 할 판이다. 한마디로 범은 "영특하고 갸륵하고 문무를 고루 갖"췄기 때문이다. 또한 "자애로우면서도 효성이 지극하고 사리에 밝고도 어진 동물"이다. 그에 더하여 "슬기로우면서도 용맹스럽고 장하기까지 하니 천하에 맞설 자가 없"다. 천하에 맞설 적수가 없는 동물이 바로 범인 셈이다.(116쪽)

인간은 범을 한낱 미물이라고 무시하고 차별한다. 하지만 범이 보기에 인간도 동물이다. 자신도 동물인 인간이 범과 같은 다른 동물을 무시하고 차별하는 것은 어불성설이다. 범의 말대로 정작 어리석고 아둔한 동물은 바로 사람이기 때문이다.

고정관념과 편견: 무엇이 우리의 눈과 귀를 막고 있는가

「호질」에는 어리석고 아둔한 사람 동물로 동리자의 다섯 아들과 농부가 나온다. 이들은 모두 진실에는 눈 감거나 자신들 앞에 드러난 현실은 외면한다. 그러고는 고정관념과 편견에 빠져 잘못된 선택을 하고도 그 행위의 옳고 그름에 대한 도덕윤리적 판단능력이 없다.

다섯 아들은 세상 사람들이 절개를 지키는 과부로 믿고 있는 동리자의 자식들이다. 이들은 어머니는 같고 아비가 제각각이니 이부형제異父兄弟로 '배 다른 형제'[이복형제(異腹兄弟)]가 아니라 '씨 다른 형제'다. 조선시대는 과부가 되더라도 원칙적으로 재가(재혼)를 금지하고 수절을 장려하였다. 특히 사족 과부士族寡婦의 경우에는 재가금지가 더욱 엄격하였으며, 재가나 삼간녀의 자손은 관리로 등용하지 않는 금고법禁錮法이 제정되어 시행되었다. 이런 현실에서 동리자는 '배 다른 형제'를 다섯이나 두고도 정절을 지킨다고 칭송을 듣고 있었으니 아이러니가 아닐 수 없다. 그런데 더욱 심각한 문제는 과부 어머니가 아니라 다섯 자식들이었다. 야심한 밤에 북곽 선생이 그들의 어머니와 함께 있는 모습을 보면서도 그 상황을 이해하지 못한다.

저 사람이 정말 북곽 선생일까? 북곽 선생처럼 점잖은 어른이 설마 과

이들의 눈에는 과부인 어머니가 바람을 피워 다섯 형제를 낳았다는 사실도, 또한 청빈한 선비로 추앙받고 있는 북곽 선생이 야밤에 어머니와 함께 있다는 사실도 받아들이지 않는다. 그러고는 무너진 성문 곁에 사는 천 년 묵은 여우가 사람으로 둔갑하여 북곽 선생의 탈을 쓰고 있다고 확신한다. "점잖은 선비가 절개를 지키는 과부의 방에 앉아 있을 리 없다."고 믿은 것이다. 그러고는 여우 머리를 얻으면 부자가 된다든지, 여우 발을 가지면 대낮에 남의 눈에 띄지 않는 투명인간이 된다든지, 여우 꼬리를 가지면 애교를 잘 부려 원하는 사랑을 얻을 수 있다든지 하는 속설을 되뇐다. "우리 저놈의 여우를 때려잡아 고루 나눠 가지는 게 좋겠다." 며 다섯 형제는 우르르 방 안으로 쳐들어간다. 그 형세에 소스라치게 놀란 북곽 선생은 허겁지겁 도망치다가 그만 깊은 똥구덩이에 풍덩 빠져 버리고 만다. 북곽 선생의 수난은 여기서 그치지 않는다. 허우적대며 똥구덩이에서 빠져 나오니 그 앞에 범이 떡하니 버티고 앉아있다. 북곽 선생은 범한테서 갖은 모욕과 꾸중을 듣고 구사일생으로 목숨을 구한다. 자신의 꼴을 들킬까 두려워 옷을 털고 얼른 자리를 떠나려 하는데, 마침 이른 새벽 밭 갈러 나온 농부가 그를 보고 만다. 농부가 묻는다.

선생님, 이 꼭두새벽에 벌판에 대고 웬 절을 그렇게 하고 계십니까?

북곽 선생은 시치미를 뚝 떼며 말했다.

옛 성인께서 말씀하시기를, '하늘이 높다 해도 머리를 아니 숙일 수 없

고, 땅이 두텁다 해도 조심스럽게 딛지 않을 수 없다' 하셨느니라.(134쪽)

　　북곽 선생의 허세는 차치하더라도 동리자의 다섯 아들과 농부는 세상 사람들이 가지고 있는 왜곡된 인식을 잘 드러내고 있다. 이처럼 우리가 평소 나누는 대화나 사고에는 좀체 변하지 않는 확고한 믿음이나 의식 또는 관념이 있다. 심리학에서는 이를 고정관념, 편견 또는 선입견이라 부른다. 이것이 어떤 집단이나 사회현상으로 고착되어 특정 부류의 사람들에 대해 단순하고 지나치게 일반화된 생각으로 자리 잡으면 심각한 문제를 일으킬 수 있다. 자신 혹은 그가 속한 집단 이외의 다른 사람이나 집단에 대해 지나치게 단정적이고 부정적이고 왜곡된 이미지를 가지게 되어 그들을 '악마화' 시키는 '일반화의 오류'에 빠지고 만다.

　　이를테면, 사람들은 "혈액형이 A형인 사람은 성격이 꼼꼼하다.", "동물을 좋아하는 사람 중에 나쁜 사람은 없다."와 같은 고정관념이나 편견을 가지고 있다. 그러나 A형인 사람 모두 꼼꼼한 성격을 가질 수도 없다. 반대로 만일 A형이 그런 성격을 가지고 있다면, 그런 연유로 보다 섬세하고 정교한 직업에 더 적합할 수도 있다. 마찬가지로 개인의 내면의 선악을 판단할 때 동물을 좋아하는가 여부를 일반적 판단기준으로 삼을 수 있는 합리적 판단근거는 찾을 수 없다. 이런 사례는 현실생활에서 차고 넘친다. 수도권과 지방, 영호남 지역민에 대한 뿌리 깊은 차별과 서열의식은 우리 사회를 중층적으로 분열하고 대립하고 갈등하는 요인이기도 하다.

　　사람들이 일반적으로 가지고 있는 고정관념, 편견 또는 선입견을 스테레오타입이라 한다. 즉 스테레오타입은 개인 혹은 그가 속한 집단이 가지고 있는 특정 사고나 견해에 의거하여 타인이나 특정 집단을 차별적으로 대우하는 행위를 말한다. 개인 혹은 그가 속한 집단은 어떤 사고나 견해를 가지고 있다는 이유만으로 아무런 합리적 이유 없이 타인 혹은 다른 집단을 배제하거나 회피하는 고정관념이나 편견에 빠질 수 있다. 이런 까닭에 스테레오타입은 차별과 곧바로 연결된다.

「호질」에 나오는 동리자의 다섯 아들과 농부는 스테레오타입에 빠진 인물의 전형적인 사례라고 할 수 있다. 하지만 어디 이들뿐일까. 복잡다기한 현실에서 정치경제사회문화의 제반 영역에서 하루에도 수도 없는 이슈들이 나타났다가는 사라지고 만다. 만일 우리가 그 이슈가 가지는 사실을 따져 묻지 않고, 진실에 눈 감고 외면하며, 문제 해결을 위한 대안을 찾지 않는다면 이 사회는 어떻게 될 것인가. 위선과 가식, 그리고 허위로 포장한 가짜 유학자·선비들이 판치는 세상이 될 것이다. 그들이 '맛없는 고기'임을 알면서도 엄하게 질정하는 범마저도 나타날 가능성이 없는 현실이고 보면, 과연 그 누가 미래의 희망을 노래할 것인가.

제 / 9 / 장

작자미상, 『심청전』 (조선 중기~후기)

- 아들 낳기 좋다 말고 딸 낳기 힘쓰란 말 나를 두고 이름이라

작품의 시대적 배경

　　　　　　　　『심청전沈淸傳』[322]은 작자와 연대미상의 판
소리계 고전소설로 조선 중기에서 후기에 작성된 것으로 보고 있다.
『심청전』은 목판본, 필사본, 활자본 등 다양한 이본異本이 있다. 전체
줄거리에는 큰 차이가 없으나 장면의 세부 묘사나 주인공의 성격 묘
사 등에서 약간의 차이가 있다.[323]

　『심청전』의 배경이 되는 공간은 '유리국', '유리국 도화동', '유
리국 행화촌', '황주 도화동' 등으로 이본에 따라 다르다. '유리국' 은
가상의 공간이나 '황주' 는 중국과 우리나라 황해도에 있는 지명이다.
이 작품은 시대적 배경을 송나라라고 하고 있어 그 배경 공간도 중국
황주로 볼 여지도 있다. 하지만 도화동과 행화촌은 예로부터 이상향
을 일컫는 말로 사용되고 있으므로 이것이 후일 황주라는 구체적 지

---

322) 이 글의 인용문은 다음 책을 바탕으로 작성하였다. 작자미상(김성재 다시
　　씀), 『심청전』, 현암사, 2011. 7., 106쪽.
323) 위의 책, 8쪽.

명으로 바뀐 것으로 볼 수 있다. 또한 이 작품이 신라시대의 설화를 전 승하여 조선시대 판소리소설로 정착되었다고 볼 때 배경 공간을 황해 도 황주로 보는 것이 현실적이라고 생각한다.[324]

이 작품의 근원설화는 신라시대의 거타지설화居陀知說話와 경상북 도 경주의 연권녀설화(連權女說話. 또는 효녀 지은 설화(孝女 知恩說話)], 그리고 전남 곡성의 관음사 연기설화觀音寺緣起說話 등이다. 『심청전』과 그 근원 설화에는 공통적으로 유교의 효孝와 불교의 인과응보因果應報사상이 그 배경에 깔려 있다. 이 작품을 보다 깊이 이해하기 위해서는 조선시대 유교와 불교의 상관관계에 대해 살펴보아야 한다.

조선은 고려의 패망 원인 중 하나로 불교를 존숭하는 숭불정책崇佛 政策에 있다고 보았다. 따라서 조선왕조는 유학을 숭상하고 불교를 배 척하는 숭유억불정책崇儒抑佛政策을 국가의 지도이념으로 삼고 신진 유 학자인 사림파士林派를 등용하였다. 이들은 당시 사회적으로 만연해 있던 불교의 부패상을 비판하고, 불교와 관련된 경제기반을 재편함으 로써 그들의 정치세력 확장의 기반으로 삼았다.[325] 그 결과 조선에서 는 불교를 대신하여 성리학이 지배적인 지위를 차지하게 되었다.

불교탄압이 극심하던 조선에서 왕실은 불교의 보호에 적극적이었 다. 또한 이와 함께 조선시대의 불교를 이야기할 때 불교계 자체의 노 력과 민중들의 희생을 빼놓을 수 없다. 임진왜란 당시 서산대사와 사 명대사는 승병을 이끌고 왜군에 맞서 싸웠으며, 강고한 신분제에 얽 매여 고통스러운 현실에 신음하그 있던 상민과 천민들이 믿고 의지하

---

324) 최운식, "심청전 관련 설화의 전승 양상과 성격", 교원교육, 제23권 4호, 2007. 12., 40쪽.
325) 고상현, 『정도전의 불교 비판을 비판한다』, 푸른역사, 2016, 33-34쪽.

던 종교는 불교였다. 조선 후기로 갈수록 불교는 민중에게 보다 널리 확산되었다. 정부의 억불정책은 불교의 대중화 내지는 민중화를 촉진했으며, 이 과정에서 미륵신앙이 민중의 사고에 깊은 영향을 미쳤다. 미륵신앙은 크게 고통 받는 개개인을 구원해 주는 기복신앙이자 새로운 이상사회가 도래한다는 변혁사상이었다. 조선 후기에 접어들면서 체제모순이 심화되고 사회변동이 촉진되면서 미륵신앙은 민중 사이에서 더욱 성행하였다.[326)]

이러한 시대상황에서 나온 『심청전』은 우리 민족 고유의 정서를 반영하고 있다. 즉, 『심청전』에는 유교의 효와 불교의 인과응보사상을 바탕으로 착한 일을 권장하고 악한 일을 벌을 내린다는 권선징악勸善懲惡의 사고가 저변에 깊숙이 깔려있다. 유교의 입장에서 어버이를 잘 섬기는 일은 자식이 마땅해 해야 하는 착한 일로 권장되었다. 또한 불효는 악한 일이므로 하늘이 반드시 벌을 내리니 경계해야 한다고 가르쳤다. 이 사고는 전생이나 과거에 지은 선악에 따라 현재의 행과 불행이 있고, 현세에서의 선악의 결과에 따라 내세에서 행과 불행이 결정된다는 불교의 인과응보와 자연스레 연결되었다. 그러니 권선징악과 인과응보에 따라 가르치고 이끌면 모든 일은 반드시 바른길로 돌아가기 마련事必歸正(事必歸正)이고, 하늘의 뜻에 따르는 사람은 잘되고 이를 거역하는 사람은 망하기 마련順天者興逆天者亡(順天者興 逆天者亡)인 것이다. 이런 이유로 조선이 표방한 유교에 의거한 사회통치이념은 효의 관념 위에 서있다고 해도 과언이 아니다.

---

326) 우리역사넷: (2) 민중사상의 확산, http://contents.history.go.kr/mobile/nh/
      view.do?levelId=nh_036_0020_0030_0010_0020

효는 모든 일의 근본이다

유교를 국가운영의 근본이념으로 삼은 조선은 백성들에게 유독 효 사상을 강조했다. 유교에서 효는 가부장적인 아버지를 중심으로 가족 구성원의 위계와 서열을 정하고 철저히 수직적인 인간관계를 수립하는 데 중점을 두고 있다. 효가 가지는 이런 성질과 한계는 공자의 인仁에서 나온다고 할 수 있다.

공자가 내세우는 인仁은 상호 호혜적 내지는 평등한 인간관계가 아니라 가족을 중심으로 한 수직적 인간관계를 전제로 한 봉건적 · 전근대적 가치 이념이다. 공자는 즈나라 군주였던 주공을 흠모하고, 봉건제가 가장 이상적인 정치구조라고 생각했다. 봉건제는 왕을 중심으로 지배층인 제후, 대부 및 사士가 피지배층인 백성(인민)을 통치하는 체제를 말한다. 문왕은 봉건제 중심의 지배체제를 구축하면서 주나라 고유의 종법宗法을 모델로 삼았다.

종법은 중국 고대에 형성된 적장자嫡長子 중심의 가족 질서를 사회 운영과 국가 통치의 기본으로 삼던 제도이다. 이 법에 따르면, 왕의 적장자만이 왕위를 계승하고, 적장자 아닌 아들은 제후나 대부가 된다. 주왕이나 제후 또는 대부가 되는 맏아들을 종宗 혹은 대종大宗이라 부른다. 적장자인 종자宗子와 구별하여 다른 아들은 별자別子 혹은 소종小宗이라 한다.[327] 소종에 비하여 대종은 왕위와 가문을 계승하는 독점적 지위와 배타적 특권을 누렸다.[328]

---

327) 한국민족문화대백과사전: 종법(宗法)
328) 공자의 이 생각은 중용에도 잘 나타나 있다. "그러므로 정치의 성패는 사람에 달려 있다. 사람을 취함은 몸으로서 할 것이요, 몸을 닦음은 도(道)로서 할 것이요, 도를 닦음은 인(仁)으로서 할 것이다.

문제는 공자가 봉건제도의 해체와 함께 사라져가고 있던 종법에 의거하여 자신의 주요 사상인 인仁을 현실에서 실현하기 위한 이론적 논거로 삼은 것이다. 논어 안연편에서 제나라 경공이 정치에 대해 묻자 공자는, "군군신신부부자자君君臣臣父父子子", 즉 "군주는 군주 노릇 하고, 신하는 신하 노릇 하며, 아버지는 아버지 노릇 하고, 자식은 자식 노릇 하는 것이다."329)고 대답한다. 한마디로 개별 인간에게는 각자에 어울리는 사명과 역할이 있으므로 그에 충실함으로써 국가와 사회질서를 바로잡을 수 있다는 말이다.

주나라의 종법에 바탕을 두고 있는 인仁을 현실에서 실현함에 있어 효는 훌륭한 정치사회 및 도덕윤리적 수단이었다. 효란 "부모에게 경애의 감정에 토대를 두고 행하는 행위"를 일컫는 말로330) 한마디로 "어버이를 잘 섬기는 일"331)이다. 물론 효가 유교 고유의 관념이라고 볼 수는 없다. 자식의 부모에 대한 공경의 감정과 도리는 동서고금을 떠나 인간 내면에 깃들어 있는 보편적 정서이기 때문이다. 하지만 유교는 유독 자식의 부모에 대한 효를 도덕규범의 기초로 보고, 효에 기반한 가족질서에서 사회공동체와 국가 질서의 운영원리를 찾고 있다. 실제 공자는 효를 바탕으로 "온 세상이 한 집안"이라는 천하일가天下

仁은 人이니 친족을 친애함이 크고, 의(義)란 의(宜)이니 어진 이를 높임이 크다. 친족에 대한 친애의 강살(降殺)과 어진 이에 대한 높임의 등차(等差)가 예(禮)의 발생근거이다." (중용 4-2)
329) 논어 안연: 11-2. 일반인에게 이 말은, "임금은 임금답게 신하는 신하답게 부모는 부모답게 자식은 자식답게 행동하라."로 잘 알려져 있다. 다시 말하여, 이 말은 임금과 신하와 부모와 자식이 각자 제구실을 다하는 것을 뜻한다.(이경무, "공자의 정명사상 연구", 인문논총, 20권, 1990. 12., 전북대학교 인문학연구소, 208쪽.) 마찬가지로 "자식이 어버이를 사랑하고, 신하가 인군을 사랑하고, 목민관이 백성을 사랑하는 것이 모두 仁이다."라고 주해하고 있는 다산의 말도 같은 의미이다.
330) 한국민족문화대백과사전: 효(孝)
331) 네이버사전: 효(孝)

一家의 공동체를 꿈꿨다. 하지만 유교에서 효에 바탕을 둔 가족질서는 가부장적 아버지를 정점으로 수평적이 아니라 수직적 위계질서를 확립하고 있다는 데 문제의 본질이 있다.

유교에서 효는 백 가지 행실[백행(百行)], 즉 모든 일의 근본이다. 효경 첫머리에서 공자는 제자 증자曾子에게 효덕지본孝德之本에 대해 이렇게 말한다.

> 무릇 효란 덕德의 근본이며, 가르침이 생겨나는 근본이니라. 거기 앉거라, 내 너에게 말해주마. 신체와 머리털과 피부는 모두 부모님께서 받은 것이니, 감히 이를 다치지 않게 하는 것이 바로 효도의 시작이니라. 몸을 바르게 세워 도를 행하고 후세에 이름을 남겨 이로써 부모님을 드러나게 함이 효의 마침이니라. 무릇 효는 어버이를 섬기는 데서 시작하여, 임금을 섬기고 끝으로 입신하는 것이니라. 시경 대아에 이르기를 '너의 조상의 생각을 하지 않을 수 없을 것이니 스스로 그 덕을 닦아야 한다'라고 하였느니라.

효는 덕의 근본이자 가르침이 생겨나는 근본이라고 하면서 공자는 효를 실천하는 두 가지 방법을 제시한다. 하나는, "부모로부터 물려받은 몸의 터럭 하나라도 감히 훼손해선 안 된다."는 신체발부 수지부모 불감훼상身體髮膚 受之父母 不敢毁傷을, 다른 하나는, "출세하여 이름을 세상에 떨치라."는 입신양명立身揚名 혹은 입신행도立身行道를 제시한다. 전자가 효의 시작이라면 후자는 효의 완성이라고 할 수 있다. 그리고 대학에서는 이보다 한 걸음 더 나아가 자식으로 하여금 '수신제가치국평천하修身齊家治國平天下'할 것을 요구한다. 먼저 자기 몸을 바르게 가다듬은 후(修身), 가정을 돌보고(齊家), 그 후 나라를 다스리며(治國), 그런 다음 천하를 경영해야 한다(平天下)는 말이다. 하지만 자식의 부모에 대한 효는 살아생전에 그치는 것이 아니다. 효는 부모가 죽어서도 계속되어야 한다. 즉, 부모가 살아계실 때는 그 말씀과 뜻을 어기지 않아야 할 뿐 아니라 예로써 섬기고, 부모가 죽으면(돌아가시면) 예로써 장사 지내고 제사를 올려야 한다.[332]

유교 국가를 내세운 조선의 임금과 사대부들이 보기에 효는 백성을 통치하고 수직적인 위계와 질서에 입각한 국가체제를 수립하는 데 아주 유용하였다. 공자의 천하일가는 동중서董仲舒에 의해 음양론陰陽論으로 해석되어 우주일가론宇宙一家論으로 확장되고 교리화되었다. 이에 대해 기세춘은 말한다.

> 동중서의 음양 오상설五常說에 의하면, 천天 · 인人은 하나이며, 천지는 대우주大宇宙이고 인간은 소우주小宇宙이다.[333] 그러므로 우주는 하느님을 조상으로 하는 한 가족이 된다. 천자는 하느님에게 효도하고, 신하와 백성들은 군주에게 효도하고, 자식은 부모에게 효도해야 한다. 따라서 효는 仁의 근본이며,[334] 효를 펴는 것이 진정한 정치라고 믿었다. 그러므로 유가들에게 효는 백행의 근본이고, 동시에 통치의 근간이며, 효의 표현인 조상제사는 만법萬法의 기본이었다.[335]

효를 통치의 근간으로 내세운 조선 정부는 백성들에게 삼강오륜三綱五倫의 이념을 담은 책을 발간하여 보급하는 데 심혈을 기울였다.

---

332) 논어 위정: 2-5
333) 『춘추번로(春秋繁露)』 권12 「陰陽義」.
334) 논어 학이: 2
335) 기세춘, 『동양고전산책 1』, 453-454쪽.

삼강은 임금과 신하(君爲臣綱), 어버이와 자식(父爲子綱), 남편과 아내(夫爲婦綱) 사이에 마땅히 지켜야 할 도리이다. 오륜은 부자유친, 군신유의, 부부유별, 장유유서, 붕우유신으로, 부모와 자식, 임금과 신하, 남편과 아내, 어른과 어린이, 친구 간의 인간관계에서 마땅히 지켜야 할 실천덕목이다.

조선의 지배층은 삼강오륜의 실천이 민간 풍속을 교화하는 최선책으로 보았다.[336] 고려 후기 발간된 『효행록孝行錄』을 보완하여 편찬한 『삼강행실도三綱行實圖』(세종 16년)[337]를 시작으로 조선 왕실은 『삼강행실도언해三綱行實圖諺解』(성종 12년)를 비롯하여 『속삼강행실도續三綱行實圖』(중종 9년), 『이륜행실도二倫行實圖』(중종 13년)[338]와 『동국신속삼강행실도東國新續三綱行實圖』(광해군 9년)[339]를 편찬·간행한다. 또한 정조 21년(1798)에는 기존의 『삼강행실도』와 『이륜행실도』를 합본한 『오륜행실도五倫行實圖』가 발간되었다. 행실도는 그림과 문자를 곁들인 형태로 만든 책을 말하는데, 효자, 충신, 열녀 등의 사실을 수록하여 누구나 삼강오륜의 윤리를 쉽게 이해하고 실천하는 데 중점을 두고 있다.

그리고 선조 23년(1590)에는 『효경대의孝經大義』를 한글로 번역한 『효경언해孝經諺解』(선조 23년)[340]를 간행하였다. 『효경언해』는 『효경대의』의 원문에 한자 독음을 달고 한글 구결을 매긴 뒤 한 자 아래로 내

---

336) 우리역사넷: 오륜행실도, http://contents.history.go.kr/mobile/kc/view.do?levelId=kc_r300740&code=kc_age_30
337) 역주 삼강행실도: http://db.sejongkorea.org/front/list.do?bkCode=P01_SG_v001
338) 역주 이륜행실도: http://db.sejongkorea.org/front/list.do?bkCode=P02_IR_v001
339) 역주 동국신속삼강행실도: http://db.sejongkorea.org/front/booklist.do?bkCode=P12_DS
340) 역주 효경언해: http://db.sejongkorea.org/front/list.do?bkCode=P08_HG_v001

려 언해문을 이어 붙였다. 또한 언해문에 나오는 한자에도 한글 독음을 달아 한자를 알지 못하는 사람도 읽을 수 있도록 배려함으로써 어린아이는 물론 백성들에게 효를 가르치고 교육하는 교재로 활용하였다.

『효경언해』 경經 1장에서 공자는 천자, 제후, 경대부, 선비, 서인이 행해야 하는 효에 대해 설명하고 마지막으로 효가 가지는 성질과 효과에 대해 '효평孝平' 항목에서 이렇게 평가한다.

> (공자께서 말씀하시기를,) "그러므로 (위로는) 천자로부터 아래로는 서인(보통사람)에 이르기까지 효도란 처음과 끝이 없고, 환란이 미치지 않는 자가 있지 않았다."라고 하였다.

백행의 근본이자 교화의 근원인 효는 어버이 섬김에서부터 비롯하고, 임금을 섬김이 가운데요, 입신에서 마무리된다. 신체발부 수지부모 불감훼상이 효의 시작이라면, 입신행도 양명후세(立身行道 揚名後世; 소학(小學))는 효의 완성이라고 할 수 있다. 결국 효경이 말하는 효는 '부모를 섬김(사친)'에서 시작하여 '임금을 섬기고 충성을 다함(사군)'의 과정을 거쳐 종국에는 '이름을 드날림(입신)'으로 귀결된다고 볼 수 있다. 이를 바탕으로 효경의 내용을 요약 정리하면, ① 먼저 자기 몸을 잘 지키는 것으로 자식 된 자는 자신의 몸을 아끼고 소중히 여겨서 조금도 상하지 않게 하는 것이 효의 시작이다. ② 부모를 물질적 측면에서 잘 모시는 '봉양奉養'과 ③ 부모의 뜻을 헤아려 실천함으로써 부모를 기쁘게 해 드리는 양지養志와 ④ 표정을 항상 부드럽게 하여 부모가 편안한 마음을 지닐 수 있도록 해 드리는 공대恭待, ⑤ 부모를 욕되지 않게 해 드리는 불욕不辱, 그리고 ⑥ 아침저녁으로 부모님의 문안을 여쫓고 챙기는 혼정신성昏定晨省과 ⑦ 그 효의 완성으로 후세에 자신의 이름을 떨쳐 부모를 기쁘게 해 드리는 입신양명 혹은 입신행도가 있다.[341] 그러나 입신도 결국 '부모의 이름을 드날리기 위함'이니 사친에서 출발한 효는 사군-입신을 거쳐 그 출발점인 사친으로 되돌아간다. 이것이 효경 총론에 해당하는 제1장 '개종명의開宗明義'의 핵심 내용이다. 김용옥은 여기에 나오는 '입신'이란 곧 '정치적 출세'로 보고 이를 신랄하게 비판한다.

> "정치적 출세"란 곧 "그 이름을 후세에 날리어 부모의 영예로운 이름을 역사에 드러내는 것"이다(揚名於後世, 以顯父母). 우리나라의 지식인들이 국회의원이 되고 싶어하거나 정계에 나가 장관 한 자리라도 하고 싶어 안달하는 사유의 원형이 모두 『효경』의 "개종명의"에 압축되어 있는 것이다.[342]

김용옥이 비판하는 것처럼 효를 지나치게 강조하고 실천하는 과정에서 많은 문제가 생겨났다. 공자가 효란 자신의 몸을 소중히 여기는 데서 시작한다고 했음에도 부모의 병환을 치료하고 생명을 살리기 위한다는 명분으로 신체의 일부를 훼손하는 방법을 사용하기까지 하였다. 이때 주로 사용된 방법으로 단지斷指(손가락을 잘라 그 피를 마시게 함), 할고割股(넓적다리 살을 베어나 음식으로 만들어 먹게 함), 상분嘗糞(부모의 대변을 맛보아 쓰면 정상이고, 달면 병에 걸린 것으로 봄), 조문蚤蚊(벼룩과 모기를 자신의 몸으로 유인

---

341) 성해준·한탁철, "과거와 현대의 '효(孝)' 고찰", 한국교수불자연합학회지 제23집, 2017. 4., 5-6쪽.
342) 김용옥, 『논어 한글역주 1』, 통나무, 2019, 283쪽.

하여 부모를 평안히 잠잘 수 있게 함) 등이 있었다. 물론 부모의 병을 낫게 하려
는 자식의 간절한 마음이 드러난 것이라고 볼 수도 있다. 하지만 비위
생적이고 비과학적인 방법을 사용함으로써 상처 부위의 감염 등으로
자식이 사망하는 등의 부작용도 적지 않았다.

그리고 효가 가지는 또 다른 문제점은 그 일방적 성격이다. 유교에
서 효는 본질적으로 '자식의 부모에 대한 의무 내지는 도리'이다. 반
대로 '부모의 자식에 대한 의무 내지는 도리'는 기본적으로 양육에
대한 책임이나 사랑으로 나타난다. 조선 후기로 접어들수록 효는 부
모에 대한 자식의 일방적·무조건적 복종과 순종을 강요하는 의무로
변질됨으로써 많은 비판의 대상이 되었다. 이와 같은 관점에서 『심청
전』을 평가하면, 이 소설은 조선시대의 효행록 혹은 효행독본孝行讀本
이라고 할 수 있다.

하찮은 날짐승 까마귀도 저녁이 되면 모이 물어다가 늙은 어미 먹일 줄 안다

황주 도화동에 사는 심학규는 시각장애인이
다. 조상 대대로 벼슬을 지내던 집안이지만 이제는 농사지을 땅 한 평
조차 없는 몰락한 양반 후손이다. 사람들은 그런 그를 낮잡아 심봉사
라고 불렀다. 심봉사의 아내 곽씨는 어질고 지혜롭고 아름다운 여인
으로 현모양처다. 일 년 삼백 예순 날을 하루도 쉬지 않고 손과 발이
닳도록 일해 조상님들 제사도 지내고, 앞 못 보는 남편을 지극한 정성
으로 봉양한다. 그러던 중 천지신명이 점지하여 예쁜 딸아이를 낳지
만 얼마 지나지 않아 병을 얻고 만다. 곽씨 부인은 남편에게 아이의 이
름을 청淸이라 지어주라는 말을 남기고는 세상을 떠난다. 어린 심청은

시각장애인 아버지의 품에 안겨 마을 아낙들의 젖동냥으로 커야 했으니 슬픈 드라마의 '비운의 여주인공'이 될 조건을 모두 갖추었다.

장차 귀하게 될 심청은 보통 아이와 다른 데가 있다. 비록 시각장애를 가진 한부모가정에서 자랐지만 천지신명이 도와주고 부처님·보살님이 돌보는 존재다. 잔병 없이 자라나 얼굴도 빼어나게 어여쁘고 행동거지가 민첩하다. 어디 그뿐인가. 어린 나이에도 효성이 뛰어나고 도량이 넓으며 마음 씀씀이가 너그럽다. 이제 겨우 예닐곱의 어린 아이가 아버지의 아침저녁 식사 수발과 어머니 제사를 격식 갖춰 지내니 사람들이 어찌 칭찬하지 않을 수 있으랴. 하루는 심청이 아버지께 가만히 말씀드린다.

하찮은 날짐승 까마귀도 저녁이 되면 모이 물어다가 늙은 어미 먹일 줄을 아는데 하물며 사람이 그만 못하겠습니까?(32쪽)

심청은 "오늘부터 아버지는 집을 지키시고 제가 나가서 밥을 빌어 아침저녁 끼니걱정을 덜게 하겠습니다."라며 아버지를 대신하여 본격적으로 소녀가장으로 나서겠다는 뜻을 밝힌다. 어린 자식이 돈을 벌러 나가겠다는데 어느 부모인들 "그래, 알았다."며 흔쾌히 동의하겠는가. 심봉사도 처음에는 만류하지만 결국 "기특하구나, 내 딸아. 효녀로다, 내 딸이. 네 말대로 그리 하여라."며 허락한다. 그날부터 심봉사는 집에 있고 심청은 '동네 거지 되어' 밥을 빌어 아버지를 봉양한다. 해가 지나면서 솜씨가 뛰어나 동네 삯바느질로 공밥을 먹지 않게 되었다. 하지만 변변한 복지제도가 없는 현실에서 심청은 졸지에 신체장애를 가진 아버지를 모시는 '소녀가장'이 되었다.

"첫딸은 살림밑천"이라든지 시집간 딸은 친정 사람이 아니고 남이나 마찬가지라는 '출가외인'이라는 말이 있다. 아들과 비교하여 딸을 차별하는 이 말은 딸들에게 많은 상처를 안겨주었다. 이 말을 앞세워 부모는 딸에게 얼마나 많은 도덕윤리적 의무와 희생을 감내하기를 강요했던가. 심청도 다르지 않았다. 이 말에 충실하게 심청은 예닐곱 살 어린 나이 때부터 성인이 하기에도 벅찬 일을 도맡는다. 오늘날 한부모나 소년소녀가정을 지원하는 법제도(예: 「한부모가정지원법」, 「국민기초생활지원법」)가 있어도 아동의 삶은 만만치 않은 것이 현실이다. 이제 '어린 심청'은 팍팍한 현실의 모든 고통을 오롯이 스스로 견디고 버텨내야 한다.

심청은 얼굴은 가을 달같이 어여쁘고 효성이 지극할 뿐 아니라 몸가짐이 얌전하고 일마다 야무져서 여인의 본보기가 될 만하다. 하지만 사람들의 관심은 여기서 그치지 않는다. 세상은 심청이 자신의 몸을 희생해서라도 부모의 뜻을 거스르지 않는 딸, 효를 다하지 못하면 편히 죽을 수도 없는 딸, 죽어서도 왕비로 화려하게 부활하여 입신양명하여 부모의 얼굴을 빛내야 하는 딸, 어떠한 시련에도 굴하지 않는 강인한 딸이 되기를 원한다. 심청이 죽어 다시 태어나지 않는 한 현실에서는 이룰 수 없는 꿈이다. 세상 사람들은 심청에게 죽음을 넘어선 고귀한 희생을 바란다.

공양미 삼백 석과 미성년 인신매매: 약속은 지켜야 하는가

심청이 열다섯 살이 되던 해 월평 무릉촌 장승상 댁의 부인(승상 부인)이 수양딸 되기를 권한다. 심청은 '아버지를 모셔야 한다'며 거절한다. 승상 부인은 심청의 착한 마음을 칭찬하고

'모녀의 정'을 나누듯 자신을 자주 찾아달라고 부탁한다. 한편 심봉사는 딸이 걱정되어 밖으로 나섰다가 발을 헛디뎌 개천에 떨어진다. 마침 지나가던 몽운사 화주승이 심봉사를 구해주고는 이렇게 제안한다. "공양미 삼백 석을 부처님께 올리고 지성으로 불공을 드리면 눈을 떠서 완전한 사람이 되어 온갖 세상을 훤하게 볼 것이오."(41쪽) 눈을 뜰 수 있다는 말에 심봉사는 앞뒤 재지 않고 삼백 석을 내겠다고 약속한다. 화주승은 종이를 꺼내 시주 명단에 '심학규 쌀 삼백 석'이라 적어 넣었다.

눈을 뜰 수 있다는 말에 지킬 수 없는 약속을 한 심봉사는 걱정이 태산이다. 아무리 생각해도 뾰족한 대안이 없으니 그저 설움이 북받쳐 자신의 신세를 한탄하며 넋두리하며 운다. 그 모습을 본 심청은 아버지에게 물어 사유를 듣고는 간곡하게 대답한다.

진나라 사람 왕상王祥은 계모 상에 생선을 올리려고 얼음을 깨어 잉어를 얻었고, 한나라 사람 곽거郭巨는 부모 상에 올린 음식을 제 자식이 상머리에서 먹는다고 산 채로 묻으려 할 때 땅속에서 황금솥이 나와 부모를 봉양하였다고 합니다. 제 효성이 옛사람만은 못하지만 정성이 지극하면 하늘도 감동한다 하였으니 공양미는 자연히 얻게 될 것입니다. 그러니 깊이 근심하지 마십시오.(44쪽)

그날부터 심청은 천지신명한테 정성을 다해 빌기 시작한다.

"저의 아비 무자생 심학규는 이십 안에 눈이 멀어 앞을 보지 못하오니, 아비 허물을 내 몸으로 대신하옵고 아비 눈을 밝게 하여 주옵소서."(45쪽)

왕상과 곽거의 사례와 기도에서 자신의 몸을 던져서라도 아버지의 눈을 뜨게 하겠다는 심청의 결의를 읽을 수 있다. 때마침 남경 뱃사람들이 인당수에 바칠 열다섯 살 난 처녀를 사려고 나타난다. 심청은 그들에게 공양미 삼백 석을 내주는 조건으로 "내 몸을 팔려고 하니 나를 사 가심이 어떠신지요?"라며 의사를 타진한다. 뱃사람들은 심청이 다음 달인 삼월 십오일에 떠나는 것을 조건으로 그날로 삼백 석을 몽운사로 보낸다. 이 이야기에서 두 가지 흥미로운 주제를 이끌어 낼 수 있다. 인신매매로 볼 수 있는 계약, 특히 미성년자인 심청이 체결한 계약은 유효한가, 또한 왜 굳이 '처녀' 심청을 인당수에 제물로 바치려 하는가이다.

• 인신매매를 목적으로 미성년자가 체결한 계약은 유효한가

Pacta Sunt Servanda(팍타 순트 세르반다)! "계약(혹은 약속)은 지켜야 한다."는 유명한 법격언이다. 라틴어 pacta는 '계약' 이외에도 '합의' 또는 '약속'이라는 뜻도 포함하고 있다. 이 법격언은 신의성실의 원칙으로 사용되는 로마법의 bona fide(보나 피데)와 함께 근대사법私法과 국제법(특히 조약법)의 근간을 이루고 있다. 팍타 순트 세르반다는 사적 자치 또는 계약자유의 대원칙으로 소유권 절대의 원칙 및 과실책임주의와 함께 법치주의와 민주주의 3대 원칙을 이루고 있다.

이 원칙에 따르면, 누구나 내용을 자유롭게 합의하고 계약을 체결할 수 있다. 이를 체결의 자유, 상대방 선택의 자유, 내용 결정의 자유라고 한다. 하지만 계약의 자유가 있다고 하여 그것이 무한정 행사될 수 있는 것은 아니고 법률에 의해 일정한 제한을 받는다. 이를 제외하고는 사인 간의 약속이라도 반드시 지켜야 한다. 만일 약속을 지키지 않으면 그 위반에 따른 불이익을 피할 수 없다. 그렇다면 계약자유의 원칙을 심청의 사례에 적용하면 어떻게 될까.

　누구나 자유롭게 계약을 체결할 수 있으므로 심청도 뱃사람과 계약을 체결할 수 있다. 하지만 우리 민법은 만 18세가 되어야 성년으로 보고 있으므로 열다섯 살인 심청은 아직 미성년자다. 민법 제5조는 미성년자의 능력을 제한하고 있다. 즉, 미성년자가 법률행위를 함에는 법정대리인의 동의를 얻어야 하고(1항), 이를 위반한 행위는 취소할 수 있다(2항). 통상 부모가 미성년자의 법정대리인이 된다. 미성년자인 심청은 아버지의 동의 없이 계약을 체결했으므로 심청 본인 혹은 아버지가 이를 취소할 수 있다. 계약이 취소되면, 대금을 지불할 의무가 없고, 이미 대금을 지불한 경우에는 반환 청구를 할 수 없다. 이를 심청의 사례에 적용하면 어떻게 될까. 만일 심청 또는 아버지가 계약을 취소했다면, 뱃사람들이 몽운사에 시주한 공양미 삼백 석을 그들에게 되갚을 의무가 없다. 또한 심청은 뱃사람을 따라 인당수에 갈 필요도 없다. 취소된 법률행위는 처음부터 무효이기 때문이다(민법 제141조). 그런데 심청 본인은 물론 아버지도 계약을 취소하지 않았으므로 '공양미 삼백 석 계약'은 유효하다고 보아야 한다. 그렇다면 이 계약에 따라 심청은 공양미 삼백 석 시주의 대가로 인당수로 끌려가서 제물이 되어야 한다는 약속을 지켜야 하는가.

　심청과 뱃사람이 체결한 계약은 소위 '인신매매계약'이다. 「인신매매 등 방지 및 피해자보호 등에 관한 법률」(약칭: 인신매매방지법)에 의하면, 인신매매란 "성매매와 성적 착취, 노동력 착취, 장기적출 등의 착취를 목적으로 사람을 폭행, 협박, 강요, 체포·감금, 약취·유인·매매하는 행위 등을 하여 사람을 모집, 운송, 전달, 은닉, 인계 또는 인수하는 것"을 말한다(제2조 1항). 이외에도 사람에게 위계 또는 위력을 행사하거나 사람의 궁박한 상태를 이용하는 행위나 업무관계, 고용관계,

그 밖의 관계로 인하여 사람을 보호·감독하는 자에게 금품이나 재산상의 이익을 제공하거나 제공하기로 약속하는 행위도 인신매매로 간주한다. 인신매매는 범죄행위로 가해자는 형법에 의거하여 처벌을 받으며, 설령 인신매매범죄피해자가 착취에 동의하였다고 하더라도 형사처벌을 피할 수 없다(제4조 1항). 특히 아동·청소년 또는 장애인으로서 인신매매로 인한 피해를 입은 사람은 보다 두터운 보호를 받는다.

위 규정을 심청의 사례에 적용하면, 심청과 뱃사람 사이에 체결된 계약은 '성매매와 성적 착취, 노동력 착취, 장기적출'을 목적으로 한 것은 아니다. 하지만 바다에 제물로 바칠 목적으로 인신을 매매했으며, 또한 심청이 처한 궁박한 상태를 이용한 행위이므로 이 계약은 무효다. 민법에 의하면, 선량한 풍속 기타 사회질서에 위반한 사항을 내용으로 하는 법률행위(반사회질서의 법률행위, 제103조)와 당사자의 궁박, 경솔 또는 무경험으로 인하여 현저하게 공정을 잃은 법률행위는 무효(불공정한 법률행위)이다.

따라서 미성년자 심청은 뱃사람과 공양미 삼백 석을 제공받았다고 할지라도 그에 따른 대가로 자신을 제물로 삼는 인신매매계약을 이행할 필요가 없다. 하지만 심청이 누구인가. 심청은 시대가 요구하는 '효녀'로서 순수하고 때 묻지 않은 처녀의 몸을 제물로 바쳐야 했다. '자연인' 심청은 죽일 수 있어도 '효녀 심청'과 '처녀 심청'은 죽일 수 없다. 죽은 심청은 무슨 수를 써서라도 되살려야 한다. 살아서 돌아온 심청에게는 왕비의 자리와 아버지와의 극적인 재회를, 그리고 심봉사에게는 개안開眼을 보상으로 주어야 한다.

• 심청은 왜 '처녀' 제물이 되어 인당수에 몸을 던졌을까

중국과 조선을 오가며 장사를 하는 상인들은 인당수에 바칠 제물로 '처녀'를 찾는다. 사전적 의미로 처녀魔女는 결혼하지 않은 성인 여성을 뜻한다. 여기서 '결혼하지 않은'이란 두 가지 측면에서 해석할 수 있다. 생물학적으로 혹은 좁은 의미로 보면, 처녀란 "성교를 하지 않아 처녀성을 간직한 여자" 혹은 "월경 혹은 생리를 하지 않은 어린 여자"이다.

처녀성이란 처녀로서 마땅히 지니고 있어야 할 '성적 순결'을 일컫는 말이다. 남성과는 달리 여성의 몸에는 음문을 구성하는 막(처녀막)이 있다. 첫 섹스를 할 때 처녀막이 찢어져 피가 나기도 한다. 전통사회에서는 이를 통해 여성의 순결 여부를 가늠하기도 하였다. 오늘날에는 성교 혹은 처녀막의 존재 유무를 두고 처녀성 운운하는 사례를 찾기란 쉽지 않다. 하지만 남성들의 처녀성과 여성의 순결성에 대한 편견은 여전히 강고하다. 현실에서는 처녀막 모양을 복원시키는 처녀막(재생)수술을 하거나 결혼 전까지 성관계를 갖지 않겠다는 혼전순결 선언을 하는 사례도 심심찮게 볼 수 있다.

처녀성에 병적으로 집착하는 남성들은 월경이나 생리에 대해서도 강고한 고정관념을 가지고 있다. 동서양을 떠나 사람들은 월경혈에 독이나 오염물질이 들어 있어 불결하다는 관념을 가지고 있다.[343] 생리혈은 오래도록 '더러운 피'로 여겨졌으며, 이에 대해 말하는 것은 금기(taboo)시됐다. '터부'의 어원이 폴리네시아어로 월경을 의미하는 '터부tabu' 다.[344] 유대교에서는 생리 중인 여성을 '니다Niddah'라고 부르는데, 이 '니다'의 어원은 '분리(Separation)' 다. 이러한 인식에 따라 구약성서(레위기)는 여인이 월경을 하면 이레 동안 불결하다고 보았다.

343) 박이은실, 『월경의 정치학』, 동녘, 2015.
344) 다나카 히카루(류영진 옮김), 『생리용품의 사회사』, 호밀밭, 2022, 284쪽.

월경하는 여인이나 그가 앉았던 자리에 접촉한 자는 저녁까지, 또 동침했을 경우 이레 동안 부정 탈 것이라고 했다.[345] 심지어 네팔 서부의 힌두교도들은 월경을 재앙과 불운의 상징으로 보고 생리 중인 여성을 집 밖 움막에 격리하거나 헛간 등에 격리하기도 한다.[346]

위의 논의를 종합해 보면, 처녀란 어떤 불결한 것에도 그 몸이 더럽혀지지 않는 "순결한 여자"를 말한다. 문제는 이러한 인식에는 정작 '여성'의 존재는 소거되어 드러나지 않는다는 사실이다. 순결의 상징인 처녀막을 애써 지켜야 할 주체는 여성이지만 이를 파괴하고 소유하는 것은 절대지배권력인 남성이다. 15세기부터 16세기 사이의 유럽에서 십자군의 기사가 전장으로 떠나면서 아내의 순결을 지키기 위하여 음부陰部에 채웠다는 정조대貞操帶(Chastity belt)는 그 대표적인 사례라고 할 수 있다. 월경혈에 대한 남성들의 편견도 마찬가지다. 그들이 세운 원칙과 기준, 그리고 사회와 국가체제를 위협하는 모든 것은 비정상적이고 불순·불온 혹은 불안한 것으로 간주된다. 죽고 죽이는 전쟁에 익숙한 남성들에게 월경혈은 낯설고 이질적이며 자신들의 안위를 위협하는 공포로 인식된다. 그러니 적어도 자신이 소유하지 못한 어린 여성(=처녀)은 그 어느 것으로부터도 때 묻지 않은 태초의 땅, 오염되지 않은 자연 상태여야 한다. 남성이 보기에 처녀는 '순결해야' 했고, 또한 처녀는 '순결하다'고 믿었다. 그런 '순결한 처녀'는 남성이 이길 수 없는 더 큰 힘을 가진 존재에게 희생의 제물로 바쳐졌다.

---

345) Encycloperiod, "유일신교 전통에서의 생리: 유대교, 기독교, 이슬람교는 여성과 생리를 어떻게 바라보았나", 2021.4.8., https://brunch.co.kr/@encycloperiod/11

346) 〈머니투데이〉 2019. 9. 30. 기사, "더러워"… 생리 기간, 죽어나가는 여성들, https://news.mt.co.kr/mtview.php?no=2019092309483148838
〈중앙일보〉 2018. 7. 13. 기사, 처녀 찾아온 뱀, 생리혈 묻은 옷 뒤집어쓴 모습 보자…, https://www.joongang.co.kr/article/22799383#home

초자연적인 존재에게 사람을 제물로 바치는 내용의 설화를 인신공희설화人身供犧說話라 한다. 우리나라의 경우, 개성의 「지네산전설」, 청주의 「지네장터전설」, 제주도의 「금녕사굴전설」 등이 대표적인 인신공희설화이다.[347] 이 설화는 지네나 뱀(구렁이) 등 인간 이외의 자연적 존재를 대상으로 하고 있는데, 한국의 인신공희 설화는 다음과 같은 특징이 있다.

- 희생의 대상신은 자연적 악신 혹은 그의 괴물적 형상이다.
- 이들 신은 친인간적이 아니고, 인간과의 호혜적 소통이 없다.
- 희생의 목적은 신으로부터 보상적 증여(풍요, 질병막이 등)가 분명치 않다.
- 희생이 타율적이며 강압적으로 이루어진다.
- 희생물은 사회적 약자이나 지속적 생명력과 희망의 상징을 가진다.
- 희생은 개인이 아닌 집단이나 공공을 위한 것이다.[348]

『심청전』도 인신공희설화에서 유래한 것으로 해석되고 있다. 그 중에서 보다 직접적인 관련이 있는 것은 「거타지설화居陀知說話」이다. 이 설화는 신라 진성여왕 때의 명궁名弓 거타지가 요괴의 제물이 될 용녀를 구출하여 결혼한다는 이야기로 영웅에 의한 악마(혹은 괴물) 퇴치설화이다. 용녀가 꽃으로 변화하여 거타지의 소매 속에 들어 있다가 어여쁜 처녀로 변하는 점은 심청이 인당수에서 제물로 바쳐져 희생되었다가 연꽃 속에서 나와 왕후로 환생하는 『심청전』의 얼개와 유사하다.[349] 다만, 『심청전』은 여기에 왕후가 된 심청이 맹인 잔치를 열어

---

347) 한국민족문화대백과사전: 인신공희설화(人身供犧說話)
348) 이정재, "희생제의 설화의 원형성 연구-인신공희 설화 중심-", 구비문화연구 제28집, 2009. 6., 9쪽.

아버지를 만나고, 아버지의 눈까지 뜨게 된다는 이야기를 덧붙인다.

또한 관음사 연기설화도 『심청전』의 배경설화로 널리 알려져 있다. 맹인 원량元良은 홍법사弘法寺 승려 성공性空을 만나 눈을 뜰 수 있다는 말을 듣고는 시주를 하기로 약속한다. 돈을 마련할 방도가 없던 원량은 어린 딸 홍장洪莊을 중국 뱃사람들에게 판다. 그 후 홍장은 중국 진晉나라 혜제惠帝에게 바쳐져 황후가 된다. 홍장은 아버지를 잊지 못하고 고국으로 관음상을 보내 절을 세우고는 성덕산관음사聖德山觀音寺라 하였다. 원량은 홍장의 공덕으로 눈을 뜨고 천수를 누리다 죽는다.[350]

그리고 효라는 관점에서 보면 『심청전』은 전형적인 효행설화孝行說話에 바탕을 두고 있다. 이 유형의 설화는 자식이 자신의 몸을 기꺼이 희생해서라도 부모를 봉양한다는 것으로 부모에 대한 자식의 효심과 효행을 내용으로 담고 있다. 『삼국사기』에는 효행설화의 시초로 볼 수 있는 이야기가 나온다. 이를테면, 자기 넓적다리 살을 베어 부모의 약으로 삼은 향덕向德과 성각聖覺, 자기 몸을 종으로 팔아 부모를 봉양한 연권녀설화連權女說話가 대표적인 사례이다. 이 중에서 특히 연권녀설화는 신라시대 민간 효행설화로 어머니를 봉양하기 위해 처음에는 음식을 구걸하다가 나중에는 부잣집에 몸을 팔아 좋은 음식을 대접했다는 연권의 딸 효녀 지은에 관한 이야기이다. 이외에도 『삼국유사』와 『고려사』 등도 효행에 관한 일화를 소개하고 있는 것으로 보아 효행은 한국의 전통과 역사적 맥락을 함께 하고 있는 것으로 볼 수 있다.

효행을 중시하는 관념은 유교를 국가통치의 이념으로 삼은 조선

---

349) 한국민족문화대백과사전: 거타지설화(居陀知說話)
350) 한국민족문화대백과사전: 관음사지(觀音寺志)

에 이르러 한층 강화된다. 조선이 중앙정부 차원에서 효자와 열녀, 그리고 충신을 소개하는 행실도를 간행하여 널리 활용한 것에 대해서는 살펴본 바와 같다. 『오륜행실도』 1집 〈오륜행실효자도五倫行實孝子圖〉에는 효녀 심청의 소재로 볼 수 있는 '효아포시孝娥抱屍'란 제목으로 효녀 조아에 관한 고사가 소개되어 있다. 효아포시란 '효녀 조아가 시체를 안다'는 뜻인데, 그 내용을 옮기면 아래와 같다.

효녀 조아는 한나라 회계會稽 사람이다. 무당인 그녀의 아버지는 5월 5일 강가에서 물신령 파사신을 맞이하다가 마침 강물이 차올라서 빠져 죽었는데, 그 주검을 얻지 못하였다. 이때 조아의 나이가 십사 세였다. 조아는 강가로 다니며 부르짖고 울어 밤낮으로 소리를 그치지 아니하였다. 그러다 열이레 만에 물에 빠져 죽었는데, 조아는 아버지의 주검을 안고 물에 떠올랐다. 후일 아전과 백성들이 무덤을 고쳐서 장사지내고, 비석을 세웠다.

효아의 성은 조曹씨라, 아비 놀래어서 파도에 빠져,
효아의 나이 열네 살이어라, 밤낮으로 슬피 울부짖어,
효아의 곡성은 잠시도 멈추지 않고, 열이레가 되어서는,
강에 투신 아비 시신 끌어안고, 하룻밤 지난 뒤 떠올라,
효성이 하늘땅을 관철, 눈물 창랑滄浪의 물을 더하여,
황색비단에 절묘한 필치로 써, 만세에 꽃다운 이름 전해.351)

---

351) http://db.sejongkorea.org/front/detail.do?bkCode=P11_OR_v001&recordId
=P11_OR_e01_v001_0070 문장의 일부를 문맥에 따라 고쳐 썼다.

김용옥은 효녀 조아의 슬픈 이야기는 "효녀 심청의 프로토타입"으로 보고 있다.[352] 이렇게 보는 근거는 구체적으로 밝히고 있지만 이 고사도 『삼국사기』의 '효녀 지은'과 같은 효행설화와 그 맥이 닿아있다. 조아는 어린 소녀의 몸으로 아비의 죽음을 밤낮으로 슬퍼하고, 그것도 모자라 자신의 몸을 강물에 던져 마침내 아비의 주검을 안고 떠오른다. 유교의 관념에 따라 효를 중시하는 조선왕조는 조아를 통해 살아서는 물론 죽어서도 부모에게 효도를 다하는 자식의 전형으로 제시하고 싶었을 것이다.

　　그런데 인신공희와 효행설화에 나오는 여성에 주목하면 모두 '처녀'라는 공통점이 있다. 이를테면, 「지네산전설」과 「금녕사굴전설」에서는 처녀를 제물로 바치고, 심청도 열다섯 살 어린 처녀의 몸으로 인당수에 몸을 던진다. 그리고 효녀 조아도 겨우 열네 살로 십대 초반의 어린 소녀다. 신체발부 수지부모 불감훼상을 강조하는 유교의 관점에서 보면, 어린 소녀를 몸을 제물로 바치는 희생제례는 도저히 용납할 수 없다. 조선의 지배자들은 기존의 설화에 불교적 윤색을 가하고 이에 유교적 이념의 색깔을 덧칠하였을 가능성이 높다. 그 과정을 거쳐 인신공희설화 중 사신 퇴치邪神退治설화는 불교적 윤색을 거쳐 두꺼비 보은설화로 변화되었고, 이것은 이후 유교적 이념이 강조되며 희생효설화로 전개되었을 것이다. 심청의 희생도 이 관점에서 이해할 수 있다.

　　심청이 인당수에 제물로 자신의 몸을 던지는 인신공희는 부모로부터 받은 몸을 소중히 여기는 유교 관념과 정면으로 배치된다. 하지

---

352) 김용옥, 『효경 한글역주』, 통나무, 2014, 146쪽.

만 심청의 아버지에 대한 효행도 포기할 수 없는 노릇이다. 이를 위해 『심청전』의 저자는 불교의 윤회를 이야기 속에 슬쩍 끌어다 놓는다. 인당수에 몸을 던진 '효녀' 심청은 죽지 않는다. 죽어서는 아버지를 봉양할 수 없기 때문이다. 용왕의 도움으로 목숨을 건진 심청은 연꽃을 타고 현실의 세상으로 화려하게 환생한다. 어디 그뿐인가. 왕비로 입신양명한 심청은 아버지의 소원을 이루기 위해 전국의 맹인을 장안으로 불러들여 잔치를 연다. 이러한 문학적 장치를 통해 인신공희로 희생한 심청을 유교적으로 '구원' 한다. 이런 면에서 『심청전』은 "자연재해의 난관을 극복하려는 인신공희의 연장선에서 문학적 승화가 가해진 작품으로 이해될 수 있다."는 지적은 '문학적' 으로는 타당한 평가다.[353] 하지만 이 작품을 현실을 풍자하고 비판하는 메타포라는 '문학적' 측면에서 본다면, 『심청전』을 그저 '문학적 승화가 가해진 작품' 으로만 볼 수 있을까.

어화 창생들아 아들 낳기 힘쓰지 말고 딸 낳기 힘쓰시오

조선은 유교 이념을 앞세워 효행을 인仁을 실현하는 방법의 하나로 간주하였다. 왕실과 사대부 중심으로 구축된 공고한 정치지배세력에게 효 관념은 하늘이 내린 선물이었는지도 모른다. 효제孝悌만큼 피지배계급을 윤리적·현실적으로 통제하고 순응하게 만드는 방책이 없었던 것이다. 조선 사대부집단이 보기에 '구하라법' (양육·부양 의무를 저버린 가족의 상속권을 박탈하는 법)이나 '불효자방지법'

---

353) 이정재, 앞의 논문, 17쪽.

(부모 생전에 재산을 물려받은 자녀가 부양의무를 이행하지 않거나 학대 등 부당한 대우를 했을 때 증여를 해제하는 법)을 두고 논란을 벌이고 있는 현대 한국사회는 '불효막심' 할 수밖에 없다. 하지만 관점을 바꾸어 현대법의 시각에서는 상인들에게 팔려가는 심청의 처지를 어떻게 해석할 수 있을까.

한마디로 심청은 '인신매매' 의 피해자이다. 상인들은 심청의 궁박한 상태를 이용하여 그녀를 유인·매매하는 행위, 즉 인신매매행위를 했고, 「인신매매방지법」은 이를 엄격히 금지하고 있다(제2조 1항 가·나호). 비록 인신매매방지법이 제정되어 시행되지 않고 있다고 할지라도 노비가 아닌 이상 사람을 사고파는 행위는 당시의 도덕기준에 비춰보아도 도저히 용납될 수 없었을 것이다. 자식의 부모에 대한 효의 가치를 부각시키면서도 어린 딸을 돈에 팔아 넘겼다는 도덕적 비난을 피할 수 있는 묘책은 없을까. 그것은 바로 심청의 환생과 맹인잔치이다. 인당수에 몸을 던졌으나 용왕의 도움으로 환생하여 왕비가 된 심청은 맹인잔치를 열고 고생하며 찾아온 아버지가 그 자리에서 눈을 뜨는 극적인 장면을 연출한다. 아버지에게 효를 다하기 위해 '효녀' 심청은 죽어서도 아니 되고, 환생하여 입신양명함으로써 아버지의 이름을 드높여야 한다. 자신의 몸을 제물로 바친 심청의 효는 환생(부활)의 과정을 거쳐 입신양명으로 완결된다. 심청에게 효란 살아서든 죽어서든 다해야 할 숙명과도 같은 의무인 것이다.

심청의 이야기에는 효를 바라보는 유교와 불교적 관점이 절충되거나 혼재하는 양상을 보이고 있다. 심봉사를 구해준 화주승이 있는 절 이름이 개법당開法堂이다. 부처님의 진리(法)를 여는(開) 곳(堂)이라는 뜻이니 공양미 삼백 석을 시주하고 심봉사가 눈을 뜨는 개안開眼과 연결된다. 공양미 삼백 석을 시주하는 조건으로 몸을 팔았다고는 하나 심청이 인당수에 몸을 던지는 행위는 신체발부 수지부모 불감훼상이라는 유교의 가치에 정면으로 위배된다. 또한 이 행위는 산 생명을 죽이지 말라는 불살생不殺生을 기본교리로 삼고 있는 불교적 관점에서도 정당화될 수 없다. 하지만 원시불교경전에는 붓다가 자신의 몸을 희생하여 자비를 실현했다는 수많은 전생설화가 실려 있다. 조선의 사대부들이 보기에 불교적 효는 유교적 효가 가지는 문제점을 멋지게 보완해 주었다. 이처럼 『심청전』에는 불교의 효와 유교적 효가 절묘하게 만나고 있음을 알 수 있다.

유교의 관점에서 볼 때 불교는 불효한 가르침이다. 터럭 하나라도 상하게 해서는 아니 됨에도 불구하고 머리를 깎고 출가하여 부모를 봉양하지 않음은 물론 결혼하지 않고 독신으로 살면서 자손을 두지 않는 행위는 유가로서는 도저히 용납할 수 없다. 불교의 이런 가르침과 관행에 비판적이고 강경한 입장을 취하고 있는 유학자들과 부분적으로 화해할 수 있는 방법은 불경을 간행하는 것이었다. 불교의 가르침 중에서 유교와 충돌을 피하고 절충할 수 있는 내용이 바로 효라고할 수 있다. 1553년 명종은 부모의 은혜가 크고 깊음을 설명하는 불교경전인 『불설대보부모은중경佛說大報父母恩重經』(부모은중경)을 간행했다.354)

조선은 건국 초기부터 유교를 숭상하고 불교를 억압하는 숭유억불정책을 실시하였다. 정도전은 『불씨잡변佛氏雜辨』을 통해 유가의 입장에서 불교의 허상을 신랄하게 비판했다는 점은 살펴본 바와 같다. 이러한 관점에서 보면, 명종이 중앙정부 차원에서 불교경전의 하나인 부모은중경을 간행하여 배포한 것은 의외라고 하지 않을 수 없다.

불교계에서 부모은중경은 붓다가 직접 가르침을 설한 진경眞經이

---

354) 편자 미상(최은영 옮김), 『부모은중경』, 홍익출판사, 2011, 13쪽.

아니라 중국에서 작성된 위경僞經이라는 게 중론이다. 따라서 부모은 중경은 붓다가 부모의 은혜에 대해 설법하는 내용을 담은 경전의 형식을 띠고 있지만 그 실질은 유가의 효사상과 관습이 불교와 결합한 것이다. 그 후 중국에서 조선으로 수입된 부모은중경은 유가의 효행을 강조하고 뒷받침하는 역할을 톡톡히 수행하였다.

부모은중경에서 여래는 부모가 자식에게 베푸는 열 가지 은혜[십은 (十恩)]가 있다고 한다. ① 이 몸을 잉태하여 지키고 보호해 주신 은혜, ② 출산하실 때 고통받으시는 은혜, ③ 자식을 낳고 근심을 잊으시는 은혜, ④ 쓴 것은 어머니가 삼키고 단 것은 뱉어내어 주신 은혜, ⑤ 아이는 마른 곳에 눕히고 어머니는 젖은 곳에 누우신 은혜, ⑥ 젖을 먹여 길러 주신 은혜, ⑦ 자식의 더러운 것을 빨고 씻어 주신 은혜, ⑧ 자식이 멀리 가면 걱정해 주신 은혜, ⑨ 자식을 위해 마음 고생하시는 은혜, ⑩ 끝없이 사랑하고 근심하시는 은혜이다.

여래의 이 말에 대중은 "어떻게 해야 부모님의 깊은 은혜에 보답할 수 있겠습니까?"라고 묻는다. 그 물음에 "너희들은 알아야만 한다. 내가 이제 너희를 위하여 이해하기 쉽도록 잘 설명하겠다."며 여래는 대중에게 설법한다.

설사 어떤 사람이 아버지를 왼쪽 어깨에 메고 어머니를 오른쪽 어깨에 메고 살갗이 닳아 뼈가 드러나고 다시 골수가 보이게 되도록 수미산을 수천 번 돌더라도 부모님의 깊은 은혜에 보답할 수 없다.

설사 어떤 사람이 흉년에 부모님을 위해 자신의 몸을 베고 뼈를 부수어 먼지와 같이 하여 백천 겁을 하더라도 부모님의 깊은 은혜에 보답할 수 없다.

설사 어떤 사람이 예리한 칼을 잡고 부모님을 위하여 자신의 눈동자를

파내서 여래에게 바치기를 백천 겁을 하여도 부모님의 깊은 은혜에 보답
할 수 없다.

설사 어떤 사람이 부모님을 위하여 예리한 칼로 심장과 간을 베어 피가
땅에 흘러도 그 괴로움을 달게 받으며 백천 겁을 하여도 부모님의 깊은
은혜에 보답할 수 없다.

어떤 사람이 부모님을 위하여 수천 개의 칼로 자신의 몸을 좌우로 찌르
기를 백천 겁이 지나도록 하여도 부모님의 깊은 은혜에 보답할 수 없다.

가령 어떤 사람이 부모님을 위하여 몸에 등불을 밝혀 여래를 공양하는
것을 백천 겁이 지나도록 하여도 부모님의 깊은 은혜에 보답할 수 없다.

설령 어떤 사람이 부모님을 위하여 뼈를 부수어 골수를 뽑아내어 수천
개의 칼과 창으로 한 번에 자신의 몸을 찌르기를 백천 겁이 지나도록 하
여도 부모님의 깊은 은혜에 보답할 수 없다.

설사 어떤 사람이 부모님을 위하여 뜨거운 쇠구슬을 삼키기를 백천 겁
이 지나도록 하여 온몸이 타고 문드러져도 부모님의 깊은 은혜에 보답할
수 없다.[355]

여래가 여덟 가지 경우를 들어 부모님의 은혜가 한량없음을 설명
하는 위의 가르침은 자식이 자신의 몸을 바쳐 부모를 봉양한다는 인
신공희설화의 내용과 크게 다르지 않다. 초기의 불경에는 붓다가 선
행공덕善行功德을 실천하기 위하여 자신의 몸을 희생하는 전생설화를
소개하는 내용이 적지 않다. 이를테면, 붓다의 전생의 이야기를 담은
『자타카Jataka』 또는 『본생담本生譚』도 고대 인도의 설화에 불교적 색채
가 가미된 것이다. 붓다는 제자와 대중을 위해 설법하면서 불교사상

355) 편자미상(최은영 옮김), 앞의 책, 69-70쪽.

을 가르치는 방편의 하나로 자신의 몸을 희생하는 전생 이야기를 즐겨 인용하고 있다.

따라서 붓다의 희생과 관련한 전생 이야기는 불교 특유의 윤회와 자비사상과 긴밀한 관련을 맺고 있고, 이를 대중에게 가르치고 전파하기 위한 하나의 교육적 수단이자 방편이라고 할 수 있다. 불교가 중국에 수입되어 대중에게 전파하는 과정에서 중국 승려들은 붓다의 가르침 중에 효와 관련된 내용이 있는가를 고민했을 것이다. 그리고는 불교의 효가 유교의 효와 다르지 않다는 것을 알릴 필요에서『부모은중경』을 펴냈다고 추정할 수 있다. 조선 왕조도 대외적으로는 숭유억불을 표방했지만 백성들의 의식 저변에 깊이 자리하고 있는 불교를 도외시할 수 없었다. 부모에 대한 은혜를 강조하는『부모은중경』은 유교의 효와 긴밀하게 연결될 뿐 아니라 이를 보완하였기 때문에 명종은 사대부는 물론 일반 백성들을 교화할 목적으로 간행하였다.

위 분석을 바탕으로『심청전』을 읽으면, 이 소설은 유교와 불교가 절묘하게 어우러진 훌륭한 효행록이다. 효경은 딱딱하고 재미없는 윤리교과서이고,『부모은중경』은 비현실적이고 추상적인 경전이다. 반면『심청전』은 민간에 전승되고 있던 설화를 시대의 가치인 효를 소재로 하여 흥미진진하게 풀어낸 이야기다. 특히 심청의 애절한 사연을 판소리로 풀어낼 때면 민중들은 자신의 처지인 양 깊이 공감하며 들었다.

『심청전』저자는 소설의 흥미를 극대화하기 위하여 맹인잔치라는 문학적 장치를 도입한다. 왕명을 내리면 마을을 떠나 떠돌고 있는 '맹인 심학규'를 찾지 못할 리 없다. 아니면 황후의 영광을 드높일 요량이면 수령과 방백들에게 영을 내려 지방과 고을별로 그 지역의 맹인들을 불러 모아 잔치를 열면 된다. 하지만 죽음의 골짜기에서 환생하여 황후로 입신양명한 심청은 천자에게 전국 각지의 맹인을 황성으로 불러들여 맹인잔치를 열어달라고 요청한다. 과학기술문명이 발달한 현대에도 신체장애인은 가깝든 멀든 이동하는 데 많은 어려움이 있다. 교통이 열악하기 그지없는 당시로서는 아무리 천자의 명령이라 하더라도 도성에서 열리는 잔치에 참석하기 위해 맹인들은 먼 길을 걸어가야 했다.

잔치 가는 길에 심봉사도 갖은 고초를 겪는다. 동행하던 뺑덕어미는 황봉사와 바람나서 떠나버리고, 더위를 식힐 양으로 냇가에서 멱을 감다가 봇짐과 옷가지를 도둑맞아 알몸이 된 심봉사는 오도 가도 못하는 신세가 된다. 다행히 지나가던 무릉 태수의 도움으로 간신히 잔치에 참석할 수 있었다. 자식의 부모에 대한 절대적인 효를 강조하던 당시의 풍습에서 보면, 아무리 딸자식이 황후라 할지라도 눈이 보이지 않는 아버지를 이렇게 고생시키는 것은 불효 중의 불효다. 이 장면은 자신의 눈을 뜰 요량으로 공양미 삼백 석에 어린 딸을 제물로 팔아버린 비정한 아버지 심봉사에게 심청이 은근히 복수하는 듯한 설정이다. 이 대목을 들으면서 효행의 관습과 제도에 억눌려 숨소리조차 제대로 낼 수 없었던 자식들은 막힌 속이 확 뚫리는 카타르시스를 느꼈을 것이다.

이제 소설은 이야기의 정점을 향한다. 겨우 삼 년을 용궁에서 지냈을 뿐인데 황후가 된 심청은 아버지 얼굴이 가물가물하여 묻는다. "처자식은 있으시오?" 눈앞에 딸을 두고도 알아보지 못하고 심봉사는 이 물음에 구구절절이 자신의 처지와 사연을 호소하고는 "자식 팔아먹은 놈이 세상에 살아서 쓸데없으니 죽여 주시옵소서."라고 읍소한다. 그제야 아버지를 알아본 황후는 버선발로 뛰어 내려와 아버지를 안고 울부짖는다. "아버지, 내가 인당스에 빠져 죽었던 심청입니다." 죽었다고 믿던 딸이 살아 돌아왔으니 경천동지할 일이다. "이게 웬말이냐?" 하는데 심봉사의 두 눈이 활짝 밝아진다. 딸을 다시 만난 심봉사는 너무나 좋아서 죽을 둥 살 둥 춤을 추며 노래한다. "어화 창생들아 아들 낳기 힘쓰지 말고 딸 낳기 힘쓰시오."

이후의 이야기는 해피엔딩이다. 천자는 심학규를 부원군에, 또 그를 도와준 맹인 안씨를 정렬부인에 봉한다. 황후와 정렬부인이 같은 해 같은 달에 아기를 잉태하여 같은 달에 낳으니 둘 다 아들이다. 천자는 심학규의 품계를 올려 남평왕에, 정렬부인 안씨를 인성왕후에 봉한다. 하지만 호사다마라고 하던가. 남평왕은 나이 팔십에 우연히 병을 얻어 세상을 떠난다. 비록 황후의 몸이지만 심청은 삼년상을 모심으로써 죽은 아버지에 대해 마지막 효도를 다한다. 소설은 심청의 효행을 칭송하는 노래로 끝맺는다. 그런데 참 이상하다. 이 노래를 따라 읽으면 마음이 아릿하고 쓸쓸한 기분이 드는 것은 무슨 이유일까.

어화, 세상 사람들아, 예와 지금이 다를쏘냐. 부귀영화 누린다고 부디 사람 괄시 마소. 기쁨이 다하면 슬픔이 오고 고생 끝에 낙이 오는 것은 사람마다 있느니라. 심 황후의 어진 이름 길이길이 전해 오더라.(106쪽)

제 / 10 / 장

작자미상, 『흥부전』(창작시기 미상)

- 볼기를 맞아도 형 대신에 아우가 맞을 것이니 나는 아무 걱정 없소

작품의 시대적 배경

『흥부전興夫傳』[356]은 창작 시기와 작자를 알
수 없는 조선 후기 소설이다. 일명 『흥보전興甫傳』, 『놀부전』, 『연의 각
燕의脚』이라고도 불린다. 이 가운데 『연의 각』은 이해조李海朝가 〈매일
신보〉에 판소리계 소설 『흥부전興夫傳』을 각색하여 1912년 4월 29일부
터 6월 7일까지 연재한 신소설이다. 이해조는 『옥중화獄中花』, 『강상련
江上蓮』에 이어 세 번째로 『흥부전』을 각색하여 『연의 각』이란 제목으
로 연재하였다.

『흥부전』은 형제간의 우애를 강조하고, 착한 일을 권장하며 악한
일을 징계한다는 전형적인 권선징악의 교훈을 담고 있다. 흥부는 가
난하지만 마음씨 착한 아우다. 동생과 달리 형 놀부는 욕심 많고 마음
씨 고약한 인물이다. 흥부는 제비 다리를 고쳐주어 복을 받아 한순간

---

356) 이 글의 인용문은 다음 책을 바탕으로 작성하였다. 작자미상(구인환 엮음),
　　『심청전·흥부전』, 신원문화사, 2018, 205쪽.

에 부자가 되어 좋은 옷에 좋은 음식을 먹으며 호의호식의 삶을 누린다. 이 사실을 전해들은 놀부는 제비 다리를 일부러 부러뜨리고는 더 부자가 되려다가 오히려 벌을 받는다.

이 작품의 근원설화는 몽골의 박타는 처녀와 신라의 방이설화旁㐌說話 등 여러 가지가 있다. 두 이야기의 줄거리는 다음과 같다.

옛날 마음씨 고운 처녀가 자기 집 마루 끝에 앉아 바느질을 하고 있었다. 그때 처녀의 집 처마 끝에 둥지를 짓고 살던 제비 한 마리가 그만 땅에 떨어지고 말았다. 다리가 부러진 제비가 날지 못하고 버둥거리자 처녀는 이를 불쌍히 여겨 실로 다리를 정성껏 동여매 주었다. 처녀의 보살핌으로 제비는 다시 날 수 있게 되었다. 이듬해 봄이 되자 강남으로 떠났던 제비가 입에 박씨를 하나 물고 와 처녀의 집 뜰에 떨어뜨렸다. 처녀가 그 박씨를 심었더니 가을에 커다란 박이 하나 열렸고 박을 따서 타자 온갖 금은보화가 쏟아져 나왔다. 처녀는 큰 부자가 되어 편안히 살게 되었는데 이웃집에 사는 심술 사나운 처녀가 이 사실을 알았다. 심술궂은 처녀는 멀쩡한 제비를 잡아다가 일부러 다리를 부러뜨린 후 실로 동여매 주었다. 이듬해 봄이 되자, 그 제비 역시 이웃집 처녀에게 박씨를 물어다 주었다. 처녀는 크게 기뻐하며 박씨를 심었고 가을에 커다란 박이 하나 열리자, 큰 기대 속에 박을 탔으나 갈라진 박 속에서는 수많은 독사가 나와 처녀를 물어 죽이고 말았다.[357]

신라시대에 김방이가 살았는데 그의 아우는 부자였고, 형인 방이는 몹시 가난하였다. 어느 해 방이는 아우에게 누에와 곡식 종자를 구걸하자

---

357) [네이버 지식백과] 박타는 처녀 (두산백과 두피디아, 두산백과)

심술 사납고 성질이 포악한 아우는 누에와 곡식 종자를 삶아서 형에게 주었다. 이를 모르는 방이는 누에를 열심히 치고 씨앗도 뿌려 잘 가꾸었다. 그중에서 단 한 마리의 누에가 생겼는데, 그것이 날로 자라 황소만큼 컸다. 소문을 듣고 샘이 난 아우가 찾아와 그 누에를 죽이고 돌아갔다. 그러자 사방의 누에가 모두 모여들어 실을 켜 주었으므로 형은 '누에왕'으로 불리게 되었다. 곡식도 한 줄기밖에 나지 않았으나, 역시 이삭이 한 자가 넘게 자랐다. 하루는 새 한 마리가 날아와 이삭을 물고 산 속으로 달아났다. 새를 쫓아서 산 속 깊이 들어갔던 방이는 해가 저물어 돌 옆에 머물게 되었다. 그때 붉은 옷을 입은 아이들이 나타나 금방망이(金椎子)로 돌을 두드리니 원하는 대로 음식이 다 나오는 것이었다. 아이들은 이를 먹고 놀더니 금방망이를 돌 틈에 놓아두고 헤어졌다. 방이가 그 금방망이를 주워서 돌아오니 아우보다 더 큰 부자가 되었다. 심술이 난 아우는 형처럼 하여 새를 쫓아가 아이들을 만났다. 그러나 아이들에게 지난번 금방망이 도둑으로 몰려 사흘이나 굶주리며 연못을 파는 벌을 받고 코끼리처럼 코를 뽑힌 다음에야 돌아왔다.[358]

방이설화는 금방망이를 뜻하는 금추설화金椎說話라고도 한다. 무안을 당하거나 핀잔을 맞다는 '코 떼었다'는 말과 내 사정이 급하고 어려워서 남을 돌볼 여유가 없음을 비유적으로 이르는 '내 코가 석 자'라는 속담이 여기서 유래했다.

『흥부전』은 언제 누가 썼는지는 정확하게 알 수 없지만 판소리 전승오가傳承五歌 중 하나로 대중의 사랑을 받았다.[359] 같은 형제라 해도

---

358) [네이버 지식백과] 방이설화(두산백과 두피디아, 두산백과)
359) 현재까지 알려진 판소리의 종류는 모두 12개로 이를 '열두마당'이라 한다.

형 놀부는 부자인 반면 동생 흥부는 가난에 찌들려 사는 모습을 볼 때 사회경제적 변동으로 빈부의 격차가 심한 조선 후기에 씌어진 것으로 추정된다. 이 작품에 나오는 매품팔이나 가난타령, 돈타령 등을 읽어 보면 당시 가난한 서민들의 삶의 고통이 극심했음을 알 수 있다.

이 작품은 유교의 인본주의적 관점에서 권선징악이나 형제애를 강조한다거나 또는 조선 후기 사회계층의 분화와 빈부격차를 드러내고 있다고 평가하는 것이 일반적인 경향이다. 하지만 최근에는 경제적 능력을 중심으로 놀부와 흥부를 재평가하기도 하고, 가난한 살림에도 많은 자식을 둔 흥부가 끝까지 가정을 책임지는 모습을 재조명하기도 하는 등 다양한 해석이 시도되고 있다. 문학작품에 대한 해석은 독자가 우위에 있고, 또 그 점은 문학이 가지는 장점이기도 하다. 독자가 가지는 이 권리를 적극 활용하여 자유롭게 해석해 볼까 한다.

형제는 오륜五倫의 하나요, 한 몸을 쪼갠 터라

　　　　　　　　　『흥부전』은 형제간 우애를 강조하는 말로 시작한다.

　　형제는 오륜五倫의 하나요, 한 몸을 쪼갠 터라. 이러므로 부귀와 화복을

이 가운데 전승되어 공연되고 있는 〈춘향가〉〈심청가〉〈수궁가〉〈흥부가〉〈적벽가〉 다섯 마당을 전승오가라 한다. 반면, 다음 일곱 마당, 즉 〈변강쇠가〉〈옹고집타령〉〈장끼타령〉〈무숙이타령〉〈배비장타령〉〈강릉매화타령〉 등은 창이 전승되지 않고, 〈가짜신선타령〉은 창과 사설 모두 전해지지 않는다. [네이버 지식백과] 실전 판소리의 일반적 특징 - 〈배비장타령〉외 기타 실전 판소리 (판소리의 세계, 2000. 2. 25.)

같이 하는 것이니 어떤 형제는 부제不悌할까?(107쪽)

　충청도와 전라도와 경상도의 삼도가 잇닿은 어름에 연생원이란 양반이 아들 형제를 두었다. 형의 이름은 뒤틀린 놀부요, 동생의 이름은 일 홍興 자 홍부인데, 돌림자는 지아비 부夫다. 이 두 형제는 틀림없는 한 어미 소생이지만 심성은 판이하게 다르다. 홍부는 마음씨 착하고 부모를 섬기기에 효행이 지극하며 또한 동기간의 우애가 극진하다. 동생과는 달리 형 놀부는 뱃속이 잘못된 탓인지 부모께는 불효막심이요, 동기간에 우애는 찾아볼 수 없다. 모든 사람이 오장육부를 지녔지만 놀부는 처음부터 심술보 하나가 곁간(곁肝. 간 곁에 붙어 있는 부드럽고 작은 부위) 옆에 덧붙어 오장에 칠부다. 그 심술보가 한번 뒤집히면 초상난 데 춤추기, 수절 과부 겁탈하기, 통혼하는 데 간혼間婚하기 등 온갖 패악을 저지른다. 놀부의 패악은 유교적 도덕윤리와 실정법 어느 관점에서 보든 도저히 용납할 수 없는 행위다. 놀부가 부리는 심술은 판본에 따라 스물네 가지에서 마흔여덟 가지로 다른데, 판소리를 하는 사람의 재담에 따라 점점 늘어났을 것이다. 이처럼『홍부전』은 오륜을 내세우며 형제애를 사람이 지켜야 할 기본도리라는 인륜人倫에 바탕을 둔 유교의 인본주의를 강조한다.
　유교는 인륜을 바탕으로 개인과 사회, 그리고 국가를 유지하고 운영하는 도덕윤리체계이다. 유교는 사람이 마땅히 지켜야 할 다섯 가지 도리로 어질고, 의롭고, 예의 바르고, 지혜롭고, 믿음직함을 이르는 인의예지신仁義禮智信을 내세운다. 이 다섯 가지 덕목을 현실적으로 실천하는 강령이 바로 삼강三綱과 오륜五倫이다.
　삼강은 임금과 신하, 부모와 자식, 남편과 아내 사이에 마땅히 지켜야 할 도리를 말한다. 한자어 강綱은 그물의 위쪽 코를 꿰어 놓은 줄로 잡아당겨 그물을 오므렸다 폈다 하는 것이다. 즉 벼리란 본보기, 다 움, 바람직함을 일컫는 말이다. 이에 따라 삼강의 본래 뜻을 해석하면, 임금은 신하의 벼리가 되어야 하고, 아버지는 자식의 벼리가 되어야 하며, 지아비(남편)는 지어미(아내)의 벼리가 되어야 한다는 뜻이다. 이렇게 해석하면, 임금, 부모, 남편이 신하, 자식, 아내의 벼리(본보기)가 되어야 한다.

하지만 후대로 가면서 삼강은 나라와 윗사람에 대한 충의와 충성을 강조하는 뜻으로 변질된다. 이 관점에서 삼강을 해석하면, 군위신강-신하는 임금을 섬기는 것이 근본이고, 부위자강-아들은 아버지를 섬기는 것이 근본이며, 부위부강-아내는 남편을 섬기는 것이 근본이다. 서로의 관계를 수직적·종속적 관계로 설정하고 신하는 임금에게, 자식은 부모에게, 아내는 남편에게 절대 복종하고 순응하여야 하는 것으로 악용하였다.

이러한 사정은 사람이 지켜야 할 다섯 가지 도리인 오륜도 마찬가지다. 일반적으로 오륜이란, 어버이와 자식 사이에는 친함이 있어야 하고, 임금과 신하 사이에는 의로움이 있어야 하며, 부부 사이에는 구별(분별)이 있어야 하고, 어른과 아이 사이에는 차례와 질서가 있어야 하며, 벗 사이에는 믿음이 있어야 한다는 뜻이다. 하지만 조선 중종 때 박세무朴世茂가 쓴 어린이 학습서인 『동몽선습』을 살펴보면 오륜이 전근대적 신분관계를 고착화시키는 방편으로 기술되어 있다. 천자문을 익힌 어린이들이 『소학』을 배우기 전에 『동몽선습』을 교과서로 널리 사용했다. 이 책의 서문은 이렇게 적고 있다.

하늘과 땅 사이에 있는 만물의 무리에 오직 사람이 가장 귀하니 사람을 귀하게 여기는 까닭은 다섯 가지의 오륜五倫이 있기 때문이다.

이로써 맹자는 말하길, "부자간에는 친함이 있으며, 군신 간에는 의리가 있으며, 부부간에는 분별이 있으며, 어른과 어린이 간에는 차례가 있으며, 친구 간에는 성실함이 있다." 하였으니 사람으로서 이 다섯 가지의 떳떳한 도리가 있음을 알지 못하면 금수와의 거리가 멀지 않을 것이다.

그러한 즉 아버지는 사랑하고 자식은 효도하며, 임금은 의롭고 신하는 충성하고, 남편은 화합하고 부인은 온순하며, 형은 우애하고 동생은 공경하며, 친구 간에는 서로 仁을 도와주고, 그러한 후에야 바야흐로 사람이라고 말할 수 있다.

『동몽선습』은 부모와 자식, 형과 아우 사이를 철저히 수직적 서열 관계로 설정하고 있다. 부자유친을 설명하는 대목에서는, "세상에 옳지 않은 부모가 없으니 부모가 비록 사랑하지 않더라도 자식이 불효할 수는 없다."며 부모에게 절대적으로 효도한 순舜임금을 사례로 들고 있다. 또한 장유유서에 대해서는, "장유는 천륜의 순서"라고 하면서 "형은 형이 되는 까닭과 아우는 아우가 되는 까닭에서 장유의 도리가 나온다."고 전제한다. 더욱이 "형제는 같은 기운의 사람이요 골육의 지극히 친한 관계이니 더욱 우애해야 마땅하며, 노여움과 원망을 쌓아두어 천리天理의 떳떳함을 무너뜨려서는 안 된다."는 것이다.

이처럼 삼강오륜 가운데 부자유친과 장유유서는 부모에 대한 효도와 형제간의 우애를 강조하는 덕목이다. 이를 효제孝悌라고 한다.

논어 학이편에서 유자有子[360]는 "효제는 인을 실천하는 근본"[361]

---

360) 제자 유약(有若)을 말한다.
361) 논어 학이: 2. 원문은, 有子曰: "其爲人也孝弟, 而好犯上者, 鮮矣; 不好犯上,

이라고 하였다. 공자도 위정편에서 서경書經을 인용하면서, "이 책에서 효에 대해 말하기를, '오직 효도하고, 형제간에 우애하여 정치에 베푼다'고 하였다. 이 또한 정치를 하는 것이니 어찌 벼슬을 해야만 정치를 하는 것이겠는가."362)라며 유자와 같은 취지의 주장을 하고 있다. 공자는 효제를 가정생활에 필요한 기본적 가족윤리 혹은 도덕 의무로 보고 있다.363)

공자의 말에서 알 수 있듯이 정치와 사회질서의 근간은 부모에게 효도하고 형을 공경하는 효제이다. 이때 부모와 형은 좁게는 혈연으로 맺은 직계존속과 형제, 넓게는 자신보다 나이 많은 윗사람과 웃어른을 포함하는 의미로 새겨야 한다. 이렇게 보면, 논어에서 효제는 가족관계에 필요한 모든 수직적·수평적 질서를 총망라하는 핵심 원리로 제시하고 있다. 가족 간의 자연스런 사랑의 감정인 효제가 가정을 넘어 사회·국가·천하로 확산되면, 마침내 천하가 仁으로 되돌아간다는 것이다. "효제는 인을 실천하는 근본"이라는 유자의 말에는 그 뜻이 잘 드러나 있다. 따라서 유교는 효제에 기반한 인간의 가장 자연스런 감정이 도덕의 기초를 두고, 그 감정을 자발적·자율적으로 확산시켜 나아가야 한다는 실천방식을 제시하고 있다고 할 수 있다.364)

공자가 인의仁義정치의 기본모델로 삼고 있는 주나라 종법의 시작은 가족 혹은 가정이다. 국가國家라는 낱말에서 보듯이 유교에서 나라(國)는 가족 혹은 가정(家)과 긴밀한 관련을 맺고 있으며, 양자는 엄밀하

而好乍亂者, 未之有也. 君子務本, 本立而道生. 孝弟也者, 其爲仁之本與!'
362) 논어 위정: 21. 원문은, 或謂孔子曰: "子奚不爲政?" 子曰: "『書』云: '孝乎惟孝, 友于兄弟, 施於有政.' 是亦爲政, 奚其爲爲政?"
363) 최문기, "'효제'의 확장과 보편윤리: 공맹사상을 중심으로", 효학연구, 14, 2011. 12., 3쪽.
364) 임헌규, 논어 III, 208쪽.

게 분리되지 않는다. 한마디로 국가는 가족의 확장형365)인 셈이다. 이런 면에서 공자는 직접 정권을 잡아 한 나라의 정사를 전담하는 위정爲政과 효제를 통하여 일상의 정치를 행하는 유정有政을 구별하고 있지 않다. 하지만 이에 반하여 효제는 가족 간의 관계에 기초하여 인을 실천하는 것으로 다분히 사적·개인적 차원의 윤리이다. 조선은 공자의 생각과는 달리 현실적 실천 강령으로 효제를 정치적으로 남용함으로써 개인관계와 사회질서를 사적 윤리에 의해 규율되는 체제로 만드는 잘못을 범하고 만다.

『흥부전』의 첫머리에 "어떤 형제는 부제不悌할까?"라는 말이 나온다. 이 말은 놀부와 흥부 형제는 우애가 없다는 것을 암시하는 동시에 형이 동생에게 아무리 패악을 부려도 형제는 '한 몸을 쪼갠' 사이니 동생은 형에게 절대 순종해야 흔을 강조하고 있다. 무거불칙無據不測(언행이 상규를 벗어나 몹시 흉악함)한 마음을 가진 형 놀부가 아무리 심하게 자신을 대해도 동생 흥부는 충후인자忠厚仁慈(충직하고 온순하며 마음이 어질고 자애로움)한 성품을 가졌다. 흥부는 때로는 형에게 간하고자 하나 말해 보아야 쓸데없으므로 함구묵언하고 주면 먹고 시키는 일이나 공손히 하고 있다. 작품에서 묘사하고 있는 두 형제의 마음가짐과 태도에서 형 놀부와 아우 흥부가 얼마나 일방적이고 수직적인 관계인가를 알 수 있다. 한마디로 효제는 조선사회에서 부모와 자식, 형제 상호간 관계를 유지하는 기본 도리이자 이념기라고 할 수 있다.

---

365) 임헌규, 논어 I, 241쪽.

가난 구제는 나라에서도 못 한다 하니 형님인들 어찌 하시겠소

　　　　　　『흥부전』에는 조선시대 상속제도의 변화 양
상이 실감나게 묘사되고 있다. 형제균등상속제에서 장남상속제로 바
뀌면서 동생 흥부는 부모 재산을 한 푼도 물려받지 못하고, 형 놀부가
다 가져간다. 놀부는 "부모가 물려준 재산, 많은 돈과 남전북답南田北
畓, 노비와 우마를 혼자 다 차지하고"도 모자라 아우 흥부를 구박한다.
이런 상황임에도 "흥부의 어진 마음에는 조금도 변함이 없더라."고
『흥부전』은 적고 있지만 대가족을 거느린 가난한 흥부로서는 놀부에
게 의탁하여 살 수밖에 없었다고 보아야 한다. 어느 날 놀부는 아내와
의논하고는 흥부에게 말한다.

> 놀부: 형제라 하는 것은 어려서는 같이 살되 처자를 갖춘 다음에는 각
> 　　　기 분가하여 사는 것이 떳떳한 법이니, 너는 처자를 데리고 나가
> 　　　살아라.
> 흥부(놀부에게 울며 애걸한다): 형제란 수족 같으니 우리 단 두 형제가 흩어
> 　　　져서 살면 돈목지의敦睦之誼(정이 두텁고 화목함)가 없을 것이니, 형님
> 　　　은 다시 생각하옵소서.
> 놀부(흥부를 심하게 꾸짖으며): 이놈 흥부야! 잘살아도 네 팔자요 못살아도
> 　　　네 팔자니 형을 어찌 허구한 날 뜯어먹고, 매양 살려 하느냐? 잔말
> 　　　말고 어서 빨리 나가거라!(109쪽)

　　두 형제가 나누는 대화만을 놓고 보면, 동생 흥부는 자립심 없이
부자 형에게 기생하여 살아가는 무능하고 가난한 인물이다. 놀부 말
대로 혼인하여 처자가 있는 흥부는 마땅히 분가하여 독립하여 살아야

한다. 그런데 흥부는 형제란 수족 같다느니 서로 떨어져 살면 돈목지의가 없다느니 오륜을 앞세우는 전근대적인 인간형이다. 아무런 경제적 능력이 없는 흥부는 형에게 쫓겨나자 빈곤의 나락으로 떨어지고 만다. 쫓겨난 흥부는 수숫대와 뱅대를 얼기설기 얽어매어 대충 집을 짓고는 오막살이를 시작한다.

안방을 들여다보면 어찌나 너르던지 발을 뻗고 누워 보면 발목이 벽 밖으로 나가는지라, 차꼬를 찬 놈이나 다름없고, 방에서 멋모르고 일어서면 모가지는 지붕 밖으로 나가는지라, 회자수劊子手[군문(軍門)에서 사형을 집행하던 천한 일을 하던 사람]에게 붙잡혀 칼쓴 놈이나 다름없고, 잠결에 기지개를 켤 양이면 발은 마당 밖으로 나가고, 두 주먹은 두 벽으로 나가고 궁둥이는 울타리 밖으로 나가는지라, 오가는 마을 사람들이 출입할 때 걸린다고,

"이 궁동이 불러들여라!"

하는 소리에 흥부는 깜짝 놀라 일어나 앉는다.(111쪽)

형편이 이러하니 흥부는 자신의 처지가 억울하고 한심하여 대성통곡한다.

문밖에서 가랑비 내리면 방 안에는 굵은 비요, 앞문은 살이 없고 뒷문은 외椳(흙벽을 바르기 위하여 벽 속에 엮은 나뭇가지. 댓가지, 수수깡, 싸리 잡목 따위를 가로세로로 얽는다)만 남아 동지섣달 눈바람이 살 쏘듯이 들어오고, 어린 자식 젖 달라고, 자란 자식 밥 달라니 차마 서러워 못 살겠다!(112쪽)

살림형편이 이토록 가난해도 밤농사를 잘하였는지 어린 자식은

해마다 태어나 층층이 나잇살만 먹으니 떼거지를 이룬다. 대략 난감하고, 아무런 대책 없는 흥부 집안이다. 이런 현실을 참다 못한 흥부 아내는 '저 건너 아주버님 댁에 가서 쌀이 되든 돈이 되든 양단간에 얻어 옵소.'라며 남편을 채근한다. 아내 성화를 못 이겨 형네 집에 갔지만 흥부는 쌀을 달라고 했다가 놀부에게는 얻어맞고 밥 한 술 달라고 했다가 형수에게는 밥주걱으로 뺨을 맞는다. 쌀과 밥을 얻어오기는커녕 매를 맞고 돌아온 남편을 본 흥부의 아내는 기가 찬다. 장탄식을 하는 아내에게 착한 흥부는 끝내 형의 말은 아니 하고, "여보 마누라, 슬퍼 마오. 가난 구제는 나라에서도 못 한다 하니 형님인들 어찌하시겠소."라며 놀부의 편을 든다. 그러고는 "우리 양주가 품이나 팔아 살아가세."라며 비로소 대견한 말을 한다. 하지만 어질기만 하고 경제적으로 무능한 남편이 할 수 있는 일은 없다. 흥부는 환곡還穀을 빌리고도 갚지 못한 사람 대신 매를 맞는 매품팔이를 하여 골병이 든다. 결국 흥부 아내가 나서 온갖 잡일을 하며 가계를 부양한다.

이 작품을 읽는 독자들은 욕심쟁이 부자 형 놀부에게 빈털터리로 쫓겨나 갖은 고생을 하는 흥부의 처지에 공감하며 눈물을 짓는다. 『흥부전』에는 놀부의 자식에 대해서는 언급이 없지만 가난한 흥부는 줄줄이 자식을 낳아 그 수가 열 명을 넘는다. 농경사회에서야 아들자식이 많으면 노동력을 확보할 수 있다. 하지만 부모의 유산을 독점하여 풍부한 자본을 가지고 있는 놀부 입장에서는 밥만 축내는 동생 흥부의 대가족이 부담스러웠을 것이다. 장유유서를 강조하는 오륜의 도덕관념에 충실한 흥부와는 달리 놀부는 지극히 현실적인 경제관을 가지고 있다. 놀부로서는 아무런 경제적 능력도 없이 형제애를 내세우며 자신에게 의탁하고 있는 흥부와 그 가족을 매몰차게 길거리로 내친다.

흥부와 놀부는 농경사회와 산업사회를 상징하는 인물이다. 하지만 다른 관점에서 보면, 놀부와 홍부는 같은 형제인데도 어떤 이유로 형은 부모의 상속을 독차지한 반면, 동생은 한 푼도 물려받지 못했을까. 바로 조선시대 상속제도가 가지는 모순 때문이다.

고려시대부터 조선시대 중기까지 재산상속은 자녀 간 상속분에 차이가 없는 균분상속이 원칙이었다. 그런데 17세기 중엽을 경계로 장남을 우대하고 남녀를 차별하는 차등 상속의 형태가 지배적인 상속제도로 자리 잡는다. 이른바 형제균등상속제에서 장남상속제로 재산상속제도가 변경된 것이다.[366) 또한 이 시기를 기점으로 재산뿐 아니라 제사의 상속도 바뀌게 된다. 즉 그 이전에는 자녀 간에 분할하거나 돌아가면서 제사를 받드는 '윤회봉사輪回奉祀'가 지배적이었으나 점차 장남이 제사를 받드는 '장남봉사長男奉祀'가 일반화된다.

조선시대 부모가 자신의 재산을 자녀를 비롯한 가족에게 상속하는 내용을 적은 문서를 '분재기分財記'라 한다. 재산상속의 내역은 가옥·토지·노비·가재도구 등인데 주로 노비나 토지의 상속 및 분배가 많았다. 분재기를 작성하는 목적은 조상의 유산을 상속하고 분배한 뒤에 생기는 논란과 이의를 방지하는 데 있었다.[367) 현재까지 전해지는 분재기는 약 600여 점 내외로 추정된다.[368) 신사임당의 어머니 용인 이씨 부인이 다섯 딸에게 분재한 문서인 「이씨분재기李氏分財記」에는 흥미로운 대목이 있다. 1522년(중종 17년)경 작성된 이 분재기에는 이씨가 다섯 명의 딸에게 조상으로부터 물려받은 전·답·노비·가옥 등을 균등하게 분배하였다고 기록하고 있다.[369) 재주財主인 신명화申命和

366) 우리역사넷: 조선 초기의 상속제, http://contents.history.go.kr/mobile/nh/
     view.do?levelId=nh_025_0030_0010_0020_0010
367) 한국민족문화대백과사전: 분재기(分財記)
368) 한국민속백과사전: 분재기(分財記)

사후에 그의 처 이씨가 분재하였고, 부부 사이에 아들은 없고 신사임당을 비롯하여 딸만 다섯이었다. 비록 이러한 점을 고려한다고 할지라도 조선 전기에서 중기까지는 대체로 균등분배가 일반적이었다는 사실을 알 수 있다. 하지만 조선 후기로 접어들면서 아들선호사상과 시집간 딸은 출가외인으로 보는 관행이 정착하면서 장남상속제는 지배적인 제도가 되었다.

『흥부전』은 형인 놀부가 부모의 재산을 모두 상속받고, 동생 흥부는 한 푼의 재산도 물려받지 못해 가난하게 살 수밖에 없는 장남상속제가 가지는 불합리한 현실에 이의를 제기한다. 나아가 형제균등상속제에서 장남상속제로 전환되는 과정에서 나타나는 당시의 현실을 풍자·비판하고, 그 불합리함에 대해 강력하게 저항한다. 이 관점에서 미국 브리검영대 명예교수로 있는 마크 피터슨Mark Peterson 교수는 『흥부전』을 조선시대 불공평한 상속제도에 대한 저항문학으로 평가한다.[370]

조선 초기와 중기까지 유교적 도덕윤리라는 정신이 절대적인 지배가치였다면, 조선 후기는 돈을 앞세운 물질이 사회체제의 근간을 흔들고 있음을 알 수 있다. 형제애를 강조하는 흥부가 인륜을 지향하는 유교적 인물이라면, 놀부는 도덕윤리라는 형식이나 정신보다는 물질적 욕강에 충실한 근대적 인물인 셈이다. 당시 사람들은 유교적 가치와 물질과의 사이에서 상당히 혼란스럽고 당황했을 것이다. 부모의 재산을 한 푼도 물려받지 못한 흥부와 같은 차남들에게는 현실의 불

369) 한국민족문화대백과사전: 이씨분재기(李氏分財記)
370) https://www.youtube.com/watch?v=9D7x9yp-0hQ 피터슨 교수는 한국학의 대가로 존 마크 램지어(John Mark Ramseyer) 하버드대 교수의 '위안부 비하' 논문을 조목조목 반박한 것으로도 우리에게 잘 알려져 있다.

행을 반전시킬 수 있는 '어떤 우연'이 필요했다. 바로 '다리 부러진 제비'였다.

인자한 마음을 참지 못함이 성인의 참된 마음이다

자식을 배불리 먹이지 못하고 찢어지게 가난하게 살다 보니 홍부와 아내는 탄식하며 통곡하는 일이 잦다. 땅을 치고 우는 아내를 위로하며 홍부가 말한다.

> 부불삼세富不三世요, 빈불삼세貧不三世는 예로부터 일러오는 말이니, 그래 설마 3대까지 곤란할까? 마음간 올바르게 가지고서 불의不義의 재물을 아니 만들면, 자연 신명이 도와 굶어 죽지 아니하리니 울지 말고 서러워 마소.(134쪽)

부불삼세 빈불삼세란 "부자도 삼대 가지 아니하고, 가난도 삼대 가지 아니한다."는 말이다. 이 말은 아무리 부자라도 오래 가지 못하고, 반대로 가난한 사람도 머잖아 부자가 될 수 있다는 뜻이다. 빈부는 돌고 도는 것이니 부자라고 뻐기지 말고, 가난하다고 하여 좌절하거나 낙담할 필요 없다는 말이기도 하다. "신명이 도와 굶어 죽지 아니하리니."라는 홍부의 말에는 "마음만 올바르게 가지고서 불의의 재물을 아니 만들면" 설마 하늘(자연)이 자신과 가족을 굶어죽게 하겠느냐는 낙천주의가 깔려있다. 하지만 글줄 꽤나 읽은 홍부가 말하는 태도를 보면, '항산恒産'이 없는 무능한 가장이 '항심恒心'만 가지는 경우의 극단적 사례를 보는 듯하다. 맹자孟子의 등문공편滕文公篇과 양혜왕

편梁惠王篇에서 맹자는 말한다.

항산이 있는 자는 항심이 있으나, 항산이 없는 자는 항심이 없다(有恒産者有恒心、無恒産者無恒心).

항산이 없이 항심을 지닐 수 있는 것은 선비뿐이고, 백성은 항산 없이는 항심도 없다(無恒産因無恒心).

맹자의 "항산이 없으면, 항심이 없다."는 '무항산무항심無恒産無恒心'은, 생활이 안정되지 않으면 바른 마음을 건지하기 어렵다는 뜻이다. 즉, 물질적 토대가 마련되어 민생이 안정되어야(항산) 비로소 백성은 늘 선한 마음을 지킬 수 있다(항심)는 말이다. 이런 이유로 현명한 군주는 백성이 넉넉히 가족을 부양하고 흉년에도 죽음에서 벗어날 수 있도록 산업을 만들어준 뒤에야 그들을 선행에 나서도록 해야 한다. 흔히 의로움 혹은 올바름(義)에 바탕을 둔 맹자의 정치사상을 나타내는 말로 무항산무항심이 자주 인용된다. 그런데 이것이 현실정치에서는 군주를 비롯한 정치가들이 마땅히 져야 할 항산의 의무는 사라지고, 백성에게 "사람은 모름지기 늘 선한 마음을 가져야 한다."는 항심을 유지하도록 강요하였다.

무항산무항심을 말하면서 맹자는, "경제적으로 생활이 안정되지 않아도 항상 바른 마음을 가질 수 있는 것은 오직 뜻있는 선비만 가능한 일이다. 일반 백성에 이르러서는 경제적 안정이 없으면 항상 바른 마음을 가질 수 없다."고 강조하였다. 선비가 아닌 가난한 홍부 내외는 미래에 대한 희망 없이 암담한 삶을 살아가고 있다. 어쩌면 그들은 가난하게 살아도 착하게 살면 복이 온다는 말을 위로삼아 현실의 곤궁함을 견뎌야 했는지도 모른다.

홍부 내외 서로 위로하며 세월을 보내다 보니 어느새 꽃 피는 삼월 삼짇날이 다가왔다. 강남 갔던 제비가 돌아와 수숫대로 지은 홍부네에 집을 짓는다. 그 모습을 본 홍부는 제비에게 "오뉴월 장마철에 집이 만일 무너지면 그 아니 낭폐되랴?" 걱정하며 좋은 집을 찾아가서 집을 짓고 새끼를 치라고 충고한다. 제비는 그 말을 듣지 않고 집을 지어 새끼를 낳고 기른다. 하루는 큰 구렁이 한 놈이 별안간 달려들어 제비 새끼를 모조리 잡아먹는 중에 한 마리가 땅에 떨어져 피를 흘리며 발발 떤다. 홍부가 이를 보고 펄쩍 뛰어 달려들어 제비 새끼를 두 손으로 고이 잡고 애처롭게 여겨 말한다.

불쌍하다, 저 제비야. 은왕 성탕殷王成湯 은혜 입어 금수禽獸를 사랑하시어 저마다 길러 내시니 덕이 금수에 미쳤는데 뜻밖에 이 지경을 당하니 어찌 아니 불쌍하냐?(136쪽)

그러고는 부러진 다리를 조개껍질로 찬찬히 감고 아내가 시집올 때 가지고 온 당사실로 제비 새끼의 상한 다리를 곱게 감아 맨다. "여보 마누라, 당사실 한 바람만 주소. 제비 다리 동여매게." 이때만 해도 홍부는 아내에게 한 이 말 한마디가 자신의 인생을 뒤바꿀 것이란 사실은 꿈에도 몰랐을 것이다. 제비는 강남으로 돌아가 홍부가 자신에게 베푼 은혜를 제비왕에게 고한다. 제비왕이 이 말을 듣고 칭찬하여 이르기를,

불인인지심不忍人之心, 즉 인자한 마음을 참지 못함이 성인의 참된 마음이니 홍부는 과연 어진 사람이니 공 있는 자에게 반드시 보은함은 군자의

도리이니 그 은혜를 어찌 아니 갚으리오.(137쪽)

이듬해 봄 제비는 흥부에게 왕이 하사한 "은혜를 갚는 박"이란 뜻의 '보은표報恩瓢' 글 석 자가 적힌 박씨 하나를 준다. 박씨를 울타리 아래 심었더니 박 네 통이 열렸다. 흥부와 아내는 그 박을 한 통씩 따서 "슬근슬근 톱질이야, 당겨 주소 톱질이야." 노래 부르며 톱질을 한다. 이렇게 밀거나 당기면서 슬근슬근 툭 타 놓으니 박 속에서 온갖 금은보화가 쏟아져 흥부는 한순간에 큰 부자가 된다.

한편 제비 덕분에 흥부가 벼락부자가 되었다는 소식을 들은 놀부는 그해 동지섣달부터 제비를 기다렸다. 허다한 제비 중에 팔자 사나운 제비 한 쌍이 놀부집에 깃들어 흙과 검불을 물어다 집을 지었다. 능구렁이, 살무사 등 온갖 뱀을 꼬드겨 제비집으로 유인하려다 놀부는 외려 까치독사에게 발가락을 물리고 만다. 겨우 살아난 놀부는 제 자신이 큰 뱀[大蟒(대망)]인 체하고 제비 새끼를 잡아내려 두 발목을 지끈둥 부러뜨리고 짐짓 깜짝 놀란 듯 말한다.

불쌍하다, 이 제비야! 어떤 몹쓸 대망이가 네 다리를 분질었노? 가련하고 불쌍하다.(160쪽)

그러고는 흥부 흉내를 내어 제비의 부러진 발목을 대충 싸매고 치료한다. 겨우 살아난 제비는 구월 구일 강남으로 돌아가며 하는 말이,

원수 같은 놀부놈아! 명년 춘삼월에 다시 와서 다리 분지른 네 은혜를 잊지 않고 갚겠으니 부디 잘 있거라. 지지위지지.(160쪽)

제비에게 놀부의 패악질을 들은 제비왕이 노하여 하는 말이,

　그놈이 불의의 재물을 많이 간직하여 전답과 전곡이 넉넉하거늘, 어진
동생을 구제치 아니하니 이는 오륜에 벗어난 놈이려니와 또한 심사가 매
우 불량하니 그냥 두지 못할 것이다. 너의 원한을 반드시 풀어줄 터이니
이 박씨를 갖다주도록 하라.(161쪽)

이듬해 봄 제비는 놀부에게 왕이 하사한 "원수를 갚는 박"이란 뜻
의 '보수표報讐瓢' 글 석 자가 적힌 박씨 하나를 준다. 박씨를 울타리
아래 심었더니 박 10여 통이 열렸다. 신이 난 놀부는 사람을 시켜 그
박을 한 통씩 따서 "슬근슬근 톱질이야, 당겨 주소 톱질이야." 노래 부
르며 톱질을 한다. 이렇게 밀거나 당기면서 슬근슬근 툭 타 놓으니 박
속에서 여러 부류의 사람들이 쏟아져 나와 놀부에게 재산을 내놓으라
며 호통치고 협박한다. 그들에게 가진 재산을 모두 빼앗긴 놀부는 한
순간에 알거지와 같은 신세가 되고 만다.
　제비를 대하는 흥부와 놀부의 마음과 태도를 대비시켜 드러내는
말이 '불인인지심不忍人之心'이다. 이 말은 맹자가 한 것으로 어진 사람
은 남의 고통을 차마 외면하고 지나치지 못하는 마음을 가지고 있다
는 뜻이다. 맹자가 말한다.

　사람들은 모두 다른 사람을 불쌍히 여기는 마음을 가지고 있다. 선왕들
은 다른 사람을 불쌍히 여기는 마음을 가지고 있었기 때문에 다른 사람을
불쌍히 여기는 정치를 시행할 수 있었다. 다른 사람을 불쌍히 여기는 마
음을 가지고 다른 사람을 불쌍히 여기는 정치를 시행한다면, 천하를 다스
리는 것은 마치 (작은 물건을) 손바닥 위에 올려놓고 움직이는 것과 같이 쉬

울 것이다.371)

맹자는 사람의 본성에는 남을 불쌍히 여기는 착한 마음이 있다고 하면서 구체적 사례를 든다.

지금 어떤 사람이 갑자기 한 아이가 우물 속에 빠지려는 것을 본다면 누구나 놀라고 측은해하는 마음을 가질 것이다.

우물에 빠지려는 아이를 보면 누구나 놀라 아이를 구하려는 생각으로 반사적으로 몸이 튀어나갈 것이다. 사람이라면 그 절체절명의 순간에 '아이를 구하면 아이의 부모와 교분을 맺을 수 있겠지.', '마을 사람이나 친구들에게 널리 알려져 칭찬을 듣겠지.' 와 같은 얕은 생각을 하지 않는다는 것이다. 이와 같은 상황에 비추어 보아 맹자는 아래 네 가지의 마음이 없으면 사람이 아니라고 말한다.

측은지심(측은하게 여기는 마음)이 없으면 사람이 아니고, 수오지심(부끄러워하고 미워하는 마음)이 없으면 사람이 아니며, 사양지심(사양하는 마음)이 없으면 사람이 아니고, 시비지심(옳고 그름을 따지는 마음)이 없으면 사람이 아니다. 측은지심은 인의 단서요, 수오지심은 의의 단서요, 사양지심은 예의 단서요, 시비지심은 지의 단서이다.

맹자는 사람의 본성에 내재해 있는 이 네 가지 마음의 상태를 '사단四端'이라 하였다. 맹자에 의하면, "사람이 이 사단을 가지고 있는

---

371) 맹자 공손추 상(公孫丑上) 3.6.

것은 그가 사지를 가지고 있는 것과 같"이 자연스럽다고 강조하면서, "이 사단을 가지고 있으면서도 오히려 스스로 인의를 행할 수 없다고 말하는 자는 자포자기하는 자"라며 단호하게 말한다.

사단(四端)

측은지심 惻隱之心	仁의 본성	남을 사랑하는 마음, 특히 곤경에 처한 사람을 불쌍히 여기고 도와주려는 마음
수오지심 羞惡之心	義의 본성	자신의 잘못을 부끄러워하고 남의 잘못을 미워하 는 마음
사양지심 辭讓之心	禮의 본성	자신을 낮추고 상대방을 존중하는 마음
시비지심 是非之心	智의 본성	옳고 그름을 분별하는 마음

맹자가 말하는 사단은 사람이 선천적으로 가지고 있는 이성적·도덕적 능력이다. 그리고 사단과 함께 예기禮記에 나오는 사람의 본성이 사물을 접하면서 표현되는 기쁨(喜 희)·노여움(怒 노)·슬픔(哀 애)·두려움(懼 구)·사랑(愛 애)·미움(惡 미움)·욕망(欲 욕)의 일곱 가지 자연적 감정이 있는데, 이를 칠정七情이라 혼다. 사단과 칠정의 관계를 둘러싸고 벌인 이황과 기대승 사이의 논쟁이 그 유명한 사단칠정론 혹은 사칠변론四七辯論이다. 이황은 사단을 칠정과 대립되는 것으로 보고 이기이원론理氣二元論을, 기대승은 사단을 칠정에 포함되는 것으로 보고 이기일원론理氣一元論을 주장하였다.

하지만 사단칠정론에 관한 복잡한 성리학적 논의는 별론으로 하고, 사단칠정을 인권유학적으로 이해하면 인권감수성의 문제이다.

국가인권위원회의 정의에 따르면 인권감수성이란 "인권문제가 개재되어 있는 특정 상황에서 그 상황을 인권 관련 상황으로 지각하고 해석하며, 그 상황에서 가능한 행동이 다른 관련된 사람들에게 어떠한 영향을 미칠지를 알며, 그 상황을 해결하기 위한 책임이 자신에게 있다고 인식하는 심리적 과정"이다. 즉, 인권감수성은 일상생활에서 만나는 다양한 자극이나 사건에 대하여 매우 작은 요소에서도 인권적인 요소를 발견하고 적용하면서 인권을 고려하는 것이라고 할 수 있다. 한마디로, 인권감수성은 인권의식의 뿌리이고, 출발이다.[372]

인권감수성의 시각에서 흥부와 놀부의 가치관과 행동을 살펴보면 두 사람 사이에는 큰 차이가 있다.

흥부는 구렁이에게 잡아먹힐 뻔하다가 땅에 떨어져 다리가 부러진 제비를 보고 "불쌍하다, 저 제비야."라며 동정심과 연민을 느낀다. 사람을 아끼고 사랑하는 마음은 동서양을 떠나 인간의 본성이다. 흥부는 제비가 처한 곤경을 보고 사단 가운데 인仁의 본성에 해당하는 측은지심을 느낀다. 이 마음은 타인의 고통을 이해하고 그를 불쌍히 여기고 도와주려는 마음을 느낀다. 이때 흥부가 가지고 있는 측은지심의 감정이 바로 인권감수성이라고 할 수 있다. 흥부는 양반 집안 태생으로 글공부를 했지만 유럽에서 형성된 기본적 인권에 대해서는 알지 못했다. "은왕 성탕殷王成湯 은혜 입어 금수禽獸를 사랑하시어 저마다 길러 내시니 덕이 금수에 미쳤는데 뜻밖에"라는 흥부의 말에는 유교와 인권의 가치관이 다르지 않음을 보여주고 있다. "이 지경을 당하니 어찌 아니 불쌍하냐?"라는 그의 말에서 알 수 있듯이 흥부는 제비가 당한 고통을 자신이 겪은 아픔으로 받아들이고 공감한다.

흥부와는 달리 놀부는 자신이 제비 새끼의 다리를 부러뜨린다. 그러고는 흥부와 똑같이 "불쌍하다, 이 제비야!"라고 말한다. "어떤 몹쓸 대망이가 네 다리를 분질렀노?"라며 자신이 한 잘못을 죄도 없는

---

372) https://www.humanrights.go.kr/hrletter/07111/pop06.htm

뱀(대망이)에게 뒤집어씌운다. 뒤이어 그는 "가련하고 불쌍하다."고 제비를 동정하지만 진정성이라고는 조금도 없고 가식적이다. 놀부의 이 행위에 대해 제비왕은 "오륜에 벗어난 놈이려니와 또한 심사가 매우 불량하니 그냥 두지 못할 것"이라며 불편한 심기를 숨기지 않는다. 하지만 흥부의 선행에 대한 제비왕의 태도는 사뭇 다르다. 즉, 흥부는 '불인인지심不忍人之心을 가진 어진 사람'이니 '보은박'을 내려 부귀영화로 보상한다. 그러나 이 마음이 없는 못된 놀부에게는 '보수박'을 내려 응징한다.

위 분석에서 알 수 있듯이 『흥부전』은 악하고 착한 형제가 등장하는 선악형제담, 동물이 사람에게서 은혜를 입으면 반드시 보답한다는 동물보은담, 어떤 물건에서 한없이 재물이 쏟아져 나오는 무한재보담無限財寶譚 세 이야기의 결합으로 이루어져 있다고 볼 수 있다.[373] 그러나 이 작품의 밑바탕에는 "하늘의 뜻(도리)에 순응하는 자는 흥하고, 하늘의 뜻을 거역하는 자는 망한다順天者興 逆天者亡(순천자흥 역천자망)."는 권선징악의 관념이 녹아있다.

하늘의 뜻을 따른 흥부는 복을 받아 큰 부자가 되었고, 그렇지 못한 놀부는 모든 재산을 잃는 벌을 받았다. 둘의 처지는 한순간에 뒤바뀌어 버린 것이다. 하지만 군자의 현현顯顯으로서 흥부는 제 아무리 패륜을 저지른 형이라고 할지라도 장유유서라는 오륜을 거스를 수 없다. 형이 패가망신하고 길거리에 나앉게 되었다는 소식을 들은 흥부는 놀부 내외와 조카들을 교자와 말에 태워 자신의 집으로 돌아와 극진히 대한다. 소설의 마지막 대목에 이르면 이 나라 이 땅에서 '피를 나눈 형제'란 어떤 의미이고, 또 어떤 관계인가를 새삼 생각게 한다.

---

373) 한국민족문화대백과사전: 흥부전(興夫傳)

작자미상, 『춘향전』(19세기)

- 명사십리 해당화같이 연연히 고운 사랑 네가 모두 사랑이로구나

작품의 시대적 배경

『춘향전春香傳』[374]은 창작 시기와 작자를 알 수 없는 조선 후기 소설로 이본(異本)이 백여 종이 넘으며 제목도 이본에 따라 다르다. 이본이 많고 제목도 다양하다는 것은 당시 독자들의 관심도가 아주 높다는 사실을 반증한다.

『춘향전春香傳』 이본은 크게 『별춘향전』 계열 이본과 『남원고사』 계열 이본으로 나눌 수 있다. 전자에 속하는 이본들로는 대부분의 필사본과 완판 30장본 『별춘향전』, 33장본 『열녀춘향수절가』, 84장본 『열녀춘향수절가』 등의 목판본들이 있다. 후자에 속하는 이본들로는 파리 동양어학교[375] 『남원고사』를 비롯한 일본의 동양문고본 『춘향

---

374) 이 글의 인용문은 다음 책을 바탕으로 작성하였다. 작자미상(송성욱 풀어 옮김), 『춘향전』, 민음사, 2019, 342쪽.

375) 이 학교의 정식 명칭은, 프랑스 국립 동양언어문화학교〔(Institut National des Langues et Civilisations Orientales(약칭 INALCO, 이날코)〕이다. 이와 함께 언어문명대학도서관〔(Bibliotheque universitaire des langues et civilisations(약칭 BULAC, 뷜락)〕에도 한국의 고문서가 보관되어 있다.

전」, 동경대학본『춘향전』등의 필사본과 경판 35장본, 30장본, 23장본, 17장본, 16장본 등의 목판본이 있다.[376)

이처럼 다양한 이본이 있지만『춘향전』은 전라남도 남원을 중심으로 광한루와 동헌을 지역적 배경으로 하고 있다는 점은 같다. 이 작품이 남원과 특정 장소를 배경으로 하고 있는 이유는 경판 30장본『춘향전』에서 그 단서를 찾을 수 있다. 춘흥을 이기지 못한 이몽룡이 방자에게 "네 고을 구경처가 어디어디 좋은고?"라고 묻자 방자가 광한루를 권한다.

> 평양 부벽루, 해주 매월당, 진주 촉석루, 강릉 경포대, 양양 낙산사, 고성 삼일포, 통천 총석정, 삼척 죽서루, 평해 월송정, 울진 망양정, 간성 청간정이 좋다고 하지만, 뛰어난 경치는 남원 광한루 경치를 따를 것이 없기 때문에 전국 팔도에 유명하여 일컫기를 작은 강남이라 하나이다.(188쪽)

이 외에도 판본에 따라 남원을 자세하게 소개하고 있다.[377) 하지만『춘향전』이 남원을 배경으로 하고 있는 주된 이유는 이 작품이 남원지역에서 전해지던 설화를 바탕으로 작성되었기 때문이다. 물론 근원설화가『춘향전』의 형성에 직간접적 영향을 미쳤을 수도 있고, 반대로『춘향전』이 다양한 이야기로 변주되어 발전하는 과정에서 여러 설화와 실화가 영향을 끼쳤을 수 있다.[378) 한 가지 흥미로운 사실은

INALCO와 BULAC의 현황과 이용방법 등에 대해서는, 李仙喜(LEE Sunhee),「改修捷解新語」의 書誌事項」, 진단학보, 2016, 127권, 193-216쪽.
376) 송성욱, "『춘향전』바로 알기", 앞의 책, 255-256쪽. 본고는 완판『열녀춘향수절가』84장본을 중심으로 작성하였으며, 필요 시 경판『춘향전』30장본을 참고하였다.
377) 이에 대한 자세한 내용은, 김석배. "춘향전의 형성 배경과 남원", 국어교육연구 47, 2010. 8., 189-212쪽.

『춘향전』과 밀접한 관련이 있다고 간주되는 근원설화에는 춘향이 미인이 아니라 박색薄色으로 묘사되고 있다는 점이다. 1932년 1월에 출간된 『별건곤』 제47호에서 소개하고 있는 '박색고개 전설'을 요약하면 다음과 같다.

> 춘향은 관기 월매의 딸로 얼굴이 워낙 못생겨서 나이 삼십이 넘도록 통혼하는 사람조차 없었다. 어느 날 춘향이 이도령을 보고 사모하여 병을 얻었는데, 월매가 얼굴색이 곱고 자태가 우아한 춘향의 몸종 향단을 치장하여 이도령을 유인하게 하고는 춘향과 동침하게 하였다. 그 후 이도령은 서울로 떠나버리고, 춘향은 그를 기다리다 광한루에서 목을 매어 죽었다. 남원부 사람들이 춘향을 임실고개에 장사지내 원혼을 달랬는데, 그때부터 그 고개를 박색고개라 불렀다. 후일 장원급제한 이도령이 내려와 춘향의 전기를 짓고 제사를 지낸 뒤 광대로 하여금 춘향가를 불러 원혼을 달랬다고 한다.[379]

남원지역에는 예로부터 이 작품의 근원설화가 다양한 형태로 전해지고 있었고, 조선 후기의 복잡다단한 정치사회환경의 변화를 수용하면서 오늘날의 『춘향전』으로 발전하였을 것이다. 이런 성격으로 인해 어떤 시각에서 바라보고 이해하는가에 따라 이 작품을 관통하는 핵심 주제도 달리 파악되고 있다.

일반적으로 『춘향전』은 ① 이도령에 대한 춘향의 정절, ② 이도령

---

378) 김석배, 앞의 논문, 192쪽.
379) 風流郎, "反作春香傳 春香이는 정말 美人이엿더냐, 薄色고개의 한 傳說", 『별건곤』 제47호, 1932. 1., 40-42쪽. 김석배, 앞의 논문, 193-194쪽에서 재인용함.

과 춘향 사이의 애정, ③ 불의한 관리에 대한 서민의 저항, 세 가지로 나누어 이해한다. 이 방식은 작품의 중심인물인 춘향의 행위를 어떻게 이해하고 평가하느냐에 따라 나눈 것으로[380] 이 작품의 의미를 당대 사회 이념의 맥락에서 한 가지 시각으로 파악하고 있다.

하지만 최근에는 『춘향전』 주제는 다양한 시각에서 바라보고, 거기서 파악된 여러 측면을 주제로 수용해야 한다는 견해가 설득력을 얻고 있다. 전통적 견해가 춘향이라는 중심인물을 중심에 두고 있다면, 최근의 동향은 보다 다양한 시각에서 작품을 복합적으로 이해하려는 시도가 행해지고 있다. 이도령과의 관계에서 춘향의 신분이 가지는 한계라든지, 월매와 방자, 향단 등 작중의 다른 인물의 내면을 탐구하고, 또는 당시의 시대상황과 결합하여 신분 상승과 해방을 꿈꾸는 등장인물들의 사회심리적 욕망이나 인권과 젠더의 입장에서 분석하는 것 등을 그 예로 들 수 있다.[381]

롤랑 바르트Roland Barthes는 "독자의 탄생은 저자(작자)의 죽음을 의미한다."고 말하였다. 그의 말처럼 일단 텍스트가 발간되어 독자에 의해 읽히는 순간부터 텍스트 저자의 역할은 부정된다. 한마디로 텍스트가 독자보다 우위에 서있는 법학과는 달리 문학은 독자가 우월적 지위에 서있는 것이다.[382] 문학 텍스트로 발간되어 유통된 이상 『춘향전』은 독자가 각자의 입장에서 다양하게 이해하고 해석하고 수용하는 것을 피할 수 없다고 보아야 한다. '또 한 명의 저자'로서 『춘향전』을 잘게 부수고 쪼개어 분석하기로 한다.

---

380) 정하영, "〈춘향전〉 주제론", 『춘향전의 탐구』, 집문당, 2003, 15쪽.
381) 정하영, 위의 책, 19-21쪽.
382) 채형복, 『나는 태양 때문에 그를 죽였다』, 학이사, 2022, 25쪽.

● 아름다운 여인은 군자의 좋은 짝이로다

광한루에서 춘향에게 마음을 뺏겨버린 이도령은 자나 깨나 그녀 생각뿐이다. 천자문을 읽는데 "춘향이 입과 내 입을/ 한데다 대고 쪽쪽 빠니/ 풍류 려呂 자 이것 아니냐."는 식이다. '풍류 려呂' 자를 입(口)과 입(口)을 맞대고 '쪽쪽 빠는' 입맞춤을 연상하는 뜻으로 읽는다. 어디 이뿐인가. 사서삼경을 읽어도 기승전을 거쳐 결론은 춘향이다. 이도령에게 '대학지도大學之道는 재춘향在春香'이고, 주역의 원형이정元亨利貞도 "원은 형이고 정이고 춘향"이다. 이도령에게 춘향은 사물의 근본이 되는 원리다. 이렇듯 춘향에게 영혼을 뺏겨버렸으니 군자면 어떻고 소인이면 어떤가. 맹자의 양혜왕 알현마저도 "천리길을 마다하지 않고 오셨으니 춘향이를 보시러 오셨나이까?"로 읽힐 뿐이다. "애고애고 보고지고" 온통 춘향이 보고 싶을 뿐 글공부는 뒷전이다.

남원부사로 있는 아버지 이한림李翰林이 퇴령退令(지방 관아에서 구실아치와 사령들에게 물러가도록 허락하던 명령)을 놓자마자 이도령은 방자를 앞세워 곧장 춘향의 집으로 달려간다. "내 저를 조강지처같이 여길 테니…허락만 하여 주소."라고 월매를 설득하여 춘향과 첫날밤을 보낸다.

실랑이 중에 옷끈을 풀어 발가락에 막 걸고서 끼어 안고 진득이 누르며 기지개를 켜니, 발길 아래로 옷이 떨어진다. 옷이 활딱 벗겨지니 형산의 흰 옥덩인들 이에 비할쏘냐. 옷이 활씬 벗어지니, 도련님 춘향의 거동을 보려 하고 슬그머니 놓으면서,

"아차차 손 빠졌다."

춘향이가 이불 속으로 달려든다. 도련님 왈칵 쫓아 들어 누워 저고리를

벗겨 내어 도련님 옷과 모두 함계 둘둘 뭉쳐 한편 구석에 던져 두고 둘이 안고 마주 누웠으니 그대로 잘 리가 있나. 한창 힘을 쓸 제, 삼베 이불 춤을 추고, 샛별 같은 요강은 장단을 맞추어 정그렁 쟁쟁, 문고리는 달랑달랑, 등잔불은 가물가물, 맛이 있게 잘 자고 났구나. 그 가운데 재미있는 일이야 오죽하랴.(57쪽)

이도령과 춘향이 첫날밤을 보내는 모습을 맛깔스럽게 묘사하고 있다. 그런데 이몽룡과 성춘향의 나이, 겨우 이팔청춘 16세. 이도령이 춘향이를 꼬드기고 데리고 노는 모양새를 보면 기방에서 놀아본 한량이나 왈짜처럼 노련하다. 누가 이도령이 양반집의 자제로 책 읽고 공부하는 서동書童이라 하겠는가. 춘향이도 이도령에 뒤지지 않는다. 수줍어하면서도 이도령이 이끄는 대로 요염하고 교태를 부리며 능숙하게 대응한다. 이도령과 춘향은 서로의 몸을 탐닉하며 성적 욕망에 눈뜬다.

> 사랑 사랑 내 사랑이야
> (…)
> 명사십리 해당화같이 연연히 고운 사랑
> 네가 모두 사랑이로구나
> 어화둥둥 내 사랑아, 어화 내 간간 내 사랑이로구나.(57-59쪽)

하루 이틀 지나가면서 새로운 맛이 간간 새로워 부끄럼은 차차 멀어진다. 이제 서로 희롱도 하고 우스운 말도 하고, 어르고 논다. 둘이 나누는 말과 부르는 노래는 그대로 「사랑가」가 된다. 『춘향전』을 이야기할 때면 「사랑가」를 떠올릴 정도로 이 노래는 사람들에게 잘 알려져 있다.

• 불이 없으면 무슨 재미 있겠느냐, 어서 벗어라 어서 벗어라

조선은 양반과 상사람(상놈)을 나누는 반상班常과 함께 남녀칠세부동석男女七歲不同席이라 하여 일곱 살만 되면 남녀가 한자리에 같이 앉는 것을 금지할 정도로 남녀를 엄격하게 구별하였다. 혼인은 남녀 서로 다른 두 성이 합하였다는 뜻으로 이성지합二姓之合으로 보고, 각자의 출신과 집안, 그리고 배경을 중시하였다. 남녀의 성姓과 본관이 모두 같은 동성동본同姓同本의 혼인은 당연히 금지되었다.

하지만 조선이 제 아무리 유교국가라 하여도 남녀가 서로 사랑하고 욕망을 추구하면서 일어나는 숱한 남녀상열지사男女相悅之事를 막을 도리가 없었다. 비록 남성 중심의 제도라고는 할지라도 축첩과 기생 제도를 두었을 뿐 아니라 조선 후기에는 을지로와 명동에도 집창촌인 화당花堂이 있었다. 화당은 '꽃이 사는 집'이란 뜻인데, 몸을 파는 삼패 기생들이 모여 사는 공간이었다.[383] 조선에서 매춘은 금지되었지만 음지에서 은밀히 이뤄지는 인간이 가진 원초적인 성적 욕망까지 원천적으로 억압할 수는 없었다. 이런 시대적 배경에서 나온 『춘향전』은 조선시대의 성애교과서 혹은 춘화春畵해설서라 할 정도로 이몽룡과 성춘향이 나누는 성애와 성희를 농밀하게 그리고 있다. 소설의 일부 장면은 오늘날의 관점에서 보아도 음란물로 볼 수 있는 여지가 있다.

이 궁宮 저 궁宮 다 버리고 네 두 다리 사이에 있는 수룡궁에 나의 힘줄 방방이로 길을 내자꾸나.(65쪽)

---

383) 김희윤, "조선 말의 매춘굴, 을지로·명동에 '화당(花堂)'이 있었다", in: 아시아경제, https://www.asiae.co.kr/article/2016062308100695324

업음질 천하 쉬우니라. 너와 내가 훨씬 벗고 업고 놀고 안고도 놀면 그게 업음질이지.(66쪽)

도련님 춘향 옷을 벗기려 할 제 뛰놀면서 어룬다. 만첩청산萬疊靑山 늙은 범이 살찐 암캐를 물어다 놓고 이가 없어 먹지는 못하고 흐르릉 흐르응 아웅 어루는 듯, 북해흑룡北海黑龍이 여의주를 입에다 물고 오색구름 사이를 뛰노는 듯, 단산의 봉황鳳凰이 대나무 열매 물고 오동梧桐 속에서 뛰노는 듯, 한가로운 학과 두루미가 난초를 물고서 오동나무 소나무 사이에서 뛰노는 듯, 춘향의 가는 허리를 후리쳐 담쑥 안고 기지개 아드득 떨며, 귓밥도 쪽쪽 빨고 입술도 쪽쪽 빨면서 주홍 같은 혀를 물고, 오색단청 이불 안에서 쌍쌍이 날아드는 비둘기같이 꾹꿍 꿍꿍 으홍거려 뒤로 돌려 담쑥 안고 젖을 쥐고 발발 떨며 저고리, 치마, 바지 속옷까지 훨씬 벗겨 놓았다. 춘향이 부끄러워 한편으로 잡치고 앉았을 제, 도련님 답답하여 가만히 살펴보니 얼굴이 달아올라 구슬땀이 송실송실 앉았구나.(67쪽)

말놀음 많이 해 본 것처럼 하는 말이,
"천하에 쉽지야. 너와 내가 벗은 김에 너는 온 방바닥을 기어 다녀라. 나는 네 궁둥이에 딱 붙어서 네 허리를 잔뜩 기고 볼기짝을 내 손바닥으로 탁 치면서, 이리 하거든 흐홍거려 한 발을 들고 물러서며 뛰어라. 야무지게 뛰게 되면 탈 승乘 자 노래가 있느니라."(70-71쪽)

오늘날의 시각으로 보면, 이도령과 성춘향은 미성년자이고, 혼인을 하지도 않았다. 이를테면, 미성년남녀가 혼전 성교를 한 셈이다. 아무리 문학적으로 승화시켜 표현했다고 하더라도 남녀상열지사를 금기시하는 당시의 상황에서 『춘향전』은 상당히 파격적이라 하지 않을

수 없다. 만일 오늘날 중학교나 고등학교에서 청소년을 대상으로 국
어시간에 이 작품에서 묘사하고 있는 내용을 교사가 학생들에게 적나
라하게 가르치면 학부모들은 어떤 반응을 할까. 그리고 이도령과 춘
향이 나누는 성행위를 실감나게 묘사하고 있는 『춘향전』은 현대법의
시각에서 바라보면 문학작품일까, 음란물일까?

해방 이후 그 내용이 음란하다는 이유로 여러 편의 소설작품이 법
정 소송의 대상이 되어 필화를 겪었다. 그 대표적 작품을 예시하면, 염
재만의 『반노』(1969), 마광수의 『즐거운 사라』(1991, 이하 『사라』), 장정일의
『내게 거짓말을 해봐』(1996, 이하 『거짓말』)를 들 수 있다. 대법원은 『거짓
말』사건 판결에서 '문서의 음란성 판단 기준'을 아래와 같이 제시하
고 있다.[384]

형법 제243조 및 제244조에서 말하는 '음란'이라 함은 정상적인 성적
수치심과 선량한 성적 도의관념을 현저히 침해하기에 적합한 것을 가리
킨다 할 것이고, 이를 판단함에 있어서는 그 시대의 건전한 사회통념에
따라 객관적으로 판단하되 그 사회의 평균인의 입장에서 문서 전체를 대
상으로 하여 규범적으로 평가하여야 할 것이다.

한편 문학성 내지 예술성과 음란성은 차원을 달리하는 관념이므로 어
느 문학작품이나 예술작품에 문학성 내지 예술성이 있다고 하여 그 작품
의 음란성이 당연히 부정되는 것은 아니라 할 것이고, 다만 그 작품의 문
학적·예술적 가치, 주제와 성적 표현의 관련성 정도 등에 따라서는 그 음
란성이 완화되어 결국은 형법이 처벌대상으로 삼을 수 없게 되는 경우가

---

384) 채형복, 『법정에 선 문학』, 한티재, 2016, 247-275쪽.

있을 수 있을 뿐이다.

　소설 작품의 음란성 유무에 대해 대법원은 『반노』와 『사라』을 거쳐 『거짓말』에 이르기까지 일관된 태도를 유지하고 있다. 저자들은 소설이 '성을 통한 자기모멸' 혹은 '성을 통한 자아발견 내지는 자아해방' 이라는 주제를 추구하고 있다고 항변하였다. 하지만 대법원은 피고인이 주장하는 바와 같은 주제를 고려하고, 오늘날 우리 사회의 보다 개방된 성관념에 비추어 보더라도 "음란하다고 보지 않을 수 없다"는 입장이다.
　염재만의 소설 『반노』에 대해 대법원이 음란물이라고 판단한 것이 1969년이다. 염재만을 기소하면서 검찰이 이 소설에서 성교 장면을 과도하게 묘사함으로써 '음란성' 이 인정된다고 내용을 예시하면 다음과 같다.

　　당신 사타구니 좀 봅시다. 얼마나 도도한가 봅시다.(…) 그는 날세게 내 볼에 입 맞추고 내 얼굴을 온통 핥습니다.

　　서방님 내 머슴에 이 오진 것 이 뚝보 이 곰새끼 하면서 그는 미친 듯이 나를 쓰러뜨립니다. 자신의 옷도 벗고 내 옷도 익숙하게 벗깁니다. 서로의 나체만이 남습니다. 서로의 국부가 교면스러운 빛을 발산하면서 한껏 부조되고 그 위에 온갖 충격이 요동처 갑니다.(…) 둘 사이에는 막막한 각고의 바다만이 있읍니다.(…)

　　그 감미로운 바다심연 깊디깊은 구렁텅이에 우리는 빠져 갔읍니다. 좋지. 응? 여보 좋지? 그는 내 귀에 대고 흐느끼면서 속삭였읍니다. 으음 좋아 숨 질리듯이 나는 응답했읍니다. 어느덧 기진하여 둘은 넘브러집니다.

만일 『춘향전』과 『반노』에서 묘사하고 있는 장면을 만일 영화로 제작했다고 가정하는 경우, 영상물등급위원회(이하 '위원회')는 어떤 등급판정을 내릴까. 위원회는 영상물의 등급을 전체관람가, 12세이상관람가, 15세이상관람가, 청소년관람불가, 제한영상가 다섯 가지 유형으로 분류하고 있다. 또한 위원회는 영상물의 등급분류 기준으로 주제, 선정성, 폭력성, 대사, 공포, 약물, 모방위험 7가지 요소를 고려한다. 이 가운데 위원회가 청소년관람불가를 판단하는 선정성 기준은 다음과 같다.

선정성의 요소가 과도하며, 그 표현 정도가 구체적이고 직접적이며 노골적인 것을 의미한다.

- 성적 맥락과 관련된 신체 노출이 직접적으로 표현되어 있으나 음부 등을 강조하여 지속적으로 노출하지 않은 것
- 성적 행위가 구체적이고 지속적이며 노골적으로 표현된 것[385]

위 기준을 적용하면, 『춘향전』은 청소년관람불가인 '18금' 성인물인 탄면, 『반노』는 '15세 이상 관람가' 등급판정을 받을 가능성이 높다. 이처럼 현대법의 시각에서 보아도 음란물로 볼 수 있음에도 불구하고 『춘향전』이 오늘날까지 고전문학의 하나로 꾸준히 독자들의

---

385) https://www.kmrb.or.kr/kor/CMS/Contents/Contents.do?mCode=MN096

사랑을 받고 있는 이유는 무엇일까. 그것은 바로 이 작품이 문학성을 바탕으로 엄격한 '시간의 시험(the test of time)' 을 거치면서 세월의 단련을 견딜 수 있었기 때문이다. 이런 이유로『춘향전』은 풍자와 해학을 곁들여 이도령과 춘향이 나누는 성적 유희를 자세하게 묘사하고 있음에도 아래 두 가지 측면에서 긍정적으로 평가되고 있다.

하나는, 사대부 혹은 양반이 권위의식과 허위를 폭로했다는 것이고, 다른 하나는, 춘향이 성으로 남성중심주의 지배계급과 정치체제에 저항함으로써 구속과 억압에서 벗어난 자유를 바라는 인간 해방을 추구했다는 것이다. 후자는 특히 변학도의 수청 요구를 거부한 춘향의 주체적 태도에서 강하게 드러난다. 신분계급 사회에서 수령이 내리는 명령을 천민 기생 신분인 츈향이 목숨을 걸고 거부하고 저항한 행위는 인간적 자유와 해방을 요구하는 명백한 도전이고 항거이다. 이도령과 춘향이 알몸으로 나누는 농밀한 성행위도 가식과 위선으로 가득 찬 현실사회에서 인간의 자유와 해방을 향해 던지는 강력한 메시지로 볼 수 있다.[386]

묻지도 말고 형틀에 올려 매고 정강이를 부수고 물고장을 올려라

• 춘향은 기생일까 아닐까

신관 사또 자하골 변학도는 부임하는 첫날부터 이방에게 "네 고을에 춘향이란 계집이 매우 예쁘다지?" 라며 정사政事보다는 정사情事에 관심을 보인다. 행수(하급 관리인 아전들의 두목), 군관, 육방 관리들의 인사

---

386) 김현주,『춘향전의 인문학』, 아카넷 2017, 171쪽.

를 받자마자 변학도는 "수노(관청 노비의 우두머리) 불러 기생 점고 하라." 고 분부한다. 점고가 끝나도 춘향의 이름이 없자 사또는 수노에게 "기생 점고 다 되어도 춘향은 안 부르니 퇴기냐."고 묻는다. 수노가 "춘향 어미는 기생이되 춘향은 기생이 아닙니다."고 아뢴다. 수노의 애매모호한 대답에 사또가 되묻는다. "춘향이가 기생이 아니면 어찌 규중에 있는 아이 이름이 그리 유명한가?" 뒤이어 오가는 사또와 수노의 대화에서 독자들은 궁금증이 생긴다. 그렇다면 춘향은 기생이란 말인가 아니라는 말인가.

수노: 원래 기생의 딸이옵죠. 덕색德色이 있는 까닭에 권문세족 양반네와 일등재사一等才士 한량들과 내려오신 관리마다 구경코자 간청하지만 춘향 모녀 거절하옵니다. 양반 상하 막론하고 한 동네 사람인 소인들도 십 년에 한 번쯤이나 얼굴을 보되 말 한마디 없었더니, 하늘이 정한 연분인지 구관舊官 사또 자제 이도련임과 백년가약 맺사옵고, 도련님 가실 때에 장가든 후 데려가마 당부하고, 춘향이도 그렇게 알고 수절하여 있습니다.

사또(화를 내며): 이놈, 무식한 상놈인들 무슨 소리냐? 어떠한 양반이라고 엄한 아버지가 계시고 장가도 들기 전인 도련님이 시골에서 첩을 얻어 살자 할꼬? 이놈 다시 그런 말을 입 밖에 내면 죄를 면치 못하리라. 이미 내가 저 하나를 보려는데 못 보고 그냥 두랴. 잔말 말고 불러오라.

이방과 호장(함께 여쭈오되): 춘향이가 기생도 아닐 뿐 아니오라 전임 사또 자제 도련님과 맹세가 중하온데, 나이는 다르다 하지만 같은 양반

이라. 춘향을 부르면 사또 체면이 손상할까 걱정이옵니다.(103-104
쪽)

이 대화를 보면 사또와 남원고을 권속의 생각이 서로 같으면서도
다르다는 사실을 알 수 있다. 퇴기 월매의 딸인 춘향도 기생이라고 생
각하는 점은 같다. 그런데 전임 사또 자제 도령인 이몽룡과 백년가약
을 맺기로 약속했으니 기생으로 볼 수 없다는 게 권속들의 생각이다.
그들과는 달리 사또는 이들의 생각을 도무지 이해할 수 없다. 양반 자
제인 이도령이 아버지의 허락도 없이 장가도 들지 않은 채 첩을 얻어
살 생각을 할 수 있느냐는 것이다. 춘향의 수절(정절)을 지켜줌으로써
유학을 숭상하는 통치 질서를 수호할 것인가, 아니면 신분제도의 최
하층에 있는 천민의 불과한 기생 춘향에게 수청을 들게 함으로써 법
질서의 안정성을 도모할 것인가. 변학도는 후자를 선택하고는 이방과
호장에게 크게 성을 내며 이렇게 큰부를 내린다.

만일 춘향을 늦게 데려오면 호장 이하 각 부서 두목들을 모두 내쫓을
것이니 빨리 대령하지 못할까?

기녀妓女라고도 불리는 기생妓生은 관기, 민기, 약방기생(원래는 의녀),
상방기생 등 예기의 총칭이다. 양반, 중인, 평민, 천민으로 분류되는
조선의 신분제에서 기생은 가장 낮은 신분인 천민이었다. 기생은 일
패, 이패, 삼패로 나뉘었다. 일패기생은 오직 임금 면전에만 노래와 춤
을 하는 기생이다. 매춘은 거의 하지 않았으며 개인에 따라 유부녀도
존재했다. 이패기생은 관기와 민기로 나뉜다. 관기는 문무백관을, 민
기는 일반 양반을 상대하며 노래와 춤을 춘다. 원칙적으로는 매춘을

하지 않지만 더러는 매춘이나 성접대를 한다. 삼패기생은 일반 평민을 상대하는 기생으로 노래와 춤, 매춘을 병행한다.[387]

조선시대의 신분은 종모법從母法 혹은 노비종모법奴婢從母法을 따랐다. 이 법에 따라 양인인 아버지와 천인인 어머니 사이에 태어난 자식은 어머니의 신분을 따라야 했다. 『세종실록』에는 기생이 낳은 자식은 어머니의 신분을 따라 천인이 되도록 한다는 내용이 있다.

> 의정부에서 아뢰기를, "크고 작은 변방의 장수가 관기를 거느리고 부임한 경우, 그 관기가 본가에 왕래하면서 반드시 여러 번 그 사내를 바꾸었을 것인데, 정해진 남편이 있는 사례로 논하여 그 자식이 양인이 되도록 허락하는 것은 적당하지 않습니다. 원컨대 여러 도의 절제사·처치사·만호·천호 및 군관·반인·장무·녹사, 이웃 고을의 수령·감목관·염장관·역승·유배된 모든 사람 등의 기생이 낳은 자식은 이미 양인으로된 자라도 모두 천인이 되게 하옵소서. 각관에서 그 당시 부리는 기생이양인 남편에게 시집가서 낳은 자 역시 양인이 되는 것을 허락하지 마옵소서."하니 그대로 따랐다. 이 후로 경중의 기첩 소생도 외방의 사례에 의하여 천인이 되게 하였다.[388]

기생이 낳은 자식은 아버지가 누구인지를 정확히 확인할 수 없다. 그러니 기생이 낳은 자식은 자식으로 인정할 수 없다는 논리다. 기생이 낳은 아들과 딸은 아버지의 부재 상태에서 어머니와 함께 살아간다.[389]

---

387) 나무위키: 기생
388) 『세종실록』 세종 19년 5월 9일.
389) 이에 대한 자세한 분석은, 박영민, "조선시대 신분제 사회와 하위주체의 고도", 한문학논집 37집, 2013. 8., 135~162쪽.

위 분석을 『춘향전』에 적용하여 해석하면 어떻게 될까. 춘향의 어미 월매는 충청도·전라도·경상도를 아우르는 삼남三南에서 이름난 기생이었다. 일찍이 기생을 그만두고 성成이라고 하는 양반과 사는 중에 춘향을 낳았다. 월매가 기생을 그만두고 물러난 퇴기(退妓)라 할지라도 이패기생인 관기 출신의 천민이라는 사실은 변하지 않는다. 그런 어머니와 양반 사이에 태어난 춘향은 제 아무리 인물이 출중하고 재기가 뛰어나다고 하더라도 천인의 신분이다.

남원고을의 권속들은 전임 사또 자제 이도령이 춘향을 데려가기로 한 약속을 들어 신임 사또에게 기생일지라도 춘향에게 '특별대우'를 해줘야 한다고 주장한다. 하지만 종모법에 따른 신분질서를 유지하고 법을 집행해야 하는 변사또에게 이들의 주장은 일고의 가치도 없다. 기생이 낳은 자식은 기생이니 당연히 사또의 점고에 따라야 하고 수청을 들어야 하는 것이다. 당시의 법제도와 관행에 비춰보면, 자신에게 성을 바치라는 변사또의 이 요구는 '정당하다'.

국법인 『대전회통』에 의하면, 역모죄, 강도죄에 심지어 채무불이행자도 노비로 삼았다. 중국에도 노비가 있었지만 모두 범죄 때문에 노비가 되거나 스스로 몸을 팔아 고용된 것일 뿐이다. 노비의 신분도 세습되지 않았다.[390] 그런데 『춘향전』의 저자는 여기에 조선사회가 금과옥조처럼 여기는 유교의 덕목인 '여성의 정절'을 슬쩍 끼워 넣는다. 이 문학적 장치를 도입함으로써 이 작품은 정절을 지키는 '기생' 춘향과 그녀의 성과 정체성을 유린하려는 부당한 '국가권력' 변사또를 갈등과 대립 구조로 몰고 간다.

---

[390] 김형진, 앞의 책, 60쪽.

• 사또 분부 황송하나 일부종사 一夫從事 바라오니 분부시행 못하겠소

점고에 나오지 않으면 각 부서 두목이 다 죽어난다는 행수의 말에 춘향은 동헌으로 따라간다. 춘향을 본 사또가 "오늘부터 몸단장 바르게 하고 수청을 거행하라."고 명한다. 춘향이 단호하게 거절한다.

사또 분부 황송하나 일부종사 바라오니 분부시행 못하겠소.

이때까지만 해도 사또는 웃으면서 "네가 진정 열녀로다."라며 춘향의 정절을 칭찬한다. 하지만 춘향은 칼로 무 베듯 단호한 태도로 사또의 말에 반박한다.

충신불사이군忠臣不事二君이요 열녀불경이부烈女不更二夫라. 절개를 본받고자 하옵는데 계속 이렇게 분부하시니, 사는 것이 죽는 것만 못하옵고 열녀불경이부니 처분대로 하옵소서.(111쪽)

충신불사이군 열녀불경이부란 "충신은 두 임금을 섬기지 않고, 열녀는 두 지아비를 섬기지 않는다."는 뜻이다. 춘향의 당돌한 답변에 회계 나리가 나서 "너희와 같은 천한 기생 무리에게 '충렬忠烈' 두 자가 웬 말이냐."며 개입한다. 이에 춘향은 "충효열녀忠孝烈女도 상하上下 있소."라며 진주 기생 논개를 비롯한 여러 기생의 이름을 예로 들며 반박한다. 그러고는 자신은 이미 이몽룡과 부부가 되기로 약속했으니 "(다른) 사람의 첩이 되어 남편을 배반하는 것은 벼슬하는 관장님네 나라를 배반하는 것과 같사오니 처분대로 하옵소서."라고 대답한다. 한마디로, 사또가 자신의 정절을 꺾고 수청을 들라고 강요하는 것은 사또가 나라를 배반하는 것과 같은 행위라는 것이다.

사회제도와 법에 의거한 변학도의 수청 요구에 춘향은 철저하게 사대부의 윤리도덕을 들어 반박한다. 남성에 절대복종하는 수동적인 여성상은 사실 사대부로 대변되는 조선의 지배층이 만든 것이다. 조선은 충효를 앞세워 상명하복의 사회지배체제를 확립했을 뿐 아니라 열녀를 앞세워 여성들의 정절과 수절을 강요했다. 변학도와 춘향의 대화를 보면, 남성지배층이 만들어 놓은 이상적인 여성의 모습이 춘향에게 입혀지고 춘향은 장황한 사대부의 언어로 자신의 주장을 합리화하고 있다.[391] 천민 신분인 일개 기생이 감히 사대부의 언어로 자신에게 또박또박 반박하자 사또가 불같이 화를 낸다.

> 이년 들어라. 모반과 대역하는 죄는 능지처참하고, 관장을 조롱하는 죄는 율법에 적혀 있고, 관장을 거역하는 죄는 엄한 형벌과 함께 귀양을 보내느니라. 죽는다고 설워마라.(113쪽)

춘향이 악을 쓰며 대구한다.

> 유부녀 겁탈하는 것은 죄 아니고 무엇이오?(113쪽)

『춘향전』에서 실감나게 묘사하고 있는 것처럼 조선시대의 기생들이 당하는 고통 중 가장 큰 일의 하나는 남성과의 잠자리, 즉 수청이다. 관헌들은 기생이 수청을 거부할 경우 명령 불복종이나 의무 방기로 단정하였다. 그러고는 법을 마음대로 해석하고, 심지어 핍박하고

---

391) 장유정, "『춘향전』에 나타난 정절(情節)의 의미", 국제어문학회 학술대회 자료집, 2014. 6., 57쪽.

매질을 하여 죽음에 이르게 하는 일이 흔치않게 일어났다. 『조선왕조실록』에는 관기가 수청을 들지 않는다는 이유로 심하게 매질하여 기생이 죽었다는 사실이 심심찮게 기록되어 있다. 그 일례를 들면, 관기 명화名花가 수청을 들지 않는다는 이유로 나주판관 최직지崔直之가 그녀를 매질하여 3일 만에 죽었다고 한다.[『조선왕조실록』, 태종 10년 경인(1410년 영락 8) 6월 15일] 기생 명화가 죽은 후에도 정절을 지키기 위해 목숨을 잃은 기생의 일화는 그치지 않았다. 그 대표적 사건이 1772년에 일어난 기생 경춘瓊春 자살사건이다.

경춘은 열여섯 살이 되던 해 장릉에서 영월부사 이만회李萬恢와 사랑에 빠졌다. 부사가 떠날 때에 처음으로 몸을 허락하고 정절을 지키겠다고 맹세를 하였다. 새로 부임한 수령이 강제로 수청을 들도록 요구하자 경춘은 이를 거부한다. 신임수령은 심하게 볼기를 때려 그녀의 뜻을 꺾으려 했지만 경춘은 끝내 듣지 않았다. 자신이 처한 현실을 벗어날 수 없다는 사실을 깨달은 경춘은 영월 금장강에 몸을 던져 죽었다. 자신의 지조를 버리지 않고 사랑하는 이를 위해 죽음으로 정절을 지킨 기생 경춘의 이야기는 미담으로 전해져 칭송의 대상이 되었다. 강원도 영월의 금장강 낙화암에는 기생 경춘을 기리는 비석이 세워졌으며, 1820년 홍직필은 『기경춘전妓瓊春傳』을 지어 이 사건을 자세하게 기록하였다.[392]

기생 경춘의 이야기는 『춘향전』의 내용과 상당히 닮아있다. 이 이야기가 실제로 『춘향전』에 얼마나 많은 영향을 미쳤는지는 알 수 없다. 분명한 것은 사람들에게 회자되고 판소리의 형태로 불리면서 여러 이야기가 뒤섞이고 빠지는 과정을 거치면서 이 작품의 완결성을

---

392) 이와 관련한 분석은, 박영민, 앞의 논문, 145~153쪽.

높이는 데 기여했을 것이다. 기생 경춘이 수청을 들지 않는다는 이유로 그녀에게 모진 매질을 한 수령의 이름은 드러나지 않는다. 자신의 지조를 지키기 위해 수청을 거부한 기생 경춘에게 현실은 냉혹했을 뿐 영월부사 이만회가 암행어사로 나타나 그녀를 구출하는 로맨스는 없었다. 수청을 거부했다는 이유로 모진 매질을 당한 것도, 정절을 지키기 위해 목숨을 버린 것도 주체적인 여성으로 살고자 하는 '기생 경춘'이었다. 경춘의 슬픈 이야기는 설화와 실화가 뒤섞이고 버무려져 춘향으로 되살아난다.

• 기생은 묻지도 말고 형틀에 올려 매고 정강이를 부수어도 될까

사또의 수청 요구를 거절한 대가는 참혹하다. "이년을 잡아 내리라."는 사또의 명령에 맹수 같은 군노와 사령들이 벌떼같이 달려들어 춘향의 몸을 대뜰 아래로 내리친다. 분이 풀리지 않은 사또는 형리에게 분부한다. "여보아라. 그년에게 다짐받아 무엇하리. 묻지도 말고 형틀에 올려 매고 정강이를 부수고 물고장(죄인 죽인 것을 보고하는 글)을 올려라." 사또의 준엄한 지시에 춘향을 형틀에 올려 매고는 모진 매질이 시작된다. "한두 대만 견디소. 어쩔 수가 없네. 요 다리는 요리 틀고 저 다리는 저리 트소."라며 집장사령(곤장 등의 형장을 잡고 치는 사령)이 춘향에게 조용히 매맞는 요령을 알려준다. 하지만 "매 앞에 장사 없다"는 속담처럼 매 맞는 데 견딜 사람이 없다. 하물며 장정도 아닌 나이 열여섯에 지나지 않는 어린 여성이 가혹한 형벌을 감당할 수는 없는 노릇이다.

일편단심 굳은 마음은 일부종사하려는 뜻이오니 일개 형벌로 치옵신들 일 년이 다 못 가서 잠시라도 변하리까? (117쪽)

매타작을 당한 춘향 몸에 솟는 것은 유혈이요 흐르는 것은 눈물이다. 고통을 참으려 악을 쓰다 춘향은 기절하고 만다. 춘향은 목에 칼을 차고 옥에 갇힌다. 사람들이 보기에도 춘향이 당하는 형벌은 적잖이 모질고 가혹했다. 이를 구경하던 사람들이 말한다.

> 모질구나 모질구나. 우리 골 원님이 모질구나. 저런 형벌이 왜 있으며 저런 매질이 왜 있을까. 집장사령 놈 잘 보아 두어라. 삼문三門 밖 나오면 패 죽이리라.(117쪽)

변학도가 춘향에게 가하는 매질은 조선시대에는 정당한 형벌로 볼 수 있다고 해도 오늘날에는 고문에 해당된다. 당시의 사람들은 근대법이 금지하는 고문에 대한 인식이 결여되어 있지만『춘향전』에 나오는 사람들의 말을 통해 몇 가지 사실을 추론할 수 있다. 즉, 이 말에는, ① '우리 골 원님' 변학도가 춘향에게 내린 처분이 합당하지 않다, ② 그 처분에 따른 형벌로 부과되는 매질이 없어져야 한다, ③ 변학도의 지시로 매질을 하는 집장사령을 사적으로 응징하겠다는 사람들의 인식이 드러나 있다. 변학도의 처분에 대해 사람들이 가지고 있는 인식은 정당한가.

조선시대 통치의 기준이 된 최고법전은『경국대전經國大典』이다. 이 법전은 고려 말부터 조선 성종 초년까지 100년간에 반포된 법령, 교지教旨, 조례條例 및 관례 따위를 망라한 것이다. 그러나 행형行刑에 대해서는 중국 명나라 형법전인『대명률大明律』을 적용하였다. 태조는 즉위 고서에서 "모든 공사 범죄의 판결은『대명률』을 적용하는 것을 원칙으로 한다."고 발표하였다.393) 따라서 조선시대의 형벌은『대명률』에 따라 크게 태苔·장杖·도徒·유流·사死 5종류로 나누었다. 이를 오형五刑이라 하는데, 그 내용은 다음과 같다.

· 태형笞刑: 죄인의 볼기를 작은 형장으로 치던 형벌
· 장형杖刑: 죄인의 볼기를 큰 형장으로 치던 형벌
· 도형徒刑: 죄인을 중노동에 종사시키던 형벌
· 유형流刑: 죄인을 귀양 보내던 형벌
· 사형死刑: 죄인을 목숨을 끊는 형벌

『대명률』에 의하면 태형은 10~50의 5등급, 장형은 60~100의 5등급, 도형은 반년씩 차이를 두어 1~3년의 5등급, 유형은 500리씩 차이를 두어 2,000~3,000리의 3등급, 사형은 교絞·참斬의 2종으로 나누고 있다.[394]

『대명률』을 수용하기는 했으나 조선의 실정에 맞지 않은 것은 바꾸어 형전刑典을 제정하여 적용하였다. 『대명률』이 일반형법이라면 형전은 특별형법인 셈이다. 일반법과 특별법의 관계에서 후자는 전자보다 우선하여 적용되었다. 조선이 독자적인 형법전을 제정하지 않은 주된 이유는 『대명률』이 유교주의 원칙 아래 이루어진 율서로서 법보다 예禮를 더 중시하고 행형行刑에 관용주의를 택하고 있었기 때문이다.[395] 하지만 그 이면을 들여다보면, 중국 명나라의 문물과 제도를 숭상한 숭명주의崇明主義을 버리지 못한 조선 사대부들의 한계를 보는 것 같아 자못 씁쓸하다.

---

393) 한국민족문화대백과사전: 대명률(大明律)
394) 한국민족문화대백과사전: 오형(五刑)
395) Ibid.

『대명률』을 적용해 보니 조선의 실상에는 잘 맞지 않았다. 조선 초기부터 오형제도는 겉모습만 남았을 뿐 그 실질은 사실상 붕괴되었다. 실제로 죄인에게 적용된 형벌은 『대명률』 조항뿐만 아니라 『대명률』에 없는 사사賜死·육시戮屍·환轘·기시棄市·효시·단근斷筋·압슬壓膝·난장형亂杖刑·낙형烙刑·전도주뢰형剪刀周牢刑·주장당문형朱杖撞問刑등이 있었다.[396] 오늘날의 시각에서 바라보면 실로 어마어마한 형벌이라 하지 않을 수 없다. 현실이 이러하다 보니 당시에도 관헌들이 과도한 형벌권을 행사하고 형구刑具를 남용하는 사례가 적지 아니하였다. 그리하여 정조는 즉위 2년이 되는 1778년 『흠휼전칙欽恤典則』을 편찬하여 형구의 크기를 명시하고, 형구 남용을 막기 위해 각 형구의 사용 주체, 사용 범위 등을 마련하였다.[397]

『흠휼전칙』에 등장하는 형구는 태형과 장형을 집행할 때 쓰는 형장인 태笞와 장杖, 그리고 고문할 때 쓰는 신장訊杖, 군법을 집행하거나 도적에게 사용한 곤장棍杖, 목에 씌우는 칼인 가枷, 일종의 수갑인 추杻, 그리고 목과 다리를 감는 쇠사슬인 철색鐵索 등이다. 그리고 태와 장은 죄인의 볼기를 치도록 한 반면 신장은 종아리 부분을, 곤장은 볼기와 넓적다리를 번갈아 치는 것이 원칙이었다.[398] 그렇다면 수청을 거절한 이유로 변학도가 춘향에게 적용한 형벌은 『흠휼전칙』을 비롯한 조선의 형법전에 비추어 합당했을까.

변학도가 춘향에게 가한 형벌은 태형 혹은 장형이다. 춘향은 형틀에 두 팔 두 다리가 묶인 상태에서 형장(뭉둥이)으로 엉덩이(볼기)를 맞았

396) Ibid.
397) 심재우, [죄와 벌의 사회사] 『흠휼전칙』과 조선의 형구, 2010년 4월 19일, 한국역사연구회 웹진, http://www.koreanhistory.org/3869
398) Ibid.

다. 태형에는 작은 몽둥이가, 그리고 장형에는 큰 몽둥이가 사용되었다. 『흠휼전칙』은 형구의 사용을 엄격하게 규정하고 있지만 조선 후기로 접어들면서 법에서 정한 규격을 벗어난 형장인 곤장이 사용되는 등 형벌권 남용이 사회문제로 대두되었다. 『춘향전』에도 춘향의 죄목이 무엇인가를 심문하기도 전에 형리는 "형장이며 태장이며 곤장이며 한아름 담쑥 안아다가 형틀 아래 좌르륵 내려놓"는다. 작품에서 이렇게 묘사하고 있는 것으로 봐서 당시 현실에서는 죄의 경중을 따진 연후에 형벌에 따른 형구를 정한 것이 아니라 태형과 장형, 그리고 곤장이 뒤섞여 무분별하게 적용되고 있음을 알 수 있다.

태형이든 장형이든 힘센 장정이 내려치는 몽둥이로 스물다섯 대를 맞은 춘향은 그만 기절하고 만다. 아직 나이 열여섯밖에 되지 않은 어린 춘향을 형틀에 묶어두고는 몽둥이로 치고 때린 행위는 고문이자 가혹행위이며, 아동학대다. 더욱이 몽둥이에 맞으면서 온몸을 비틀며 고통에 절규하는 춘향을 지켜보는 변학도를 비롯한 육방과 한량, 그리고 구경꾼들의 모습은 가학성애자(sadist)라고 할 수 있다. 자신(들)이 소유할 수 없는 성적 대상에게 고문으로 육체적·정신적 고통을 줌으로써 성적 쾌락을 대리만족하고 있다고 하면 지나칠까.

한차례 모진 매질을 하고는 변사또는 "다음에 또 관장 명을 거역할까?"라며 춘향을 어르고 달랜다. 그 말에 춘향은 "우리 임금 앉은 곳에 이 억울함을 아뢰오면 사또인들 무사할까. 죽여주오."라며 악을 쓴다. 사또 기가 막혀 "큰칼 씌워 하옥하라."고 명한다. 춘향에게 큰칼을 씌워 하옥하라는 사또의 명령은 합당한가.

춘향이가 차고 있는 칼을 가(枷)라고 한다. 가의 길이는 172센티미터 정도이고, 목을 넣는 부분의 둘레는 37센티미터 정도였다. 가는 통상 10킬로그램정도 였는데, 무게에 따라 세 종류가 있었다. 사형수는

13.2킬로그램, 도형이나 유형과 같이 유배에 해당하는 죄수는 10.8킬로그램, 장형에 처해지는 죄수는 약 8.4킬로그램 정도 되었다. 무거운 범죄를 저지른 죄수일수록 그만큼 더 무거운 칼을 채웠다.[399] 조선의 형법전에서는 부녀자에게는 칼을 씌우지 못하도록 하고 있었지만 여성 죄수에게 불법적으로 가를 채우는 사례가 종종 발생하였다. 이에 영조는 1747년(영조 23년) 『수교정례(受教定例)[400]를 통하여 여자 죄수에게 칼을 씌우지 말 것을 재천명하고, 각도에 분부하여 이를 어기지 말도록 지시하였다.[401] 따라서 변학도가 춘향에게 큰칼을 씌우도록 명령한 것은 조선의 국법을 어겼을 뿐 아니라 권한을 남용한 것으로 보아야 한다. 예나 지금이나 기생이라고 하여 묻지도 말고 형틀에 올려 매고 정강이를 부수는 것을 허용하는 법은 없다. 하물며 국법의 엄정한 시행을 통하여 법적 정의를 추구해야 할 관헌이 개인의 욕망을 충

---

399) 심재우, "죄수의 목에 채운 칼", in: 대학지성In&Out, 2020. 9. 20.,
https://www.unipress.co.kr/news/articleView.html?idxno=2068
400) 수교는 법전에 성문화되는 법조문의 기본 풀(pool)이라 할 수 있다. 전근대 법 제정은 국왕의 명령인 수교가 내려지고 이 중에서 영구히 준행할 조목들을 선별하여 법전에 성문화하는 형태를 띠고 있다. 국왕의 수교가 곧 국왕 개인의 자의적인 판단이나 의견은 아니다.
『수교전례』가 편찬되는 절차는 다음과 같다. 첫째, 어떤 사안에 대해 관원들의 독자적인, 아니면 각 지방에서 올라온 장계(狀啓), 전국 유생들이 올린 상소(上疏)를 바탕으로 하여 계문(啓聞)이나 상소(上疏) 등의 형태로 의견이 상정된다. 둘째, 이에 대해 국왕을 포함한 관원들의 토의과정을 거쳐 조율된 결과물이 임금의 명령인 '왕지(王旨)', '상지(上旨)', '판지(判旨)', '교지(敎旨)' 등의 형태로 반포된다. 이를테면 비변사나 형조판서가 하나의 사안에 대한 문제점을 보고하면, 이를 임금이 조정에서 논의에 부치고 이에 대해 우의정 등 여러 신하들의 의견이 오고가면 이를 조율하여 그 결과를 임금이 지시하는 형태로 논의가 마무리되는 것이다.
임금의 명령은 각 관서에 '전지(傳旨)', '전교(傳敎)'라는 형태로 전달하고 각 관서에서는 '승전(承傳)', '수교(受敎)'의 형태로 이를 받들어 시행하였다. 『수교전례』를 통하여 조선시대 법 제정이 국왕이나 관원들의 독단이 아니라 철저하게 합의제적 형태를 통해 이루어지고 있음을 확인할 수 있다. (http://kostma.korea.ac.kr/dir/viewIf?uci=RIKS+CRMA+KSM-WZ.0000.0000-20090716.AS_SA_089)
401) Ibid.

족할 목적으로 불법을 일삼아서는 안 된다. 허물어진 사법질서를 세우고 이반하는 민심을 달래기 위해서는 비책이 필요하다. 변학도를 징치하고 춘향을 구하러 암행어사 이몽룡이 출두한다.

촛불 눈물 떨어질 때 백성 눈물 떨어진다

부친을 따라 한양에 간 이몽룡은 밤낮으로 공부하여 과거시험에서 장원급제한다. 임금은 이몽룡에게 전라도 어사의 벼슬을 내리고는 어사 관복, 마패, 유척鍮尺[놋쇠로 만든 표준 자. 보통 한 자보다 한 치 더 긴 것을 단위로 하며 지방 수령이나 암행어사 등이 검시(檢屍)할 때 썼다]을 내주었다. 이몽룡은 부모께 하직하고 전라도로 향한다.

허름한 복장을 하고 민심을 탐문하며 남원으로 길 가던 중 이몽룡은 우연히 춘향이가 자신에게 편지심부름을 보낸 아이를 만난다. 아이를 꼬드겨 편지를 받아 읽어보니 사연이 절절하다.

한번 이별한 후 소식이 막혔으니, 부모 모시는 여가에 도련님 안부 평안하옵신지요. 간절히 사랑하옵니다. 천한 계집 춘향은 졸지에 형장을 받아 감옥에 갇혀 목숨이 경각이라. 죽기에 임박하여 혼이 날아 황릉묘를 갔다 오니 귀신이 출몰하옵니다. 비록 만 번을 죽는다고 하나 열녀의 정절을 지켜 두 지아비를 섬기지 않을 것이요. 첩의 생사와 늙은 어미의 신세가 어떻게 될지 모르오니 서방님은 깊이 헤아려 처치하옵소서.(157쪽)

편지 끝에 혈서로 시 한 수 적혀있다.

지난 해 어느 때에 님을 이별하였던고

엊그제 겨울눈이 내리더니 또 가을이 되었네

미친 바람 깊은 밤에 눈물이 눈 같으니

어찌하여 남원 옥중의 죄수가 되었는고

　아이와 헤어진 이몽룡은 춘향 어미 월매 집을 찾는다. 기쁜 마음에 이몽룡의 손을 잡고 들어가서 촛불 앞에 앉혀 놓고 자세히 살펴보니 걸인 중에 상걸인이다. 월매가 홧김에 달려들어 코를 물어뜯으려 하니 이몽룡이 말한다. "내 탓이지 코 탓인가. 장모가 나를 몰라보네. 하늘이 무심해도 풍운風雲의 조화와 천둥벼락의 기운이 있느니." 알 듯 말 듯 여지를 남기고는 "시장하여 나 죽겠네. 나 밥 한 술 주소."라며 능청을 떤다. 밥을 먹고 이몽룡은 월매와 함께 옥에 갇혀있는 춘향을 만나러 간다. 춘향도 서방의 몰골을 보고 적잖이 실망하지만 어미에게 이몽룡을 돌봐달고 부탁한다. 그러고는 자신이 죽거든 "선산발치에 묻어주고 비문에 새기기를/ 수절원사춘향지묘守節寃死春香之墓라 여덟 자만 새겨 주오."라며 마지막 소원을 담은 노래를 부르고는 에고에고 설위 운다. 수절원사춘향지묘守節寃死春香之墓란 "수절하다 억울하게 죽은 츈향의 묘"란 뜻이니 자신의 맺힌 한이나 알아주고 풀어달라는 말이다.

　다음 날 변사또는 잔치를 연다. 이몽룡은 남루한 복장을 하고 말석에 앉아 술을 마시다가 높을 고高 자 기름 고膏 자 시제詩題로 순식간에 글을 짓는다.

金樽美酒 千人血(금준미주 천인혈)이요

玉盤佳肴 萬姓膏(옥반가효 만성고)라

燭淚落時 民淚落(촉루낙시 민루락)이요

歌聲高處 怨聲高(가성고처 원성고)라

금동이의 아름다운 술은 일반 백성의 피요

옥소반의 좋은 안주는 일반 백성의 기름이라

촛불 눈물 떨어질 때 백성 눈둘 떨어지고

노랫소리 높은 곳에 원망 소리 높았더라

이 글을 읽고 눈치 빠른 육방들은 이리저리 몸을 피하고 부산하다. 하지만 정작 본관사또는 그 뜻을 헤아리지 못하고 춘향을 불러오고라고 분부한다. 이때 어사또 이몽룡이 부하들을 불러 모으고는 마패를 번쩍 들어 우렁차게 외친다.

"암행어사 출도야."

이 소리에 강산이 무너지고 천지가 뒤집히듯 모두 벌벌 떤다. 어사또는 변학도를 꿇어앉히고는 고을의 수령 직을 파면하고 관가의 창고를 봉하여 잠그는 봉고파직封庫罷職의 처벌을 내린다. 그리고는 옥에 갇힌 죄수를 모두 데리고 나오라 분부한다. 춘향이 끌려나오자 이몽룡이 묻는다.

너 같은 년이 수절한다고 관장을 官長에게 포악하였으니 살기를 바랄쏘냐. 죽어 마땅하되 내 수청도 거역할까?

춘향이 기가 막혀,

내려오는 관장마다 모두 명관名官이로구나. 어사또 들으시오. 층암절벽 높은 바위가 바람 분들 무너지며, 청송녹죽 푸른 나무가 눈이 온들 변하리까. 그런 분부 마옵시고 어서 ㅂ-삐 죽여주오.(181쪽)

자신을 향한 변치 않는 춘향의 마음을 한 번 더 확인한 이몽룡은 이제 화려하게 등장한다. 어사또가 분부한다. "얼굴 들어 나를 보라." 춘향이 고개 들어 바라보니 걸인으로 왔던 낭군이 어사또가 되어 앉아있다. 반 웃음 반 울음에 춘향이 노래한다.

> 얼씨구나 좋을시고 어사 낭군 좋을시고. 남원읍내 가을이 들어 떨어지게 되었더니, 객사에 봄이 들어 이화춘풍李花春風 날 살린다. 꿈이나 생시냐? 꿈을 깰까 염려로다.(183쪽)

걸인 행색을 한 어사또 이몽룡이 출두하여 부패한 탐관오리 변학도를 응징하고 춘향을 구출하는 장면은 『춘향전』의 백미다. 조선 후기 삼정의 문란과 탐관오리의 착취로 신음하고 있던 백성들은 이 대목을 판소리로 듣고 소설로 읽으면서 카타르시스를 느꼈을 것이다. 이 소설이 씌어진 19세기 조선은 외척의 세도정치가 본격화되면서 사회기강이 문란해졌다. 탐관오리의 부정이 횡행하고 농민에 대한 수탈이 극에 달하는 등 민심의 이반이 심하였다. 그 결과 농민이 주체가 된 민란이 자주 일어났다. 1811년에 일어난 홍경래의 난(순조 11년)과 1892년의 임술농민항쟁(철종 13년)은 그 대표적인 사례이다.

『춘향전』은 당시의 혼란한 시대상을 직접적이고 구체적으로 언급하고 있지는 않다. 다만 정절을 지키려는 춘향이 수청을 거부했다는 이유로 변사또가 그녀에게 태형을 가하고 칼을 채워 감옥에 가두는 장면을 통해 간접적으로 이를 고발하고 있다. 남원고을의 백성들은 춘향이 고초를 겪는 그 모습을 담담히 지켜보고만 있을 뿐 자신들이 직접 들고 일어나 변학도를 직접 응징하지는 않는다. 그 대신 어사또 이몽룡을 등장시켜 부정과 부패를 일삼는 탐관오리를 공적으로 처벌하는 방식을 택하였다.

　조선 후기 소설은 대부분 개인의 입신양명과 부부의 백년해로로 그 끝을 맺는다. 착한 일을 권장하고 악한 일을 징계한다는 권선징악 勸善懲惡은 이 당시 소설을 관통하는 주제어라고 할 수 있다. 『흥부전』, 『홍길동전』과 마찬가지로 『춘향전』도 이 범주에서 벗어나지 않는다. 하지만 어느 시대의 문학작품이든 백성들이 겪는 아픔을 외면할 수 없다. 가난한 자의 눈물을 닦고 아픔을 위로하는 것은 문학이 가진 힘이자 사명이기도 하다. 이 관점에서 이몽룡이 쓴 시에는 당시 백성들의 부패한 권력과 지배층에게 던지는 저항의 목소리가 집약적으로 드러나 있다고 볼 수 있다. 권력이든 금력이든 사회적 지위든 무엇을 많이 가진 기득권세력은 촛불 눈물 떨어질 때 백성 눈물 떨어진다는 사실을 한시라도 잊지 말아야 한다.

작자미상, 「이춘풍전」(19세기 중후반)

- 약속을 지키지 못하면 내가 비루한 놈의 자식이로소이다

작품의 시대적 배경

「이춘풍전李春風傳」[402]은 작자와 연대 미상의 판소리계 고전소설이다. 소설은 "숙종대왕 즉위 초에 성덕으로 백성들을 다스리니 나라가 태평하고 사람들이 풍족하더라. 거리에는 노랫소리가 있고 노인들은 격양가를 부르니 요순시절이 돌아온 듯하였다."로 시작한다. 여기에서 언급하고 있는 '숙종대왕 즉위 초'는 작품의 시대 배경일 뿐 이 소설이 나온 정확한 연대는 알 수 없다. 다만 이 소설어 반영된 사회현상으로 보아 19세기 중후반에 나온 것으로 추정된다.[403]

18세기 이후 조선사회는 상품화폐경제의 발전에 따라 신분제가 흔들리고, 정치사회체제를 유지하고 있던 유교 중심의 전통적 가치관도 변화한다. 「이춘풍전」은 부와 신분의 갈등, 새 가치관과 전통적 가

---

402) 이 글의 인용문은 다음 책을 바탕으로 작성하였다. 작자미상(최혜진 옮김),
  『계우사/이춘풍전』, 지식을만드는지식, 2021. 4., 89-131쪽.
403) 장경남, "이춘풍전을 통해 본 가부장권의 형상", 우리문학연구 14, 2001.
  12., 33쪽.

치관의 모순이 충돌하는 등 조선 후기사회를 작품의 배경으로 하고 있다.[404]

이춘풍은 서울 다락골에 산다. 그의 이름이 '봄 춘春'에 '바람 풍風'이니 하는 일이 모두 바람과 같다. 집안 형세가 부유하고 장안의 거부인 춘풍은 어릴 때부터 방탕한 생활을 하였다.

> 돈 쓰기를 물처럼 하여 부모의 남긴 재산 수만금을 마음대로 남용할 제, 장안 춘풍 화류 시와 구월 단풍 황국 시, 꽃 피는 아침이며 달 뜨는 저녁에 날마다 기생을 옆에 끼고 미인들을 불러다가 춤과 노래로 노닐 적에, 남북촌 왈짜 친구들과 한가지로 휩쓸려서 다니며 매일 장취로 세월을 보내었다.
> 청루미색(기생집의 아름다운 기녀) 작첩하여 좋은 노래 맑은 술을 권해가며 너비아니, 갈비찜으로 안주를 삼고, 원앙금침에 놀고 나니 일이백 냥 돈이 푼돈같이 사라진다. 잡기방에 다다르면 삼사백을 잃고 나니 집안에 그 무엇이 남을쏜가?(91쪽)

춘풍이 주색잡기에 취해 가산을 탕진하고 허풍세월을 보내도 친척이 없으니 그를 가르치고 꾸중할 사람이 아무도 없었다. 춘풍 아내는 보다 못해 남편에게 "마오, 마오, 그리 마오. 청루미색 좋아 마오. 자고로 이런 사람이 어찌 망하지 않을까?"(92쪽)라며 만류한다. 하지만 춘풍은 "잡기주색 좋아하기는 장부의 할 바라. 나도 이리 노닐다가 나중에 일품 정승 되어 후세에 전하리라."(93쪽)며 아내의 말을 듣지 않는다.

---

404) 하순철, "이춘풍전(李春風傳)의 일고찰(一考察)", 국제어문 제1집, 1979, 70쪽.

「이춘풍전」은 춘풍과 그의 아내의 행위를 중심으로 이야기가 전 개되고, 두 사람에 대한 평가를 통해 이 작품의 성격을 분석하는 것이 일반적이다. 가장 전형적인 견해는, 이춘풍의 방탕한 생활을 통해 조 선 말기의 몰락해 가는 양반들의 무기력하고 위선적인 면을 풍자하 고, 김씨 부인을 통해 당시의 무너져 가는 봉건적 풍속과 신시대의 여 성의 모럴을 제시했다는 것이다.405) 이 견해를 바탕으로 춘풍 아내를 중심으로 놓고 여성주의 시각에서 작품을 해석하거나 반대로 춘풍의 행위를 중시하여 주색잡기와 출세를 병행시키려는 한 인물의 행위로 보기도 한다. 또한 남성적·가장적 권위를 풍자한 것이라는 의견도 제 시되고 있다.406)

　요컨대 어떤 입장에 서든 조선 후기에 접어들면서 남성중심의 가 부장제가 흔들리고 여성의 사회경제적 활동이 활발하게 이뤄지기 시 작했다는 점이다. 이와 함께 신분제 중심의 봉건제가 해체되면서 지 배계층의 보수반동화 현상도 심화된다. 사대부계급은 자신들의 신분 과 지위를 유지하기 위해 부계 중심·남성 중심으로 친족 집단을 배타 적으로 조직화하였다. 이로 인해 여성은 가부장권 확립과 옹호를 위 해 희생될 수밖에 없었다.407) 이런 시대 상황을 반영하여 「이춘풍전」 은 근대적 여성 김양부와 전근대적 남성 이춘풍을 내세워 급변하는 조선 후기의 복잡한 가치관과 사회상을 실감나게 그리고 있다.

405) 이어령, 정병욱,『고전의 바다』, 현암사, 1977, 265쪽.
406) 장경남, 앞의 논문, 32쪽.
407) 장경남, 앞의 논문, 35쪽.

부부각서의 법적 효력: 내가 비루한 놈의 자식이로소이다

주색잡기로 가산을 탕진한 춘풍은 "오늘부터 집안의 모든 일을 자네에게 맡기나니 마음대로 치산하여 의식이 염려 없게 하여주오."라며 아내에게 의탁한다. 춘풍 아내 김씨는, "부모 유산 수만금을 청루 중에 다 들이밀고 이 지경이 되었"다며 남편을 질책하며 "약간 돈냥이 있다 한들 그 무엇이 남겠소."라며 못미더워한다. 그런 아내에게 춘풍은 앞으로 주색잡기를 하지 않기로 결단하는 각서를 써준다.

임자 사월 십칠일에 김씨 앞 수기라. 오른쪽 수기의 일들은 김씨의 말을 듣지 않고 조업 수만금을 청루 중에 다 써버린 일로, 오늘의 옳은 바와 지난 잘못을 깨닫고 후회가 막급하여, 지금 이후로 집안의 모든 일을 전부 김씨에게 맡기는 바이니, 김씨가 치산한 이후로는 비록 천금의 재물이 있을지라도 이는 다 김씨의 재물이라. 가장 이춘풍은 한 푼의 돈, 한 홉의 곡식도 마음대로 처리하지 않을 것을 다짐하나니, 이후에 술을 좋아하거나 방탕한 병폐가 있거든 이 수기를 가지고 관가에 가서 소송할 것이라. 이 수기를 쓰는 사람은 가장 이춘풍이라.(94-95쪽)

비록 남편이 각서에 자신의 이름을 썼지만 춘풍 아내가 말한다.

수기로 다 말할 수 있소? '이 수기로 관가에 소송하라' 하였은들 가장을 걸어 어찌 관가에 고소할 수 있을까?(95쪽)

이 말을 듣고 춘풍이 후기로 다시 쓰기를,

이와 같은 일에 김씨가 믿지 않기로, 이후로 만약 방탕한 일이 있거든 내가 비루한 놈이 자식이로소이다.(95쪽)

춘풍이 후기를 다시 써서 주니 김씨는 웃으면서 각서를 받아 함롱 속에 넣는다. 그날부터 춘풍 아내는 사시사철 밤낮 없이 길쌈과 바느질은 물론 온갖 궂은일을 하여 사오 년 만에 가세를 일으킨다. 아내 덕에 춘풍은 "의복을 잘 차려입고, 맛난 음식으로 배부르고, 집안 술로 매일 장취하여, 가래침도 일수 뱉고 뱃속이 기름지니 마음이 교만하여 이전 행실 절로" 났다. 그러던 어느 날 아내 덕에 호의호식하던 춘풍은 부부각서로 수기한 약속을 저버리고 평양으로 장사를 하겠다며 평양으로 떠나려 한다. 그런 남편에게 김씨가 말한다.

여보시오, 들으시오. 이전에 망할 적에 한 푼 돈, 한 냥의 곡식을 다시는 손대지 않을 뜻으로 '비루한 놈의 자식'이라 수기를 써서 이내 함롱 속에 두었는데 그사이 잊었는가? 의식을 내게 맡기고 부디부디 가지 마오.(97쪽)

각서의 내용을 지키고 장사를 떠나지 말라는 아내의 간곡한 만류에도 불구하고 결국 춘풍은 평양으로 떠난다.

각서는 약속을 지키겠다는 내용을 적은 문서를 말한다. 약속을 지키지 않으면 '비루한 놈의 자식'이라는 문서에 '이춘풍'이라는 이름을 자기 손으로 직접 썼음에도 춘풍은 아내와 한 합의를 지키지 않았다. 각서의 형식으로 부부 사이에 한 약속은 지키지 않아도 법적 구속력을 가지지 못할까. 춘풍은 자신이 한 약속을 지키지 못하면 직접 쓴 수기를 가지고 관가에 고소하라고 한다. 하지만 김씨는 "'이 수기로 관가에 소송하라' 하였은들 가장을 걸어 어찌 관가에 고소할 수 있을까?"라며 각서의 법적 효력에 대한 의구심을 드러낸다. 부부간 약속을 담은 각서는 법적으로 아무런 효력도 없는 문서에 지나지 않을까.

일반적으로 부부각서는 배우자 한쪽이 저지른 잘못에 대해 상대 배우자에게 용서를 구하고 화해를 할 목적으로 쓴다. 부부 쌍방이 서면으로 각서를 써두면 같은 잘못을 미연에 방지하는 심리적 강제 효과가 있기 때문이다. 이때의 부부각서는 법적 문서라기보다는 반성문에 가깝다고 할 수 있다. 하지만 이와는 달리 부부가 각서를 쓰고는 서명날인하고 공증을 받아두는 경우도 적지 않다. 이렇게 해두면, 이혼할 때 양육권이나 재산분할 등 법적 소송을 대비할 수 있기 때문이다. 법적으로 문제가 되는 것은 후자이다.

개인은 누구나 타인과 자유롭게 계약을 체결할 수 있다. 이를 계약자유의 원칙이라 하는데, 소유권 절대의 원칙·과실책임의 원칙(과실책임주의)과 더불어 근대 민법의 3대 원칙을 이룬다. 우리 민법은, "선량한 풍속 기타 사회질서에 위반한 사항을 내용으로 하는" 반사회질서의 법률행위가 아닌 이상 계약자유의 원칙을 보장하고 있다(제103조). 이 원칙은, 체결의 자유, 상대방선택의 자유, 내용결정의 자유, 방식의 자유를 포함한다.

따라서 부부도 상호간 각서로 계약을 체결할 수 있으며, 그 내용과 방식에 제한을 받지 않는다. 문제는 각서의 내용이다. 통상 부부각서가 잘못을 저지른 배우자가 같은 잘못을 되풀이하면 권리를 제한하겠다는 추상적·상징적 내용을 담고 있기 때문이다. 이를테면, 다시 외도를 하거나 폭력을 행사하는 경우, 이혼을 하겠다, 재산과 양육권을 포기하겠다고 약속한 각서는 법적 효력이 있을까.

통상 부부각서는 배우자 한쪽이 잘못을 저지른 뒤에 작성한다. 현실적으로 각서를 쓰고도 혼인관계를 유지하는 경우가 많으므로 부부 각서는 실질적인 효력을 가지기가 쉽지 않다. 이때 쓴 각서는 속마음 의 의사와 겉으로 표현한 표시가 일치하지 않는 것을 스스로 알면서 한 의사표시인 민법 제107조의 '비진의 의사표시'로 보아 무효인 법 률행위로 보기 때문이다.[408] 결국 부부각서는 이혼을 할 때 당사자가 얼마나 진실된 의사로, 또 구체적으로 이 문서를 작성했는지 여부에 따라 법정에서 그 효력이 갈릴 수밖에 없다.

위 해석을 춘풍과 그의 아내가 쓴 부부각서에 적용해 보면 어떤 결 과를 도출할 수 있을까. 가부장적인 신분질서가 지배하던 당시의 현 실상황은 고려하지 않더라도 이 부부의 각서는 무효라고 보아야 한 다. 비록 춘풍이 "이 수기를 가지고 관가에 가서 소송할 것이라."고 적 고 있다고 할지라도 이 각서는 춘풍이 다시는 잘못을 범하지 않겠다 는 추상적 약속에 지나지 않는다. 또한 춘풍이 진정한 마음으로 자신 의 의사를 표시했으며, 그의 아내가 남편의 약속이 진의라고 믿었다 고 볼 수 없기 때문이다. 하지만 만일 아내 김씨가 약속을 지키지 않았 다는 이유를 들어 남편을 대상으로 관가(법원)에 소송을 제기했다면 어 떤 결과가 나왔을까. 춘풍은 아내에게 수시로 폭력을 행사했다. 아내 가 남편의 일상적 폭력을 이유로 이혼을 요구했다면 이 소설의 결말 은 달라졌을 것이다.

408) "부부각서, 이혼소송에서의 효력", https://post.naver.com/viewer/postView. nhn?volumeNo=24469827&memberNo=7502978
민법 제107조에 의하면, "의사표시는 표의자가 진의 아님을 알고 한 것이라 도 그 효력이 있다."고 규정하여 '진의 아닌 의사표시', 즉 '비진의 의사표 시'도 법적 효력을 인정하고 있다. 그러나 "상대방이 표의자의 진의 아님을 알았거나 이를 알 수 있었을 경우에는 무효로 한다."는 단서를 달고 있다.

부부폭력: 요망한 년이 잔말을 이리 할까

　　　　　　　　방탕한 생활을 일삼고 가산을 탕진하며 무능한 남편인 춘풍은 폭력적이기까지 하다. 「이춘풍전」은 여러 대목에서 아내에게 서슴없이 폭력을 행사하는 춘풍의 모습을 묘사하고 있다.

　호조 돈을 빌리고 아내가 번 돈을 가지고 평양으로 떠나려는 춘풍을 말리며 아내는 각서에서 그가 한 약속을 환기시킨다. 비록 자신이 직접 각서에 '비루한 놈의 자식'이라 썼지만 아내에게 직접 이 말은 들은 춘풍은, "천 리 먼 길 큰 장사를 할 요량으로 가는 길을 요망한 년이 잔말을 이리 할까?" 윽박지르고 아내의 머리채를 갈라 잡고 이리 치고 저리 치며 때린다. 춘풍이 아내에게 행하는 물리적 폭력은 아무런 합당한 이유가 없다.

　'부부 싸움은 칼로 물 베기'라는 속담이 있다. 이 말은 부부는 아무리 다투고 싸워도 화합하기 쉽다는 뜻이다. 칼로 물을 수백 수천 번을 베어도 물은 다시 원래의 형태로 돌아와 하나로 합쳐진다. 그러니 부부는 싸워봤자 소용없는 일이니 불만이 있더라도 참고 살아야 한다는 뜻이다. 전자가 대화와 소통을 통한 화해를 전제하고 있다면, 후자는 이혼을 상정할 수조차 없었던 전근대적 사회상황을 드러내고 있다. 어느 입장에 서더라도 이 속담은 부부 사이에 싸움이 일어나 언어적·정신적·물리적 폭력이나 폭행이 일어날지라도 그 관계를 유지해야 한다는 전근대적 유교관념이 깔려 있다.

　그런데 이보다도 한층 더 심한 여성 차별적 속담이 있다. 바로 '여자와 북어는 삼일에 한 번씩 패야 한다', 또는 '여자와 북어는 삼일에 한 번씩 패야 맛이 좋아진다'는 말이다. 어릴 적 남성 어른들로부터 심심찮게 이 속담을 들었다. 여성 차별적이고 폭력적인 내용이 분명한데도 몇 해 전 이 속담을 줄여 '삼일한'이라는 속어가 등장하여 인터넷에 회자되어 문제가 된 적이 있다. 이 표현은 남성에 비하여 여성을 열등한 존재로 여기는 인터넷 신조어로 전형적인 여성혐오표현이다.[409] 일부 남성들이 속담을 내세워 나름의 주장을 펴는 주된 근거는 무엇일까. 말린 북어는 음식 재료로 사용하기 전 몽둥이로 패서 부드럽게 만든다. 이 점에 착안하여 이 속담이 '몽둥이'를 남성의 성기에 비유하여 삼일에 한 번 부부간 성관계를 맺으라는 뜻을 담고 있다는 것이다.

이와 관련하여 국립국어원 '온라인가나다'에 흥미로운 질문이 올라와있다. "이 속담의 풀이나 용례 혹은 처음 쓰인 매체기록이 있는가"라는 질문이 올라왔다. 질의자는 질문의 근거로 두 가지를 제시하고 있다. 하나는, 춘향전에서 이몽룡이 춘향에게 "이 궁 저 궁 다 버리고 네 양각兩脚 사이 수룡궁水龍宮에 나의 힘줄 방망이로 길을 내자꾸나!"라고 말하여 스스로의 남근을 방망이로 비유하는 장면이 있다. 다른 하나는, 박완서의 소설어사전에, '여자와 북어는 팰수록 맛이 난다'는 속담이 "여자를 자기 입맛에 맞게 길들이려면 패는 수밖에 없다는 난폭한 여성관을 이르는 말"이라고 설명되는 있다. 이 질문에 대해 국립국어원은, "표준국어대사전에 질의하신 속담은 제시되어 있지 않아 답변을 하기 어렵다."고 밝히고 있다.[410]

요컨대 이 속담들이 가진 뜻을 어떻게 풀이하든 남성이 여성에 대해 가지고 있는 차별과 혐오, 그리고 폭력행사에 관한 의식이 상당히 뿌리 깊다는 사실이다. 남편 춘풍에게 일방적으로 폭행을 당하고 있

---

409) 김해문화재단, 〈말모이 혐오표현 카드〉 '삼일한' 풀이 참고.
410) https://www.korean.go.kr/front/onlineQna/onlineQnaView.do?mn_id=216 &qna_seq=122067

는 아내의 모습을 「이춘풍전」은 이렇게 쓰고 있다.

불쌍하다 춘풍 아내, 누군들 말릴 수가 있으리오.(98쪽)

소설의 이 대목처럼 우리는 부부 혹은 가족 사이에 폭력을 비롯한 갈등이 일어난다고 할지라도 개인 가정에서 일어나는 일, 즉 '가정사'라는 이유로 타인이나 국가권력 또는 법이 개입해서는 안 된다는 사고가 지배하고 있다. 하지만 가정폭력이 날로 늘어남에 따라 이를 법률로 규제하기에 이르렀는데, 바로 「가정폭력방지 및 피해자보호 등에 관한 법률」(약칭: 가정폭력방지법) 및 「가정폭력범죄의 처벌 등에 관한 특례법」(약칭: 가정폭력처벌법)이다.

이 두 법에 따르면, 가정폭력이란 "가정구성원 사이의 신체적, 정신적 또는 재산상 피해를 수반하는 행위"를 말한다(각 법 제2조 1호). 이 법에 따르면, 가정폭력은 신체적 폭력에 국한하지 않는다. 이에 더하여 정신적 학대와 재산상의 손해 및 손괴를 포함하는 포괄적인 폭력 행위가 모두 가정폭력이다. 그리고 가정폭력행위의 가해자와 피해자인 가정구성원이란 아래의 어느 하나에 해당하는 사람을 말한다(「가정폭력처벌법」 제2조 2호 가~라목).

- 배우자(사실상 혼인관계에 있는 사람 포함) 또는 배우자였던 사람
- 자기 또는 배우자와 직계존비속관계(사실상 양친자관계 포함)에 있거나 있었던 사람
- 계부모와 자녀의 관계 또는 적고嫡母와 서자庶子의 관계에 있거나 있었던 사람
- 동거하는 친족

따라서 두 법이 규정하고 있는 내용을 쉽게 풀어서 말하면, 가정폭력이란 남편과 아내, 부모와 자녀, 형제자매 및 기타 동거가족을 포함한 가족구성원 중의 한 사람이 다른 구성원에게 의도적으로 물리적인 힘을 사용하거나, 정신적인 학대를 통하여 고통을 주는 행위를 말한다. 가정폭력은 하나 또는 그 이상 복합적으로 발생할 수 있는데, 그 유형을 정리하면 아래와 같다.

- 강제, 위협하기: 피해자를 구타하거나 흉기로 협박하기, 자해 또는 자살하겠다고 위협하기 등
- 부인, 비난: 폭언, 멸시하기, 피해자가 폭력을 유발한 것처럼 말하기 등
- 남성중심적인 가부장적 행동: 피해자를 하인처럼 취급하기, 모든 결정을 혼자 하기 등
- 가정 내 성적 학대: 원치 않는 성관계를 강요하거나 성적으로 의심하기, 낙태 강요, 신체부위 등을 동의 없이 촬영·유포하기 등
- 경제적 학대: 낭비, 채무, 지출을 의심하거나 경제적으로 방임하기, 지속적으로 돈 요구하기, 직업을 갖지 못하게 하기, 허락을 구해 돈을 사용하게 하기 등
- 정서적 학대: 피해자가 있는 장소 미행하기, 죄책감이나 모욕감 느끼게 하기, 만나는 사람 또는 행동 통제하기, 고립시키기, 공포감 조성하기, 조롱하기 등
- 자녀 이용: 아이들에게 폭력을 가하거나 떼어놓겠다고 위협하기, 피해자를 학대하는 모습을 자녀에게 보여주기 등
- 협박: 눈빛, 행동, 제스처로 협박하기, 물건을 부수거나 반려동물을 학대하기, 무기 전시, 피해자 주변인에 대해 위협하기 등

우리 사회에는 아직도 다양한 유형의 가정폭력이 일상적으로 일어나고 있다. 또한 부부싸움은 남의 집 일이니 내가 상관할 바가 아니다, 부부싸움은 잠자리에서 풀면 된다, 내 아이니까 내 마음대로 때릴 수 있다, 이혼하지 않은 피해자도 문제가 있다는 식의 가정폭력에 대한 잘못된 통념과 고정관념이 남아 있다. 하지만 폭력은 어떠한 이유로도 용인될 수 없는 범죄행위이다. 또한 피해자의 고통을 외면하거나 무시하고 오히려 그들에게 '피해자다움'을 강요하는 행위는 '2차 가해' 행위이기도 하다.[411] 따라서 춘풍이 아내에게 가한 폭력은 범죄이며, 어떤 이유로도 용서받을 수 없다.

'남장여인' 김양부: 네 죄를 네가 아느냐?

평양에 간 춘풍은 장사는 하지 않고 기생 추월에게 빠져 돈을 모두 탕진하고 사환 노릇으로 연명한다.

에고에고, 설운지고. 이를 장차 어이할까? 세상사가 가소롭다. 나도 경성에서 성장하여 이십 전 오입쟁이로 왈짜 벗님네와 청루미색 가득하더니, 호조 돈 이천 냥과 집안 돈 오백 냥을 가첩으로 내어 쓰고 평양에 내려와서 추월이와 작첩하여 살아 이별 마쟀더니, 이 지경이 되었으니 세상사가 가소롭다.(109쪽)

---

411) 이상의 내용에 대해서는, 한국여성진흥원: 가정폭력, https://www.stop.or.kr/modedg/contentsView.do?ucont_id=CTX000064&srch_menu_nix=QIuR8Qcp&srch_mu_site=CDIDX00005

춘풍도 자신의 처지가 곤궁하고 신세가 한심한 것을 알지만 "경성으로 가자 하니 면목이 없어 못 가겠고, 처자도 못 보겠고, 친구들에게도 부끄럽다." 이에 덧붙여 춘풍이 정작 두려워하고, 집으로 돌아가지 못하는 이유는, "호조 돈을 내어다가 한 푼 없이 돌아가면 의금부에 가둔 후에 중죄로 다스리면 죽기가 분명하"기 때문이다.(108쪽)

이런 처지를 아는지 모르는지 춘풍 아내는 "장사 길에 운수 좋아 평안히 돌아오시도록 천만 축수하옵니다."라며 남편이 무사안일하기를 백 가지로 생각하며 밤낮으로 기도한다. 어느 날 춘풍 아내는 남편이 상걸인이 되어 추월이의 집에서 사환 노릇을 하고 있다는 소문을 듣고는 대성통곡한다. 이러더니 이를 갈고 다짐한다.

> 평양을 내려가면 추월의 집 찾아가서 내 솜씨로 달려들어 추월의 머리채를 두 손에 갈라 잡고 가락가락 뜯으리라. 세간들도 다 부수리라. 그러고 나서 달려들어 춘풍의 허리 끝에 목을 매고 죽으리라.(117-118쪽)

그러고는 마을에 있는 김승지 댁 맏아들이 도승지에서 평양감사로 발탁된다는 말을 듣고는 가난한 승지 모친을 지극정성으로 모신다. 도승지가 평양감사가 되어 임지로 떠날 때 모친의 부탁으로 춘풍의 아내도 회계를 맡는 비장(지방 장관이나 해외 사신을 따라다니던 무관)으로 남장男裝하여 함께 떠난다. 평양감사는 춘풍 아내에게 '김양부'라는 성명을 내린다. '김씨'에서 '김양부'라는 이름을 가지고 남장여인으로 거듭난 춘풍 아내는 눈에 두드러질 정도로 활발하게 활동한다. 술과 여색을 탐하지 않고 독수공방하고, 예의범절을 차리는 법이 모든 사람이 본받을 만하다. 서너 달에 수만 냥을 벌어 바치니 평양감사의 사랑이 각별하다. 감사의 신임을 얻은 김양부는 춘풍을 구하고 추월이를 징치한다.

　김양부는 비장의 권한으로 춘풍을 잡아들여 형틀 위에 올려 매고 호조 돈을 갚지 않은 죄목을 들어 사령에게 십여 대 곤장을 치게 한다. 춘풍이 추월에게 빠져 공전公錢을 탕진했다고 실토하자 사령에게 분부하여 추월을 잡아오게 한다. "네 죄를 네가 아느냐?"는 비장의 추궁에 추월은 "춘풍이 가져온 돈 소녀가 아오리까?" 답하지만 소용이 없다. 춘풍의 돈을 바치지 않으면 곤장을 치고 끝내는 죽이리라는 비장의 겁박에 추월이 "십일 말미를 주웁시면 오천 냥을 바치리다." 며 굴복한다. 추월의 다짐을 문서로 적은 다음 비장이 춘풍에게 말한다.

　　열흘 안으로 모두 받아 가지고 서울로 올라오라. 내가 또한 특별한 일이 있어서 먼저 떠나 올라가니, 네가 서울에 올라오거든 문안하여라.(127쪽)

　추월이가 반납한 돈을 싣고 춘풍이 경성으로 오자 춘풍 아내는 남편을 극진히 대접한다. 춘풍은 평양에서의 일은 잊은 듯 온갖 교만과 거만을 떤다. 그때 춘풍 아내는 춘풍을 속이려고 어둡기를 기다려 여자 의복 벗어놓고 비장 의복으로 갈아입고는 호령한다. 영문을 알 길 없어 어리둥절해 하고 있는 춘풍에게 비장이, "흰 죽이나 쑤어 오너라." 하고는 "네 지어미는 어디 가고, 내게 와서 인사도 하지 않는가?" 며 을러댄다. 하지만 아내가 어디 있는지 춘풍으로서는 알 길 없어 자신이 직접 죽을 쑨다. 비장이 죽을 조금 먹는 체하다가 춘풍에게 평양에서 추월의 집에 사환으로 있을 대를 생각하며 다 먹으라고 말한다. 춘풍의 죽 먹는 모습을 보다가 "이런 꼴을 볼작시면 나 혼자 보기 아깝도다." 며 혼잣말한다.

이런 거동 저런 거동 다 본 연후에 회계 비장 의복 벗어놓고 여자 의복 다시 입고 웃으면서,

"이 멍청아!"

하며 춘풍의 등을 밀치면서 하는 말이,

"안목이 그다지 없느냐?"

하니, 춘풍이 어이없어 하는 말이,

"이왕에 자네인 줄은 알았으나 의사를 보려고 그리 했지."(130쪽)

그날 밤에 부부 둘이 원앙금침 펼쳐 놓고 누워 마음에 쌓인 앙금을 떨쳐내고 회포를 푼다. 그 이튿날 호조 돈을 다 바치고 그동안 번 수만 냥 재산으로 노비 전답 다시 장만하여 아들딸 낳아 평생 호의호식하며 여생을 보낸다. 소설은 전형적인 해피엔딩으로 끝난다. 어쩌면 둘의 이야기는 여기서 끝났으면 좋았을 것이다. 소설은 마지막에서 창작의 의도를 숨기지 않고 이렇게 적고 있다.

대저 일개 여자로서 손수 남복하고 회계 비장으로 내려가서, 추월도 다스리고 춘풍 같은 낭군도 데려오고 호조 돈도 다 갚고, 부부 둘이 종신토록 살며 만고에 해로한 일인 고로 대강 기록하여 후세 사람에게 전하나니, 여자들에게 이런 일을 본받게 하옵소서.(131쪽)

춘풍의 아내가 '김양부'라는 이름으로 비장이 되어 춘풍을 구하고 복수하는 장면은 셰익스피어의 작품 『베니스의 상인』[412]의 포서의

---

412) 이 글의 인용문은 다음 책을 바탕으로 작성하였다. 윌리엄 셰익스피어(최종철 옮김), 『베니스의 상인』, 민음사, 2015, 151쪽.

모습과 일치한다. 이 두 작품의 비교하면서 같은 점과 다른 점에 대해 살펴본다.[413]

『베니스의 상인』과 『이춘풍전』의 초반부에 나오는 포서와 김양부의 모습은 가부장적 권위에 복종하고 순종하는 여성의 전형이다. 하지만 작품의 후반부로 가면서 두 여성은 이와는 완전히 상반된 모습을 보이고 있다. 포서의 경우, 남편 바사니오의 친구 안토니오를 구하기 위해 남자로 변장하고 법학자의 복장을 하고 법정에 들어서면서부터는 더 이상 연약하고 유순한 여성이 아니다. 포서의 이런 모습은 김양부에게서도 그대로 나타난다. 추월이의 집에서 사환 노릇을 하고 있는 남편 춘풍을 구하기 위해 평양감사에게 청탁하여 비장으로 변장한다. 그리고는 춘풍에게 직접 태형을 가하고 추월에게 남편의 돈을 반납하라고 명령한다. 이처럼 포서와 김양부는 오히려 남성의 권위를 초월하고 가부장적 질서를 조정하고 조율하는 강인하고 능력 있는 모습으로 바뀐다.

그런데 여기서 눈여겨봐야 할 사항이 있다. 남장 여성 포서와 김양부의 등장으로 얽히고 꼬인 남성들의 문제가 한꺼번에 해결되었다는 사실이다. 포서는 계약관련 문언을 해석하고, 재판 절차를 능숙하게 진행하는 등 인정에 얽매여 우왕좌왕하는 남성들보다 탁월한 능력을 발휘한다. 김양부의 능력도 포서에 비하여 전혀 떨어지지 않는다. 회계 비장으로서 서너 달 만에 수만 냥을 벌어 공금을 확보하는 수완을 발휘한다. 포서와 김양부는 남성 중심의 강고한 가부장적 사회질서를 위협하는 존재로 인식된다. 하지만 포서와 김양부가 남장을 하지 않

---

413) 『베니스의 상인』에 관한 내용은 채형복, 『나는 태양 때문에 그를 죽였다』, 학이사, 2022, 178-182쪽에서 재인용하였다.

고, 여성 복장을 한 상태로도 이러한 역할을 할 수 있었을까? 남장으로 자신의 여성성을 가리고 감춘 채 남성의 권위를 빌린 후에야 비로소 포서와 김양부는 '재-탄생' 될 수 있었다. '재-탄생' 이란 사전적 의미를 가진 '르-네상스(Re-naissance; Re-born)'의 역설이 아닐 수 없다.

저 작은 촛불이 참 멀리도 비치네

포서와 김양부의 남장처럼 이성의 복장을 착용하는 것을 복장전도(transvestism)라 한다.[414] 유럽의 경우, 르네상스 희곡에서 남장 여성은 주로 청중들에게 커다란 즐거움을 선사하기 위한 것이었고, 남장 여성이 여성의 옷을 입은 여성보다 성적으로 더 매력적이라는 인식이 있었기 때문이다. 당시에도 무대에서의 남장 여성에 대한 신학적 및 윤리적 논쟁이 있었다. 이 때문에 연극무대에서 복장전도가 작품의 플롯에 필요불가분한 요소이고, 또 여성들이 남성의 옷을 입고 나와야 한다면 허리 이상 상반신만 남성의 옷을 입고 나올 수 있도록 규제하였다.[415]

이 규제의 근거는 16세기 말 청교도나 개종 유대인, 이슬람인들을 색출해 내는 종교재판에서 적용되던 엄격한 트렌트(혹은 트리엔트)공의회 교령이다. 가톨릭교회는 1545년부터 1563년까지 이탈리아 북부 트렌토와 볼로냐에서 개신교(이단)를 근절하고, 가톨릭 사제와 신자의 행

---

414) 김종환, "포서의 남장과 반지 트릭-『베니스의 상인』 연구", 영어영문학 제53권 4호, 2007, 673쪽.
415) 임주인, "르네상스 소설에서의 복장전도가 갖는 상징적 의미", 비교문화연구 제19집, 2010. 4., 152쪽.

실을 개혁할 목적으로 트렌트 공의회를 소집했다. 이 공의회에서 채택한 다양한 교령과 법규를 연극무대에 출연하는 여성의 남장복식에도 적용했던 것이다. 당시의 이런 현실 상황을 감안하여 셰익스피어도 자신의 작품에서 포셔를 남장 여인으로 둔갑시킬 수밖에 없을 것이다.

사실 여성에 대한 차별적인 시각은 뿌리 깊은 연원을 가지고 있다. 신학과 의학에서는 남성과 여성을 창조의 경위, 성차 및 생물학적 특징을 중심으로 나누어 여성을 열등한 존재로 차별하였다. 심지어 "여자도 인간인가?"라는 허무맹랑한 질문을 두고 제법 진지한 논의를 하기도 하였다. 논리적이고 합리적으로 사고한다고 평가받는 법률가들도 여성들에 대한 차별적이고 편향된 시각을 가지고 있기는 별반 차이가 없었다. 르네상스 당시 영국법은 결혼한 여성을 법적 주체로서 개인이 아닌 남편에 귀속된 존재로 취급했다.[416] 또한 여성은 증인 참석, 계약 체결, 재산 관리 등을 할 수 없었고, 여성의 법정 참석을 제한하였다. 심지어 여성들은 법관이나 행정관 또는 변호사가 될 수 없었고, 법정에서 타인을 위해 중재도 할 수 없는 등 남성에 비해 불평등한 대우를 받았다.[417]

이러한 현실을 너무나 잘 아는 포셔의 아버지는 죽기 전 유언을 남겨서라도 딸에게 가장 적격한 배우자를 찾을 수 있는 방법을 써야 했다. 하지만 안토니오가 납상자를 열고 포셔와 결혼하는 순간 이 모든 것은 전복되고 만다. 여왕처럼 군림하던 포셔가 자신의 남편 안토니

---

416) 이윤주, "『베니스의 상인』: 포오샤를 중심으로 본 성 역할의 문제", 영미문학 페미니즘 제6집 1호, 1998, 173쪽.
417) Op. cit., 181쪽.

오에게 "그런데 이제는, 지금은/ 이 집과 하인들과 변함없는 저 자신이/ 당신 것-주인님 거예요!"(80쪽)라며 무릎을 꿇을 수밖에 없다. 자신의 모든 재산과 하인을 넘기면서도 그녀는 남편에게 "이 반지와 함께요."라며 죽을 때까지 반지를 빼지 말아 달라고 애원할 수밖에 없다. 또한 여성의 법정 참석을 제한하고 있는 영국법에 따라 포서가 선택할 수 있는 방법은 제한적이다. 여성이라는 생물학적 성을 숨기고 남성의 복장으로 위장한 다음 민법 분야의 법학박사의 권위를 빌릴 수밖에 없다.

안토니오와 샤일록 사이의 재판을 마치고 하녀 네리사와 함께 자신의 집으로 돌아가는 길에 잠시 멈추어 선 포서가 말한다.

저 작은 촛불이 참 멀리도 비치네!(124쪽)

이 말에는 포서의 복잡한 심사가 그대로 드러나 있다. 그녀의 선행은 칭찬할 만한 일이지만 포서가 민법박사로 위장하고 법관으로 판결을 하는 행위는 엄연히 불법이다. 권한 없는 자가 내린 판결이니 그 법률행위로부터 당사자가 의도한 법률상의 효과가 생기지 않으니 당연히 무효다. 하지만 실정법의 합치 여부를 떠나 문학작품의 극적 효과와 플롯 조작을 통한 작가적 창조성에 중점을 두고 '포서의 남성적 역할'에 더 초점을 맞추고 이 작품을 읽어야 한다. 이 관점에서 포서의 역할을 재평가한다면, 그녀는 법의 객관적 명확성을 제시하면서도 법이 가지고 있는 창조적 해석의 가능성을 열고 있다.[418] 포서는 엄정한 법관의 입장에서 법의 객관적 명확성을 제시함으로써 인육계약이 가

---

418) Op. cit., 182쪽.

지는 반사회적 성질을 드러내어 안토니오의 생명을 구하는 한편, 샤일록에게는 계약대로 '살덩이 일 파운드'를 가지되 기독교인 핏물 한 방울도 흘리지 말도록 함으로써 법을 창조적으로 재해석하는 기지를 발휘한다. 하지만 포서의 역할은 남성과 기독교, 그리고 실정법(베니스 국법)이 누리는 기득권 혹은 특권의 유지에 그칠 뿐 그 폐지나 개혁으로는 한 걸음도 나아가지 않는다.

포서가 가지는 한계는 김양부에게서도 똑같이 드러난다. 포서가 법학자의 복장을 하고 다른 남성인 샤일록을 제재를 한 반면 김양부는 비장의 복장을 하고 남편 춘풍의 재산을 탕진하게 만든 동성 여성인 추월을 처벌한다. 만일 추월이 사회적으로 비천한 신분인 기생이 아니라 양반집의 규슈였어도 김양부는 동일한 잣대를 적용했을까. 김양부는 자신보다 권력이 강한 평양감사에게 청탁하여 신분을 위장하여 사적인 이득을 취했을 뿐 불합리한 사회제도를 폐지하거나 개혁하려는 일체의 의지도 없다.

『베니스의 상인』과 『이춘풍전』의 마지막은 샤일록과 추월이를 제외한 모든 사람들의 해피엔딩으로 끝난다. 파산한 것으로 보이던 안토니오의 "큰 상선 세 척이 갑자기 항구로/ 부자로 돌아온 사실"(132쪽)과 추월이 바친 돈 오천 냥을 싣고 춘풍이 경성으로 돌아오는 모습은 마치 삼류영화의 결말처럼 보이기도 한다. "당신이 그 박사였고, 내가 몰라봤다고요?"(132쪽)라는 바사니오의 놀라는 모습이나 비장 의복을 한 자신을 몰라보는 남편에게 "이 멍청아!" "안목이 그다지 없느냐?"는 김양부의 핀잔에 "이왕에 자네인 줄 알았으나 의사를 보려고 그리했지."라는 춘풍의 말은 눈썰미 없는 남성의 '아재 개그'로 치부해도 좋다.

여보, 무슨 반지 줬어요?

바라건대 제게서 받으신 것은 아니겠죠.(128쪽)

남편 바사니오에게 자신이 준 반지를 끼고 있는가 확인하는 포셔의 이 말에서, 멍청하고 무능한 남편과 함께 원앙금침을 펼쳐 덮고 눕는 김양부의 모습에서 우리는 가부장적 사회 체제 아래서 고통받고 있는 수많은 여성의 모습을 읽을 수 있다.

  이 책은 개인으로서, 또 학자로서 내는 마지막 책이다. 말기암 환자로서 죽을힘을 짜내어 버티면서 원고를 읽고 있다.

  학자로서 바라기로는 후속적으로 양명학, 실학, 동학을 현대 인권의 시각에서 살펴보고 싶었다. 이 작업은 개인적 바람일 뿐 눈 밝은 후학에게 맡기고자 한다.

  내게는 물리적 시간이 얼마 남아 있지 않다. 원하는 삶을 살았고 최선을 다하였으니 아무런 미련도 없다. 다만 남은 원고 중에서 내가 아니면 마무리할 수 없는 것이 있기에 욕심을 낸다.

  죽은 다음의 일은 알 수 없다. 한줄기 바람처럼 왔다가 한줌 먼지로 사라지고 싶다. 몸은 아프고 힘들지만 마음은 고요하고 자유롭다. 삶의 마지막 순간에 나도, 모두 그러기를 바란다. 너무 슬퍼하지 말고 행복하기를 바라며 기쁜 마음으로 이 글을 쓴다.